2021
中国
年选系列

★★★★★

2021年中国
随笔
精选

中国作协创研部　选编

長江出版傳媒｜长江文艺出版社

图书在版编目（C I P）数据

2021 年中国随笔精选 / 中国作协创研部选编. -- 武汉 : 长江文艺出版社， 2022.1
（2021 中国年选系列）
ISBN 978-7-5702-2239-1

Ⅰ. ①2… Ⅱ. ①中… Ⅲ. ①随笔－作品集－中国－当代 Ⅳ. ①I267.1

中国版本图书馆 CIP 数据核字(2021)第 239508 号

2021 年中国随笔精选
2021 NIAN ZHONGGUO SUIBI JINGXUAN

责任编辑：马　蓓　　陈欣然　　　　责任校对：毛　娟
封面设计：徐慧芳　　　　　　　　　责任印制：邱　莉　　王光兴

出版：长江出版传媒 | 长江文艺出版社
地址：武汉市雄楚大街 268 号　　　邮编：430070
发行：长江文艺出版社
http://www.cjlap.com
印刷：湖北画中画印刷有限公司

开本：700 毫米×1000 毫米　　1/16　　印张：17.625　　插页：2 页
版次：2022 年 1 月第 1 版　　　2022 年 1 月第 1 次印刷
字数：268 千字

定价：32.00 元

编选说明

每个年度，文坛上都有数以千万计的各类体裁的新作涌现，云蒸霞蔚，气象万千。它们之中不乏熠熠生辉的精品，然而，时间的波涛不息，倘若不能及时筛选，并通过书籍的形式将其固定下来，这些作品是很容易被新的创作所覆盖和湮没的。观诸现今的出版界，除了长篇小说热之外，专题性的、流派性的选本倒也不少，但这种年度性的关于某一文体的庄重的选本，则甚为罕见。也许这与它的市场效益不太丰厚有关。长江文艺出版社出于繁荣和发展文学事业的目的，不计经济上一时之得失，与我部合作，由我部负责编选，由他们负责出版，向社会、向广大读者隆重推出这一套选本，此举实属难能可贵。

这套丛书的选本包括：中篇小说选、短篇小说选、报告文学选、散文选、诗歌选和随笔选六种。每年一套，准备长期坚持下去。

我们的编辑方针是，力求选出该年度最有代表性的作品，力求选出精品和力作，力求能够反映该年度某个文体领域最主要的创作流派、题材热点、艺术形式上的微妙变化。同时，我们坚持风格、手法、形式、语言的充分多样化，注重作品的创新价值，注重满足广大读者的阅读期待，多选雅俗共赏的佳作。

我们认为，优良的文学选本对创作的示范、引导、推动作用是非常重要的，对读者的潜移默化作用也是十分突出的。除了示范、引导价值，它还具有文学史价值、资料文献价值、培育新人的价值，等等。我们不会忘记许多著名选本对文学发展所起到的巨大作用，我们也希望这套选本能够发挥它应有的作用。

这套书由中国作家协会创作研究部编选，具体的分工是：

中篇小说卷由牛玉秋同志负责；

短篇小说卷由胡平同志负责；

报告文学卷由李朝全同志负责；

散文卷由韩小蕙同志负责；

诗歌卷由李壮同志负责；

随笔卷由纳杨同志负责。

中国作协创研部

目录

文化视点

平常心，是非感，爱憎情

——读鲁迅随感 / 陈漱渝　003

作为哪吒的文学

——在《收获》APP“无界写作大赛”启动仪式上的发言 / 李敬泽　009

对未来科技的哲学审思 / 郁喆隽　012

橡皮擦 / 沙爽　021

塞万提斯的启示

——莫言在北京大学文学讲习所成立大会上的演讲 / 莫言　026

书之所归 / 姜华　030

光影流年

跫音
——百年中共与北大红楼 / 李舫 041
身边的历史 / 韩东育 054
衢江南来 / 周吉敏 063
指尖之舞 / 胡廷楣 074
我的读书会 / 张辉 086
云端上的乡音 / 徐迅 090
山乡春节杂忆 / 陈平原 103

人物影像

在狱中，她写下托孤遗书 / 丁小炜 111
带灯的人 / 草白 117
遥望丝绸之路 / 马晶 127
在这里找不到悲伤 / 姚育明 134
自撰平生 / 张执浩 144
漫长的告别，亦是相聚 / 明前茶 153
老劳模父亲纪事 / 安谅 157

生命情思

大河上下碎碎念 / 邵丽 165
田野上的石兽 / 陈应松 177

秋光里，河岸上
——文学与道的随想 / 何士光 183
那些非同凡响的灵魂 / 江子 193
想象一种女性主义母职 / 黄微子 202
藏北三章 / 吉米平阶（藏族） 208
旧时月色 / 文河 219
陌生之旅 / 朱强 225
天津的书店 / 刘运峰 231

艺苑撷英

昆曲的审美境界 / 郑培凯 241
吃鱼的文化学 / 祝勇 252
“铁袈裟”与碎片的气象 / 郑岩 263

编后记 / 纳杨 270

文化视点

平常心，是非感，爱憎情

——读鲁迅随感

陈漱渝

李何林，鲁迅研究界一位普遍被人尊重的前辈，我的老师兼领导，八十五岁因骶骨癌去世。他临终前写了一份自评，认为自己一生主要有两方面贡献：一是为研究中国现代文学培养了一批学生；二是当鲁迅受到污蔑诋毁时保卫了鲁迅。

"保卫鲁迅"，我记得是李何林先生的主张，这也贯串了他的整个研究生涯。1929 年，他选编了鲁迅在《三闲集·序言》中提及过的《中国文艺论战》和《鲁迅论》。1936 年 10 月 20 日，天津《大公报》在鲁迅去世后发表了一则短文，攻击鲁迅"那刻薄尖酸的笔调""给青年不少的不良影响"，李何林即在《北平新报》发文予以驳斥，题为《为悼念鲁迅先生——对大公报"短评"记者及其侪辈的愤言》。"侪辈"就是"一伙人"，说明自鲁迅作品问世以来，被歪曲和诋毁就成了一种社会现象。因为鲁迅作品带有鲜明的倾向性，不可能获得社会上各色人物的普遍认可。"愤言"，表明的是李何林的情感倾向。他对鲁迅死后被人谬托知己的命运是感到"痛愤"的。1975 年底，党和国家决定在鲁迅博物馆增设鲁迅研究室，李何林成为第一任研究室主任。研究室被赋予了七项任务，其中第三项就是对国内外"歪曲鲁迅的作品进行批判"。当时李何林已经七十多岁，仍亲自撰写了为鲁迅、冯雪峰辩诬的文章。据我所知，鲁迅研究界的人士并不认同李何林的所有观点，但绝大部分人对他的人格风骨都表示敬重。

李何林去世之后，鲁迅研究界的状况发生了或明或隐的变化。"保卫鲁迅"的口号受到了公开质疑。主要理由是：鲁迅本身是一棵参天大树，无惧批评摇撼。如果鲁迅还需要别人去"保卫"，那鲁迅也就不成其为鲁迅了。唐代杜甫《戏为六绝句》中写道："尔曹身与名俱灭，不废江河万古流。"也就是说，历史上的所有经典作家和经典作品，都能够经受起历史考验，不仅指王勃、杨炯、卢照邻、骆宾王这“初唐四杰”。再说，鲁迅跟其他经典作家一样，也有着自己的弱点、缺点和历史局限性，不能够一有人批评就火冒三丈。鲁迅本人希望有个狙击手能击中他的要害，希望有个大夫能诊断出他的真症候。

今天看来，“保卫鲁迅”这个口号的确显得火药味太浓。批评的一方容易有意无意之间把自己视为“嫡传正宗”，而将所有持不同意见者一律视为“异端邪说”。但是，在多元并存的语境中并不是不需要舆论引导，关键在于能否准确区分正常的学术之争跟造谣诬陷、恶意诋毁的界限。鲁迅是被誉为“空前的民族英雄”的文化巨人，面对他被恶搞、被曲解、被颠覆的现象，是不应该保持缄默的。鲁迅并不是不能批评，但应该坚持他所代表的中国先进文化的发展方向。

在反对“保卫鲁迅”口号的同时，一些学者又提出要以“平常心”对待鲁迅研究领域产生的各种现象。有一次某学会召开学术研讨会，中心议题是“鲁迅研究热点问题”。为了引导与会者深入讨论，畅所欲言，主持人客观列举了当时关于鲁迅的一些不同观点。语犹未尽就有人插话：“看来‘敌情’还是蛮严重的嘛！”会场中顿时爆发了一片笑声，讨论随之也就在“哈哈”之声中结束。

什么叫“平常心”呢？有关学者在当时和事后并没有在发言或文章中系统加以阐释，准确界定，所以也还有讨论的空间。据我所知，“平常心”这个概念原来是佛教用语，要求教徒在一切环境、一切行为当中都不起“分别执着”：不生憎爱，亦无取舍，安闲恬静，虚融淡泊。当然，不同人援引“平常心”这个概念时也可能有自己的理解与申发。鲁迅研究不能不受政治因素影响，但归根结底还是个学术问题，应该允许各抒己见，进行个性化和开放式的研究。所以，应该把鲁迅研究领域出现不同见解视为一种“常态”，能从容淡定地看待，有宽厚包容的气度。如果从这种意义上理解“平常心”，那是有积极意义和合理因素的。但如果把“平常心”理解为是非不分，对一切不良倾向都可以听之任之，那恐怕就从一个极端走向另一个极端了。比如近期网络上出现了一系列流言，如鲁迅赞美袁世凯，不反蒋介石，与日本间谍为友，跟萧红关系暧昧，个人生活铺张奢侈，等等。如果视而不见，充耳不闻，既对舆论生态不利，也必然产生不良的社会效应。

在为译文集《思想·山水·人物》所作的“题记”中，鲁迅写道：“倘要完全的书，天下可读的书怕要绝无，倘要完全的人，天下配活人的也就有限。”任何杰出的历史人物都是人，不是神，都有其不可避免的弱点、缺点和局限性。这一点也适合于鲁迅本人。所以，不存在不允许对历史人物进行学理性分析的问题。不过，杰出人物之所以杰出，必然有其特定的本质属性，有其不能为他人取代的历史贡献。比如章太炎先生晚年与时代隔绝，粹然成为儒宗，为同时代人诟病，但鲁迅在《关于太炎先生二三事》一文中，虽批评了章太炎先生脱离民众、渐入颓唐，但综观其一生，仍不失为“有学问的革命家”，那些缺点不过是白圭之玷。这就是取其大而略其小的研究方法。刘半农，后期在学界身居要津，“做打油诗，弄烂古文”，跟鲁迅产生了隔膜。但当一群“陷沙鬼”（按：指恶意诬陷他人的人）要将刘半农拖进烂泥潭时，鲁迅即用愤火照出了刘半农在五四文学革命中的战绩，肯定他当年“活泼，勇敢，很打了几次大仗”。孙中山先生是中国革命的先行者，但也有其历史局限。孙中山先生去世之后也遭受政敌攻击。鲁迅挺身而出，肯定“他是一个全体，永远的革命者，无论做的那一件，全都是革命，无论后人如何吹求他，冷落他，他终于全部是革命”（《中山先生逝世后一周年》）。鲁迅还创作了《战士与苍蝇》一文，把中山先生誉为战士，把攻击他的人斥为苍蝇：“然而，有缺点的战士终究是战士，完美的苍蝇也终究不过是苍蝇。”我不知道鲁迅的上述做法是否就叫作“保卫章太炎”“保卫刘半农”“保卫孙中山”，但是却从中感到，维护杰出人物的正确方面是正当防卫，如果他们被亵渎和玷污时“群体失声”，那倒是一种不正常现象。

谈到是非观，首先会遇到一个是否存在“是”与“非”的问题。这个问题看似简单，实则复杂。古今中外哲学家掰扯了上千年，越扯越令人糊涂。人们对客观事物的认识本是无穷尽的，所以很难说某人已经穷尽了绝对真理，能够回答所有终极性问题。客观事物又是不断发展的，所以彼时的“是”，有可能会成为此时的“非”。比如人类在远古存在过乱婚（杂婚）、血亲群婚的时代，这个曾经的“是”，发展到“一夫一妻制”的现代法治社会，也就变成了“非”。对于伟人的思想和经典作品的理解，也必然会因为接受群体的差异而见仁见智。1927 年 10 月 28 日下午，鲁迅在上海立达学园发表了一篇演讲，题为《伟人与化石》。他举例说，释迦牟尼涅槃时，留下了“六字真言”：“唵嘛呢叭咪吽。”弟子们听后的表情似乎皆有所悟，其实各门派的领悟和解释并不相同。在为陈梦韶改编的《绛洞花主》所作的“小引”中鲁迅又写道：“《红楼梦》是中国许多人所知道，至少，是知道这名目的书。谁是作者和续者姑且勿论，单是命意，就因读者的眼光而有种种：经学家看见《易》，道学家看见淫，才子看见缠绵，革命家看见排满，流言家看见宫闱秘事……”不过，佛祖之所以留下“六字真言”而不是“五字”或“七字”，必然有他自己的斟酌。正如研究者对鲁迅散文诗《野草》中的意象众说纷纭，但鲁迅在《〈野草〉英文译本序》中，对书中很多篇什的主题都有着十分明确的提示。《红楼梦》研究虽说有不同学派，但这部古典杰作毕竟不是“《易》”，不是“淫”，不是“排满”，不是“秘事”；虽有“缠绵”，也不是一百二十回从头至尾缠绵到底，对这一点恐怕也已经取得了共识。

我没有研究过中国传统文化中的相对主义，熟悉的是“泾渭分明”“水火不容”“冰炭不同炉”“忠奸不并立”这些成语和说法。对于西方的相对主义哲学和相对主义史学我更加隔膜。这种哲学也许对绝对主义和形而上学有所冲击，但如果发展到“不可知论”，恐怕就会成为另一种片面性。

根据我的肤浅认识，任何事物都会有其质的规律性，比如水这种液体虽然跟气（气体）和冰（固体）有相通之处，但水在零摄氏度之下才会凝结为冰，一百摄氏度以上才会蒸发为气。所以相对是有条件的、暂时的、有限的；绝对是无条件的、永恒的、无限的。绝对存在于相对之中，并通过无数相对体现出来。人们对客观事物的认识，也是绝对和相对的统一。

读鲁迅作品，我认为他是是非分明的。《故事新编》中的《起死》一文，嘲讽的就是庄子的相对主义观点。作品中的庄子说：“鸟有羽，兽有毛，然而黄瓜茄子赤条条。此所谓彼一是非，此亦一是非。”但在事实上，飞禽就是飞禽，走兽就是走兽，不能因有羽或有毛而混为一谈。茄子就是茄子，黄瓜就是黄瓜，虽然它们都没有其他的外包装。当庄子不承认穿衣跟不穿衣有区分时，那刚还魂的五百年前的骷髅立即动手，要剥掉庄子的道袍，吓得庄子赶紧报警求救。因为庄子要到楚国去发财，而楚国并不是一个大澡堂，可以到处赤条条上阵。这就通过一件生活细事，用作品中庄子言行的矛盾，驳倒了这种相对主义哲学。在《三论“文人相轻”》这篇杂文当中，鲁迅讲得更加明确：“似是之非”就是“非”，“似非而是”就是“是”。虽然黑暗之中总有万分之一的亮光，但毕竟光明就是光明，黑暗就是黑暗。我想，如果没有明确的是非观，也就不会产生鲁迅的经典之作——特别是那批作为投枪匕首的杂文。

说鲁迅有明确的是非观，那他判断是非的基本准则是什么呢？众所周知，鲁迅所处的社会，是一个宝塔形的等级制社会，所以在鲁迅的眼中，社会上的人群基本上可以分为压迫者与被压迫者，统治者与被统治者，上等人与下等人，奴隶主与奴隶，治者与被治者，吃人者与被吃者……他一贯站在后者的立场，根据后者的现实利益来判断是非，决定取舍。有人认为人可分为三种，有一种即不胖不瘦型。但鲁迅不以为然，认为这“第三种人”或倾向胖，或倾向瘦，不会像骑上一道矮墙，双脚着地，不偏不倚，左右稳妥。总而言之，于工农大众有利之事，为现代中国人的生存和发展而流血奋斗者，鲁迅认为是“是”；反之，那些损人利己的事情，那些在人肉筵宴上的嗜血者，鲁迅都认为是“非”，是鲁迅抨击的对象。

正因为鲁迅“爱在大众”，所以他挚爱那些为民请命、舍身求法、初心在民的革命前驱。李大钊烈士，中国共产党的缔造人之一，三十八岁死于奉系军阀张作霖的绞刑。鲁迅印象中，他诚实、谦和、儒雅、质朴，圆圆的脸，中国式的下垂的黑胡子，绝不是喜欢明争暗斗的人。据鲁迅日记，鲁迅致李大钊信十封，收到复信两封。1933 年 4 月北京民众为李大钊举行公葬时，鲁迅不仅捐赠五十元，而且为《守常全集》撰写序言，指出这是“先驱者的遗产，革命史上的丰碑”。

柔石，左联五烈士之一，1931 年 2 月 7 日在上海龙华就义时身中十弹，年仅二十九岁。他既是鲁迅的学生，又是鲁迅的战友，曾共同创办朝花社，致力于介绍版画和弱小国家文学；又协助鲁迅编辑《萌芽》月刊，共同参与左翼文化活动。柔石牺牲之后，鲁迅不仅以不同方式公开悼念，而且捐资百元资助柔石的子女。在那篇情文并茂、脍炙人口的《为了忘却的记念》中，鲁迅特别赞扬了柔石“损己利人”的精神，亦即把有利于国家、民族、社会、他人的担子都主动扛在自己肩上。前些年，有人公开嘲笑这种“损己利人”的精神，认为这是扭曲人性。我想，在现阶段，公民行为的底线是遵纪守法，当然不可能要求所有人都做到“损己利人”。但“损己利人”却是从古至今作为“中国脊梁”的仁人志士的道德情操，也必须成为中国当下“人民公仆”共同的精神追求。

鲁迅跟瞿秋白烈士的“知己之情”更是广为人知。1931 年中共六届四中全会之后，受王明排斥的瞿秋白在上海临时中央局宣传部工作，经冯雪峰联系跟鲁迅交往，曾四次在鲁迅寓所避难。1935 年初，瞿秋白长征途中在福建长汀不幸被捕，鲁迅曾多方设法营救。同年 6 月 18 日瞿秋白英勇就义，鲁迅极为悲愤，认为瞿秋白翻译水平“信而且达，并世无两”，仅此一点，即“足判杀人者为罪大恶极”（1935 年 9 月 1 日致萧军信）。鲁迅抱病编辑瞿秋白的译文《海上述林》，共两卷，集资自费在日本印刷装订，用的是绿天鹅绒豪华装帧。全书洋洋大观，校样陆续付排，鲁迅一个人断断续续审读三遍校样，以至有时客人来访，鲁迅仍一边校对一边听客人说话。

鲁迅的爱是大爱，神圣的爱。鲁迅的憎是“公仇”，绝非“私怨”。因为挚爱李大钊，所以他憎恨勾结帝国主义的北洋军阀，历史的进程证明：“危害民国”的并不是李大钊，而是“断送民国的四省”的军阀。因为挚爱柔石、瞿秋白为代表的先烈，所以他憎恨“杀人如草不闻声”的法西斯暴政。此外，那些以“正人君子”自居的“做戏的虚无党”，那些当昔日的战友被送上‘绞架时还拉着他的腿往下拽的革命营垒的“蛀虫”，那些对阔人无不驯良而专对穷人狂吠的走狗，那些专门在战士的伤痕上嘬着、营营叫着的苍蝇，那些像白蚁一样一路吃过去，只留下了一条粪便的营私利己者……通通都是鲁迅憎恶的对象。“创作总植根于爱”，鲁迅的创作同时也植根于“憎”！

有人说，纪念一个人的最好方式就是带着他的精神走下去。那么，学习鲁迅、纪念鲁迅，请不要忘记了鲁迅这段名言：“文学的修养，决不能使人变成木石，所以文人还是人，既然还是人，他心里就仍然有是非，有爱憎；但又因为是文人，他的是非就愈分明，爱憎也愈热烈。”“不过我在这里，并非主张文人应该傲慢，或不妨傲慢，只是说，文人不应该随和；而且文人也不会随和，会随和的，只有和事老，但这不随和，却又并非回避，只是唱着所是，颂着所爱，而不管所非和所憎；他得像热烈地主张着所是一样，热烈地攻击着所非，像热烈地拥抱着所爱一样，更热烈地拥抱着所憎——恰如赫尔库来斯（Hercules）的紧抱了巨人安太乌斯（Antaeus）一样，因为要折断他的肋骨。”（《且介亭杂文二集·再论“文人相轻”》）

（选自《随笔》2021 年第 3 期）

作为哪吒的文学

——在《收获》APP“无界写作大赛”启动仪式上的发言

李敬泽

今天的主题是“心如原野，文学无界”。文学是不是无界的？我觉得当然有界，宇宙都有尽头，文学怎么会没有边界？但这文学的边界、这宇宙的尽头是变动的，可能在你家门口，或者在铁岭，或者是喜马拉雅山，或者是在火星。我们必须在身体上在人心里，在地上和天上不断探索、指认文学的边界。

刚才我们听了一场关于文学之“无界”的脱口秀。黄平说今天的文学太拿自己当艺术，我深有同感。他主要是在讽刺作家，我还想讽刺一下评论家，我们的评论家也太知道什么是文学，太知道什么是好小说。我们对此太知道了，脱口而出，但不是脱口秀，是顺口溜，我们太像一个对生活和世界了如指掌的中年大叔，几杯酒下肚就在自己的经验和习惯里嗨了起来。自20世纪80年代以来，我们建构起纯文学的自律性，本来也是匆匆忙忙，各种凑合将就，日子长了就成了习惯成了顾盼自雄顾影自怜，成了傲慢与偏见，结果就是太拿自己当“艺术”。这样的所谓艺术不是活的艺术，是非物质文化遗产，这样下去我们的这个纯文学大概率会变成昆曲，兄弟姐妹坐一圈喝茶吟唱。我现在也学几句昆曲，清拍而已，唱得不好。昆曲很艺术、太艺术，行腔走板，差一点儿都不行，林黛玉进贾府，知道他们家规矩大，一步不能行错，于是乎昆曲变成了遗产。但是文学不能这样，文学必须是活的，文学要向时代、历史和变动不定的人类生活人类经验开放，文学不能自律起来、封闭起来，不破不立、又破又立，破字当头，立在其中，文学永远要在它所不是中体认它自己是什么。

这个道理当然不是我的发明，大家都明白。大道理明白，落到实处落到家常日用就未必明白。所以，我们这些批评家也很拧巴，谈文学谈小说，总体上说、概括地说，大家都是种种不满，不满意、不满足。但碰到一个个具体作品，那都是好，各种好，这叫个别表扬与普遍批评相结合。我们的头脑里有一个自律自足的文学“理想国”，虽然柏拉图不喜欢诗人，但我们还是像柏拉图那样想问题。然而特别拧巴的是，我们是现代人，我们的“理想国”、我们的城邦里预设着变革和创新，这种变革、创新几乎是文学的合法性之所在，所以，我们必须在一个普遍性视野里释放我们关于变革和创新的焦虑，然后，在回到个别性的时候，我们已经放松下来了，我们回到了那个家常日用的舒适区，我们看不见那些让我们不舒适的东西，甚至能够抵达我们眼前的都注定是让我们舒适的东西。批评如此，文学期刊也是如此。

所以，我们也要警惕，我们是不是在很舒适地谈论“无界”。比如很多朋友谈到了文体问题，似乎所谓“无界”就是文体的混杂、越界。文体固然重要，但文体上花样百出其实解决不了我们的问题，演杂技耍盘子，眼花缭乱满天盘子，最后一收势，手里还是那两个盘子，并没有多出一个。比起“体”来，更重要的是“性”，文学性远比文体重要。很多人都在谈论文学的衰微，这固然是我们大家都看得见的，但是，另有一件事大家可能视而不见，一方面是被我们现有的观念所固定的“文学”的衰微，但另一方面，是文学性的大规模泛化、扩散、流溢，文学性是水、是喷泉，溢出了“文学”的坛坛罐罐，四面八方淹了一地。所以我们面对的是文学的危机而不是文学性的危机。刚才大家都在说脱口秀，我忽然想起李诞最近写了一本小说，那是绝对纯文学的，比纯文学还纯，一看就是当年文学青年里的先锋青年，加缪等托生转世。我就觉得很有意思，显然，李诞和我们是一样的，认为这个才是文学，我现在是在搞艺术，不是在搞通俗庸俗的脱口秀。他为什么不想想，勾栏瓦舍、豆棚瓜架，脱口秀里可能自有一种野的、没有被指认没有被充分赋形的文学性。他脑子里也有一个柏拉图式的文学城邦，其中是绝对没有脱口秀的。

什么是文学性，它在哪里？在一个时代的生活、感性、想象、话语和思想中，那个文学的幽灵文学的风如何闪现和吹动，我觉得这是比文体、文类等更为根本、更为紧要的问题。这个时代需要我们发现和发明新的文学性，需要打开城邦的门，走到广阔的原野上去。

上午的议题是“文学革命”，我发现每当触及“革命”二字的时候，朋友们都是一脸迟疑，可能是觉得“革命”二字何其激烈。我倒觉得“革命”用在这里没什么不恰当，我们党不断地自我革命，走过一百年的奋斗历程，文学有什么理由不自我革命。而且我认为文学革命的理由从来没有像现在这样迫切，只要眼光稍微放得远一点，视野稍微放得大一点，我们就能够看到，一方面承平日久，我们守着艺术的小城邦，过着安定舒适的日子；另一方面，历史已经远远走在我们前面，时代已经远远走在我们前面；文明的形态、生活的形态，已经远远走在我们的前面；最根本、最重要的是，人本身已经远远地走在了文学的前面。我们在座的所有人，如果现在就架起测谎仪问一遍，你读那么多的小说你喜欢吗？你真的喜欢吗？你真的不厌倦吗？我不知道会是一个什么样的结果。这个时代的人到底是什么状况，自我和他人和世界是什么状况，这已经不是我们已有的文学观念、经验和话语所能够应付、能够赋形和表现的，如果说，文学面临着可能的衰微，那是因为文学需要革命。

我有时很怕读我们有些作家的创作谈，我感觉他是在展示他的文学小庙，里边供着各种各样的神，也许是吧，也许那真是他的神，但是，那些神都没有见过小庙之外的世界，文学说到底也不是对这个小庙这些神负责，你又不是庙祝道士，你能不能直接面对小庙之外的星空和大地？

今天我发现，我在无意中好像炮制了不少华丽的格言，什么文学是强人的事业，文学是老狐狸的事业，对此我不打算负任何责任。现在我要提出新的格言，文学是什么呢？什么叫作心如原野、文学无界？当我们身处这样一个世界意义上、人类意义上的文明之大变的时候，为了让未来依然会有文学，我们需要什么样的品质和行动？

——我觉得，文学应该是哪吒。《西游记》里有孙悟空大闹天宫，那是革别人的命，很好，而另一方面，哪吒，这个童子这个少年是革自己的命，他抛却已有的一切，走出他的庙宇和城邦，进入广阔原野，越过种种界限，获得一个新的心。他脱胎换骨，然后在原野中，摘一枝荷花，或随手摘一枝别的什么植物，就以此作为自己的身体、获得一个新的身体。我想，这应该就是新的、投入这个时代伟大变革的文学。

（选自《文学报》2021 年 8 月 19 日）

对未来科技的哲学审思

郁喆隽

科幻小说家威廉·吉布森曾有一句话："未来其实已经到了，只不过分布得不均匀而已。"在汉语中，"未来"一词非常奇妙，未来未来，还未到来。因此，这句话翻译成汉语后，本身就包含了一种矛盾——既然未来，怎么就已经来了？如今，我们经常会说，"未来已来"，尤其是 2020 年发生的很多事，给人们一种时空交错的感觉。很多看似科幻的事情已经实现，而很多远古的东西又再发生。有时候，我们会感到迷茫，到底什么是前现代，什么是现代，什么又是后现代，各种元素全部交错在一起。19 世纪末 20 世纪初，欧洲曾有一门学科叫"未来学"（Futurology），回头看，当时未来学家们所做的预言大多是错的，但并不能因为这些错误就否定了他们的价值。相比之下，今天的人们对于未来，有一种前路迷茫的感觉，不仅仅是十字路口的左右为难，而是仿佛走到了路的尽头，再往前就是一片滩涂。在这种迷茫中，科技好像是唯一能够提供新的、外来的刺激，甚至能产生颠覆性效果的领域。

如果关注科技新闻的话，会发现这些年新的技术产品好像基因突变一样，不断更新迭代。但是从人文学者的角度来说，还是要从稳定的人性去思考这些突变的技术。无论技术如何发展，人性最基本、最底层的需求，包括欲望，包括社会结构，其实没有太大的变化。这也是为什么哲学从它的源头——公元前五百年左右——到现在，讨论的核心问题都差不多。因此，面对层出不穷、日新月异的技术，我们也不用恐慌，稳定不变的人性为我们提供了理解的视角与依靠。

一、地平线上乌云，还是乌云的金边？

19 世纪末 20 世纪初，在爱因斯坦于 1905 年发表三篇石破天惊的论文之前，当时的整个物理学界仿佛晴空万里，所有重大的物理学问题好像都已经被解决。1900 年，英国物理学家汤姆生提出，整个物理学的“地平线”上只剩下两朵“小乌云”：一个是黑体辐射问题，另一个是以太漂移说。后来，这两朵“乌云”集聚发展成为两场“大风暴”，将整个牛顿物理体系全部推翻掉。那么，那些在今天的媒体中被热议的技术，到底是会将人类生活整个颠覆，还是会让人类进入更美好、更多福祉的状态？对于这一问题，人们的判断可谓南辕北辙。

近几年，媒体对于技术的讨论主要集中在以下四个领域：纳米技术、人工智能、虚拟实境和基因修改。跟这四个领域相匹配的技术叫 NBIC，分别是纳米科技（Nano-technology）、生物科技（Biotechnology）、信息技术（lnformation technology），以及认知科学（Cognitive science）。这四个基础领域的学科，有任意一个出现突破，都会对人类生活造成极大的冲击，反过来说也给人类带来极大的希望。千百年来困扰人类的死亡，可能就因为这些技术的突破而得到解决。简单来说，可能有以下几个技术路径。纳米科技催生高强度的新材料。试想未来的高血压、血栓病人无须开刀，只要注射纳米机器人，就能够自动将血管壁上的附着物清除。其次是生物科技的发展。人类生活中有非常多的疾病，每种疾病都给人类带来非常具体的家庭和个人的痛苦。通过生物科技的发展，如果有一天所有疾病都被克服了，那么人类寿命自然会延长，甚至实现永生（lmmortality）。

然后是认知科学。美国企业家埃隆·马斯克在 2020 年上半年召开了一场新闻发布会，介绍了 Neuralink 项目的最新发展。这项技术的最终目标是实现脑机互动，这一技术的前景非常迷人，尤其对于残障人士来说，的确是个福音。2018 年去世的英国天体物理学家霍金，因为得了罕见的渐冻人症，丧失了大部分的运动能力，只能用嘴和几根手指来操作键盘。后来 IBM 为他定制了一辆安装了电脑的轮椅，通过这辆轮椅，他花很长时间才能“说出”一句话来。如果有脑机互动技术的话，这位科学家可以更流畅地将他的思想表达出来，更好地造福人类。因此，这一技术确实非常有吸引力。

当然，人们对未来的想法千奇百怪，但就像威廉·吉布森说的“未来已来”，很多技术已经走到了门槛上，甚至一条腿已经迈入了门内。这些技术中，有一项就叫作“赛博格”（Cyborg）。赛博格一词由控制论（Cybernetic）和生命体（Organism）组成。这项技术认为人类天生的生理局限需要通过科技去克服。既然掌握了机械技术与电子工程技术，为何不对我们的身体进行改造，甚至加强？很多技术专家都认为，赛博格是对人类生命的重大改善，而且技术门槛非常低。前两年，英国科学家在一位失明的士兵身上做了一项实验，通过连接在士兵舌味觉神经上的数据线及摄像头，令其可以简单地“看”到外部的黑白图像。

还有一项技术叫“外骨骼”（exoske-leton）。喜爱科幻作品的人应该对它非常熟悉。美国的波士顿动力公司所研发的机械狗，可以自主站立、跑跳。这项技术可以很容易地变成外骨骼，由独立电池驱动，感知腿和躯干的运动。人们一旦穿戴上这样的设备，只要做出动作，就可以抬起平时无法负担的重量。无论是军事还是工业上，这都有非常广泛的应用前景。

当然还有脑机互动。埃隆·马斯克的 Neuralink 技术采用了侵入式的脑机互动（Brain-computer Interface，缩写为 BCI），而非侵入式的脑机互动技术，例如脑控打字，如今已经比较成熟。通过使用者所佩戴的电极捕捉脑电波，再用算法将杂波过滤，进行电脑输入。2019 年，在武汉举办的世界机器人大会上，中国学生创造了每分钟六百多比特的脑控打字世界纪录。但“脑控打字”仍然属于一种中介技术，脑机互动的终极目标，是脑波的直接解读和传输。Neuralink 计划的目标从一开始就非常明确地想要发展侵入式的脑机互动技术。第一代的 Neuralink 技术，通过直接接入人类大脑的听觉中枢，绕开了耳朵、耳膜、耳神经等自然的听觉器官，而让听觉直接发生在大脑皮层。在 2020 年的发布会上，马斯克又提出，该技术未来的努力方向，是治疗心理疾病。人类的大脑其实是一种非常简单的生物机器，通过为数不多的几种荷尔蒙，调整当下人的心理状态，多巴胺令人幸福、褪黑素帮助入眠、催产素令人平静，最近又有研究指出血清素对于抗抑郁非常有效。通过植入大脑的芯片，调节荷尔蒙分泌，以达到不药而愈的目的。当然，这样的技术可能还需要很长时间才能实现。

对于那些常年受困于某种特定疾病——失眠、抑郁、焦虑等——的人来说，这项技术不啻为福音。但对于人类整体来说，这是不是一件好事呢？美国哲学家诺齐克（Robert Nozick，1938—2002）曾经提出过一个思想实验，叫作“幸福机器”，和 Neuralink 的目标非常接近。幸福机器可以立刻满足人的任何需求，一个人想要达到的任何心理状态，幸福机器都可以通过生物化学的方式让人立即获得。但是，现代人类的许多成就，其实是因为没有及时地获得满足，欲望被延迟之后，人们才需要持续地努力，才能创造出很多东西来。但如果真的像埃隆·马斯克所描述的那样，所有的痛苦在短时间内被消除了，所有的欲望在短时间内被满足了，人们为什么还要努力呢？只要有机器就可以了。这对人类的创造力，是不是一种破坏？

脑机互动的下一个阶段叫“读心术”（mind reading）。外骨骼技术更多的是读取人身体的运动指令。在埃隆·马斯克的发布会上，Neuralink 技术对那头实验猪的身体运动状态的读取是极为精确的。但是读取“意图”的技术会更加麻烦。二战之后美国的社会学的发展，完全取决于两项应用型的研究。一是人的购买行为，即对消费的预测，二是选举，即对投票的预测。这两项一个涉及经济，一个涉及政治权力，如果能够左右人长时段的决策意图，通过这项技术，甚至可以左右国家或者整个人类的未来。那么，有没有可能产生这样的脑机互动技术——一种高阶的读心术，来获知一个人所有的意图、所有的想法，甚至有没有办法读取一个人的审美趣味？审美是一种奇怪的生理现象，当一个人看到壮丽的风景，或者一幅画的时候，自然而然产生身心愉悦的状态。进一步来说，有了这样的技术之后，是否可以反向操作，从此人们不用去看莫奈、不用去看伦勃朗、不用去看毕加索，就能够获得这种身心愉悦的感觉？最重要的还有情绪，除了喜怒哀乐之外，人的情绪是很复杂的。中文在表达人的情绪的时候，有一个特殊的语汇，欧洲人始终理解不了，就是“空灵”。空灵不指向任何对象，也不一定是风景优美的地方。随着技术的发展，是否可以通过读心术的方式把它读出来？终极目标可能是实现反向输送，只要买一个像咖啡胶囊那样的东西，加到机器里，人一下就获得了那种空灵感。

再往下一步就更科幻了，当脑机互动技术和信息技术结合在一起，未来人类的一种生存样态就叫作“意识上传”（minduploading）。如果生理学、医学没有更大的突破的话，我们的寿命仍旧是有限的。人的“臭皮囊”是会生病的，人的身体是有“保质期”的。如果数字技术可以将人的意识保留下来，甚至用超级计算机模拟个体意识，这样这个人就得到了某种意义上的永生。2020 年有一部科幻剧，叫《上载新生》（*Upload*）。故事中，人们发明了一种意识上传的技术，一个人寿数将尽的时候可以有两种选择——可以选择抢救，也可以放弃抢救，直接将意识上传到云端，所以叫“上载新生”。当然，从技术角度来说，要做到意识上传是非常困难的。但哲学家与技术专家的思考路径不同。技术专家的思路是技术如何实现，而哲学家的思路则是，先不管技术，思考做到之后会怎样。

在《上载新生》中，导演、编剧将一个哲学问题用一种非常戏剧性的方式展现出来。当男主角完成意识上传的那一刻，医疗器械中突然发出高能激光束，把他的头给烧掉了，表明这个过程是不可逆的。为什么要这样做？如果不把这具身体给毁掉的话，那从此之后就有两个“他”。一个是数码空间的“他”，另一个是现实世界当中有血有肉有身体的“他”。这当然会出现很严重的法律问题。但后面的哲学问题是，即便存在这样的技术，会有人使用吗？那个继续生活在云端的“我”还是我吗？有什么保证那是“我”意识的延续？这就是“自我同一性”问题。自我同一性到底依赖生命的延续性，还是一些感受的统合？现代主流的生理学家认为，从神经生理学或者心理学角度来说，是没有“我”的，“我”是一些感觉被绑在一起，或者说某种程度上是种幻觉。这里就存在一个哲学问题。

二、超人类主义与生物保守主义

西方的学者对人类未来存在的样态有过非常多样的讨论和展望。以麦克斯·莫尔（Max More）为代表的学者，在1990年发布了《超人类主义宣言》。超人类主义，即“通过科学、技术的方式，由生命提升和价值引导，寻求延续和加速智能生命演化，超越其现有人类形式和人类局限的生命哲学”。这些学者中，大部分有科学背景。他们认为，从进化论角度来看，人只不过是漫漫宇宙演化过程中的一个产物。虽然人类自我感觉良好，认为自己是万物之灵长，但却不是宇宙演化的最高阶段，将来必然会有新的、别的物种来代替人。进一步而言，与其被其他生物替代，不如自己主动进行改变。

今天之所以要提出这个问题，是因为技术已经到了这个程度，可以对人本身进行一种修改。很多专家学者都认为，从人类诞生的那一刻起，在人类的很多思想中，都已经包含了超人类主义的种子。人类的所有想象，对未来的憧憬，其实都是想要让自己变得更好、更完善、更强大。意大利文艺复兴时期的哲学家皮科在《论人的尊严》（1486）一书中，以对话体的方式，借神之口对人说：

> 我们没有给你任何固定的位置或专属的形式，也没有给你独特的禀赋，你不受任何限制的约束，你可以按照你的自由选择决定，我已把你交给你的自由选择。……你既不属天也不属地；既非可朽亦非不朽；这样一来，你就是自己尊贵而自由的形塑者，可以把自己塑造成任何你偏爱的形式。

这话说得非常有前瞻性。达尔文的进化论告诉我们，所有物种都是自然选择的产物。环境变了，能适应环境变化的被保留下来，不能适应环境变化的被淘汰掉，这叫“自然选择”。人类当然是自然选择出来的，但当人有那么高的技术能力之后，有多少人还在接受自然选择？

回过来说，超人类主义提出的目标又被称作“3S”，超级智能（Super-intelligence）、超级长寿（Super-longevity）、超级福祉（Super-wellbeing）。超级智能不多说，很多作品都有涉及。超级长寿是不是很令人憧憬？对于怎么实现超级长寿是有争论的。这取决于哪一个技术先突破。如果是生物技术先突破，那么人类的身躯可以保留；但如果是数码技术先突破，那可能就要走数码永生（digital immortality）那条道路，将身躯扔掉。因此，超人类主义者又提出口号，认为除了法律当中已经规定的那些权利之外，人还应该有一项基本自由，即“形态自由”（morphological freedom）。但是，如果反思一下的话，大多数人要改变自己的身体，无非就想改得再窈窕一点、健康一点，或者按照我们的审美趣味，把某些部分缩一缩、长一长而已。但如果想要改成三头六臂就可能有问题了。

最有意思的实验是超级福祉，更幸福、更快乐。这一点与埃隆·马斯克的目标是很接近的，希望减少人类的痛苦，治疗人类的大脑损伤。但从我们哲学的角度来说，这一目标的基本取向是快乐主义。需要思考的是，这样的快乐到底值不值得追求？以及，每时每刻都持续的快乐，是不是件好事情？

当然也有不少的哲学家对超人类主义提出批评，这批人被称作“生物保守主义”。这里简单介绍两位学者的观点：一位是美国政治学家福山。在《超人类主义》一文（Francis Fukuyama，“Transhumanism”，*Foreign Policy*，no. 144，October 2004）中，他担心超人类主义的出现会影响社会公正：“如果我们开始将我们自己改变为某种高等的东西，那么这些被增强了的人会主张什么权利，和那些没有被增强的人相比较，他们将会拥有哪些权利？”他的质疑基于一个简单的理由，任何的技术产品都有价格，不是所有人都消费得起。这样一来，人跟人之间的差距会被越拉越开。现在只要是父母所生，生理能力不会有太大差异的。当然，福山并没有提出有效的论证，而只是在表达担忧，但这个担忧是有道理的。他说：“如果我们不很快发展出这种谦逊的话，我们可能会稀里糊涂地让超人类主义用他们的基因推土机和精神购物中心损害了人类。”

另一位是桑德尔（Michael J. Sandel）。桑德尔在《反对完美》（“The Case Against Perfection: Ethics in the Age of Genetic Engineering”, *The Atlantic Monthly*, April 2004）一文中，讨论了几种技术增强——肌肉的、记忆的、身高的、性别选择的。举个例子，比如可以通过基因修改增强下肢的肌肉，那这个人肯定跑得更快。这个基因修改人能否跟普通人在奥运会同台竞技，好像不可以、不公平，违反了体育精神。这里遇到的依旧是社会公正的问题。随着技术的发展，可能会人为地创造出两个阶级，一个是改造过的，一个是没有改造过的，而且两个阶级之间能力的差别越来越大。那人类以后还能友好地相处吗？除了我们以前讲的宗教、政治、出身、种族等造成的人类差异之外，现在又多了新的东西。桑德尔的大部分思考都是在正义问题上，他提出了一种危险叫“超自主”（hyperagency），即认为“并非这个世界中的一切都是我们可以欲求或支配的”。这和福山讲的谦逊跟审慎有关，有些东西是不能修改、不能触碰的。历史上有很多这样的想法，大部分来自文化的禁忌或者宗教的信条。如今，人类身体的神圣性已经没有了。一个人可以接受器官移植，可以做整形手术，好像一开始只是小小的改变，但一旦开始，恐怕后面就刹不住车了。

按照桑德尔的论证，身体是不可以随意支配的，也不可以随意对它进行改造，但学者的论证能不能挡住技术的社会应用？有人真的想改变自己，因为改变前景实在太诱人。这又被叫作“普罗米修斯的阴暗面”。神话人物普罗米修斯因为给人类带来了第一项能够掌控的技术——火，所以在西方通常是正面的形象。但是桑德尔反过来论证，指出人类获得技术之后，未必就用来做好事。因而，技术反过来变成人类的“诅咒”。这个说法不太容易接受，因为当代绝大多数人都是“技术进步主义”或者“技术乐观主义”的。大家相信，技术虽然会带来新问题，但新问题必须由更新的技术去克服。技术乐观主义基本不会承认或接受“普罗米修斯的阴暗面”这一说法。

三、个人主义的生死观

从生物学角度来看，不同的物种有两种不同的生存策略，R策略和K策略。R策略，就比如鱼类、两栖类，以产卵的方式繁衍下一代，后代数量极大，但真正能够存活的不多，以数量取胜；K策略，人类就是其中的典型代表，后代数量很小，但人类重视教育，以质量取胜。但随着基因技术的发展，思考问题的视角也随之转换。我们不难发现，无论是埃隆·马斯克还是基因修改技术，采用的营销策略，都是从个体的角度出发——治疗失眠、焦虑、遗传疾病等，这些都是个人视角，但是当我们谈人类整体的时候，其实完全不同。

其中有一个很重要的“合成问题”（problem of composition），即对每个个人是好的，是不是对人类整体也是好的？这是个很严重的问题。因为一旦欲望可以随时得到满足，人类文化是否还可以进步，是否还会有音乐，是否还会有哲学？苦闷是一种特别的情绪，不管是黑格尔、康德、费希特和谢林的作品，读出来的无非是苦和阴郁。如果德国人的生活和英国人的一样“好”，还会有德国哲学吗？我认为，不会有了。所以对个体好的事，是不是对民族好，对民族好的是不是对物种好，对物种好的是不是对生物界好？这些问题都值得提出来。

英国生物学家理查德·道金斯写的《自私的基因》一书，提出了完全不同的生命观。道金斯认为，所有的生命只不过是用不同的方式在进行基因传递。生命的核心不是个体，也不是物种，而是基因。这样理解的话，病毒跟人类相比，唯一的区别是它的传递速度比人类快。人类不能生活的环境，病毒还能生活下去，还能把基因随时注射到别的生物活体中去。这样一来，人在宇宙中的特殊地位就没有了。这是很危险的想法，到底是基因视角，还是人类的视角。面对这样的问题，可能还是需要回到人类整体的视角去重新审视。

关于永生有两个词，永葆青春与永垂不朽。永垂不朽就是永远活下去。永葆青春就是永不衰老。因为人或者绝大多数生物，大多是在老年时死掉。所以人类惧怕老，衰老意味着生理能力的衰落。但是惧怕老和惧怕死，本质上是不一样的。假设技术能够将人的生命状态定格，相信绝大部分人愿意把自己停留在比较年轻的时候。因为那时候真的年轻貌美，胃口也好，基础代谢也高。但是对人类文化来说，生命周期给我们带来了什么？中老年人有的智慧，年轻人是不会有的，这就是生命周期的特殊意义。或许未来所有人都可以永葆青春了，但所有人的身体都已经八百岁，而心理状态却始终停留在二十岁左右，这是不是一件很奇怪的事情。失去衰老，对人类整体而言，当然是一种损失。

再进一步思考，技术的发展，是否会带来主体的终结？主体是西方近代哲学立论的基础，主体不仅是连续的，也是封闭的。但是随着脑机互动、读心术等技术的发展，主体的封闭性可能被打破。例如，一个人只要接收另一个人传递来的电子信号，就能完整感受到其他人的感受。这项技术的优势在于，人类学习的时间会大大缩短，可以通过电子信号传输，迅速获得知识。但同样存在危险，人们再也分不清什么是我的感受，什么是其他人的感受，这就是“主体性的终结”。

在整个超人类主义背后，它的生死观、它对生命的观念，都是以个体为中心出发的。这里遇到的核心问题，就是上面提到的“合成问题”——对个体的改善，是不是意味着对整体的改善？我们能够预见技术突破的若干社会效应：例如代际概念被模糊，如果大家都能活几百岁，知识的传承就失去了意义。但更令人担心的是人类的“种内分化”。有的人用赛博格技术扩展身体，有的人数码永生，有的人基因修改，这么多不同的路径是否意味着，人类以后不能再被称作同一个物种？那对于人类的生命、家庭、社会来说，都会发生颠覆性的改变。未来的社会前景跟现代社会结构是完全不一样的。

人类的文化多种多样，包括宗教也好，神话也好，科学技术也好，在引发人的最底层的驱动或者追求这方面，几千年来没有实质性的改变，即对人的有限性的挑战。最近重读希腊神话，读到西西弗的神话：西西弗被奥林匹斯山诸神惩罚去推一块石头。他推到顶上又滑下来，再推，再滑下来。这则神话因为加缪的《西西弗神话》一书，已经为大家所熟悉。这种情景好像跟现代人生活中的无意义感、虚无荒诞以及机械重复很相似。但很多人忘记了，西西弗之所以被惩罚去推石头，是因为他欺骗了死神。这真是很有寓意的故事。如果人真的永生不死，是否会陷入西西弗这样的痛苦？从哲学角度说，人向死而生（海德格尔语），因为知道人生有限，人类才会对人生进行各种各样的规划，所以人生才有意义。有限性是意义的前提。技术可能打破这一前提，或者给人一种无限性的错觉。

（选自《书城》2021 年第 2 期）

橡皮擦

沙　爽

午夜失眠，随手翻翻微博，见《科技日报》登出了一则简短新闻，说北京大学神经科学研究所万有与伊鸣团队利用基因编辑技术，可以精准“删除”动物的特定记忆：

> 该研究在两个不同的实验箱里诱发大鼠对箱子的恐惧记忆，进而将基因编辑技术与神经元功能标记技术结合，通过对特定印记细胞群的基因编辑精确删掉大鼠对其中一个箱子的记忆，而对另外一个箱子的记忆完好保留。

如果我们的海马体能够自行辨识记忆的类别就好了——如果是愉快的记忆，就将它们输送往大脑皮层进行备份；反之，与痛苦有关的记忆将被永远封存在海马体内，等待另一个新生事件取而代之。事实是，人体确实拥有类似机能，一只隐形的橡皮擦，早已被造物植入我们的体内，用以擦除所有痛苦和不堪的往昔。肉体经受的剧烈疼痛，在经年之后将会变得隔世一般模糊。但是，此类记忆一旦被输送入大脑皮层，它就会变成一块巨大的、吸饱了雨水的海绵，阴郁、沉重，不堪触碰。当人们经历战争、恐怖袭击、重大交通事故等事件之后，随着时间的推移，有约七成的人会通过自身调节逐步恢复正常心理状态；而余下的两到三成人群，则坠入与此相关的漫长噩梦——医学上称之为创伤后应激障碍，简称 PTSD。在美国“9・11”事件发生后，因之而罹患创伤后应激障碍的病例，至少有万人之巨。曾经遭遇过的灾难画面一遍遍在脑海中重演，使他们夜夜难以入睡，也无法集中注意力。一点点稍大的声响，就足以让他们受到惊吓，甚至看到摩天大厦也会惊惧不已……记忆造就了一座人生炼狱，将许多人囚禁其间，而刑释日遥遥无期。

怎样才能让大脑删除苦痛，以补救被无形鬼魅所损毁的人生？

最早剪辑人脑的尝试，大约发生在古埃及。在一小部分埃及木乃伊中，尸体头盖骨上钻有奇怪的小洞。这种治疗癫痫病的古老手术早已失传，以致后来者不得不查阅大量资料，以了解这些小洞到底所为何来。

到了 19 世纪末期，为了治疗精神类疾病，医生们开始尝试对大脑进行手术。施术对象除了人类，还包括家犬和灵长类动物。1935 年，在伦敦举行的第二届神经精神学会上，约翰·富尔顿和卡罗尔·雅克布森发表报告，提到他们对黑猩猩实行两侧前连合切断术后，黑猩猩的攻击性行为减少了。在此基础上，葡萄牙医生安东尼奥·莫尼兹发明了脑叶白质切除术，用以治疗包括精神分裂症、抑郁症、严重强迫症以及一些被人们认为有精神疾病征象（如喜怒无常、具有暴力倾向）的人。经过手术，这些患者确实大都变得温顺驯良。莫尼兹因此获得了 1949 年度诺贝尔生理学医学奖。

脑叶白质切除术曾经风靡一时，从 20 世纪 30 年代到 50 年代，短短二十年间，仅在美国，就实施了四万到五万例。但因之而起的质疑也从未止息。50 年代前后的一项调查表明，大约有三分之一做过脑叶白质切除术的病人，术后病情并没有多少变化；另外的三分之一则比术前有所恶化，变得更为冲动，甚至丧失了部分人性和社会性。也有的病人在经过手术后失去了精神冲动，表现出类似弱智和痴呆的迹象。一些文艺作品也以此为题材，比如电影《飞越疯人院》，影片的主角、热爱自由且充满反叛精神的迈克·墨菲，被强行施行了脑叶白质切除术，就此变成了一具行尸走肉。在迈克·墨菲的感召下重新唤醒了生之希望的“酋长”，忍痛杀死迈克，逃出疯人院。

在日本，曾经发生过一桩轰动一时的“脑白质切除术谋杀事件”。

该事件的主角名叫樱庭章司，出生于昭和四年（1929 年），是一位成绩斐然的业余拳手，为人富有正义感。除了擅长运动，樱庭章司还勤于学业，自学英语并考取了正式的翻译资格，并立志要当一名作家。

年轻的时候，樱庭章司曾经做过土木施工员，为了保护被欺辱的同伴，他痛打过小混混，也曾涉嫌以暴力手段抗议老板的不当行为。以上这些都构成了他的“前科”。后来他开始写作，成了当红的体育作家。有一次，在赡养母亲的问题上，他与妹夫发生争执，盛怒之下，他捣毁了妹夫用来展示玩具的玻璃橱柜，因此再次被捕。医院对他的易怒型性格进行了精神鉴定，随后以检查肝脏为名，对他实施了脑白质切除手术。作为出院的条件之一，他被迫在手术同意书上签了字。

术后的樱庭章司，无缘无故出现了癫痫症状。而意欲的减退，使他的书写能力陡降到了从前的五分之一。有一天，他在窗前眺望落日美景，却发现自己的内心竟已不再为这世间的美好动情。自此他决意要杀死那位为他手术的医生，再自杀谢世。某日他服下巴比妥，来到医生家中，但碰巧医生外出，于是他一不做二不休，杀死了医生的妻子和岳母。

樱庭章司被捕之后，法庭对他进行了医学鉴定，确认他患有脑萎缩和髓液循环障碍，同时还发现了当年手术时遗留在他脑子里的止血夹。

受到此案启发，日本著名推理小说作家岛田庄司创作了《溺水的人鱼》，讲述了天才的游泳选手阿蒂娜在胁迫和欺骗之下，被切除了脑叶白质，由此失去了运动能力，不得不在轮椅上度过了痛苦的后半生。促使樱庭章司下定复仇决心的那个黄昏，也被岛田庄司移植到了小说之中：

> 这是在欧洲大陆可以看到的最后夕阳，眼前是一片金光灿烂的大海，间或也能望见星星点点的渔火……可是，望着这一切，阿蒂娜全无赏景之心，她只是呆呆地站在那里。以前，每当她看到这种夕阳西下的美好光景，总是惊呼赞美，欢呼雀跃。眼前的阿蒂娜简直成了一个木偶。

以脑叶白质切除术来改变某些人类天性的尝试宣告失败之后，医生们转而求助于药物治疗和其他更精确的脑外科手术。在半个多世纪的时间里，人类对自我肉身的探究可谓巨细靡遗。科技的飞速进展也鼓励了科学家的野心，他们所追求的目标也更为精细，对“记忆操纵”的研究，便是其中之一。

2014 年，荷兰科学家宣布，他们成功采用电击疗法删除了人类大脑里的指定记忆。医生借助电休克机等特殊仪器和设施，在短时间内，以适量的弱电流刺激患者脑部，从而引起脑神经内部发生综合作用，达到局部治疗的目的。

从 2016 年开始，加拿大麦吉尔大学的阿兰·布鲁奈特博士和他的搭档们，则尝试使用降压药普萘洛尔，为六十名受试者进行每周一次的治疗，每次治疗时间为十分钟。在六次治疗结束后，有三分之二的患者病情有所改善，虽然不能称之为完全清除痛苦记忆，但病人此前的睡眠不良、过度警觉、记忆闪回等 PTSD 典型症状，均下降了百分之五十甚至更多。

在此之前，美国佐治亚医学院研究小组曾经与中国华东师范大学的科学家共同合作，从小白鼠大脑中成功分离出记忆分子。他们在试验中将小白鼠放到一个房间里，播放一段录音，然后反复对小白鼠进行电击，使之对这个房间和声音产生痛苦的记忆。然后，他们将小白鼠再一次放到这个房间，并播放让它感到恐惧的录音，同时给它注射被称为 CamKII 的蛋白质。此后，当小白鼠被重新放回到同样的环境中并播放同样的录音时，则不再因恐惧而颤抖。他们由此得出结论：如果我们试图删除一段不愉快的记忆，需要在同时回放痛苦的记忆或恐惧的情况下，注射这种 CamKII 蛋白质。

至于《科技日报》上所报道的利用基因编辑技术来删除特定记忆，其具体的操作方式新闻中并未提及。但是人们还记得，早在 2018 年 11 月，南方科技大学副教授贺建奎曾经发布消息，声称一对经过基因编辑而对艾滋病免疫的双胞胎婴儿诞生，此事当即在全球互联网上掀起了轩然大波。

当时出于好奇，我查阅了资料，了解到基因编辑的一些皮毛知识。当 HIV 病毒攻击人体时，它主要以 CD4+T 细胞为目标，必须在细胞表面找到一个叫作 CCR5 或 CXCR4 的受体，这个受体相当于 HIV 病毒进入人体的“入口”。但是对 CXCR4 进行编辑可能影响到胚胎的发育，而且多数 HIV 都是通过 CCR5 受体进行入侵的，所以 CCR5 受体就成为基因编辑的最佳选择。贺建奎团队正是敲掉了 CCR5 基因的 32 个碱基，使其蛋白无法正常穿膜表达于细胞膜上，病毒也就无法找到这一“入口”进行入侵。不过，基因编辑存在出错的可能，并由此引发基因突变，对新生婴儿产生无法估量的伤害，也有可能产生新的疾病隐患。而且基因一旦被修改就无法恢复，这种隐患会伴随人的一生，并被遗传给子孙后代。

后来，坊间传出贺建奎被捕的消息。南方科技大学也发表公告，解除了与贺建奎的劳动关系，并终止其在校内的一切教学和科研活动。一桩疯狂的科学事件似乎就此画上了句号。然而，作为一个懵懂的凡人，我始终没有弄明白，应用于人体的基因编辑究竟在多大尺度上为法律所允许——如果将基因编辑作用于胎儿属于非法行为，那么，利用基因编辑技术删除特定记忆，其应用对象到底仅限于实验室动物，还是终将在人类中推广实施？

在一个文明社会里，出于对个人隐私的维护，我们不可能追踪这对婴儿的未来。基因编辑究竟给他们带来了怎样的伤害，以及如何确认其对艾滋病终身免疫，这一切都将成为悬念。半世纪前脑叶白质切除术留下的阴影并未散尽，考虑到人类记忆的复杂性质，实在远非小白鼠可以比拟——以基因编辑技术操控记忆，将为人类带来福祉还是灾难，我们完全无从预知。

有几次，朋友在网上向我借钱应急。第一个反应当然是担心遇到了网络骗子，于是请对方拨打我的电话，然后随口问了两个问题。这些问题不会见诸任何正史和野史，也无法凭借搜索引擎找到答案。它们是在多年的交往中，我与友人共同经历的细枝末节。如同在忘记某个密码的时候，系统据以确认操作者系你本人的提示问题：“你最喜欢的老师的名字?”或者，“你小学同桌的名字?”它们是游离于公共记忆之外的私人印记，而只有这样的印记，才可以证明你是你。这人世的深情，恰是建筑于我们彼此间共同拥有的点滴回忆。罹患阿尔茨海默症的人生之所以让人哀怜，是因为先于肉体，他们与亲人内心的环扣已经提前脱离。我们无法想象那是怎样一个全然空白的世界，仿佛一切被强光漂过，回首时空茫一片，连脚下的路也接近虚无。

在韩国电影《我脑中的橡皮擦》里，当秀真的记忆力日渐衰退，那个隐形的橡皮擦不断擦拭掉她脑中的一切印记，深爱着她的哲洙说：如果记忆离开了，还会剩下灵魂。秀真说：不，如果没有了记忆，那么灵魂也就不存在了。

果真如此，当未来医学真的可以删去那部分痛苦的记忆，此后的人类，是否仍可以拥有属于个人的完整灵魂?或者是，在完整与欢愉之间，我们将如何决定舍此取彼?

（选自《青年作家》2021 年第 3 期）

塞万提斯的启示

——莫言在北京大学文学讲习所成立大会上的演讲

莫　言

尊敬的谢冕老师、尊敬的曹文轩老师，非常感谢你们，因为三十七年前我在解放军艺术学院文学系读书的时候听过你们讲课，给我留下深刻的印象，也让我获得很大的教益。在座的各位老师，也非常感谢你们，感谢你们在努力培养着许许多多像我们当年一样的热血青年。也感谢在座的同学们，未来，你们中可能有的是作家、有的是诗人，总之都是跟文学沾边的人。

在我们北京大学勺园北侧草地上有一个2.35米高的塞万提斯铜像，这是1986年3月，北京市与西班牙马德里市结为姊妹城市后，马德里市政府赠送给北京市的礼物。北京市政府决定把这尊铜像立在北京大学校园内。1986年10月3日，举行了铜像安放典礼。

我曾经多次伫立在这尊铜像前，凝望着他的眼睛，试图与他有一种精神的交流，但终因我的境界太低，得不到这位先贤的回应。当时我还没有到北京师范大学去工作，也没有想象过如果把这尊铜像竖立在北京师范大学的京师学堂前会是一种什么样的感受。

后来我看了一则新闻，说美国东海岸的麻省理工学院的一群学生横穿整个美国，把西海岸的加州理工学院校园内一尊重约两吨、有一百三十多年历史的弗莱明加农大炮堂而皇之运出校园，运回了自己的学校。他们伪造了一系列文件，冒充了一个搬家公司，把大炮搬出校园。这两所理工类的名校一直在较劲。大炮运到麻省理工学院后，学生们做了一个很大的指环套在炮筒上，这指环是在校学生戴的，这表明加州理工大学的学生像大炮一样，需要来麻省理工学院加工淬火。这门大炮是加州理工学院镇校之宝，每年新生入学都要鸣放三炮，以此昭示他们学校的光荣历史、显示他们学校的学术尊严。镇校之宝被偷走，对于加州理工学院是奇耻大辱，学生们就设想用既要有尊严又要有面子、能够洗刷耻辱的方式把大炮弄回来。

他们设计了很多方案，其中一个是“奇兵天降”，即雇用直升机把大炮吊走。但要进行这样的飞行需要办很多手续，要通过军方、政府等部门，他们的计划没有实现，最终还是用一种不太理直气壮的方式把大炮运回来了。

这个有几分恶作剧的盗炮故事引起我很大兴趣，之后几年内，我一直在策划一个行动，我想把矗立在北京大学的塞万提斯铜像请到北京师范大学的校园里住几天。我把这个计划跟北师大的几位老师说了，他们很感兴趣，热血澎湃，说我们干。而且要帮我物色有执行力、有多方面专业知识、胆大心细的学生，组成一个特别行动小组。我也把这个计划跟一位导演谈过，希望他一开始就介入跟拍，最终剪辑出一部纪录电影。我知道，要完成这样一个计划，必须在北京大学校园里发展几个内线，但是太难了，因为他们热爱自己的学校，也热爱在校园内矗立了这么多年的塞万提斯铜像。

最终我们采取各种办法找到了两个内线，但是就在我们的计划要切实进入实施的时候，我听到一个消息，说要聘请我为北京大学的人文讲习教授，还让我担任文学讲习所的顾问，这就没有办法搞了，如果再搞就有监守自盗的嫌疑了。所以我宣布，搬运塞万提斯铜像的计划到此终止。

马克思曾经说过：塞万提斯和巴尔扎克是高于其他一切作家的小说家。恩格斯也赞扬塞万提斯是一位具有强烈的倾向性的诗人。歌德说塞万提斯的小说是一个令人愉快也使人深受教育的宝库。法朗士说：我们每个人心里，都要有一个堂吉诃德、一个桑丘；我们听从的是桑丘，但我们敬佩的却是堂吉诃德。托尔斯泰说塞万提斯是现代小说之父；狄更斯也曾经这样说过。米兰·昆德拉说：塞万提斯发明了现代小说。

塞万提斯能获得大咖们如此高度的评价，当然是因为他的巨著《堂吉诃德》。这本书出版四百多年来，一直长盛不衰地影响着无数的读者和写作者。直到现在，这部著作依然散发着光和热，依然让我们常读常新。我想，在北京大学文学讲习所成立的重要日子，重温一下塞万提斯的《堂吉诃德》，也许会对我们当下的文学教育和文学创作发生重要的启示。

大家都知道塞万提斯的人生经历相当丰富，他出身贫寒之家，童年时期跟随他做江湖郎中的父亲四处流浪，深刻地体验并接触了社会下层人民的生活。长成后当兵参战，立过战功并导致左手残疾。后来被敌国抓去关押在监狱里，经历了无数苦难，最终被营救回国。回国后他抱有被重用当高官的愿望，但实际上国王根本没把他当回事，只让他担任低级的税吏。他好几次蒙冤被抓进监狱。总之他的人生非常凄惨，这一切都为他创作《堂吉诃德》奠定了坚实的基础。更重要的是他深刻地感受、洞悉了社会生活的本质，并确定了他的思想倾向，从而使他超越了他的时代，获得了文学史上永垂不朽的地位。

塞万提斯给予我们的第一个启示是：要想写出能反映时代本质并超越时代的作品，作家应该尽可能地拓展自己的生活体验，更多地深入社会底层，与普通人感同身受。在当今这样的富裕程度超过历史上绝大多数时期的情况下，作家要体验饥饿、劳苦的机会已经大大减少。但生活在基层的人们依然有着种种不如意和难以克服的困难，作为一个写作者最起码应该了解这些人的心理和生活状况，然后才有可能使自己的作品具有现实和社会意义。

塞万提斯给予我们的第二个启示是：要塑造典型人物形象。《堂吉诃德》这本书之所以不朽，当然是因为堂吉诃德这个人物是世界文学画廊里光芒四射的典型形象。我们在《堂吉诃德》之后的许多小说里读到了与堂吉诃德有密切血缘关系的人物形象。堂吉诃德成了一种精神、一种象征，我们在历史的记录中和现实的生活中经常会遇到这样的人物，如果要认真地审视我们自己，我们也会发现自己的灵魂深处也有一个堂吉诃德、也有一个桑丘，在时隐时现地影响着我们的语言和行为。我去年出版的小说集《晚熟的人》里就有堂吉诃德的后代儿孙。

当然我们没有必要也没有可能在自己的作品里仿制一个堂吉诃德，但是我们要能触类旁通地写出我们的像堂吉诃德一样具有鲜明个性和某种超越性的人物形象，这困难非常之大，这个困难比把塞万提斯铜像转移到北京师范大学还要大，但是我们要知难而进，认真阅读，尽可能多地与形形色色的人打交道，尽可能强化自己的推己度人的准确性和化他人经历为自己人生经验的能力。我们要特别注意写人物与讲故事的辩证关系，讲故事是我们的目的之一，但更重要的是要通过讲故事来塑造人物。这二者的辩证关系必须把握好。这也是老生常谈，但越是常识越容易忘记。

塞万提斯给予我们的第三个启示是：一个作家要勇于尝试多种文体的写作，塞万提斯曾经写过许多诗歌，也曾经写过数十个剧本，尽管他的诗歌与戏剧创作既没给他带来金钱，也没有给他带来声誉，但是这种多文体写作实践对他的小说创作发挥了不可估量的作用。《堂吉诃德》中的大量诗歌和小说文本蕴含着的丰富戏剧性情节，正是他的多文体创作实践所带来的复合效应。一个诗人可以不写小说、不写戏剧，但我认为一个小说家如果有写诗与写戏剧的实践，那么他写诗、写戏剧所受到的嘲弄甚至谩骂，都会在他之后的小说写作中得到补偿。

塞万提斯给予我们的第四个启示是：必须牢牢地记住小说是语言的艺术。尽管我们读到的《堂吉诃德》是译本，但翻译家的卓越劳动成果还是能让我们感受到原作的风貌。《堂吉诃德》真正做到了人物语言与人物性格、人物的经历相匹配。这种语言的万花筒般的闪烁变幻的丰富性正是展示社会生活的丰富性与时代特征的最有效的手段。

中国近代史上曾经有过两个著名的讲习所：一个是毛泽东主办的农民运动讲习所，这个讲习所培养了很多革命家和农民运动专家，为中国革命的胜利发挥了作用；一个是由政务院批准、由中国作家协会主办的文学讲习所，这个讲习所培养了一批优秀作家，也是现在鲁迅文学院的前身。现在又有了北京大学文学讲习所，我们寄希望于这个讲习所，祝愿它为文学的发展与进步做出贡献，并能随着时间的积累，成为北大的也是中国的一块闪闪发光的金牌。

最后我要提醒北京大学的同学们，要看护好我们的塞万提斯铜像，尽管我的计划终止执行了，但我的计划也泄露了，我不敢保证没有人继续执行这个计划。如果有一天早晨，大家去勺园，看到基座还在，铜像没了。那我们该怎么办呢？

谢谢大家！

（选自《散文海外版》2021 年第 5 期、《青年作家》2021 年第 3 期）

书之所归

姜　华

2020年岁末，欧美书业引人注目的事件之一，是美国前总统奥巴马回忆录《应许之地》（*A Promised Land*）在皇冠出版公司的面世。该书全球首印量五百九十万册，以二十种语言在全球同步发行。一周之内，实体书售出一百七十万册，一个月后，这一数字变为三百三十万册，出版商也将总印数调高到六百八十万册。与实体书同步的，还有电子版和有声书版本，虽然二者比实体书价格便宜，也应和了当代社会“移动媒介”“视听媒介”的现实和人类精神生活中“听觉、触觉”的回归，但销售数量仍大大落后于实体书籍。书业与政治圈、文化界为这本传记的惊人销量备感兴奋之余，一个持久的话题在大多数人眼中也许早已“视而不见”，但它却又无时无刻不隐隐浮现于人们内心深处。这就是人类历史上最为持久的传播媒介——实体书籍——的命运问题。

“实体的黑夜”

对于与人类精神生活如影随形相伴了数千年的实体书籍，20世纪之前的知识人看到的似乎只有它传通知识、思想的非凡魅力与延展文明、视野的不朽价值。人们很少将关注点投射到书籍本身。对书籍地位与命运的忧患之思始于20世纪上半叶电子媒介在人们日常精神生活领域的“攻城略地”，此时欧洲的精英文化圈就开始对电影、广播等视听媒介有可能“掠夺”书籍文化地盘的现象产生警觉，但赫尔曼·黑塞（Hermann Hesse）对书籍的信心却十分笃定：“至于‘书籍’这一观念差不多已丧失尽过去的崇高地位，最近因电影或广播的影响，书籍甚至在多数人的眼中都行将失去魅力，我们倒不必引以为悲的，我们不必忧虑书籍也许会连根被拔除的一日。”黑塞认定，即使视听媒介有朝一日“侵占”了书籍的某一部分功能，也不必大惊小怪，因为它们所“侵占”的仅仅是书籍可有可无的那部分功能。

乐观的情绪，显然没有持续多久。随着时间的推移，人们对实体书籍的未来变得心里越来越没底。有的学者认为，不仅实体书籍在未来的精神版图中没有位置，所有书籍恐怕都将地位不保。法国历史学家亨利-让·马尔坦（Henri-Jean Martin）在20世纪90年代初指出：“书籍已不再拥有昔日的威望，已不再是我们理智与情感的主宰，因为我们今天所面对的，是人类所拥有的全新的交流和资讯工具。”与马尔坦观察到书籍在与其他媒介的竞争中丧失了主体地位不同，罗杰·夏蒂埃（Roger Chartier）认为实体书籍时代已悄然远去，电子文本将粉墨登场：“革命已被宣告或实际上已经开始，我们将从纸质书，例如我们熟悉的书册、书页、集子，过渡到电子文本和视屏读物。”2008年至2009年，欧洲大陆极富影响力的两位知名爱书人——意大利学者翁贝托·埃柯（Umberto Eco）和法国电影艺术家让-克洛德·卡里埃尔（Jean-Claude Carrière）就书的前生今世做了数次长谈，两人关注的议题之一就是“书会消失吗”。对书籍的未来，埃柯的态度虽然不如夏蒂埃认为实体书时代已经结束那样决绝，但语气中也多了分不确定。他一方面认为“书就如勺子、斧头、轮子或剪刀，一经造出，就不可能有进一步改善。你不能把一把勺子做得更像勺子。书多方证明了自身，我们看不出还有什么比书更适于实现书的用途”，一方面又补充道：“也许书的组成部分将有所演变，也许书不再是纸质的书。但书终将是书。”我不清楚，上述话语从一位中世纪珍本爱好者、收藏家、历史小说家口中说出的时候是什么滋味，或许总有一种苦涩在心间吧。

通常认为，为印刷文化“画上句号”的是被称为“媒介先知”的20世纪加拿大媒介学者马歇尔·麦克卢汉（Marshall McLuhan）。1999年3月，美国历史学家、书籍史家罗伯特·达恩顿（Robert Darnton）在《纽约时报》撰写评论，指出麦克卢汉1962年提出的所谓“印在纸上的文字很快会消失”并未实现。20世纪下半叶乃至进入21世纪以来，谈及实体书籍的暗淡前景，人们大多将“实体书籍即将消亡”的帽子戴在麦克卢汉的头上，有的学者甚至为此对其大加挞伐，痛斥他信口开河、哗众取宠。然而，在有生之年，麦克卢汉从未明确说出过实体书即将消亡类似的话语。引发误会的，是使他声名鹊起同时又毁誉参半、出版于1962年的《古登堡星汉璀璨》。这是一部奇异的书，从形式上看，它虽然篇幅不短，正文却不分章节，也无目录，不同部分之间亦缺乏鲜明的逻辑关系；虽然列出征引文献篇目或作者，全书却无一处注释。在学术规范已然成熟的欧美学界，麦氏说他之所以选择如此这般独具一格的“花样”著述方式，是为了打破印刷文明的“视觉垄断”，却也着实令学界同侪备感不适。更多的人，在讨厌且并未通读此书的情况下，就宣称该书宣告了印刷术的终结，使麦氏轻而易举背上了“书籍终结者”的恶名。其实，麦氏此书着眼于印刷文化和印刷书对人类社会、文明和个人生活带来的新变革与新变化，他“镶嵌画式”的行文布局，也是为了通过这种“形式实验”，让人们感知到以往印刷文化的特质及其引发的“星汉事件”。其实，麦克卢汉对印刷文化最严厉的“判词”并不在《古登堡星汉璀璨》中，而是在1959年于美国芝加哥的演讲“电子革命：新媒介的革命影响”中提出：“印刷术的君主统治结束了，新媒介的寡头政治篡夺了印刷术长达五百年的君王统治。”即使点明实体书籍可能正在逐步丧失优势地位，可他终究未说出实体书籍会消亡。与之形成鲜明对照的是，1972年，英国爱丁堡公爵菲利普亲王主持了一场多位世界知名人士参加的论坛“书籍重要吗”，麦克卢汉应邀参会，发表演讲“书籍的未来”。在演讲中，他的宣示斩钉截铁——“书籍的未来前景广阔。它不会走向终点；实际上，它正在重温和重塑它扮演过的一切角色。”

真正为实体书籍唱起“挽歌”的是德国媒介学家基特勒（Friedrich A. Kittler）。在一篇论文中，基特勒将“没有一物可想象”的情形称为“漫漫黑夜”，而这无一物可想象之处，乃是“数据处理之所”。历史上，从手写书信，到印刷书籍，再到卫星无线电，在基特勒的眼中都是数据处理的不同形态。以往，“实体的黑夜”可能是一位声名卓越、知识渊博的学人，将一切所能吸收的智识集于一身，却也隐去了智识来源，他于是便成了“保存之所”。同时，作为“保存之所”的他，也因之成了其他智识之源的“黑夜”，一物得以保存之处，背后将是淹没无数实存之物的茫茫黑夜！印刷术出现之后，广积博储又没有任何注释且体现强烈创作主体色彩的实体书籍，淹没了它的主人生成思想借以观览的诸多实体书籍，成为新的“实体黑夜”。据说，黑格尔的《精神现象学》就是这样的“实体黑夜”——它比《古登堡星汉璀璨》还过分，后者尚在正文中写出文献来源，而前者对依凭之实体书籍、观点来源不着一字。当下的技术社会，实体日益流失，越来越不可见，就如《精神现象学》这样少量而分散的“保存之所”也终将以数码的形式消散在数据存储器的渺茫之所。所以，依照基特勒的看法，离散的数码技术，终将成为所有实体的“黑夜”，书籍最终也免不了这样的厄运。

“思想的货币”

基特勒洞见了数码技术的力量，却忽略了数码技术对人类精神生活的宰制。

德国社会学家西美尔（Georg Simmel）在阐述“货币哲学”时着重指出，货币本是物品，“最为需要和最有价值的物品最易成为货币”。换句话讲，货币本身即有价值——它可以作为有用的物品使用，也可以作为装饰品存在，还可以作为友朋馈赠的礼物——并非仅仅作为现代意义上之货物而存在。从某种程度上讲，现代符号货币的形成过程是不断张扬货币功能性价值、挤压货币物质性价值的结果。这个过程是货币不断符号化、抽象化的过程——原本的货币，具有符号和物质双重价值，对应着实际可用的物质，但伴随抽象符号化体系的逐步建立，再生的抽象符号已经与现实物质脱离了关系，成为某种空洞之物。这就如当代的纸币以及发展中的比特币、数字货币，其自身已经没有了任何物质价值。

实体书籍犹如思想的货币。无论是货币，还是实体书籍，本都是器具性的存在物。依海德格尔（Martin Heidegger）的看法，“器具之器具存在，即可靠性，按照物的不同方式和范围把一切物聚集于一体。不过，器具的有用性只不过是可靠性的本质后果。有用性在可靠性中漂浮”。换言之，相比“有用性”，“可靠性”更能显现器物的本质，也具有更加丰富的意涵与价值。反观货币，作为器具性的存在物，它不仅仅是以物易物的工具，更是具有物质价值、人际中介关系、体现人类生活艺术等诸多面向的存在物。实体的书籍何尝不是如此！千百年来，无论中西，知识界极力表彰的往往是书籍所承载的微言大义与思想价值。知识界对待书籍，犹如商业界对待货币，过度看重功能价值而有意无意忽视物质价值，这在货币和书籍身上，同样突出。实体书籍看重内容，强调内容在文化的时间性传承与空间性传播中的功效性价值，这当然没什么错，而知识界的过失在于对实体书籍物质性价值的选择性忽略。20 世纪的媒介学者中，麦克卢汉是最先意识到这一点的。在他看来，内容恰似一片美滋滋的肉，吸引了“看门狗”的注意力，而“窃贼”早已偷偷溜之大吉。16 世纪古登堡现代活字印刷术发明之后，人们就沉浸在印刷书营造的温暖摇篮里，时时刻刻感受摇篮的温暖，却从未抬眼看一眼摇篮是什么。麦克卢汉常用的另一个术语是“麻木”，主要用来说明现代人对电力技术的迟钝和电子媒介的无感。事实上，《古登堡星汉璀璨》恰恰是要人们在“镶嵌画式”的文本迷宫中，留心印刷媒介这个“窃贼”的真面目。

作为“思想的货币”，实体书籍原本并不只看重自身的功效性价值。漫长岁月里，物质性价值在实体书籍中不曾缺位。在古埃及，用于制作纸草书的莎草纸品级众多，有“皇纸”“王纸”等多种类型，价格也相差甚远，莎草纸本身质量的高低代表着书写完成的纸草书的价值。更有甚者，古埃及晚期，民间所用亡灵书是没有什么“内容”（具体内容需要后续填充）的，决定其价值的是亡灵书材质。古罗马时期，“大约从公元 200 年到 400 年，人们把大量的文献从传统的纸草卷转抄到新近采用的羊皮卷上。……可正是这种转换造成了文献极大的损失。……可一旦文献获得了新的外在存在形式，所有旧的本子，因为已经变得多余，自然被抛弃了”。大量的古代文献和神学著作被从纸草文献转抄至羊皮纸，除了后者坚固易存之外，人们看重的是书籍的物质样态——在他们心目中，羊皮纸可以使心目中的经典作品更加神圣、更有永恒性。欧洲大陆有着一千余年书籍制作传统的修道院缮写室中的抄工们，更多关心的是所抄之书如何呈现，而很少细查抄的是什么内容。三年前，笔者在牛津大学访学，有幸目睹在牛津大学博德林图书馆展出的制作于 12 世纪的四卷本《温彻斯特圣经》（*Winchester Bible*）。这部长五百八十三毫米、宽三百九十六毫米的泥金手抄本圣经，典雅庄重、气势撼人。特别是每一卷首页都有三分之一幅面的彩绘字母，首页以及正文页每一节开头、每一行文字亦均有精美的首字母装饰。可以说，《温彻斯特圣经》的独特，更多地体现在内容之外，是这部 12 世纪的手抄书籍的器具性存在令其卓尔不凡。事实上，实体书籍的开本也并非随意为之。1776 年 3 月，塞缪尔·约翰逊与好友詹姆斯·鲍斯威尔到牛津大学的彭布罗克学院看书。鲍斯威尔发现了用摩洛哥羊皮装帧的四开本大卫·休谟著《随笔和论文集》，在当天的日记中，他记下了当时惊愕的心情。在他看来，休谟不配享有标志“教养和尊敬”的四开本。中国唐代，也特别重视书写材料的质地，除了本国生产的“鱼子纹”“斜纹纸”等本土纸张外，还从高丽进口“蛮纸”，从日本进口“松皮纸”，这些无不体现了时人对物质性的重视。同时，现代中外出版业引人注目的书口刷金或彩绘的工艺，至少在中国明代的书籍制作中已较为常见，书籍物质表现力的价值曾一度被珍视。

实体书籍功能性价值的兴起，随着媒介技术的演进一步步走向深入。

写本或抄本时代的书籍，至少将实体书籍的器物性放在与内容同等重要的地位。在当时的人看来，实体书本身即是价值的体现，器物的优劣不仅是它作为内容载体是否合用的问题，更重要的，器物还表明它的使用是否得体。现在遗存下来的写本或抄本每每震撼人心，很重要的一点在于，它们传递出后世书籍所未有的意涵。用海德格尔的话讲，这样的实体书籍是“可靠性的”器具，它为传递人类思想提供了更加丰富的可能性。早期印本书，虽然比不上抄本精雕细琢，但印刷与装订也是完全分开，依然保留了抄本时代首字母装饰、边饰等做法。印刷技术和造纸技术的进步，激发了书业的扩张雄心，也张扬了人类加速知识传播的旧梦。这些都有利于文明的普及，但一个不容忽视的事实是，实体书籍的功能性价值在极速扩充的同时，压缩了其物质性价值存在的空间。平装书革命，使得更多的人有书可读，可也拉低了实体书籍的“器具可靠性”。现在，将实体书籍连根拔起的是数码洪流。除了 pdf 文本系从实体书籍演化而来，依稀仍有几分实体书籍的感觉外，当下通行的数字书籍，mobi、epub、azw3 三种格式的出版物，无论具体内容是什么，均被以上述三种格式压缩在数据之中，没有了个性，也变得面目模糊。数字化书籍消除了实体书籍“可靠性”中丰富的可能性，唯一留下的只是用于内容传播的功能性价值。

在数码浪潮面前，一切的实体烟消云散，遁入无尽的黑暗。自启蒙运动以来，“现代化”观念中对算计、效率的追求，与人们心中洋溢着的无限传播与扩散信息的理念一起，向着去物质化的虚空世界一路狂飙。

“艺术化生存”

书籍世界的未来已初现端倪，未来可能是“思想货币式书籍”与“信息货币式书籍”并存的格局。“思想货币式书籍”的表现形态是实体书籍，它不仅是思想、知识的载体，更是一种审美化的物质存在体。作为器具，它为人类的精神世界提供了远超书籍“内容”文本的触觉、味觉、视觉、情感、美感等诸多“可能性”，它是一个延展的世界。“信息货币式书籍”是数字书籍的样态，它于方寸之间提供了“海量”的“内容”，这些信息还有查阅、检索的便利，这是一个速度的空间，一切围绕效率展开；作为个体的书籍，都化作一串串的数码，变得面目全非，个性全无，陷入黑暗之中，它是一个乏味的、单一的、“查而不思”、一晃而过的世界。

罗伯特·达恩顿说：“电子书将充当古登堡的伟大机器的补充物，而不是替代品。”因为在他看来，“没有任何媒介比用于写字的纸（特别是十九世纪以前制造的纸）能更好地保存文本，只有羊皮纸和石刻可与之媲美。迄今最好的存储系统是前现代社会的旧书”。刘慈欣在《三体》中也提到，千万年之后，人类在宇宙中留下的精神印记是石刻文字。但是，当代社会的现实是，没有人愿意看见久远的未来，不然就不会有对于“永恒”的不屑一顾。从此角度看，“电子书”未必一定是“古登堡机器的补充物”，它也有可能与人类的无限扩展的欲望一道“喧宾夺主”，不断挤压实体书籍的生存空间。那么，实体书籍的未来在哪里？贝尔纳·斯蒂格勒（Bernard Stiegler）给出的“药罐”是艺术。对于实体书籍而言，其未来的根基，其实不是“向前看”，而是“向后望”——重新发现实体书籍之所是——回退到它本来所是的艺术化存在状态。在这一点上，麦克卢汉比任何书籍史家、媒介学家都看得更清楚。与通常所认为麦克卢汉谈论新兴媒介甚多因而是“新媒介”的欢呼者不同，实则他对“旧媒介”充满了温情与留恋。在关于互联网络的演讲中，他曾直言不讳：“我谈论的任何东西都是我坚决反对的，反对的办法就是理解它，这似乎是最好的办法。”“我们需要预先充分认识新媒介里固有的因果力量，目的是拯救自己的印刷文化，同时也拯救汉字的书法和教育。”换言之，面对新媒介的“攻击”，他给出的应对之道是“察今”而“回望”。所谓“察今”，就是对新媒介营造的传播环境要有充分的体察与认知，如此才能真正理解当下的传播环境对于实体书籍这个旧媒体意味着什么；所谓“回望”，就是在新媒体促成的传播环境中，返回实体书籍曾所是的艺术状态。麦克卢汉说“新技术有这个趋势，它包围旧技术，使旧技术上升到有意识的层面，使我们对过去的认识大大提高”“一旦受一个新环境的包围，任何东西都会成为一个艺术品”。由此可知，对新媒介创造的这个实体书籍的“反环境”的考察，可以使我们更加深切地体悟到实体书籍的力量。

对于人类面临的新技术“袭击”，斯蒂格勒和麦克卢汉不约而同给出了“艺术”这个“药罐”。面向不确定的未来，艺术或许也是实体书籍的“药罐”。数千年来，人类艺术从古希腊时期将自然看作外在之物时的模仿自然，走向将人类作为主体与外物分开看待强调个性表达的现代艺术，再到如今摒弃主—客体二分重新看待物与人之关系，艺术表达也在演变。但无论如何，艺术依然强调表达者的个性与艺术品的物质性价值。在书籍的发展史上，写本、抄本是最具艺术特质的存在物；待到印刷术尤其是现代活字印刷术之后，个性化有所退步，“文本的固化”成为新现象，但这并没有完全使实体书籍失去其艺术特性；真正的沉沦是数字书籍的面世，由此，所有的阅读者面对的是“同样的哈姆雷特”。沃尔特·翁（Walter Ong）曾言：“书籍制作中所运用的大规模生产手段让我们可以，事实上必须调整我们对于书籍的印象——它不再仅仅是思想沟通的代表，而更侧重于作为一种具体事物。”麦克卢汉的传世名言“媒介即讯息”，强调一种媒介会创造一种相应的传播环境，他不厌其烦地提出“反环境”“逆转”“后视镜”等这样的术语，特别青睐在不同媒介营造的不同环境的“对观”之中体察每种媒体各自的特质。对于实体书籍而言，作为实体化存在的器具，它是可能的艺术化“可靠性”空间，唯有将其看作一种“具体事物”，张扬其艺术化的特质，才有可能找到其未来应走之路。

“媒介即讯息”，媒介即环境，实体书籍能够走多远，端赖其在器具性的实体化道路上多大程度地回归自身！

（选自《读书》2021 年第 4 期）

光影流年

跫音

——百年中共与北大红楼

李舫

北京，东城。

横平竖直的北京旧城，有一条东西向的长街——五四大街。这条大街的中心，有一个朴素的门牌，上面刻着“五四大街 29 号”。在这个门牌的后面，是一个不大的院落，古朴的铁门后面，静静地伫立着一座红砖砌筑、红瓦铺顶的老式建筑。春来暑往，斗转星移，这座“工”字形的建筑已逾一个世纪。

1918 年初，李大钊在这里创建了马克思主义研究小组。

1919 年 5 月 4 日，北京大学的学生们正是从这里出发，一路行进到天安门，点燃了五四运动的熊熊火焰。

1918 年，毛泽东在这里的第二阅览室担任图书管理员。

1920 年 3 月，在李大钊的指导下，邓中夏、高君宇等 19 人在北京大学红楼秘密成立马克思学说研究会，又称“北京大学马克思学说研究会”。

1920 年 10 月，在北京大学红楼一层东南角的李大钊办公室，李大钊、张申府、张国焘三人秘密成立北京共产党小组。

因与北京大学的历史渊源，因与深沉宁静的红色外貌，这座建筑从建成至今，一直被人们称作——

北大红楼。

一

1917 年，农历丁巳。

这一年，刚刚回到中国履新北京大学校长的蔡元培刚满 50 岁。五十而知天命，蔡元培却不知道他要面对的，到底意味着什么。

作为北京大学的第六任校长，等待他的是一个烂摊子。旧思想、旧文化、旧道德将北京大学腐蚀得乌烟瘴气，教员因循守旧，学生无心向学，人心日渐堕落，校园毫无生气。立志改革的蔡元培，更加坚定了自己的改革主张，他要从一所大学开始，用教育和启蒙的温和方式，重新掀起一场意义更加深远的革命。

北京大学的前身为京师大学堂，创办于 1898 年。1900 年八国联军侵略中国，京师大学堂被迫停办。1902 年大学堂恢复办学，采用分馆制，设有仕学馆和师范馆，后又陆续增添进士馆、译学馆及医学实业馆。辛亥革命后，京师大学堂改名为北京大学。改名之初，校内封建官僚习气依然如故，学生多是仕宦子弟，他们来此读书，无非是为日后的官运仕途谋取身价和资格。

此时的北京大学，春冰未泮，春意料峭。

1 月 9 日，蔡元培冒着严寒，发表就任北京大学校长的演说。他试图用教育完成救国宏愿，“吾人切实从教育入手，未尝不可使吾国转危为安。”

蔡元培对学生提出三点要求：一曰抱定宗旨，二曰砥砺德行，三曰敬爱师长。值此之际，他莅任的第一要务便是以“思想自由、兼容并包”的方针改造旧北大，致力于把北大办成以文理科为重点的综合大学。蔡元培从改革文科入手，扩充文理两科，文理两科的负责人便是文科学长、理科学长。这一年，他着手的第一件事，就是正式致函教育部聘请陈独秀任北大文科学长。

此时，蔡元培致力的理想教育是一种人格教育，因此他必须改革北大旧有的教育体系，尤其是文科教育。在他看来，文科学长不但必须是“积学与热心的教员”，还必须具有革新的思想，勇于“整顿”的革命的精神。当其时，陈独秀高举科学与民主大旗，以《新青年》为阵地，把一篇篇笔锋犀利的文章化为投枪，向旧礼教、旧道德、旧文化展开毫不留情的抨击。作为“一员闯将”，陈独秀“是影响最大，也是最能打开局面的人”。

北大文科原先只有四门：中国文学、中国哲学、中国史学、英语。陈独秀出任北大文科学长没多久，就开始进行大刀阔斧的改革，增设了德语、俄语、法语三门，并在哲学、英文、中文中分别设立了研究所。在文科的课程设置上，陈独秀也不拘一格，他曾经力排众议而开设了“元曲”科目，将“鄙俗”之学搬入高雅之堂，这是我国大学讲坛第一次开设“元曲”科目。除此之外，陈独秀还积极邀请各类人才到北大执教，如胡适、李大钊、刘半农等，一时间，提倡新文化运动的知名人士，大都聚集于北大文科。

1915 年 9 月，陈独秀在上海创办《青年杂志》。翌年，该杂志改名为《新青年》，新文化运动由此发端。陈独秀受聘为北大文科学长后，《新青年》编辑部随之移至北京，由一人主编改为同人刊物，并成立编委会，北京大学由此成为当时中国思想界最活跃的阵地。这个时期，胡适、陈独秀前后在《新青年》发表的《文学改良刍议》与《文学革命论》，一同扛起了中国文学语言改革的大旗，此后，钱玄同、刘半农、傅斯年、周作人等人相继唱和，汇结成一股势不可移的新文化运动的潮流。

1918 年 12 月，陈独秀、李大钊创办针砭时政的战斗性刊物《每周评论》，编辑部就设在北大红楼文科学长办公室。《每周评论》与《新青年》相互配合，协同作战。《每周评论》猛烈抨击封建军阀统治，揭露日本在中国东北和山东攫取权益的侵略行径，号召人民奋起抗争，成为新文化运动的又一块宣传阵地。

陈独秀执掌北大文科学长，随情任性，雷厉风行，锋芒毕露。正因为如此，陈独秀也结怨甚众。他的特立独行、唯我独尊，也令他举步维艰。在众人的压力之下，蔡元培于不得不主持召开文理两科教授会主任会议，宣布废除学长制，成立由各科教授会主任组成的教务处，由教务长替代学长。实际上，陈独秀是被体面地卸下文科学长一职，体面下课。

犹如夜空中的焰火一般，陈独秀在北大红楼的两年，灿烂绽放，璀璨高升，旋即下落，化为灰烬。他将光明留给了周遭，却伴着余烬黯然离开，踽踽独行。

二

1918 年仲秋，一个满口湘音的青年，背着一个简单的包袱走进了北京大学的校门。

他，就是后来影响了整个中国甚至整个世界的毛泽东。

五年前的春天，毛泽东被湖南第一师范录取，在这里度过了五年半的光阴。在这所学校里，对他影响至深的有杨昌济、徐特立、袁仲谦、黎锦熙、王季范、方维夏等，其中尤以杨昌济的影响最大。杨昌济对这位勤奋擅思的农家子弟很感兴趣，他在日记里这样记述对毛泽东的最初印象，“资质俊秀若此，殊为难得。”“余因以农家多出异才，引曾涤生、梁任公之例以勉之。”期待毛泽东像曾国藩、梁启超一样出类拔萃、济世救困。

而对毛泽东来说，杨昌济是他最敬服的老师之一，其教授的伦理学也是他最喜欢的课程，他甚至把杨昌济翻译的《西洋伦理学史》全部抄录下来。

剧烈动荡的社会呼唤“大造”之才，而毛泽东也正关注着变幻的政治风云。袁世凯与日本签订丧权辱国的“二十一条”，消息传来，湖南第一师范学校学生编印《明耻篇》小册子，毛泽东在封面写下：“五月七日，民国奇耻；何以报仇？在我学子！”他还在挽学友的诗中写道：“我怀郁如焚，放歌倚列嶂。列嶂青且茜，愿言试长剑。东海有岛夷，北山尽仇怨。荡涤谁氏子，安得辞浮贱！”对民族危难的沉重忧患，以雪国耻、救国亡为己任的情怀抱负，跃然纸上。

尽管那时的毛泽东年轻英俊，已经是新民学会的领导人之一，在湖南小有名气，但在北大这块精英聚集之地，还只是一个来自外地的普通青年，默默无闻。他以一种略带自嘲的语气回忆这段经历：“我的职位低微，大家都不理我。我的工作中有一项是登记来图书馆读报的人的姓名，可是对他们大多数人来说，我这个人是不存在的。在那些来阅览的人当中，我认出了一些有名的新文化运动头面人物的名字，如傅斯年、罗家伦等，我对他们极有兴趣。我打算去和他们攀谈政治和文化问题，可是他们都是些大忙人，没有时间听一个图书馆助理员说南方话。”尽管如此，毛泽东并没有灰心，他参加了哲学研究会和新闻学研究会，利用在北大旁听的机会如饥似渴地学习。

这一年 8 月 15 日，25 岁的毛泽东为新民学会赴法勤工俭学的事，由长沙乘火车到北京，这是他第一次走出湖南的长途之旅。可是，他没有去法国，而是选择留在北京。日后，毛泽东在接受埃德加·斯诺采访时说到其中的原因：“我觉得我对我自己的国家了解得还不够，把我的时间花在中国会更有益处。”此时的毛泽东，思想信仰仍未确定：“是自由主义、民主改良主义、空想社会主义等观念的大杂烩……但是我是明确地反对军阀和反对帝国主义的。”

此时，他在湖南师范学校的恩师杨昌济已任北京大学哲学系教授，赴法勤工俭学的信息就是杨昌济传递回家乡的。那时正是第一次世界大战后期，法国到中国招募华工，北大校长蔡元培等人借机筹建了华法教育会，组织中国学生开展赴法勤工俭学活动，杨昌济及时把这个消息传回湖南。这时的湖南政局混乱，政权更迭频繁，教育已经摧残殆尽，学生已至无学可求的境地，杨昌济让他的学生们积极准备赴法留学，选择勤工俭学这样一条新路。毛泽东选择留在中国，经杨昌济的介绍，他被安排到北京大学图书馆当助理员。

毛泽东来到北大工作，不是简单地北漂谋生，而是继续探求救国救民、匡扶正义的真理。正是由于杨昌济的介绍和推荐，《新青年》为毛泽东开启了另一扇认识中国与世界的窗口。陈独秀所说的“伦理的觉悟是吾人最后之觉悟”对他的感触极深，循着新文化运动的思路，他在努力地探索，为此阅读了许多哲学和伦理学的著作，而他兴趣最大的是伦理学，他认为，“伦理学是规定人生目的及达到人生目的的方法之科学。”之所以如此认识，是因为他觉得“国人积弊甚深，思想太旧，道德太坏”，而要改变这种状态，就必须“从哲学、伦理学入手，改造哲学，改造伦理学，根本上变换全国之思想”。

由于“蔡（元培）校长帮忙的缘故”，图书馆长“李大钊安排毛泽东干打扫图书馆、整理图书等轻便工作”。有了这份图书馆助理员的工作，“我每月可以领到一大笔钱——八块大洋”，这让他在北京的生活得以稳定下来。在北京大学，毛泽东得以近距离接触蔡元培、李大钊、陈独秀、陶孟和、胡适、邵飘萍、梁漱溟、周作人等，发现了一个他从前所不知道的世界。也是在这里，这个南方青年懂得了中国之大、南北之遥：“在公园里和故宫广场上，我却看到了北方的早春。当北海仍然结着冰的时候，我看到白梅花开。我看到北海的垂柳，枝头悬挂着晶莹的冰柱，因而想起唐朝诗人岑参咏雪后披上冬装的树木的诗句：‘千树万树梨花开’。北京数不尽的树木引起了我的惊叹和赞美。”

1919 年 3 月，毛泽东因母亲病重，辞去北京大学的职务回到家乡。尽管在这里不到半年时光，毛泽东读了很多很多的书，接触了很多很多的人和事，特别是结识了李大钊、陈独秀等中国最早接受和宣传马克思主义的革命先驱，这为他未来的选择带来了深远的影响。

从北大走出来的毛泽东，浸润了北大的精气神，已然成为一位胸有利器、心怀世界的有为之士。1945 年 7 月 1 日，抗战胜利在即，傅斯年作为 6 名国民参政员之一乘飞机访问延安。毛泽东单独安排时间，与傅斯年彻夜长谈。同当年北大相比，时间和场景都有了转换，可毛泽东依然不失他乡遇故知的情怀和礼贤学人的雅量。谈话中，自然谈到北大学生在五四运动中的作用，谈到傅斯年等五四运动风云人物。听到谈及自己，傅斯年谦逊地说：“我们不过是陈胜、吴广，你们才是项羽、刘邦。”

自信人生二百年，会当水击三千里。

就在这个朝气蓬勃、挥斥方遒的年纪，毛泽东写下了这句诗。正是在北京大学期间，面对中国近代以来的贫弱局面，毛泽东自信将来掌握中国历史命运的重大使命会由他们这一代有志青年去承担。在《民众大联合》一文中深刻反思：“国家坏到了极处，人类苦到了极处，社会黑暗到了极处。补救的方法，改造的方法，教育，兴业，努力，猛进，破坏，建设，固然是不错，有为这几样根本的一个方法，就是民众的大联合。”他大声宣称：“天下者我们的天下。国家者我们的国家。社会者我们的社会。我们不说，谁说？我们不干，谁干？”

三

清明时节，细雨纷纷。

雍容的红砖红瓦红墙红楼，掩映在道路两旁绿意盎然的行道树里。

1919 年，29 岁的李大钊意气风发。他快步走在沙滩北街，灰色的长袍在他身后飘起。一夜喜雨，落英缤纷，雨后的空气清新甘甜，他忍不住停下脚步，深深地呼吸。李大钊遥望湛蓝的高天，他的脸上洋溢着憧憬和幸福。

12 年前，17 岁的李大钊考入天津北洋法政专门学校，学习政治经济。新世纪以降，西风渐近，六年的学习让李大钊茅塞顿开。1913 年的冬天，李大钊怀着忧国忧民的情怀，东渡日本，考入东京早稻田大学学习政治。正是因为在早稻田打下了西方经济学的良好基础，使得李大钊成为中国第一位接受马克思主义的高级知识分子。

1915 年 1 月 18 日，趁第一次世界大战期间欧美各国无暇东顾的时机，日本驻华公使日置益觐见“中华民国”的大总统袁世凯，递交了二十一条要求的文件，并要求政府“绝对保密，尽速答复”。此后日本帝国主义以威胁利诱的手段，历时五个月交涉，企图迫使袁世凯政府签订，企图把中国的领土、政治、军事及财政等都置于日本的控制之下的二十一条无理要求。这便是历史上臭名昭著的“二十一条”。李大钊闻之，拍案而起，积极参加留日学生总会的爱国斗争，他起草的《警告全国父老书》的通电迅速传遍全国，他也因此成为举国闻名的爱国志士。

燕赵多慷慨悲歌之士，出生于河北乐亭的李大钊是其中的典型代表。1916 年春，尚在日本留学的李大钊寄语祖国：“以青春之我，创建青春之家庭，青春之国家，青春之民族，青春之人类，青春之地球，青春之宇宙，资以乐其无涯之生……春日载阳，东风解冻。远从瀛岛，反顾祖邦。”西风尽，春归来，日本的春天已经来临，祖国的春天又在哪里？再造青春之中华的理想充溢心中，李大钊将无限的心事、无限的遐想、无限的祝福一气呵成写进洋洋万言的《青春》。

这篇文章，发表在了1916年9月1日出版的《新青年》第二卷第一号。陈独秀被文章回环绕梁的韵律、荡气回肠的气魄和精辟透彻的说理深深打动，特别将它安排在第二篇。文章“江流不转之精神，毅然独立之气魄”，骤然传遍大江南北，对中国旧文化、旧思想、旧政治产生了极大的冲击，激起无数热血青年满腔救国豪情。

1916年，李大钊回到中国，积极投身正在兴起的新文化运动，宣传民主、科学精神。俄国十月社会主义革命的胜利极大地鼓舞和启发了李大钊，他先后发表《法俄革命之比较观》《庶民的胜利》《布尔什维主义的胜利》《我的马克思主义观》等文章，既有清新自然的白话诗歌，也有全面系统的述理长文，最早在《新青年》宣传马克思主义这一先进科学思潮，向中国人民介绍了什么是“十月革命”，什么是“布尔什维主义”。

1918年底，在章士钊的介绍下，雄心勃勃的李大钊进入北京大学，受聘担任图书馆主任。这里的博学、审问、慎思、明辨、勤奋、严谨、求实、创新的精神，让李大钊如鱼得水。北京大学图书馆的前身是清末的京师大学堂藏书楼，缺乏远大规划，管理相当混乱。上任伊始，李大钊便着手进行改革，北大图书馆很快从旧式藏书楼转变成现代化大学图书馆，迅速跻身国际先进图书馆行列。

这是1919年的清明时节，一个月后，这里将爆发举世震惊的“五四运动”。李大钊快步走进红楼大门，腋下夹着新刊出的《新青年》。他三步并作两步走上二楼，冲进北京大学校长蔡元培的办公室，红色木质地板在他的脚下“吱呀吱呀”地响着，似乎在回应着他的兴奋。阔大的办公室里，窗纱在风中高高飘荡，灯光有些暗淡，蔡元培的桌上摆放着一盘青菜、一碗米饭加上一碗清汤。蔡元培正埋首书堆间，在文件和书页上认真地批录。这位校长的工作可以用日理万机来形容，他忙碌了一个通宵加上一个早晨，家人只好将他的早餐送到办公室。

兴奋不已的李大钊冲着一脸懵懂的蔡元培，大声宣称：“试看将来的寰宇，必是赤旗的世界！”

正是在这里，李大钊在北大秘密发起成立马克思学说研究会，把经过五四运动锻炼的优秀青年组织起来，进一步学习、研究和传播马克思主义。

研究会一开始是在秘密状态下成立的，主要活动包括搜集和翻译马克思主义书籍，分组分专题进行研究，举行定期的讲演会、讨论会和不定期的辩论会等。校长蔡元培大力支持研究会的活动，从北大借了两间屋子给研究会做活动场所，一间做办公室，一间做图书室。他们给图书室名副其实地取名为“亢慕义斋”——“亢慕义”即英文“Communism”（共产主义）的译音。

马克思学说研究会成立后，马克思主义得以在北京大学及北京各高等学校的青年学生中迅速传播，而这其中的一个重要影响，便是为北京党组织的建立做了思想和组织上的准备。到 1922 年初，马克思学说研究会会员从最初的 19 人增至 60 多人，后来一度发展到 200 多人。

1920 年春，李大钊与陈独秀相约，同时在北京和上海从事建党的筹备工作。同年 8 月，上海的共产党早期组织在上海法租界老渔阳里 2 号《新青年》编辑部成立。在北京，红楼李大钊办公室的外间会议室，正是当时筹备北京共产党早期组织的联络处。

1920 年 10 月，下南洋募捐的张国焘风尘仆仆回到北京。李大钊、张申府、张国焘三人，在北京大学红楼东南角的李大钊办公室，秘密成立了北京共产党小组。这是北京历史上第一个中国共产党的党组织。当时，李大钊每月从自己的薪俸中捐出 80 元，作为小组活动经费。同年 11 月，北京共产党小组举行会议，决定成立共产党北京支部。李大钊被推选为书记。12 月 2 日，北京大学社会主义研究会成立，这是中国近现代史上第一个明确以社会主义为研究对象的学术社团，李大钊的名字列于八位发起人之首。

从 1918 年来到北京大学，到 1925 年 8 月离开北京大学，李大钊在这里工作了七年多。在此期间，李大钊开设了唯物史观课程，把马克思主义作为课程引进了北大。从此，他在这里播下了革命的种子，生机勃勃地在中国大地上展开了马克思主义思想和革命运动。

四

自 1840 年鸦片战争以来，一部沉重而悲壮的中国近代史负荷着中国人民在帝国主义、封建主义压榨下的无穷无尽的苦难，也载录着他们一次又一次起自血泊的英勇抗争，腐败的封建王朝和帝国主义相互勾结，签订了一系列丧权辱国的卖国条约。国破家亡，民族垂危，中国向何处去？谁能救中国？一代又一代的志士仁人面对混沌的天宇发出悲怆的呐喊。1918 年 11 月，第一次世界大战以德国战败宣告结束，作为协约国的中国也沉浸在欢庆之中，德国强加在中国身上的耻辱标志克林德碑被推倒了，祈求着公理的亿万中国人民，将美好意愿诉诸强权。可是，公理真的战胜了强权吗？1919 年 1 月 18 日，协约国首脑聚首巴黎召开和会，不顾中国人民的再三呼号，于 4 月 30 日悍然决议将中国在山东的权益转让给日本，四万万中国同胞的忍耐在 1919 年 5 月看来已经走到了尽头。

1919 年 5 月 3 日下午，北京大学的学生们知晓巴黎和会上中国代表外交失败的消息，当晚北大学生在法科礼堂召开大会，约请北京 13 所中等以上学校代表参加。热血在沸腾，地火在燃烧。北京大学，莘莘学子在觉醒。

“青岛完了，山东完了，中国完了！”许德珩悲叹。

“巴黎和会就是列强的分赃会议！”邓中夏愤懑。

“外争国权，内惩国贼！”罗家伦呐喊。

“孙中山的革命仅仅是将大清的牌匾换作了中华门，不能算是彻底的革命，我们要开始彻底的革命！”热血青年在思考。

5 月 4 日，来自北京大学等十三所大学的三千多名学生，从北大红楼出发，在天安门广场集会，抗议帝国主义列强在“巴黎和会”上把山东从德国手上转让给日本的强权统治，高呼“外争国权、内惩国贼”“取消 21 条”，并在示威游行中火烧国贼曹汝霖的住宅，痛打章宗祥。

这一天，鲁迅在日记中用一个字来描述北京的天气——“昙”。“五月四日是个无风的晴天，却总觉得头上是一天的风云。”北京大学学生杨振声后来在回忆文章中写道。“昙”，意为乌云密布。这一天，怀着满心的乌云，学生们从北大红楼出发，一路到天安门、东交民巷、赵家楼，一路怀着愤怒带着激情不停地呐喊，乌云密布的中国，暗哑的天空终于发出了响亮的声音。

初心在萌芽，信念在激荡。中国的四面八方，有志之士不约而同聚集在一起，思考中国究竟往何处去，宣传新文化、新思潮的运动在全国风起云涌：在北京，陈独秀钦佩李大钊的《我的马克思主义观》，希望马上成立马克思研究会，李大钊提出进一步组织发动工人；在天津，周恩来、邓颖超、马骏、郭隆真、刘清扬等一批先进青年由于共同的觉悟、共同的使命组建觉悟社；在河南，第一师范学生组成励新学会；在湖北，董必武创办武汉中学；在湖南，毛泽东等发起“驱张运动”，率代表团赴京请愿；在上海，毛泽东终于找到陈独秀，夜读陈望道的《共产党宣言》中文译稿，憧憬着中国革命的未来，坚信农民将是革命的主力军；在北京，李大钊与毛泽东促膝长谈，悟到经济基础问题的肯綮——马克思主义唯物史观——才是解决中国问题的前提。

源于德国小镇特里尔的种子，在觉醒者的心灵中孕育成长。红色的激流汇入黄色的土地，掀起汹涌壮阔的狂澜，汇聚成光耀中华的绚丽日出。

“五四运动”的爆发，直接影响了中国共产党的诞生和发展，并由此成为旧民主主义革命和新民主主义革命的分水岭。

五

1920 年 2 月，由于李大钊在危急关头的鼎力相助，陈独秀离开北京，从天津前往上海。不久，陈独秀、李大钊努力联系到共产国际，得到了他们的支持。南陈北李，相约建党。一个极速在中国组建红色政党的战略，在中国付诸实施。1920 年 8 月，中国第一个共产主义小组在上海建立。1920 年 9 月，李大钊、张申府、张国焘三人成立了北京共产主义小组。1920 年 11 月，毛泽东、何叔衡等在长沙建立了共产主义小组，而后，广东共产主义小组、山东共产主义小组以及共产党旅日小组、旅法小组相继成立。

上海兴业路一栋普通的小楼，今天已经成为众多朝圣者的圣地。穿越一个世纪的风雨和沧桑，这栋普通的小楼，越发显现出一种纯粹的宁静和美丽。一百年前的 1921 年 7 月 23 日，一群年轻人聚集在这里，革命的星火，燃烧出一片崭新的天地。来自长沙、武汉、上海、济南、北京等地的毛泽东、何叔衡、董必武、陈潭秋、李达、李汉俊、王尽美、邓恩铭等 13 名代表聚会在上海这座小楼里，召开了中国共产党第一次全国代表大会。

嘉兴西湖一条简陋的游船，今天已经成为浙江的红色地标。中国共产党第一次全国代表大会中途受到密探打扰，改在浙江嘉兴南湖一只游船上继续举行。正是在这条小小的游船上，与会者通过了中国共产党党纲党章，中国共产党正式宣布成立。穿越一个世纪的洗礼和磨砺，这条简陋的游船，静静地停泊在南湖岸边，任风吹雨打，坚若磐石。

“我们喊个口号吧！”兴奋的何叔衡提议。

“马克思主义万岁！中国共产党万岁！中华民族万岁！”

铮铮誓言，震撼寰宇。

中国共产党第一次代表大会，是在反动统治的白色恐怖下秘密进行的，当时鲜为人知，好像什么也没有发生过，但它确实是开天辟地的大事件。中国共产党成立的时候，仅是一个由57人组成的很小的党，但它却像春雷，在沉沉黑夜的中国大地上空震响，像火种，在苦难深重的中国人民心头点燃。大浪淘沙，星火燎原，从此，轰轰烈烈的无产阶级革命就从这一叶小舟启航。

作始也简，将毕也钜。

谁也不会想到，风雨如磐的暗夜里，一次秘密的会议如一道闪电照亮民族复兴的征程，共产主义运动迅速席卷大江南北，声势日益浩大。谁也不会想到，烽火连绵的旧时代，一个坚定的信念、一种人民至上的主义，彻底改造了古老的中国，彻底改变了人的命运，彻底改写了人类社会的政治版图。

谁也不会想到，一颗朴素的初心，凝聚了非凡的力量，让世界四分之一的人口选择了马克思主义。从嘉兴南湖红船上寻找光明的摆渡人，到驾驭世界第二大经济体的领航者，中国共产党激励与召唤着亿万人民生死与共、始终相随，让这个曾经四分五裂、一穷二白的国度，于危难中振作，在绝望中重生，已然可见复兴的曙光。

六

“走，去北大红楼！”

一声声热切的呼唤，将时尚的年轻人拉进了久违的岁月。沸腾的热血、激荡的青春、昂扬的斗志、坚定的信念，光影淋漓间，一个又一个场景还原了20世纪20年代初的风云变幻。

皇城根遗址公园西边，五四大街路北，北京大学的旧址——北大红楼在烟雨中傲然伫立。

北京大学红楼始建于1916年，落成于1918年。恰是在北大红楼落成之际，巴黎和会上的中国外交陷于失败。从1918年11月的“公理战胜强权”庆典，到次年1月的巴黎会议，短短两个月时间，当时的中国充分诠释了“自古弱国无外交”的定律，以北京大学为代表的进步知识分子真实地懂得了，所谓的“公理战胜强权”不过是一个美丽的童话。

北大红楼通体红砖砌筑，红瓦铺顶，砖木结构。北大红楼落成之际，便是五四运动爆发之时，这是时代的必然，也是人民的选择。北京大学红楼是中国近代史上蔡元培、陈独秀、胡适、李大钊、毛泽东他们最早传播马克思主义和民主科学进步思想的重要场所。不难理解，面对巴黎和会屈辱的局面，何以五四运动的浪潮从这座看似静谧的红楼开始，随即迅速波及天津、上海、广州、南京、杭州、武汉、济南等大中城市，最后抵达整个中国。

北京大学诞生于中华民族风雨飘摇的时代，直接孕育于甲午战争的烟火和戊戌维新的热血之中，可以说北大是带着强烈的历史责任感而诞生的。当年光绪帝所下《明定国是诏》中对于设立京师大学堂的目的说得很清楚：就是“以期人才辈出，共济时艰”。在当时的中国，“时艰”就是指外辱内乱，虽然大清皇室把维持自己的统治地位也作为“时艰”的考量范围，但对于当时的仁人志士来说，这个“时艰”主要就是指国家不独立、民族不富强、人民不幸福。

尽管北大在初创的一段时期经历了曲折，没有完全按照“共济时艰”的目的去发展，但在总体上它开始引领着中国教育，尤其是高等教育朝着新的方向发展。辛亥革命后，北大的发展进入了新阶段，爱国、进步、民主、科学的精神日益浓厚，尤其是新文化运动的爆发，更是以北大为基地，深刻地凸显了北大人对于中华民族的使命精神。

一百年前，先驱们在红楼敲响了钟声，唤醒了一个时代。今天，穿过熙熙攘攘的五四大街回望，红楼无声，红楼如故。然而透过红色的建筑外表，仿佛还能看到五四运动中青年学生流下的鲜血，看到风起云涌的革命年代高高飘扬的红旗，看到井冈山上正在燎燃的星火，看到红军战士帽檐上的五角星……这栋建筑曾经激荡起的历史风云，依旧清晰而鲜活。

遥想当年，这里是走在时代潮流最前沿的莘莘学子和新潮教授的打卡地。当年的人们不会想到，走进这个深沉朴素的大门的，是时代浪潮上的弄潮儿——新文化运动的先锋，是新思潮、新时尚、革命主义和前卫主义的代表。他们的名字，将永远被刻在历史的长卷里。

亿万万人家国，一百余年拼搏。

时光荏苒，岁月匆匆，一个世纪往矣，革命者从未改变前行的脚步。

今天，越来越多的人开始醒悟——了解中国，必须了解中国共产党；越来越多的国家开始明白——读懂中国共产党，才能读懂中国。一百年过去，时间的闸门从未关闭，而南湖中那条普通的游船，依然坚定地载着这个有着九千万党员的大党、这个有着 14 亿人口的大国，乘风破浪，驶向远方。

（选自《北京文学·精彩阅读》2021 年第 6 期）

身边的历史

韩东育

1964 年，电影《英雄儿女》问世，那一年我两岁。20 世纪 60 年代，文艺作品奇缺，一部好的影片问世后，一般都要放映十几年甚至几十年，所以自懂事以来，我通过影院、露天甚至借爸爸的光潜入县委大院放映室看这部片子的次数，应该不下十几回，而且每次都禁不住要流泪。那是一个英雄主义的时代。《英雄儿女》在把中国军人的铁骨牢牢地嵌入你整个身体的同时，那义薄云天的赞词和旋律，也几乎摄走了你的全部魂魄。放映结束后观众站在原地回不过神来的表情还让我确信，“人境两俱夺”之意象，其实并不需要“三维立体”的技术烘托。

然而今天，我还意识到另外一个事实，即故事中的人物、事迹及其作品，显然不应止于文学和艺术层面，它其实更是一部历史，而且是发生在我身边的历史。

牺牲前高喊“为了胜利，向我开炮”的王成，无疑是贯穿这部影片的灵魂。可关于他到底是谁的问题，多少年来一直说法不一。单从名字上看，他应该是巴金小说《团圆》中的一名志愿军战士，而且电影《英雄儿女》在推出片名时也确实写着“根据巴金小说《团圆》改编”。然而，巴老这篇揭载于 1961 年《上海文学》八月号上的中篇虽涉及几位战斗英雄，但整部故事的主线却是一对志愿军父女如何在朝鲜战场上久别重逢而不是王成事迹本身；且小说中与王成有关的笔触也只有过一段极其简单的交代——王主任在一次遇到王成时，王成告诉他王芳也在朝鲜。可“王成的话没有讲完，我们就分开了。这个团完成了上级给它的任务，友军也终于赶到了。只是王成没有能回来，他勇敢地在山头牺牲了”。这意味着，王成在《团圆》中即便是英雄，也只是一个被一笔带过的英雄；同时也意味着，电影导演武兆堤和编剧毛烽试图把王成塑造成一尊通贯始终之战神的创意，已因为无法在《团圆》中寻出而遇到了巨大的困难，以至于武兆堤坦言："小说《团圆》太简单了，必须要有大量的素材来充实它！"（凌行正：《铁血记忆》）据说，毛烽曾一度以"没办法，我没那个本事"为由想对武兆堤撂挑子。可就在杨根思、秦建彬、黄继光、邱少云等英雄人物在编导的脑海里翻江倒海、难以定型时，他们突然发现了收录有好友、战地记者洪炉《向我开炮》通讯的集子《志愿军一日》！这是一篇介绍步话机员于树昌孤身与敌人搏斗的事迹的文章——"'一号，一号，'于树昌一迭连声地喊起来，'快打呀！敌人包围了我的地堡，快射击！猛打！猛打！打我的地堡！''什么？什么？'团长急站起来。'炮兵同志，开炮呀！别顾我！向我开炮吧！'……'猛打呀！炮兵同志，敌人上了我的地堡顶，'于树昌接着喊，'向我开炮！为了胜利，对准我的地堡，开炮！向我开炮！''于树昌，于树昌！'我直喊着他的名字。紧接着耳机里发出一声破裂的爆声，接着，一切声音都沉寂了……"当读到这一段时，两位编导儿如"桶底子脱"，一下子豁然开朗——这不正是他们百般寻觅而不得的有血有肉的战神，也就是可通贯影片终始的军魂吗?!——王成的形象，在做了一点附加性处理后，于是乎定版。

然而 2008 年，《向我开炮》一文在被江苏省新闻出版局再度收入《烽火忆当年：23 军老战士征战散记》一书时，洪炉特地在正文前写了一段说明："1953 年朝鲜夏季反击战中，我军连续出现过两个英雄战士，他们都是步话机员，一名是 218 团的于树昌，另一名是 201 团的蒋庆泉。其事迹十分相似，都在战斗到紧急关头时，喊着'向我开炮！'与敌人同归于尽。于树昌当时就牺牲了，蒋庆泉被震昏不幸被俘，停战后被遣返回来。按有关规定只宣扬了于树昌，却不再提蒋庆泉，埋没了这位英雄。田金波同志和我一起访问了于树昌的排长孙绍均等，就以他的口气和名义，又参考了我已写的蒋庆泉的故事，写成《向我开炮》一文，编选进《志愿军一日》文集中，《人民日报》《人民文学》《解放军文艺》等各大报刊都曾转载，并被志愿军政治部评为二等奖（无一等奖）。后由总政文化部毛烽将这一故事'移植'到巴金小说《团圆》中为影片《英雄儿女》塑造了一个英雄人物'王成'，从此使'向我开炮'和'王成'的名字传遍内外。后来国内出现了一批'王成的原型'和'王成式英雄'，他们虽然也有英雄行动，却与王成没有关系，'王成'真正的原型只是于树昌烈士和蒋庆泉同志，他们都是 23 军的。中央电视台《电影传奇》关于《英雄儿女》一片，我讲了这段往事。现将《向我开炮》原文发表在此，以纪念这两位英雄战士。洪炉。"后来，他在写给蒋庆泉儿子蒋利的《寻找"王成"战友》这封证明信中还进一步强调了这两个“王成”的发生次序：“喊着‘向我开炮！’与敌人同归于尽的‘王成’，是电影《英雄儿女》中的一个英雄人物。真正创造这一英勇行为的有两个人，第一个是原志愿军 23 军 67 师 201 团通信连的蒋庆泉，第二个是 23 军 73 师 218 团通信连的于树昌……洪炉，2010 年 5 月 4 日。”（据手书原稿抄录）

洪炉是在复述一段历史事实：1953 年 4 月 17 日，蒋庆泉所在的 67 师 201 团 5 连接到命令：“攻占石岘洞北山，扼守阵地，组织炮火大量杀伤反击之敌！”这是一场难以想象的厮杀，以至于早已见惯生死的洪炉赶到现场时，竟也被阵地上横七竖八、层层叠压的尸山惊呆了。在听说蒋庆泉“向我开炮”的事迹，却没能找到蒋本人的情况下，他第一时间采访了与蒋庆泉用步话机联络并直接听到“向我开炮”呼号的两个战士——谷德泰和陆洪坤，并于 5 月 18 日完成了写实通讯《顽强的声音——记步话机员蒋庆泉》一文。可就在部队上准备为英雄请功以及通讯稿即将发稿之际，蒋庆泉的名字却出现在美军提供的战俘名单上。按照我方当时的规定，被俘人员是不能被宣传的。于是，随着稿子的被压下，请功的事亦自然不了了之。直到四个月后在另一场战役中，23 军有一位叫于树昌的步话机员也在发出“向我开炮”的嘶吼后牺牲，洪炉等人这才将蒋、于的事迹糅合为一，并以《向我开炮》为题发表，也就是后来被《英雄儿女》编导偶然发现于《志愿军一日》中的通讯稿。然而，当你对照着阅读《顽强的声音》（手稿）和《向我开炮》后会不难发现，它们的主要不同，不过是把前者的蒋庆泉置换成后者的于树昌。

2018 年 6 月，志愿军老兵一行从长春出发，受邀去北京参加李思思主持的中央电视台节目《回声嘹亮》。节目聚焦报道了蒋庆泉的事迹，而本期收录的金曲也是由陈思思演唱的电影《英雄儿女》插曲《英雄赞歌》。当年洪炉笔下的王成原型之一蒋庆泉，1928 年出生于东北辽宁省锦州市大岭村。他是 1949 年辽沈战役后参加解放军的，入伍后一直担任步话机员。1952 年，蒋庆泉随中国人民志愿军 23 军入朝作战。也正是这一年的九月，时任 23 军《战地报》记者的洪炉亦随部队到达了朝鲜前线。根据洪炉的记录，喊完了“向我的碉堡顶开炮”并与战友高声作别后，无论步话机员谷德泰怎么呼叫他的名字，都不再有回音，“只有听筒里沙沙的电流声……”

蒋庆泉的被俘显然不是投降，他是在被炮弹震晕后才成为美军俘虏的。在一次采访中，他回忆了自己被俘前后的细节：“打到白热化时，我身体上都是尸体，碎尸的整尸的啥都有，脸上有中国人的血，也有美国人的血，身上都是血，干脆，就打这些上来的美国人，实在没办法了，我才喊的向我开炮。那时，我的心里头特别难过，我说我的祖国如果有美国的一半（弹药），三八线它都不能出弯！”蒋庆泉还说，当他被敌人的弹片击中了腹部和眼睛时，曾一度在地上乱摸，想找把枪自杀。结果枪没有找到，却被又一枚敌人的瓦斯弹击中，于是他什么都看不见、听不见了——整个人都失去了知觉。等他从昏死中醒来发现周围全是美国人时，立刻意识到自己可能是被俘了，于是，巨大的羞辱感竟让他再次昏了过去：“当然我被俘了啥也不知道了，头一次死了，美国人在战场上把我当死尸拽，硬给我拽醒了，我这一看不好了，我周围都是美国人了，这心里头一着急：这不是被俘了吗？一着急又死了。死了把我扔到车上去了，人家当死尸拉走了，等过了一阵我又活了，美国人就把我捡出来了。”

停战协议签订后，从 1954 年 1 月 20 日起，交战双方开始遣返交换战俘。蒋庆泉和许多志愿军战俘一道，被送回辽宁昌图的“归来人员管理处”。尽管我方负责教育审查归俘的干部整日里重申“人民军队的字典里没有被俘，被俘就等于变节”等纪律，但因蒋庆泉所在的部队——23 军 67 师政治部为他提供了足够的证明和支持，才使他除受到党内警告处分外，被保留了党籍和军籍。他选择到不被人注意的角落——辽宁锦州大岭村老家，当了农民。以至在半个多世纪里，没有人知道他内心汹涌的隐秘历史，连妻子儿女也不清楚他的那些遭遇。然而没想到，他回国后第十年，长春电影制片厂摄制的《英雄儿女》被搬上了银幕。两年后的 1966 年，当蒋庆泉第一次看到这部影片时，就觉得王成“撩衣服的动作”太像自己当年了，回家后竟偷偷地哭了整整一晚。1981 年，中央为当年志愿军被俘战士落实政策。12 月的一天，民政局和组织部来了两位工作人员，宣布取消他的党内处分。在战场上几经生死都没有流过眼泪的蒋庆泉，此时则完全失控，放声大哭。2004 年，中央电视台《电影传奇》节目邀请洪炉等志愿军老兵去讲《英雄儿女》的王成原型——那位他从未谋面，且下落不明的英雄。节目播出后，蒋庆泉的妻兄和同村一个农民找到他，问他是不是节目中的蒋庆泉。蒋庆泉竟一口否定，说“没这事”。2008 年，蒋庆泉的战友终于找到了他，一句“老战友，向你开炮的人来了”，这才让周围的父老乡亲第一次知道他们身边这位平凡的老人竟然是一名大英雄。有人问他“为何沉默这么多年”时他说：“我有过那段（被俘的）经历，不想给英雄抹黑啊！”2010 年，蒋庆泉已八十二岁高龄。政府要给他经济补偿和特殊待遇，他谢绝了。他只提出一个要求，就是希望能得到一枚抗美援朝纪念章。总政治部闻此，专门为这位老兵特制了一枚参战纪念章。授章那天，罗援将军前往，亲眼看见了这一感人场景。当时，蒋庆泉老人身着戎装，精神矍铄地登上前台。他的老首长、当年志愿军23军政委、已年逾百岁的裴周玉老将军，也由两名战士搀扶着登上了主席台。只见蒋庆泉抖擞出当年的雄姿向首长报告道："裴政委，我是志愿军23军战士，我的团长×××，牺牲了；营长×××，牺牲了；连长×××，牺牲了；排长×××，牺牲了，现在你的战士蒋庆泉来向你报到！"裴周玉老将军颤颤巍巍地把自己胸前印有"和平万岁"的纪念章摘下来，交到了蒋庆泉手中。"你是真的英雄！"老将军说着，与蒋庆泉洒泪相拥，竟至号啕……（王伟：《八十二岁"王成"见到当年首长》）

自《英雄儿女》播映以来，有许多了解那段历史的志愿军战友，开始出来说明。除裴政委外，23军军长黄浩在回忆录《烽火忆当年》中也写道："虽然于树昌被宣传出去，但最早发现的英雄蒋庆泉却被埋没了！我感到遗憾。"而更想表达这种心情的，则是蒋庆泉当年一个排的步话机战友、找蒋庆泉达五十余年、代号为"08"的陆洪坤和当年专为蒋庆泉写过报道《顽强的声音》的战地记者洪炉。2010年，当中央电视台《社会与法》栏目采访陆洪坤并问他为什么要一直寻找老战友蒋庆泉时，陆的回答十分明确："我看到王成这部电影，我心里不平衡啊！'向我开炮'是蒋庆泉叫的，是叫陆洪坤向他开炮的。我（们）这个英雄是真正的英雄，我到现在永世不会忘。还有当时的记者叫洪炉。没有他（的记录）就没有蒋庆泉这个事情发生！"正如陆洪坤所言，战地记者洪炉自写过那篇报道后，就从没忘记过蒋庆泉一天。洪炉原姓郭，笔名卢弘，已于2019年11月21日逝世。朝鲜停战后，他苦苦地寻找着蒋庆泉的下落，但"战俘"的污名和蒋庆泉本人的隐居，竟使他一筹莫展。直到2000年，他才不得不通过发表《呼唤"王成"：你在哪里》一文，来公开寻找蒋庆泉，文中还提到了当年与蒋庆泉用步话机通过话的谷德泰和陆洪坤。蒋庆泉的儿子蒋利看到文章和电视，联系上了洪炉，并最终促成了这两位老战友半世纪来的第一次见面。当年的四月，洪炉专程赶到辽宁锦州大岭村，登门拜望蒋庆泉，并给他带来了一件最为珍贵的礼物——那篇写于1953年4月的战地通讯《顽强的声音——记步话机员蒋庆泉》手稿。手捧着手稿，蒋庆泉老泪纵横，也首次承认说："当年我确实喊了'向我开炮'！"

因为"向我开炮"才构成了事实和影片的主旋律，也由于《英雄儿女》改编自《团圆》，所以人们试图从巴金小说中寻出相关情节的想法和做法，亦自在情理之中，诸如有关巴金在朝鲜期间采访过某部6连“副指导员赵先友和通讯员刘顺武”等英雄人物的报道不一（陆正伟：《巴金与〈英雄儿女〉往事》）。然而，有关6连的事迹，并未在《团圆》中的王成身上有所体现；而巴老的表态，倒凸显了老人家的品质和为人：“面对影片的成功，巴金说，小说写得并不好，是编剧编得好，导演导得好，演员演得好。谦虚的话语更映衬出这位文学大师的人格魅力。”（吴为忠：《巴金〈团圆〉的内容简介》）

影片《英雄儿女》能流传至今且经久不衰，还有一个无法忽视的巨大力量在发挥着巨大的作用——由一段段激越的字符和一串串跳跃的音符淬炼而成的插曲《英雄赞歌》。多少年来，这首惊天动地也感天动地、穿云裂石却山海相和的插曲，早已成为几代人的信仰砥石和心灵洁剂。其雄浑刚健的赋比兴、气吞山河的英雄气和发扬蹈厉的钢铁旋律，在今日歌坛中，已经很难见到了。于是，和在身边寻找到王成原型之一蒋庆泉时的兴奋与光荣相仿佛，当了解了这首歌的来历时，我还无法不骄傲于那两座早已被历史定格在东北天际的文艺星宿——作词者公木和谱曲者刘炽。

有回忆称，导演起初是想把《英雄赞歌》的作词任务交给编剧毛烽的，因毛烽面露难色，这才有接下来公木的出场。公木夫人吴翔若干年后还记得当时的情景：写《英雄赞歌》的时候是1962年，当时，武兆堤、田方（王文清扮演者）和刘炽三人一起来家里拜访公木。公木允承后，只用一夜时间就完成了歌词的创作。一同前往的刘炽，是东北文工团作曲兼指挥，东北鲁艺音工团作曲兼指挥，也是新中国最著名的电影音乐人。脍炙人口的《上甘岭》主题曲《我的祖国》，就是他的杰作之一。据说，刘炽接受了《英雄赞歌》的谱曲任务后反锁房门，谢绝一切打扰，竟至诸事不理……词、曲珠联璧合的《英雄赞歌》，就这样诞生了（杨代吟：《电影〈英雄儿女〉幕后珍闻》）。

出于对母校首任祭酒的怀念敬仰之情，我想就公木先生多说上几句。公木，本名张松如，是《中国人民解放军军歌》的词作者。据我有限的了解，抗战胜利后，公木先生于1946年受命与病理学家白希清来东北创办“东北公学”。不久，“东北公学”改名“东北大学”，张学良胞弟张学思出任校长，白希清、舒群为副校长，公木为首任党委书记、教育长。1950年，“东北大学”易名为“东北师范大学”，公木也因此成为学生每年入学和毕业时必唱的东北师大校歌的词作者。有人这样状摹公木，说他“是歌曲《中国人民解放军军歌》的词作者，歌曲《东方红》的修订者，歌曲《英雄赞歌》的词作者，是烽烟里的诗人”“他的诗是旗帜，集结岩石，动员松柏，把每一粒土壤都变成一个坚强的祖国；他的歌是飓风，向星辰下令，让大海凝神，让每个人的血管里都卷起风暴”。（陈佳冉：《公木：不散的歌声不朽的诗》）而公木的老友、诗人丁芒则是这样赞誉他的：“谁的歌声能成为斧凿/供英雄们去雕塑祖国的山岭/谁的诗句能楔入历史/化为我们民族不朽的基因！”

一晃儿，巴金、公木、刘炽走了，武兆堤、毛烽和洪炉也先后离开了人世。但是，由他们记录下来的“王成”还在，那声“向我开炮”的呼叫还在。3 月 13 日下午两时许，我和王铁军教授、王岫博士等前往辽宁省锦州市大岭村，拜见了唯一在世的王成原型——蒋庆泉。老人家今年九十三岁了。他出门迎客的一刹那和简单的几句寒暄，很难让人相信如此高龄之人，竟能严整依旧，矍铄依旧，也清醒依旧。聊起《英雄儿女》电影时，他的反应是强烈的；那些编导的名字，他也脱口而出，仿佛是多年的老友。只是寒暄过后，老人家开门见山的一番东北话，既让人亲切，也有些出人意表［依录音整理，人员简称蒋、韩、王（铁军）］：

蒋：今天咱不用说别的，我有几句话要告诉你们。一个，《英雄儿女》的原型，至今我都没承认。在全国各地，各个电视台，包括地方电视台，我从没承认过是王成的原型。

韩：您老过谦了！

蒋：这一个原型归谁呢？归打仗时躺在我身底下左一层右一层的烈士！还有，就是英雄二字。英雄二字也传遍了全国。我可以说，我没承认我是英雄。一句话，还是归这些烈士，特别是杨根思、黄继光，还有我一个战友，他是 73 师的，他也喊“向我开炮”！

韩：姓于。

蒋：叫于树昌，应当归他，因为他牺牲了我活着呢，只不过我比他早（喊）了四个月。

王：他和您不是一个师的吗？

蒋：我是 67 师的，他是 73 师，我是四月份（喊的），他是八月份（喊的）。所以这个桂冠连这个英雄都归他。我虽然不承认自己是英雄，也不承认是王成的原型，但是我有我的底气……（他指着对面墙上《向我开炮》的宣传画说）我要介绍一下，电影一出来拿着爆破筒那个人，那是杨根思，是20军的，现在在泰兴，我给他扫过墓……

我相信老人家的话是发自内心的，也知道“双手紧握爆破筒”的王成英姿正是采自杨根思的舍身一跃，但那句“顽强的声音”——“向我开炮”，却无法证明王成不再是王成，而只能证明英雄毕竟是英雄！在王铁军教授的查找下，我们居然在老人家的资料袋中看到了2010年4月洪炉专程赶来看望他时带来的最珍贵礼物——初稿于1953年5月18日的那篇战地通讯原件，也就是后来成为电影《英雄儿女》灵魂的“向我开炮”的“原声带”和“毛片儿”！

抗美援朝战争是中国军队在列强面前的一次庄严和正面亮相。战争爆发后，中国人民解放军十九个兵团中有原“四野”13兵团和“三野”9兵团等六个兵团赴朝作战。开战伊始，因我国东北边境出现紧急情况，除原“四野”部队外最先奔赴前线的，就是“三野”原定准备攻台的部队。蒋庆泉所在的原华东野战军（三野）与原东北野战军（四野）等雄师的并肩作战和英勇刚烈，让对手记住了他们。老人家在忍不住向我们介绍“三野”光荣来历的同时，也念念不忘他老家东北的“四野”。他心目中的“四野”，不但兵力强悍、武器精良、战将齐备，还在新四军一分支的脉络上与“三野”有着“血缘关系”。他说他在朝鲜的老战友中，就有很多是“四野”的兄弟。听到老人家讲起这些，一同前来采访的于女士激动地告诉他说，自己的老父亲就是“四野”出身的志愿军老兵！说着她还拿出手机，为两位老人接起了视频连线。“我说话你听得见吗？老战友，你高寿啊？”蒋问。“我是于德才，哈哈听得见，九十三了！”原来，两位老人都是1929年生人，都是属蛇的。“我早知道你啊，‘向我开炮’就是你吧？”于德才老人高声道。两人对话时我一直在抓拍，可就在这时，我发现蒋老的额角已青筋微凸，面色亦转瞬涨红。只见他身体前倾，颤巍巍地用手抓过几张纸巾，擦拭起眼角的泪水……老人家的真情，使在场者无不为之动容。我无法想象九十多岁高龄，又有着同样生死经历的老兵，此刻的心理起伏该是怎样的剧烈，眼前所现又会是怎样的场景。所幸，历史的镜像已真实地记录下那场中美之间以肉身对钢铁的非对称血拼，记录下了千千万万个“王成”毅然奔赴与东北只一江之隔的朝鲜前线，同史上最强大敌人展开对决的最惨烈战争。一直以来，我总想把这场战争称作“微型世界大战”。因为在这场恶战中，中国人民志愿军扛住了以美国为首的“联合国军”——英国、法国、加拿大、澳大利亚、新西兰、荷兰、比利时、卢森堡、希腊、土耳其、哥伦比亚、泰国、菲律宾、南非、埃塞俄比亚共十六个国家的作战部队，以及意大利、挪威、瑞典、丹麦和印度五个国家的医疗队；而仅仅上甘岭一役，敌方的炮火密度，就已超过了第二次世界大战的最高水平。从伤亡率看，美国史上伤亡率最高的硫磺岛战役，也只有32.6%，而这次却高达40%以上（鲍宇雁：《上甘岭战役——让世界重新认识中国军队的“分水岭”》）。

战争是残酷的，而且“从来就不存在好的战争”。正是如此，没有人喜欢牺牲，也没有人想当英雄，更没有人愿讴歌战争。可是，如果不战就得跪倒，不争就要亡国，不死只能苟活，那么“舍生”或“死国”，就应该是有尊严者的唯一选择。我们在整理这段身边的历史时还有一个特别的发现，即蒋庆泉及其志愿军战友，事实上是通过“匹夫不可夺志”的个体尊严，才捍卫了国家的整体尊严的。这或许已超出了本文的讨论范围，尽管兹事体大，弥足深思。

（选自《随笔》2021年第4期）

衢江南来

周吉敏

一

庚子年江南入秋后的第一场连绵的雨，给衢州这座千年古城添了一抹沧桑的况味。城中，入眼皆是粉墙黛瓦，马头墙一叠又一叠，似未着色的素白卷轴，一幅一幅张挂下来，又恍若是一匹匹白马在飘忽的雨雾中临风而立。马头墙遍地的衢州，有一种古老的灵性。

衢州的徽派风古来有之。古代徽州长期处于浙江西道或江南省的范围内，而浙西又与徽州紧紧相连。明清时期，徽商顺着新安江进入浙江经商，发家后，就在浙江安顿下来，把家乡的房子复制在异乡的土地上。

巧的是，宿地的对面就是徽州会馆的旧址。风雨中，这座建于清乾隆二十一年（1756）的徽州会馆在繁华的县学街上给人独立寒秋的意绪。会馆由在衢的徽商捐资修建，为经商地的徽州坐商与途经的徽州行商服务，也为外出的徽州人提供食宿和资助。徽州会馆是徽商在异乡另一种意义上的家，是徽商文化的一个符号。

随着朱红的大门“吱嘎”一声，我一脚踩进了另一个时空。徽派建筑的朱窗花棂，不用细加描述。会馆有三进两个天井，建有一个戏台。主大厅是一座重檐歇山顶建筑，屋脊正面的“国泰民安”和背面的“风调雨顺”已斑驳，但在黛青的瓦色中，依然有一种清晰的温度。四周安静得只能听到时间如流沙在这个特定的空间里“嘶嘶”穿过的声响。

“江南春”——脑海里闪现出这个人名。在哪儿见过呢？哦！是在复旦大学王振忠教授撰写的《徽州与衡州：江南城乡的片段记忆》学术论文中。此文对江南春的稿本《静寄轩见闻随笔、静寄轩杂录》的学术价值进行了论述。“随笔”记录了衢州徽州会馆以及在衢徽商开展的活动。我无意中看过，想不到今天有此际会。

江南春（1788—约1856），自称江子，是徽州府婺源县晓川（今江西省婺源县江湾镇晓起村）人，出身于婺源木商家庭。此人是个生员，擅长篆刻绘画，医术高明，而且著述颇丰，热衷族内公益事业。曾游历杭州、苏州、江宁、饶州、广州等都会，寓居衢州数年，曾住在新安书院（即徽州会馆），从事木材生意。

道光二十八年（1848）的夏天，江南春就住在徽州会馆，歙人王祖，见他一人孤寂，就赠送了数本《聊斋志异》给他。江南春读后感叹："有异事还须异笔，模蛇神牛鬼，岂虚无君，真戡破人情者，在世山精与野狐之句，喜其叙事详明，笔亦大雅不群，然其事之有无不究也。"有趣的是，江南春嘴上说"不究"，可对《聊斋志异》中提及的事情，还是忍不住作了求证。据说《静寄轩见闻随笔、静寄轩杂录》颇有"聊斋"之风。

江南春在衢州还参与了徽州会馆"华园冈义冢"的建设始末。道光七年（1827），歙人汪某在衢州城西门外三里的华园冈买了几亩地，打算用来作先人的墓地，后来捐给了徽州会馆。于是知事者商议，谋为义冢，承继古人免尸骸暴露之德行。在衢州的徽商踊跃资助，建厝，停贮客棺，可以祭扫；又建新福庵，供奉地藏王菩萨，中元节后做法事超度死者。后来年久失修，厝屋崩塌，庵堂倾斜。直到道光二十六年（1846），"道光丙午汪乐山翁毅然集众人谋，于毗连山径之下，续置税若干亩"。这位汪乐山翁是婺源鸿溪人，江南春的外叔祖，在道光二十六年（1846）对义冢进行扩充，衢州一带的徽州典商、盐商以及其他徽商积极响应，义冢的建设由此完成。华园冈义冢建成后，江南春受托题额"畅叙幽情"，并为之撰联，曰："永夕永朝故土人情联太末，好山好水异乡风景胜新安。"此事也收录于"随笔"。

从江南春的"随笔"中得知，徽州会馆的中堂供奉朱熹，左边供奉周宣灵王，右边供奉财神。朱熹出自徽州婺源，为新安理学的鼻祖之一。徽州会馆祀奉徽国文公朱熹，是徽商以儒商自许的标志。供奉财神，是徽商会馆作为商人会馆的特征，而中堂之左的周宣灵王，则是新安江至钱塘江流域最受崇拜的神祇。每逢九月十三日周王的圣诞，要将供奉朱熹的供品，先奉献给周宣灵王；将在会馆演的戏，要先在周宣灵王庙中上演。徽商带着徽州的人文精神行天下，造就了明清徽州商帮的传奇。

我二十多年前去过江南春的家乡晓起村，那里粉墙黛瓦，小桥流水，古朴而又典雅。想着那山那水那人，此刻汇聚于眼前，心上不由也长出一棵花树来。只有心存脉脉温情的人，才会取“江南春”之名。写到此处，江南春的形象也越发清晰了。江南春有才、有情，也有义，亦商亦儒，实不负如此美好的名号。

“前世不修，生在徽州，十三四岁，往外一丢。”这是明清流传于徽州的一句俗语。最初的时候，那些徽商背井离乡东奔西走南来北往，他们走在离家路上或归来途中，或大富大贵，或小商小贩，经历不一样的人生，却感受同样的人生颠簸。

恍惚间，耳边传来一阵锣鼓的喧闹声，唱的是徽戏《单刀会》：“又听得曹营内，大小儿郎闹嚷嚷，我也曾过五关斩六将……”徽剧流水般的曲调里，皖南的风景隐隐约约，一个身影在离我不远的地方，和着拍子，嘴巴蠕蠕而动。是江南春吗？

步出会馆，对面就是繁华的街市。衢州街上一定也有徽州菜馆。想起前几日在温州，友人带我去一家开在南站的“徽商菜馆”吃徽州菜。大堂上已坐了三大桌，有光着膀子的，有撸起袖子的，他们高谈阔论，江湖气弥漫。友人说，堂上坐着的大都是在温经商和务工的徽人，从口音就听得出来。我们点了臭鳜鱼、猪血肥肠、拌凉皮、毛豆腐，这些在东海一隅烧出来的一道一道徽菜，是徽人行走天下的人生滋味。

二

都说“不识水亭门，枉为衢州人”。沿着徽州会馆所在的县学街往西，经过两个十字路口，就是水亭门了。迎面而来的是街口左侧一座民居白墙上的一行黑字——“侵华日军细菌战衢州展览馆”。从清代的徽州会馆到这个展馆不过百余米距离，可从中日甲午战争到抗日战争却整整跨越了半个世纪。越接近展馆，心头就越发紧，像压了一块大石头，举步沉重。

展馆的前身是衢州市民黄廖氏的故居——罗汉井五号。此地是侵华日军在我国首次以空中投掷的方式实施大规模无差别的鼠疫细菌战的首个细菌投放点，第一批患者中的黄廖氏就在自家这座屋子里死去。

一切都是黑白的，这黑是暗无天日的黑，这白是失血过多的灰白。这些黑白的团块，在我面前幻化成了日本“731”部队派出的播撒细菌的飞机和飞行员、培养细菌的生物盒、细菌实验室、活体解剖、活体实验……这一切好像离我很远，却依然让我毛骨悚然。这种感觉就像一个烙印，表面的伤疤看似好了，一旦触及还是疼痛。这种疼痛沿着神经到达每一个毛孔。

雨，“滴答”“滴答”，也是时间的声音，也是生命消逝的声音。给我们作讲解的是衢州细菌战受害者协会会长吴建平。这位白发苍苍的讲解员低沉有力的声音，穿透时间的墙，把凝固的图片和文字还原成历史的现场。

1940 年 10 月 4 日上午九时许，一架日本军用飞机从罗汉井五号的天井上空掠过，而后沿着城西罗汉井、柴家巷、水亭街、美俗坊一带，投下大量带有鼠疫细菌的麦粒、小米、棉花、跳蚤、传单等物品。

千百年来生活在这片土地上的人们，只见过雪花和雨从天空飘落，当他们看到这些“物品”从天空中伴随着飞机的轰鸣声洒落时，其反应是可想而知的。

附在麦粒、小米、棉花、跳蚤上的鼠疫细菌悄悄侵入人们的肉体。一个月后，露出了魔鬼的真面目。11 月 12 日、13 日，柴家巷的居民吴士英、郑冬第，以及罗汉井五号的居民黄廖氏相继发病，头痛、高烧、恶寒、呕吐、出血、腋下淋巴结肿痛，随后于 15 日、16 日、17 日死亡。

在此后的时间里，伴随着侵华日军的长期轰炸以及两次攻陷衢州城，日军在衢州地区先后发动了包括鼠疫、伤寒、炭疽、疟疾等在内的多项细菌战。中日战争期间，侵华日军先后在全国二十个省市区发动了三十六次大规模、大区域、大剂量的细菌战，衢州都是其中的主战场之一。战后，衢州地区流行性疾病暴发，累计发病人数达三十余万人，死亡近五万人，成为遭受日军细菌战灾害最严重的地区。

黑白照片里藏着的镊子放入铝制卫生盒的声音，黄寥氏生命最后时刻痛苦的呼吸声，此刻都在这座展馆里响起。

步出展厅到回廊上，我深深地透了一口气。雨落在天井里，溅起一朵朵水花。这是一座典型的浙西徽派建筑，坐北朝南，四合院，二层楼，楼层四周设廊，廊外设挑檐。挑檐四周艺术构件雕刻精细，用料上乘。可想而知，从前住在这里的人，生活该是多么和美。

回廊对面的展厅，展出的内容是“抚平烂脚之殇”。不是黑白照片，而是一个个生活在我们身边的人，他们拖着一条或两条像烂树桩一样的腿。他们可能就是我们的远房亲戚，是我们朋友的爷爷奶奶。似乎只要一个电话，我们就可以听到他们的声音——

周文清，江山市凤林镇达坝游村人，1942 年 8 月开始烂脚，因救治烂脚，家中一贫如洗；

徐生雨，衢江区廿里镇六都杨村人，1942年6月开始烂脚，2003年9月因全身感染，生命垂危，被迫截肢；

许家燮，衢江区樟潭镇下头村人，1942年6月因感染细菌全身皮肤溃烂；

陈春花，衢江区大洲镇仓洲村人，1942年9月开始烂脚；

……

他们的腿，血的红，肉的红，坏死肉的黑，痂痕的黑，交织在一起，有些老人的脚掌厚达十多厘米，已没有了脚的形状。这些风烛残年的烂脚病人都说："自从日本鬼子来了，脚就开始烂。"

这些"烂脚老人"顽强地活着，让我们这一代人亲眼看见了侵华日军在中国大地上所犯下的灭绝人性的罪行。

烂脚病是炭疽菌所致，一直无特效药，好了又烂，创口无法愈合。一些人受不了折磨就自杀，一些家庭因病返贫，一些人无奈截肢。2014年，我国医学界突破了"烂脚"创面愈合的难题。这一刻，"烂脚老人"已等了六十年之久。

此时突然想起，大概五六年前，我所居住的小区里有一位收废品的老人，七十多岁的样子，两条下肢溃烂，脓血淋漓，脚肿得连鞋子也穿不进去。我经常会看见他坐在楼下的花坛边休息。老人脸色蜡黄，苍蝇在他的烂腿边飞舞，他也不赶，木木地有气无力地坐着。有一次，我招呼他上楼，把囤积的纸板箱送给他。他慢慢地爬上楼，把纸板箱从四楼扔到楼下。现在猜测，这位老人极有可能是丽水、金华、衢州一带的"烂脚病"患者。想到老人家六十多年来日日夜夜忍受的痛苦，我的心都沉到深渊里去了。老人应该回家了吧？应该得到救治了吧？我后悔当时没有整理好纸板箱送到楼下去，后悔没问老人的姓名和籍贯，后悔自己的无知。

八十年前的那个秋日，洒落在这座民居天井里的可不是雨。今天连绵不断的雨仿佛是为了祭奠那段历史。吴建平介绍说，创建"侵华日军细菌战衢州展览馆"也是为了"不能忘却的记忆"。这个展馆的发起者之一是侵华日军细菌战衢州市受害者协会的首任会长杨大方。

杨大方是日军细菌战的亲历者。1940年，杨大方还只是个8岁小男孩，父亲在衢州城里修钟表，因为舍不得丢弃生意，没有逃亡。次年3月，父亲和逃到乡下的叔叔都因染上鼠疫去世。杨大方把国恨家仇刻进了骨子里。

杨大方成年后报名参军，成为新中国空军第一代飞行员，曾于1951年国庆阅兵时驾驶轰炸机飞越北京天安门城楼，随后参加抗美援朝。转业后回到家乡衢州。

1996年，细菌战调查团来到衢州，杨大方听闻后随即报名参加了调查团。此后，杨大方开启了十年诉讼之路。在长达十年的诉讼中，他一共去了四次日本。“我们起诉的目的并不是想获得多少赔款，是想让日本政府能够直面历史，还受害者一个公道。最重要的是，我们想让更多人知道事实真相。尊重历史，以史为鉴！”这是杨大方面对媒体说的一段话。

建一座“衢州细菌战展览馆”，是杨大方实践上面这一段话的又一次行动，他把地址选在这个具有历史意义的罗汉井五号。2005年清明节，由杨大方和原衢州卫生防疫站站长邱明轩、细菌战受害者遗属吴世根共同发起创办的“侵华日军细菌战衢州展览馆”正式开馆。这座面积仅三百余平方米的简陋的纪念馆于2014年9月入选第一批国家级抗战纪念遗址名录。

吴建平是吴世根的儿子，是杨大方看中的接棒人。

2014年10月4日，八十三岁的杨大方把侵华日军细菌战衢州市受害者协会会长之位交给五十二岁的吴建平。

2017年2月10日，杨大方突发脑溢血去世。

吴建平现在还是浙江省救治“烂脚老人”的协调人。2015年9月，他开始对接指定医院——浙江衢化医院，协助院长张元海的烧伤科团队，承担起救治“烂脚老人”的使命。至今已收治全省八十七位“烂脚老人”，除七位由于身体原因不能上手术台之外，其余八十位经过手术，全部治愈。六年来的操持奔波，让吴建平的一头黑发变成了白发。

“救治‘烂脚老人’是对衢州细菌战受害者最好的纪念，这也是杨老的心愿。”吴建平的声音低沉有力，这种底气来自这片饱受灾难的土地深处，以及刻骨铭心的痛。这种苦难和痛是另一种土壤，是精神之树成长的沃土。

雨一直下着，落在“细菌战死难民众纪念碑”上，落在“衢州细菌战死难者部分名录墙”上。雨水流淌过每个死难者的名字，它们从黑色的大理石中浮现出来，清晰可见。

三

撑着伞走在罗汉井巷子里，人也似一滴雨，落在哪儿都是妥帖的。浙西的粉墙黛瓦不似江南腹地的青砖黛瓦，那么精致妩媚，这是一大片的白与一抹青，似宣纸上落了个“一”字。这种空灵而极简的美，是我喜欢的。

就是有点小装饰，也是用水墨勾出来的花草果实和飞鸟走兽，一般画在门框之上挑檐之下的那一小片白墙或马头墙上，素素朴朴的，让人亲近，一看就明了。有一户人家的后门，做了挑檐以阻挡风雨。门框上面的那一小块粉墙上就用水墨写了“吉星高照”四字，字的上面又画了四盘花果对应——“吉”对橘子，“星”对石榴，“高”对佛手，“照”对桃子。木头门也是落了锁的，是虎头环勾着一把铁锁，留了一条门缝。

在雨巷里，我没有遇见一位撑着油纸伞的姑娘，而是遇见了一位妇人，她左手拎着一篮子菜，右手牵着孩子，走进一扇门里去了。这朴素日子里的美好，让我呆立了好几分钟。

透过那道圆拱门，就看见了大街。街上店铺林立，人迹纷沓，那就是水亭街了。

街的东头，耸立着一座塔，就是著名的天王塔了。老衢州人说，先有天王塔，后有衢州城。天王塔为六面七级楼阁式砖塔，建于梁朝天监年间（502—519）。那时的衢州城仅限于府山一带。明弘治《衢州府志》记载：“今龟峰之城（峥嵘山东相连者曰龟峰）亦不知其初建，州人相传，先止土墙而已。”可以想象当时衢州的城郭还是夯土而成的雉墙垛口，隐在莽苍的山峦中。不远处，衢江南来，绕城东去，在城郊旷野中，天王塔高耸入云。塔立好了，人心就定了，一地的生气由此而旺。衢州有民谣唱：“不见天王塔，眼泪滴滴答。”千百年来，天王塔早已成为衢州城的标志，见到塔就快到家了。

水亭街上随处可寻老衢州的印记。叶振兴纸号旧址，是一座中西合璧的建筑，占地约一百五十平方米，前后三间搭两厢二层建筑，呈“回”字形布局。当时叶振兴在上海、杭州也设有纸号，人称“叶半城”。旁边就是仁寿堂药店旧址。店名是取了《论语》中“有仁德而长寿”之意，门墙上的砖雕很精美，“存心济世”四字居中，两边雕的是山水图案。不远处是“王成德医馆”，五个墨绿的字衬着朱红的底，悬在门楣上，爬山虎的叶子沿着木格子门爬上来，中药味隐约可闻。对面“黄师傅捏糖人”的铺子前围了好些个孩子，招牌上就写着“留给童年的美好回忆”。看着孩子们舔着糖人，羡慕之余，不禁感慨童年早已一去不复返。

街尾拐角处有一家叫“邵永丰”的糕饼店。对于地方美食，我总是多看几眼的。这是一家始创于清代的老字号，专门做一种叫麻饼的糕点。麻饼也称胡麻饼，只有二寸左右，小巧得很。史料载，张骞出使西域，带回了胡麻。胡就是核桃仁，麻就是芝麻。唐白居易《寄胡饼与杨万州》诗云："胡麻饼样学京都，面脆油香新出炉。寄与饥馋杨大使，尝看得似辅兴无。"看来这位现实主义诗人不仅诗作得好，麻饼也做得不赖，可以跟京城的"辅兴号"媲美。

据说制作麻饼有上百道工序，大致可分为入饼、上麻、翻麻、入锅四个步骤，其中上麻最有特色。我来得正是时候，做饼师傅正在上麻。竹簟里是脱过皮的白芝麻仁，三十只饼胚随意摆放在上面。师傅把竹簟一圈一圈地旋转，饼胚竟然按着四、五、六，六、五、四的规律排列起来，形成一个相对等边的六角形。正面上麻后，师傅将手中的竹簟一扬，饼胚整体腾空而起后，又稳稳地落回到竹簟中。一看，个个已在空中翻了个身。然后上另一面的芝麻。上麻的过程，好看是好看，但也最考验功夫，瞬间的技巧，靠的是师傅多年的经验。

衢州人的生活离不开麻饼，从出生到年老，麻饼都会派上用场。孩子满月、百日、周岁，叫添丁饼，结婚叫喜饼，做寿叫寿饼。一饼多用，是人生礼俗中不能少的吉祥小糕点。

麻饼的内馅由黑芝麻、核桃仁、瓜果仁等配置而成，有咸味的，也有甜味的，尝一下，饼皮酥脆，内馅绵香。我各选了一味，当茶点正好。

临近中午，看到巷子口有一家"古铺良食"，还标注着"衢州非物质文化小吃博物馆"，正中下怀，心中产生了"一店吃遍衢州"的错觉。

在临窗的一张桌子前坐下，点了衢州双头、乌溪江鱼头、清朝馄饨、鸡子馃、廿八都豆腐。我是心有余而力不足，余下的只能待下回来品尝了。

衢州的清朝馄饨也叫"纸皮馄饨"，不像温州的"长人馄饨"像一朵云一样浮在大碗汤中，而是小而收敛，像小朵的花，刚好用来暖暖胃，打个底。衢州"双头"是兔头和鸭头，是卤制品，经过了反复熬煮，浓汁都进去了，吃的是在骨头边细细挑肉的乐趣。乌溪江鱼头，是包头鱼加豆腐炖汤，豆腐炖老了，韧韧的，而鱼头却很鲜嫩，这就是火候。著名的"衢州三头"我算是都尝到了。

鸡子馃，我在兰溪就听说了。因为跟李渔有关，不觉"食心"大动。读《闲情偶寄》"饮馔部"可知李大戏剧家是"一生绝三物不食"，这三物就是"葱、蒜、韭"。其文末说："予待三物有差。蒜则永禁弗食；葱虽弗食，然亦听作调和；韭则禁其终而不禁其始，芽之始发，非特不臭，且具清香，是其孩提之心之未变也。"李渔为啥说葱可以"作调和"呢？据传，李渔一日偶得风寒，妾用小葱和鸡蛋做馃，渔食毕开胃，风寒尽散，对葱的看法遂有所改观。尔后，鸡蛋馃得以流传。

我适才进门的时候就仔细看了店堂内做鸡蛋馃的过程。先擀皮，在皮上摊上一层肉馅，再包上青翠的小葱、豆腐丁等馅料，收口之处尤见功夫，像个小包袱，然后将馃子稍稍压扁放入油锅煎一会儿。接着敲碎鸡蛋，倒入碗中，用筷子轻轻地在馃子上开一个小洞，将搅拌好的鸡蛋顺着筷子倒入馃内，一滴不漏。油煎片刻，金黄喷香的鸡蛋馃就出锅了。趁热吃，皮又薄又脆，内馅冒出的热气带着香气扑鼻而来，入口香嫩鲜滑。这兰溪的食物，现在都成了浙西全域的美食了。

江山廿八都豆腐也是要尝一尝的。豆腐是随处可见的家常菜，但一地有一地的特色，最见一个地方的山水气。廿八都豆腐用陶锅端上来，放在泥炉上炖。这旧日仙霞古道上挑夫的下饭菜，味道还真是不一样，除了嫩，豆气浓，还筋道，不易碎。那稍稍的辣味让味蕾充分绽放，一碗呼噜噜地下来，不觉微汗。热气腾腾中，浙闽崇山峻岭间的廿八都古镇似乎就在眼前。

桌上这一样一样的菜式，皆是人家日常的吃食。一方水土一方人，还有一方食物。

雨还在下着，隔窗看雨吧。同样的雨，在浙西看，跟在浙东、浙南或其他地方看，是不一样的。浙西的雨，落在粉墙黛瓦上，有着日常烟火的和美。这是千百年来风雨磨砺出来的一份安定和沉着。

四

下楼，去看水亭门。

茫茫天雨中，这座老城门稳稳地坐落着，飞檐翘角高高地接着天，雍容中带着飘逸。

斑斑驳驳的老城墙，投射时光，也映射你我。哪一块是唐代的？哪一块是宋代的？哪一块又是明代的呢？我们都还太年轻了，稚嫩的眼光无法看进城墙的深处。

墙基是条石错缝平砌，一共有八层，一米多高。石匠的铁锤还在石头里面“叮叮”响着。上面是砖墙，也是错缝平砌，手指触摸过去是凉的，心里却感觉到烫，是窑火的余温未退去。拱券大概有五米高，小青砖横砌，像一道青虹，踮起脚，再举起伞也够不着。仰望城楼，雨经过城楼的第一道屋檐、第二道屋檐，经过城垛，擦着城墙“唰唰唰”地落下来，还夹带着风的声音。雨声风声中，老城墙生出一层层的老茧，这是时光的包浆。此刻，雨在我眼中不断放大，似片片雪花飞舞下来，一时竟忘了打伞。

登上城楼，映入眼帘的是一条浩荡的江水，这便是大名鼎鼎的衢江。江坪上在古代建有卷雪亭，江水从亭下流过。这也是“水亭门”之名的由来。想着衢江水卷着如雪的浪花拥着亭子，那是怎样的景致呀。

徐霞客一定是见过卷雪亭的人。明崇祯九年（1636）九月十九日，是他人生中最后一次出游，主要走水路，在衢州境内经停四日。十月十五日，他一叶轻舟溯游衢江，只见“两岸橘绿枫丹，令人应接不暇”“橘奴千树，筐筐满家，市橘之舟，鳞次河下”。他记下了衢江两岸“明艳”的风色。

衢江还是一条黄金水路。作为浙闽赣皖四省重要的商贸口岸，旧日水上千帆竞渡，码头商贾如流，水亭街上人来人往，熙熙攘攘。南宋建炎二年（1128），孔子第四十八世孙、嗣衍圣公孔端友率支族一路风尘仆仆，护驾南渡，最终定居于宋高宗钦赐的安家之处——衢州。故衢州称为“东南阙里、南孔圣地”。通往码头的城楼，也因水路通向远方，称为航远门，也称朝京门。

当地民间还说：“水亭门，应作水停门，是水只能停在城门外的意思。”民谣也唱：“水亭街，街停水，水亭街上涨大水。”衢州史上水患之重可见一斑。

志书上，衢州水灾屡见不鲜——宋乾道四年（1168）七月，衢州发大水，毁城三百丈，坏禾稼，漂民庐。宋嘉定三年（1210）五月，衢州大水，城圮五分之一，民饥荒……

时局动荡，水运衰退，繁华落幕。1932年，创于清道光年间的衢州当地戏班“叶文锦班”，将全部行头沉没在水亭门外的江中后解散。此事对于一个时代而言，亦别具一番况味。

水亭街只有短短的一百五十五米，东头镇着天王塔，西头守着水亭门，终究抵不住自然的伟力，扛不起朝代的兴衰。

“守两浙而不守衢州，是以浙与敌也；争两浙而不争衢州，是以命与敌也。”衢州所处的地理位置决定了衢州军事重镇的地位。自春秋战国以来的两千四百多年间，这里曾发生过数以百计的战争。“东南有事，此其必争之地。”离我们最近的一次衢州城破是侵华日军攻打衢州城。

此时，已是下午三时，风大雨大，雨点像箭镞一样落在江面上。

1942年6月1日，日军攻城，衢州风雨交加，江水暴涨。

《柯城区志》（2005年版，方志出版社出版）“大事记”中“民国31

年（1942）”条下记载：“此年5月，连续大雨。6月初，衢江水位67.96米，超过危险水位2.46米。大水入城，各地堤堰、堤防冲毁十之八九。时日军侵衢，伤亡人口无法统计。”

因衢江、乌溪江水暴涨，日军在衢州城东、西、北三个方向受阻，于是集中兵力在南面攻城，并使用了毒气弹。6月7日，日军占领衢州城。

我们去大南门。经上营街、天后巷，穿过衣锦坊，沿着护城河而行，再经过和丰门和光远桥……这些残垣断壁，长满野草藤蔓兀立在都市的街头，让人恍惚不知今昔。

到达大南门时，风大雨急。大南门又名礼贤门，在雨中如青铜如黑炭，正大里见沧桑。站在城墙上，我想起八月间随友人去看望原籍瑞安县平阳坑镇吴界山村的百岁抗战老兵吴声远的场景。这位百岁老人正是衢州会战的亲历者。

此时，老人断断续续的声音在风雨中再次响起：

我出生于1921年8月3日，没读过书，家中五兄弟，我最小。二十岁那年11月的一天，我到糖厂绞糖时，被保长吴洪增抓了壮丁。我被编入十六师一营三连。当时，我们使用的是后膛枪，可装五颗子弹。每人另发四颗手榴弹。不久，我们随部队开到衢州。1942年春夏之交，我们与日寇在衢州府激战多日。当时，我们在城里四周挖了洞，用树枝杂草伪装隐蔽，士兵都埋伏在洞里，把枪口伸出，与进犯的日寇作战。日寇有飞机在空中盘旋，常常是三架一齐来，俯冲扫射，我们伏在洞中，戴着掩护草帽，与日寇对峙。我们武器落后，人员伤亡惨重，全师仅剩几十人生还。醒来时，四周都是战友的尸体，我从死尸中爬出来……

城墙的背后就是衢州古城，粉墙黛瓦尽收眼底。城墙下，衣锦坊，百岁坊，北坊门街，车如流，人如织。

（选自《雨花》2021年第3期）

指尖之舞

胡廷楣

一

那天，被聂卫平的手指迷住了。

那一场惊心动魄的对局开始的时候，中方主帅聂卫平一个人坐在赛场对门的研究室里，面对棋盘沉思。

1988 年 2 月 9 日，我第一次作为围棋记者，在北京体育馆现场采访第三届中日围棋擂台赛。那天是日本副帅超一流棋手武宫正树本因坊和中国副帅马晓春九段较量。

对局室设在三楼的会客厅里，上百或者更多的记者，方方面面的嘉宾，熙熙攘攘挤满赛场。二十四岁的马晓春九段坐在椅子上，闭目静思，他在想什么呢？记者允许进入对局室的时间有限，跪着和蹲着的摄影记者未免有一些焦急，眼睛又不敢离开取景框。

四分钟之后，周围安静下来，马晓春才从草编的棋罐中，取出一枚云子，放在右上的星位。

二三十个闪光灯几乎同步，马晓春和武宫正树瞬间被强烈的光线照亮。武宫正树不由惊讶，抬起头，以天真无邪的眼睛环视一周。

我从人堆中抽身出来，快步走到研究室，站在老聂的背后。那时，聂卫平因为在擂台赛的危崖边上连胜，结束了两届擂台赛，成为国民英雄。无论在什么地方，老聂身边，很快就会聚集起一群人。唯独此刻，他有了短暂的独自思考的时间。

他的左手静止，夹着一支骆驼烟，一脉细细的孤烟袅袅升起，银白的烟灰掉在桌子上。他的右手忙碌，不住地在棋盘上摆棋，似乎在猜想两位他都熟悉的棋手未来对局的头几步棋。

这时候看他的右手，脑际便闪过些古人描写下棋的诗句，有一句是“鹭落寒江鸦点汀”，将下棋的手，比喻成舞蹈一样降落的鸟儿。

聂卫平的手恰似鸟儿一样地舞蹈，高档的云子是最好的舞伴，白子如羊脂，黑子如墨玉，都做成哑光。聂卫平食指和中指夹出一枚云子，大拇指张开，无名指垂下，小指跷起，像是一只鹤侧身飞临棋盘。手腕微微抬起，在空中稍稍停留，就像是鸟儿放平两翅。然后将棋子点在格子上，发出一声脆响。

他的手该是一只灰鹤吧，这一局，马晓春执黑。

十分钟一到，对局室的门打开。记者们被礼貌地请出赛场。跨过走廊，记者和中日双方的官员棋手，蜂拥而至研究室，聂卫平周围立刻挤满了人。

研究室有八个棋盘，边上围着八堆人，都有一个核心人物在摆棋。

鸟儿继续在飞翔。华以刚走出对局室，顺便带出棋谱。他也摆棋，他的食指和中指夹着棋子，无名指护卫，三个手指衔着棋子，手腕极为灵活，每一步棋，都好像是啄木鸟的长喙击打着树干。曹大元思考时，手经常在棋盘上转圈，好似海鸥在盘旋，那是面对复杂形状的全面盘算，转上几圈，看准了才一个猛子扎入水中。陈祖德有一双骨骼粗大的手，他谋划棋形的时候手中没有棋子，想定了，随手抓起一颗子，棋子落到棋盘上，然后推到了交叉点上，像是天鹅降落湖面，还要漂移几米……

陈祖德曾经说过：

> 我国棋手称下棋为“手谈”，即通过手来交流思想、加深感情，这当然要心平气和，表现在落子上是拿起棋子轻轻地放在棋盘上，显得优雅且有艺术修养。

我在研究室中见到那些摆弄棋的手指，正是如此优雅。

曾经见过出土于吐鲁番阿斯塔那古墓唐代墓葬的绢画《弈棋仕女图》。画面中弈棋贵妇，是一位级别不低的官员之妻，她端坐于榻上，凝神沉思，其右手食指和中指夹着一枚棋子。有人甚至评论，这一下棋的纤纤玉手，把手腕上的珍贵玉镯，“比得暗淡无光”。

这贵妇或许称不上高手，却也可见围棋在当年官员和文人中是如何流行。远离故土，她的穿戴衣着，下棋的一招一式，都像是怀念长安的诗。

那种诗意如一脉溪流，悠长而不绝，流传至今。聂卫平师从前辈棋手过惕生，过惕生和他的兄长过旭初学棋于他们的父亲铭轩先生。明末清初一代名手过百龄，正是过家的棋界前贤……

下午四点半。聂卫平拿到传来的棋谱，忽然说，谁知道现在北京哪里有西瓜卖？

这是一句聂氏棋语。往往在决定命运的比赛中，他用氧气罐保持在千钧一发间敏锐的思维，又用西瓜配香烟，松弛绷得不可再紧的神经。

谁都听懂了，马晓春形势不妙，他将要出场了。

坐在聂卫平身边看棋的是国务院副总理方毅，他在赛场的身份是中国围棋协会的名誉主席。他到此，总是在传达殷殷的关切。他说过，那时“中南海里有一半人下围棋，带懂不懂的，都是擂台赛的热心人”。

方毅喝了一口茶，对聂卫平说：“最好是你不出场。”

中方团长郝克强听到了他们的对话。老郝是一个有趣的人，自称最佳观棋者。他看棋，也在观察下棋者和研究室里身份不同的棋友。他后来说，当时方毅神情淡定，可是每分钟一百二十四次的脉搏透露了真心情。作为擂台赛中方发起人；郝克强自己当然不能排除在紧张的人群之外，他的脉搏跳得更快，有一百三十六次。

> 马晓春突围了！他先以65手向左方一小尖，然后67靠，71长渐渐地将黑棋轻灵地向中腹发展。至83手尖，马晓春中腹已舒舒服服留出了眼位，第97手，彻底做活了这块棋。而白棋应对有误，反而丧失了中腹的大片领土。至下午5时，对局基本已定型。陷入读秒窘境的武官不得不苦战了。
>
> 有人一点目，黑棋领先了10目，研究室一时轻松起来。芮乃伟不由微微笑了，杨晖直说：“太棒了。”聂卫平也乐出声来：“或许今晚可以喝酒了。”

这是我采访国际棋赛的处女作，文字的背后隐隐可见专业棋手的影子。

一个半小时后，棋赛结束。大厅中两千名听王汝南讲棋的群众，鼓掌雷鸣，满心欢喜回家了。

手在对局室的棋盘上继续飞动。

局后，武宫正树和马晓春检讨棋局达两个半小时，聂卫平和华以刚等相伴。这时候，他们的手几乎是一种模式：棋盘上摆满了棋，然后通通抹去，必有一只手出来“码棋”，握着一大把棋子，拇指和食指拈着棋子，几乎不容思索地在棋盘上摆出各种图形。他们讨论，大多数情况下，不用中文和日语，仅用“手语”。手心一般向上，四指蜷起，食指便在指点江山。手掌翻转，另一个人发表意见，用中指移去几子，又移入几子，便成了一个新的形状。或者点头，或者摇头，便又拂去，另外一人，另外一手，再摆一个图形。

后来，在南汇嘴，见到一群野鸭在苇丛中出没，鸭子们扁扁的喙，啄着芦根，很像是那个难忘的晚上，棋士们的手。

马晓春的手指细长，白皙。这一双手，并不单单因棋而生就。

有一次，比赛之前，在一家宾馆大堂，他在钢琴旁边坐下，手指敲击琴键，便有一阵悠扬的乐声传来。陆续进门的棋友环绕着钢琴，他回头一笑。

马晓春是中国第一个围棋世界冠军。他的棋，轻灵飘逸，捉摸不定，有人称他为“妖”。大棋士是在胜负悬崖上书写诗意的艺术家，欣赏“妖之舞”多难啊，那就听他弹琴吧。

二

很多日子，睁眼闭眼都是黄兴，那位革命党人中的英勇将领。

研究近代棋史的徐润周前辈，为我们留下了一段轶事：

> 1915 年，在沪中日围棋界创办上海围棋社，订立章程二十二条，有指导、集会、竞赛、分级等规划条目。发起者日方长滨彻斋、山田纯一郎等，华方黄兴、张人杰（静江）、徐谦、许崇智等。
>
> 黄张诸人皆同盟会要人，志在革命，奔走国事，虽挂名社籍，无暇参与常会，棋社不久便无形解体。

正和棋友在编撰上海围棋史，这短短的几行，便改变了我们以往的认知。如无新的史料出现，那么，这就是中国第一个希望将下棋的散兵游勇集聚起来的团体。黄兴显然是棋社一面飘扬的旗帜。

近代围棋史研究者赵之云，为我们记下两段黄兴下棋的文字：

辛亥革命前驱黄兴常在日本友人宫崎滔天宅对局。准确的记载，见宋教仁《日记》所述。1907年3月间，黄兴与一位名古河的日本友人对局，双方热战多时，而宋教仁则在一旁看得入了迷。

第二次革命失败后，黄兴再次避难日本。此时，他奔走日本、美洲之间，在日本时间短暂，但还忘不了学围棋。据日本濑越宪作回忆，约日本大正四五年间（1915—1916），黄兴曾向濑越（当时四段）学围棋，被授七子。同时前来的围棋爱好者还有胡汉民、张静江、戴季陶等著名中华革命党人。

虽然黄兴早就学会了围棋，不过在世界围棋史上留下赫赫英名的濑越宪作，是极为顶真的教育家。他的每一课，都不可能马虎。

情景再现：

他们互相鞠躬致礼。面对已届不惑的黄兴，这位身材敦实赫赫有名的中国革命党人，二十六岁穿着和服的青年老师濑越，伸手示意放上七颗黑棋。

濑越宪作手边的白棋，是海边的蚌壳琢就。黄兴手边的黑棋，是山间的黑色石料磨成。

他们盘腿坐着，中间是一个厚厚的棋墩。整块榧木，经历数十年干燥，方能付诸最有名的工匠。不上漆，本色，年轮清晰，一眼就能看出年岁。一道道黑线，是人工画就，稍稍凸起。

如此，你可想象……

濑越宪作的第一手棋，右手高高举起，齐眉，然后将全身之力集中在手指上，“啪”一声打在棋盘上。棋墩被一击，表面稍有凹陷，很快复原。留在空间的，如珠玉之声，余音悠长。棋墩底部刻有一个四方的凹陷，那作用类似音箱。

这晴窗飞雹的一手，是年轻的老师的当然一课：“气合。”棋手一开局就不能想到输棋啊，必须要有决不屈服的玉碎之志。

如果，黄兴还是用右手下棋，那么他只能用食指和拇指，把棋子很平凡地放到格子上。

濑越宪作一定会惊讶黄兴的手。黄兴的右手只有三个手指是完整的。食指和拇指捏住棋子，能跷起的只是小指，如一只冠冕已残的孔雀。

历史记载了他的右手。

1911年，4月27日下午五时三十分，广州起义爆发，黄兴率林觉民、方声洞等敢死队百余人攻打总督衙门，其余三路未见行动。攻入后，发现总督已逃跑。起义军撤出时，遭到堵击。

黄兴中弹，右手二指被击断。受伤后曾痛昏死过去，后被战友救出。但他忍住剧痛，用右手扳枪机继续射击。

清军渐渐合围，黄兴遂下令分三路突围。他自己带领一路奋勇冲杀，情急之中，队伍散乱，只剩下黄兴一人……收殓殉难者，得尸体七十二具，合葬在黄花岗。

从此，黄兴下棋，他残缺的手，就是大写的“气合”。他用右手下棋，必令人一震。大海渺渺，高山巍巍，落子轻微的声响，即是黄钟大吕的喑嗒之音。

黄兴没有留下棋谱，他不是专业的棋士。不过他堪称书法家。

台北中山纪念馆里，有他的一份绝命书：

本日驰赴阵地，誓身先士卒，努力杀贼，书此以当绝笔。

这是一封书信，作于1911年3月25日。正是广州起义前一月余，是黄兴用完整的右手写就，壮志和书法两相激荡。

在上海历史博物馆中，也有他的一幅字：

冯夷击鼓走夷门，铜马西来风雨昏。
此地信陵曾养士，只今谁解救王孙。

前人的诗，黄兴的书法。写于民国元年，亦即辛亥革命之后的1912年。此时黄兴伤口已经痊愈，右手两指却永远失去了。

常人若失去两指，便不知道如何运笔，如何行墨，如何令笔自由地飞舞于宣纸之上。有书家论及，黄兴的书艺，因为断了两指，已经有所变化，然醇厚与磅礴依旧。

曾经去过香山路孙中山纪念馆。那里有一副日制围棋，珍贵的文物。

刚刚提起黄兴，女讲解员便说，黄兴去世于1916年10月最末一日，孙中山先生和宋庆龄女士，搬到此地已是1918年。

又问这一副已经一百多岁的老棋子的来历。回答说，没有特别的记载。

想看一眼二楼阳台上的棋子。她说，这是复制的展品，原件在库里。

获一张清晰的照片。棋子的造型两面凸起，这是中国古棋，日本现代棋的制式。猜想，中山先生的棋子，很可能是日本友人所赠。而且，将一副围棋放在面对花园的二楼阳台上，唯一的提示是，有人在这里下过棋。

中山先生是一位懂棋之人啊，他的革命党战友中，爱棋之人不少，黄兴、宋教仁、张静江、胡汉民、许崇智、李济深、戴季陶、陈立夫……

投入最深的，黄兴无论如何算一个。

又看了不少黄兴的照片。穿着军服的他，很多是与人合影。一眼看去粗狂严峻，为赳赳英雄。冲锋杀敌是他的使命，将军是他的世间形象。他的个人肖像，则面容神态都令人感到坦诚和善，他的眼睛更有着古文人的秀美。书法和围棋才倾诉了他的内心，他是一颗诗的种子。他的生命里，到处都有诗情。

黄兴的书法中有一幅“醉云醒月”。落款写下了“甲寅初夏”，即1914年。那么，这一幅字，也是黄兴用残缺的右手所书。不久，他便去濑越宪作那里学棋。

可不可以将这四字看作书艺和棋艺相通的象征？

棋道之深邃如墨黑的天穹，唯濑越这样的大棋士方可如月亮那样分辉于人。一朵云从远处飘来，月之光华照亮了云，云便陶醉，随风起舞。

三

上海刘长胜故居陈列室里，有一副围棋。

这是一副属于平民的围棋。没有研磨过的光滑玻璃棋子，不会比感冒药片更大。棋罐直径小于细瓷饭碗。棋盘是折叠的，收起时比一本书略大。

这是一副旅行围棋，装在一个箱子里。它的主人是地下党员张困斋，“永不消逝的电波”的直接领导者，革命烈士。收藏者是张文英，也是一位地下党员。

棋子太普通了。这仅是一副日常生活的围棋，用来游戏的围棋。更何况，棋子太小，呈馒头状，不管如何下棋，成人粗大的手指，捏住棋子，都会如小鸡啄米一样，失去了风流和雅致。棋子距今七十多年，那时候，正是中国最好的棋子云子失传的年代，市场上只有这样的玻璃子。“文革”期间，云子配方浮出水面，中国棋子才重现光辉。

张文英的后人将这一副围棋送来展览馆，是因为那时，张困斋经常住在张文英那里，曾经一起在家中下棋。

张困斋和张文英或许在1946年前后，有过工作交叉。张文英的女儿张梅霞说：

> 父亲的掩护职务是金陵东路的上海太古报关行经理。当时报关行有很多客户，进进出出办理报关，可以说是个很嘈杂的地方。
>
> 张困斋每次一来就待在一个小房间里不出来。这个小房间直通后门楼梯，下面可达金陵东路上的旁门，上面又可到达屋顶阳台，可以攀爬到隔壁的约克大楼，通到现在的四川南路。

他们在一起工作不久，张困斋离开了。没有长亭古道，芳草碧连天。或许他们间最后一盘棋便是告别，下完棋张困斋便悄然离去。张困斋知道即将分手，张文英还不知道。一个不说，一个不问。面对面，四目传情，却紧紧闭住嘴唇。这种缄默，对常人来说，是一种不堪忍受的折磨，对他们来说，却是常事。

他们都在上海，可能近在咫尺，却远如天涯。

清乾嘉年间的诗人袁枚送别棋友时，曾经吟过："残棋再着知何时，怕听秋藤落子声。"对面手谈是一首诗，张困斋留下的那副棋子，传递着他们下棋时，极为单纯的深情。怀念别后的棋友更是另一首诗，棋子又寄托着那种永远传递不到的思念。

> 直到20世纪50年代，张文英带着女儿去参观一个革命历史展览，才知道，张困斋早已于上海解放前夕的最后时刻牺牲了。
>
> 从此，每年清明张文英总要带着子女去烈士陵园看望张困斋。

少年时，曾经听过韩慧如老师的报告，她正是张困斋的战友，上海地下电台报务员秦鸿钧的妻子。那时候，她经常到各校为孩子们做报告。那时的教室，黑板右上方有一个小方盒子。韩老师在教导处，对着话筒说话，带有北方口音的描述，通过一个个小方盒子，传遍每一个教室，不知不觉孩子们眼圈都红了。

如今因棋再读韩老师的报告，读到一些狱中细节：

敌人对张困斋、秦鸿钧施尽酷刑，老虎凳、辣椒水、拔指甲……无所不用其极，但都撬不开两人之口。

鲜血淋漓，没有手指甲的手啊，还能有下棋的情致吗？

在张困斋生命的最后日子里，他已经将棋子放置一边。他对待战友的深情依旧。

韩老师回忆：

张困斋同志不停地咳嗽，我知道他的肺部已经被辣椒水灌伤了……

当我端着热水放在张困斋同志身边的时候，他小声地对我说："你给老秦弄吧，不要照顾我了，在敌人面前你要表现出极端恨我的样子才行。"

张困斋提醒秦鸿钧夫妇要扮演被"胁迫"的角色。他准备承担所有的责任，独自走向刑场。

可是，秦鸿钧也是大时代的儿子。他早就准备和张困斋同生死。新四军老战士，画家富华，那时也被关押在四川北路淞沪警备司令部军法处看守所。他描写了狱中的见闻：

那天下午放风之后，准确地说是吃晚饭前，只见一个高个子背着个人进了1号牢房。后来才知道，高个子是秦鸿钧，他背的人叫张困斋，双腿被打断了，血肉模糊。

在豺狼面前，秦鸿钧毫不掩饰自己和张困斋本是亲密无间的战友。

富华还回忆，他每天在牢房里唱歌，从早唱到晚。秦鸿钧让他抄一份歌词。

几天后，5月7日中午吃饭的时候，李白、秦鸿钧、张困斋……都不在了。

当天傍晚，我被转移进了1号牢房，我睡的正是秦鸿钧原来睡的位置。第二天，我整理秦鸿钧留下的铺盖时，在木板墙根发现他用铅笔写的几行字："你是灯塔，照耀着黎明前的海洋；你是舵手，掌握着航行的方向……”这正是我抄给他的歌词。

因为没有灯光，字迹歪歪扭扭，有的大有的小，而且没有抄完。

富华没有告诉我们，秦鸿钧为什么要在墙根抄写歌词，富华抄给秦鸿钧的原稿哪里去了。

他没有说，我们能够意会。

很多次去过陈列室，目不转睛地面对棋子。

并不是想要从这副围棋中找到更深刻的理论，更瑰丽的故事。而是想要拂去岁月的尘土，还围棋本色。古朴的，一眼可以明了的棋子棋盘，可以沟通不可用自然语言传达的情感，可以与同伴一起快乐地游戏。

张困斋和张文英下棋，并不在乎很多讲究。谁说如此简朴的棋子，“小鸡啄米”一样的手势，就没有诗意呢？

所有在棋盘上的指尖之舞，本就是心灵之舞。心灵之舞的最高境界，便是生命之舞。

四

二十多年前，一个下午，一位善棋的画家邀请一些棋友，到他家里做客。

我在棋盘上码下六颗黑子，二十岁的常昊七段坐在我的对面。

那时常昊在第十一届中日围棋擂台赛上，连胜六场。最后一场击败了中日棋手都尊敬的大竹英雄前辈。中方以七比四领先于日本，从此世上再也没有“中日围棋擂台赛”。

下了半小时。他拿起一枚白子，伸了伸手，又收回，久久不下。他那带有长长眼梢的眼睛看着我，满是笑意。

我忽然觉得这样的眼神有一些陌生。只要是下棋，少年的脸上从来都有成人的严峻。

见我迟迟不悟，常昊便说：“胡老师，我要吃棋了……”

他的手轻轻举起，棋子轻轻落下，在我想不到的地方。

就像是喜鹊在高高的白杨树上，衔来最后一根做窝的树枝。

他的鸟巢，我的罗网……我和高段棋手的唯一对局就这样在大笑中告终。

自然知道，这是他片刻的放松。很快常昊又走向赛场，下一个目标是世界冠军。

那个年代，正是韩国围棋称霸世界的时候。

他是中国新一代棋手中走在最前面的一个。一年又一年，他连续六次进入决赛，每一次都在最接近桂冠的时候失利。能够听到的声音似乎净是埋怨。原谅那些棋迷吧，他们离开竞技围棋太远，天下有多少人能够领略象牙塔最高一层指尖之舞或喜或悲的诗意呢？

常昊没有原谅自己。当他“以最奇怪的方式失败”，第六次获得世界亚军时，他回忆：

> 之后的一个星期，是我人生中最漫长最痛苦的阶段，整整一个星期，睡眠加起来还不到二十个小时！尽管一直处于极度疲劳之中，但实在睡不踏实，几番刚刚入眠，眼前蓦地出现“丰田杯”第三盘棋的棋谱，就好像一下子打开的电视机或者电脑屏幕，让我刺激、惶恐……于是我惊醒，再也睡不着了。

2005 年 3 月初，他第七次进入了世界之巅的决赛，已经是结束最后一届中日擂台赛之后第九年。他的对手是韩国的崔哲瀚，比他年轻九岁的韩国棋手。常昊已经二十九岁，这个年龄如没有第二次爆发，很可能潜伏着巨大的悲剧。

或者是光荣的世界冠军；或者垮掉，沦为“千年老二”。常昊还有别的选择吗？

我放下了签完的报样，对年轻的编辑说：“明天去北京。等着我，我会写稿。”

昆仑饭店赛场，见到了堪称常昊叔叔伯伯的一大群记者。我们大多是从擂台赛那时就在采访围棋，都不是常昊的陌生人。我们不能不来。

如我，便是想起了他曾经吃掉过我的一颗棋。

九十一岁高龄的吴清源大师，被助手搀扶着，拄着拐杖过来，坐上裁判长的席位。

无论黑棋还是白棋，常昊总是果断地拍下自己的第一手棋。我们都听到了云子击打在棋盘上响亮的声音，同时注意到他的手势不像鸟儿那般轻灵，却像农夫的锄头一样笨重。

他后来说：

> 比赛那天早上，我认真地洗了个澡，还特地把自己的手用香皂擦洗了两遍，洗得特别干净——我想到了剑客决战之前的感觉。

相信他已经披上无形但坚硬的铠甲，护住自己因为柔软而容易受伤的心脏。他会小心地收敛自己的手势、自己的眼神，以看不见的面具阻断对手探寻自己心灵的蛛丝马迹。

赛场里棋手的指尖开始舞蹈，和对手共舞。他们的舞伴，仅仅是黑色或者白色的棋子，而且他们的舞蹈仅仅局限于一方棋盘……

研究室里很早就难以找到空座位了。他往昔和今天的教练、他的队友，指尖也在棋盘上舞蹈，虚无缥缈的围棋之音乐在四处飘荡。

那两盘棋常昊都胜了。

决胜局，双方类似贴身肉搏，打劫 31 次，花去 325 手。两人的时间都不够，落子如飞。争棋无名局，这是戴着大胜负镣铐的舞蹈啊！王汝南和华以刚为棋盘上深奥的语言，寻找最通俗的词汇和句子。将形势转告周围的记者，让所有人的心脏都加速跳动……

当常昊举起应氏杯的时候，他的教练聂卫平说："我觉得常昊几次要被击倒，但是他挺过来了。他好多次'逃过一劫'，很男子汉。今后很多冠军他都可以过问一下……从这里开始狂奔吧。"

老聂的语言像是诗歌一样。

今日回想，那天赛场内外，每一个人脱口而出的都是诗。一吟双泪流。

（选自《上海文学》2021 年第 5 期）

我的读书会

张　辉

疫情期间，不得不宅着，绝大部分时间都是在独自阅读中度过的。不禁回忆起那些难忘的读书会，与友人和同学们在一起的读书会。

最早参加的读书会，准确地说，是“诗会”。参加者都是当时在南京的写诗的朋友，因此以读诗歌集为主。记得一起读过，甚至背诵过冯至的《十四行集》、何其芳的《预言》、卞之琳的《雕虫纪历》以及穆旦的诗。至今我还留着当年为方便大家一起朗读，在一个红色笔记本上抄写的上百首诗。那时的笔画幼稚而激越，今天看来，也正证明了自己曾经有多么的年轻气盛。正面一点，则可说，很有激情。那哪里是在安静读书，分明是在挥霍不知道如何安顿的青春。但没有一起和小伙伴们读过诗的青春，能算是青春吗？只是，一起“读”诗的时光，就那么倏然过去了，太快了。

后来与南京两位最“铁”的朋友，也有另一种不叫读书会的读书会。前几天，我们三人建了一个微信群，我将群命名为“妙峰庵”。因为我们几乎每周一次的聚会地点，就在一条叫妙峰庵的巷子里。记得我们在那里整夜整夜地一起读李泽厚，读房龙的《宽容》，读《光荣与梦想》，也读张中行的《负暄琐话》，读金克木的《比较文化论集》《印度文化论集》，读王朔以及大量外国小说，还有萨特、卡西尔……这些书，我们有些是半懂不懂。实际上也不是真正在一起读，而是各自在家读完后，想找心气相投的朋友一起讨论、分享。

如今，我在北京，他们两个，一个在南京，一个在目前疫情依然肆虐的纽约。愿八十年代的这些阅读，可以帮助我们在这个众说纷纭的世界中，依然能有一个正确的观察问题的视角，也愿老友平安。

严格意义上的读书会，大概应该是 2000 年前后在哈佛大学的时候。那时，有四位朋友，我们主要的见面方式，就是利用周末的时间一起读书。早晨九点开始，中间一起吃个中饭——通常是去一家希腊饼店，下午差不过五点前后各自回宿舍。当时主要读的是《柏拉图对话录》，以及列奥·施特劳斯（Leo Strauss）的著作，尤其是他对柏拉图的解释性作品。我们甚至找到当时还未退休的 Harvey Mansfield 教授，复印了他那里收藏的所有施特劳斯讲解经典作品的讲稿。据说，这些讲稿，他此前是一直秘不示人的，这对我们的阅读多少是一种鼓励。

与前两次并不标准的读书会有所不同的是，这一次，我们真的是一字一字、一句一句、一行一行地细读，不放过任何一个疑难，也不放过任何一个问题，有时甚至为了对一句话的理解，“争吵”起来，互不相让。但也正是因为这些“争吵”，我们之间建立了真正的友谊。

最让我难忘的是，有一次，由于特殊原因，我们其中的三位朋友都不能参加那个周末的读书会，但其中一位朋友 WF 却没有收到我们的电子邮件，所以他一直在神学街哈佛燕京社的门口足足等了我们几个小时——当然，他是边等边读。

就我自己而言，这一段时间静心而细致的阅读，确实既对我的学术研究，也对我的心性产生了非常大的影响。至少，这种阅读，让我培养了从文本出发，依照作者的方式去理解作者的习惯。正是因为此，我能明显感觉到，自己从八十年代以来某种无法名状的躁动，乃至喧嚣中摆脱了出来，变得平静，从而内心多了几分从容，并越来越体会到与伟大作者对话的必要性和迫切性。这种对话，也使得自己在精神上不再感到孤独，而真正觉得与中西大传统有了一种沟通的可能，甚至有了联通之后的满足和惬意，生命因此有了稳靠的基础和亲切的对话对象。虽然那时读的只是西方经典，但后来系统补读中国经典时，也有了这种状态，甚至感受更为强烈。

之后，我主编的《巨人与侏儒——布鲁姆文集》（最近第三次再版）以及十卷本的《伯纳德特集》，事实上，都与这次集中读书密切相关。我参加或组织的新的读书会，也均采取的是这种方式。

从美国回北大后，我又参加了一个规模相对而言更大的读书会。这个读书会，其实是上一个的“孪生兄弟”，每周借国家图书馆的一个会议室进行，也是一整天。主要读 Allen Bloom 翻译的柏拉图的《理想国》。不过，参加这个读书会的朋友，已经有人倾向于将柏拉图这部大书的书名改译为《王制》。这显然是试图以中国文史的固有观念，来进行学衡派意义上“融化新知”的工作。到那个时候，大家对更系统全面，也更有问题意识地认识西方已经有了越来越自觉的认识。尤其是对内在于西方思想传统中的古今之争、诗与哲学之争、雅典与耶路撒冷之争等都有了更明确的思考路径。同时，在中西对话之外，我也慢慢开始意识到在精神的疆场上，刻不容缓地需要克服相对主义和虚无主义。也就是说，在这个莫衷一是的现代世界，我们尤其必须区分是与非、高贵与低劣、美好与丑恶；必须认真思考什么是真正美好的生活，什么是不值得一过的生活；什么是事物的真正本然，什么不过仅仅是习俗。这都是读书会带给我的思考。

在这个读书会期间，我为《巨人与侏儒——布鲁姆文集》一书写了序言，题目是《在恐惧巨人的时代》。这篇文章，后来发表在《书城》杂志上。编辑先生转来读者来信说，这在一定程度上标志着某种新的、重新反思当代真正问题的思想动向。显然，那是过誉了，因为上面所说的思想过程在此之前已经开始。我不过是通过细致读书，从我的角度再次加以陈述。但这确实体现了读书会的价值。

《理想国》读书会之后，我们又回到了一个小型读书会。地方是北大静园六院二楼的会议室，那是我工作的北大比较文学与比较文化研究所原所在地。这回大家是一起读莎士比亚，主要是读英国戏剧。不过，我们从“最难读”的莎翁悲剧——《李尔王》开始，之后才读那些严格意义上的历史剧——《查理二世》《亨利四世》《亨利五世》等。每个人手上，有一本“Arden”版的莎士比亚剧本——后来有一次我去英国，去了莎士比亚的故乡 Stratford upon Avon，才知道 Arden 原来是莎士比亚妈妈的家的所在地，不知道这个系列叫“Arden”是否有这个原因。

我们这轮的阅读，比在美国的时候似乎还更细了。记得有一次，我们一整天，也还是从早上九点到下午五点，中间吃个饭，但却只读了不过一页剧本。在这个过程中，我们除了有一本原文剧本外，也同时分别对照阅读了朱生豪、梁实秋、曹未风、孙大雨、卞之琳等人的译本。又有不少次，我们争吵得不可开交，好像谁也说服不了谁。可惜的是，这个读书会，没有延续下去。有一年我在国外访问，研究生们学我们的样子，读了《仲夏夜之梦》等剧本（他们更喜欢喜剧），但也就持续了一个学期。

欣慰的是，其后我们又组织了一个“《文心雕龙》读译会”。这回，我们逐字逐句读詹锳先生的《〈文心雕龙〉义证》（上海古籍版，此书我买过三套），并结合阅读施友忠先生的英文翻译。

从语言上说，我们这回是以中文为主体了。到目前为止，这个读书会，持续的时间最长。读完全部五十篇，达到所谓“大易之数”，我们几乎花了四年。这期间，有一位曾经参加读书会的外语系老师，我们假期在西班牙见面，一见面，她的问候语居然是："张老师，谢谢您带我们一起读《文心雕龙》。"这个问候，太具有北大同事的书卷气和亲切感了。但其实，她只说出了部分事实，因为，我们不仅是读，我还要求同学和我一起背，每次读书会开始基本上都是背书。想想也够"残酷"的。不过，真背了的同学，大概现在应该感谢我吧？

这个读书会，我们留下了录音，但并不全，因为意识到要把声音记录下来已经略略有点迟了。好在，认真读过书的人，我想都不会忘记读这本书所带来的收获，不会忘记我们一起度过的这段美好时光。我和同学们说过，下次我们见面，我们的接头暗号，就是看你能不能用"繁华损枝"对"膏腴害骨"，或用"暨乎篇成，半折心始"对"方其搦翰，气倍辞前"。这本是我们共同体的内部暗号，这里也就公开一下吧。

当然，我们也可以有新的暗号。从上上个学期开始，我们已经开始读仇兆鳌的《杜诗详注》，并参考宇文所安的翻译。

我们的读书会也已改名为"杜诗读译会"。而且，尽管北大这学期是二月初开课，我们的读书会则提前两周就开始了。这是我们在疫情期间，一种特别的师生"聚会"方式。不过，这回我们是在网络上用 ZOOM 进行的。还是第一回用这样的方式，多少有些奇怪的感觉。好在，在这个特殊的时期，我们读杜工部的《前出塞九首》《后出塞五首》《秦州杂诗二十首》，并复习《自京赴奉先咏怀五百字》等诗篇，却恰恰是非常切合的。

在危难之中，我们可以从老杜那里汲取精神营养，也要学会像老杜那样真实而勇敢地认识、表达，并反思这种危难。这样，我们的读书会，才不仅具有知识旨趣，也更有家国情怀。

（选自《随笔》2021 年第 1 期）

云端上的乡音

徐　迅

一

1988年1月8日，我在皖西南一座普通平静的村庄找到《程氏族谱》。当我沉迷在程氏家族神秘的传说里，打开有关程长庚的资料时，我万万没有想到，我打开的是"徽班进京"这个中国戏曲史上一支著名班社的辉煌谱系——戏子不上家谱，程氏家族让程长庚在家谱上有了记载，显然是号称程朱理学名家的程氏家族一种莫大的"恩惠"。尽管家谱没有"徽班领袖""京剧鼻祖""伶圣""剧神"等称呼，吝啬得只有人的名号和生卒年月。

但有这些就足够了。

随着程长庚籍贯纷争的尘埃落定，仿佛一场大戏的舞台帷幕缓缓拉开，程长庚和以他为角儿的一段尘封已久的"四大徽班"进京历史，就像一池荷花全部浮出了水面。清水芙蓉，摇曳生香。这时，我突然发觉响彻云霄的京腔里竟有我的一缕浓浓的乡音。

按照现在的戏曲史定论，徽班进京是乾隆五十五年（1790）。那年是乾隆皇帝的八十寿辰。徽班就是专门为他进京贺寿的。清代杨懋建《梦华琐簿》对此的记载是说："乾隆五十五年庚戌，高宗八旬万寿，人都祝厘（祝福），时称'三庆徽'，是为徽班鼻祖，今乃省'徽'字样，称'三庆班'。"

实际的情形是，"三庆班"是浙江盐务奉闽浙总督伍拉纳之命，将徽商推荐的安庆徽班带入京城的。开始，他们只是在浙江盐务承包的地段内的"天街"临时戏台，参加"祝厘"演出，但在完成了祝寿演出后，三庆班在京城已小有影响，于是他们试着进行了一些商业性表演。当时带领徽班进京的是一位名叫高朗亭的艺术家。

高朗亭，又名高月，安庆人，原籍江苏宝应。入京时三十岁，以唱二黄腔著称于伶界。《日下看花》说他："体干丰厚，颜色老苍，一上氍毹，宛然巾帼，无分毫矫强，不必征歌，一颦一笑，一起一坐，描摹雌软神情，几乎化境。"就是年纪稍长，也别有丰姿。众香主人在《众香园》形容他："然偶尔登场，其丰颐皤腹，语言体态，酷肖半老家婆，真觉耳目一新，心脾顿豁。"戏曲界后来都以"徽班老宿，脍炙梨园"评介。

清王朝经历了很长时间的休养生息，到了乾隆时期已是社会稳定，经济繁足。这为戏曲提供了丰厚肥沃的生存土壤。此时，京都的戏曲舞台琴笛悠扬、诸腔杂陈、百花争艳，所谓鱼龙混杂、泥沙俱下。当时在北京流行的剧种，规模较大的除占主流的昆曲之外，还有京腔、秦腔、徽调、汉调等。但戏剧开始受制于朝廷。清代统治者把当时的戏曲分为两大类，一类叫"雅部"，一类叫"花部"。李斗的《扬州画舫录》记载："两淮盐务，例蓄'花''雅'两部，以备大戏。'雅部'即'昆山腔'；'花部'为'京腔''秦腔''弋阳腔''梆子腔''罗罗腔''二簧调'，统谓之'乱弹'。"戏曲舞台的色彩缤纷，也成就了"花""雅"两部纷争。清廷垄断了他们喜爱听的"昆曲"后，便认为"花部"粗俗下流、不登大雅之堂，对"花部"进行了一次次政治性的打压。

第一次打压是乾隆刚上位不久。弋阳子弟携腔入京，开始了弋阳腔演变而成的京腔与昆曲之间的争斗，出现了"六大名班，九门轮转。称极盛焉"（杨静亭《都门纪略》）。京腔压倒昆曲，很快占了上风。但宫廷内舞台对"昆弋大戏"一视同仁。京腔进入皇室戏台，却与昆曲一样成了御用声腔——仿佛一朵花靠近另一朵花，这次打压落得了一个"南昆北弋"，花开并蒂莲，皆大欢喜。

秦腔进京就没有他们这样幸运了。秦腔名伶魏长生（1744—1802）生于四川，艺成于陕西。携秦腔进京，一台《滚楼》"大开蜀伶之风，歌楼一盛"（《花间笑语》），不仅使昆曲顿失颜色，也使京腔与之难以匹敌，以致造成京都"六大名班无人过问"（吴长元《燕兰小谱》）的局面。于是，"六大班伶人失业，争附入秦腔觅食，以免冻饿而已。"（戴璐《藤阴杂记》）结果惹怒清廷，说秦腔是"亵衵秽语""无非科诨诲淫之状"。乾隆四十四年（1779），他们遭受了花雅之争后的第二次无情打压。

乾隆五十年（1785），朝廷正式颁布了禁止秦腔演出的谕令：

> 乾隆五十年议准，嗣后城外戏班，除昆弋两腔仍听其演唱外，其秦腔戏班，交步军统领五城出示禁止。现在本班戏子，概令改归昆弋两腔，如不愿者，听其另谋生理。倘于怙恶不尊者，交该衙门查拏惩治，递解回籍。(《钦定大清会典事例》)

圣旨一下，魏长生只得于乾隆五十四年（1789）离开京城，仓皇南下。

然而，就在“花部”遭到第二次打压的四年后，却因为给乾隆皇帝祝寿，徽腔又登上了京都的戏曲舞台。这次登上京都的戏曲舞台不要紧，要紧的是紧接着，四庆徽班、五庆徽班都到了北京。京都的舞台一下子就出现了三庆、四庆、五庆争雄的场景。再接着，就迎来了以三庆班为先，春台班、四喜班与和春班并奏的“四大徽班”声名鹊起的戏曲大时代。

被迫离京的魏长生在嘉庆六年（1801）回到了北京。次年夏天，他表演秦腔《表大嫂背娃》一戏，终因劳累不堪，一下舞台便长眠不醒。年仅五十八岁。他死后，秦腔这一艺术曾以“南梆子”名目出现在京剧舞台——对一生挚爱戏曲的魏长生来说，这算是对他最大的慰藉了。

二

关于“徽班”二字，在明代万历四十五年（1617）方应祥《青来阁初集》一书里就有出现：“优人演《古城》，异其色之鲜，问之徽班也。”不过，那时安徽还没有建省，所以专家们大多认为那时的“徽班”不过是由在杭州、扬州、苏州等经商的徽商家养的戏班。戏班的演员都是安庆石牌一带的艺人——真正的徽班就是在安庆石牌形成的戏班。

清康熙时，安徽已经建省。徽班的指向就更为明确。清代最早说到“徽班”的是一位名叫汪必昌的清廷老大医。他愤怒地写道：

> 乾隆廿六七年，安庆班之入徽也……予在内廷宫值，窃窥南府、景山两处，教习高、昆二腔，讲曲文，究音调，辨字眼，言关目，忠孝节义之剧，尽善尽美，未闻乱谈。讵识徽处山僻，放浪形骸，竟容乱谈以伤风化！尤可恶者，昔年逐出徽境之班，到处不称安庆、石牌，而曰“徽班”。

汪必昌深居内廷，又是地道的徽州人，由他对徽班的诟诽，既为“徽班”的起源提供了有力证据，又为清廷对“花部”的打压做了最好的证明。“安庆色艺最优”“梨园佳弟子，无石不成班”……与他同代的包世臣在他的《都剧赋》里却是大加褒扬，说——“徽班昳丽，始自石牌。”

但徽班进京从来就不是一路凯歌。在完成祝寿之后的第八年，即嘉庆三年（1798），花部又遭到了来自清廷的第三次打压。1796 年初乾隆禅位给嘉庆，1799 年去世，只做了两年太上皇。这次打压虽然有些虎头蛇尾，但一道谕旨却实实在在地刻在苏州城老郎庙庙碑上。

圣旨如下：

元明以来，流传剧本皆系昆弋两腔，已非古乐正音，但其节奏腔调犹有五音遗意。即扮演故事，亦有谈忠说孝，尚足以劝感劝惩。乃近日倡有乱弹、梆子、弦索、秦腔等戏，声音既属淫靡，其所扮演者，非狭邪媟亵，即怪诞悖乱之事，于风俗人心殊有关系。此等腔调虽起自秦皖，而各处辗转流传，竞相仿效。即苏州、扬州，向习昆腔，近有厌旧喜新，皆以乱弹等腔为新奇可喜，转将素习昆弋两腔抛弃，流风日下，不可不严行禁止。嗣后除昆弋两腔仍照旧准其演唱外，乱弹、梆子、弦索、秦腔等戏概不准再行唱演。所有京城地方，着交和坤严查饬禁，并着传谕江苏安徽巡抚、苏州织造、两淮盐政。一体严行查禁。如再有仍前唱演者，惟该巡抚、盐政、织造是问。钦此。

此一时，彼一时也。圣旨虽措辞仍然严厉，却没有人很好地执行。随着乾隆皇帝驾崩、和坤被嘉庆皇帝抄家查办，清廷似乎把这事丢到了一边。“离离原上草，一岁一枯荣。”经过几番风吹雨打，进京的徽班在时代的缝隙里悄悄完成了自己的华丽转变，就像一株牡丹绽放出更为艳丽的花朵——当时北京“戏庄演出必徽班，戏园之大者，如广德楼、广和楼、三庆园、庆乐园，亦必以徽班为主”（杨懋建《梦华琐簿》）。“三庆的轴子，四喜的曲子，和春的把子，春台的孩子”已成为北京剧坛上的一件美谈。

回溯“四大徽班”进京的历史，应该还要说到一个人——盐商江春，正是因为他创办了春台班。三庆班的入京也得到过他的资助。

江春（1720—1789 年），字颖长，安徽歙县人，据说他出生时有白鹤翱翔于庭，故号鹤亭。他是两淮盐商的总领，有钱有势，精明能干，深得乾隆皇帝赏识。乾隆六下江南落脚扬州，每次都是他为乾隆“扫除宿戒，懋着劳绩”。为了迎驾，他费尽心思，自己出资创办雅部德音和花部春台两个戏班。春台班就是他选拔扬州当地和苏州、安庆等唱二黄调等乱弹腔的演员组成的流动徽班。前面说的秦腔花旦名角魏长生南下扬州，也曾投身于春台班，使春台班有了京、秦“二腔合流”之说。春台班进京时间大约在嘉庆元年（1796），班社以年轻的少年演员为主，所以人称为“春台的孩子”。

三庆班于乾隆中期在安庆组成，当是正宗的徽班。当时，在安庆流行的徽戏声腔有枞阳腔（石牌腔）、吹腔、梆子腔、高拨子和二黄调。三庆班以安庆二黄融合京腔、秦腔同台演出，故名“三庆班”。三庆班的“轴子”，是指三庆班不断编排新戏，而且是新编连排的整本大戏。三庆班的几任班主都任过北京戏曲行会组织的“精忠庙”庙首，进京又早，因此三庆班便有“京都第一”之誉。

“公会筵开白昼间，嗷嘈丝竹动欢颜。新排一曲《桃花扇》，到处哄传四喜班。”这首传诵一时的《都门竹枝词》，写的是四喜班演《桃花扇》轰动京城的情景。四喜班在安徽组建后，曾流动到苏州、扬州演出，吸收了一批善唱昆曲的苏扬名伶，徽调昆曲兼唱。到北京后又以擅长昆曲的演唱闻名，后来由于二黄、秦腔等乱弹盛行，四喜班的名角们尽管坚守昆曲声腔不习乱弹，但终因大势所趋，最后在道光年间也“尽变昆曲”，改唱了西皮、二黄。

关于和春班的成班，《中国京剧史》说“是嘉庆八年（1803），由庄亲王出资，邀请安徽艺人组成的，时称‘王府大班’”。但《鞠部拾遗》却认为它是在扬州组建而成。和春班进京演出的年代大约在嘉庆八年的春节。它以乱弹戏《收妲姬》而一“收”走红。和春班演戏以武戏见长，徽昆、徽秦兼演，在花部与雅部之争中也向皮黄合奏靠拢了。

四大徽班都在北京前门大栅栏一带胡同里居住，但他们都以各自塑造的艺术形象活跃于清中叶京城的戏剧舞台。到了道光二十五年（1845）竟形成了“以老生号令天下”的格局。

就是那一年，三庆班出现了首席老生程长庚，春台班出现了老生名角余三胜，四喜班产生了老生张二奎，和春班出现了老生王洪贵……

乾隆后期以唱二黄腔为主的“四大徽班”，至此不仅在京城各自站稳了脚跟，还取昆腔、京腔和秦腔而代之，博采众长，各演尔能，在历经了徽、昆、京、秦、楚、汉、皮、黄兼演的阶段后，有意无意间，为中国京剧的形成完成了一次美丽的艺术蜕变。

所以说，徽班进京直接奠定了京剧艺术大厦的基石。没有徽班进京，就没有国粹京剧。斯言不虚。

三

1790 年徽班进京，实际上离程长庚降临人世还有不短不长的二十一年时间。对于一个时代来说，这是无数生命漫长而有意味的生长年轮；但对于中国戏曲来说，却是京剧这一株艺术奇葩的孕育与等待、开花与结果，水到渠成的过程。

摆在我面前的两套家谱，一套是 1833 年修的《程氏族谱》，一套是 1941 年编的《（井股）程氏支谱》。打开族谱，我看见《程氏族谱》的序言就是程长庚儿子（兼祧子）章瑚所写，他说，族谱“开刷之日，问序于余，予愧不能执笔……”他显得十分谦逊。

族谱载程长庚：“祥溎子文檄，字长庚，嘉庆十六年（1811）辛未十月初七日午时生，”“卒于光绪五年（1879）己卯十二月十三日亥时，妻庄氏合葬于京都彰仪门外石道旁路北，父祥溎墓前另冢。”“嗣子二人，长子章圃……工老生，后改文场”，从子“章瑚，为长庚兼祧子”……有关程长庚的线索在家谱里时隐时现。步入仕途的章瑚以及清末民初做过多国外交官的十几位后代，族谱记录得详尽备至。对于长子章圃，即后来“三庆班”的司鼓及他的孙子、著名京剧小生程继仙，也有完整的身世与生平。

称“井股”的程家井，毗邻村庄环绕的有三口清水塘，四周是程氏家族祖祖辈辈世代休养生息、耕作不止的田园。族谱序言说，程氏先祖“……元时游寓安庆，乐皖山皖水清涟秀丽，兼多醇厚之风，于是作室于潜之古城山下即毛家垅，耕田食，凿井饮。而程家井之名起矣”。现在古井依然，程家井却已繁衍成二百多口人，四十多户人家。除一户姓吴外，全部姓程。这一群老实巴交的农民紧紧牢记祖训，除了田间垄上，他们几乎没有一个人走出比县城更远的地方。

在程家井，我听到了一个关于“夜朝官”的传说：古时程家井东厢富裕，西厢贫困。西厢人认为是坟山不好，于是，趁年夜用石磙抵住了东厢人家大门，在风水先生所勘定的鸭形宝地偷葬了一棺坟。第二天，风水先生大惊失色，说“你们应该白天葬呗！夜里葬，只能出夜朝官（即舞台上官）哩！”——“怕就是出了程长庚这个武旦生吧？”他们说完这个逸闻，顿了顿，突然冲我一笑。我没有回答。我想，这是无数名人身上容易附会的一个荒诞故事。但程长庚确实做了一辈子舞台上的官——后来，“清文宗赏其能歌，给五品顶戴。”这也算为风水先生的预言提供了一个“佐料”。

他们喊北京叫“京里”，知道祖上有位“唱戏不打脸（化装）”的人。但面对我这个不速之客，他们却显得茫然不知所措。

成名后的程长庚曾说：“余家世本清白，以贫故执此贱业。近幸略有积蓄，子孙有啖饭处，不可不还吾本来面目，以继书香也。”（徐珂《清稗类钞·优伶传》）他这样说，也这样做了。他后来把家产分成了两份，一份给从子章瑚，让他出了北京城，耕读于河北的正定府；一子居京，仍习业梨园。这与家谱记载他后代“一官一戏”的情况一致。

在那个社会的风俗里，艺人一度被认为是有伤风化，有辱先人，有的还被逐出祖宗的祠堂。就是清朝当时法律也规定，唱戏人的子弟，三辈子不得参加科举考试（《齐如山回忆录》），程长庚有如是举动，只不过表明他思想的矛盾与内心曾有过的煎熬。

由于缺少准确的资料，程长庚从小与戏曲的关系一直众说纷纭。刘豁公在《戏剧大观·俳优别传》里说，程长庚父亲本就是一位名角，但过世很早。长庚没跟父亲学到什么，却得到了父亲一位入室弟子的传艺。那弟子见程长庚为人忠厚，悉心相教，程长庚“性聪质敏，声术遂以大进，箕裘克绍，赖有薪传……”说得绘声绘色。而徐慕云的《梨园影事》说他“幼随父北走燕蓟，坐科于保定某班”。《梨园系年小录》说得更煞有其事：说他在北京著名的昆曲科班“和盛成”学戏，与名丑杨明玉及潘阿巧、嵇永林还是师兄弟。还有，说他是卖笋卖到北京的，如“嘉、道间，长庚舆笋估都下，其舅氏为伶，心好之，登台演出……”（徐珂《清稗类钞·优伶传》）日本人波多野乾一的《京剧二百年之历史》认为，程长庚幼年经常出入京都，“……嘉庆道光间，彼为卖乐器之小行商，其舅氏业剧，知程之善歌，一日劝其演戏，彼欣然允诺，粉墨登场，不意博得观众倒彩，失败而归。彼大挫之余，三年之间，不出户庭，日夜研究。”说他是卖乐器的小商贩。

以上种种，似乎证明程长庚从小也有着一座“戏曲世家”的艺术楼台——这与他说的“书香门第”或有不同。尽管他的老家“民每轻去其乡，佣贩自给”（《潜山义园记》），但称为“戏曲之乡”却是名副其实的。那里地处吴楚，“皖水上游，山川蕴蓄雄浑，民多俊秀，音中宫声，即农人亦多能高歌者，故有清一代名伶最伙”（程演生《皖优谱》），“风俗清美，天性忠义”。春秋皖国大型歌舞《夏龠九成》即编演于此。“金陵歌舞甲天下，怀宁歌者为之冠”。明朝著名戏曲人物阮大铖在天启、崇祯年间“名满江南”的“皖上阮氏之家伎”也是昆弋腔的留存。有一种叫作“老徽调”——潜山弹腔在他的家乡，至今遗响未绝，余脉绵绵。

史料载，他家乡在清代中叶就有弹腔班组存在。如官庄的牛兰湾余家，在乾隆元年（1736）组建了弹腔班，道光十年（1830）由余万全领班，忽而南京，忽而重庆，并到过北京演出，最盛时，演员有八十多人。光绪五年（1879）才停班。除此还有同乐堂、积善堂等弹腔班社。如今潜山许家畈的弹腔班，几乎是当地现存的弹腔样板。这个班最早受教于与程长庚同时代的汪焰奇门下，至今还保留着《二进宫》《郭子仪上寿》《徐庶荐诸葛》《渭水河》《杨四郎回朝》《程咬金上寿》《三奏三》《沙陀国》《辕门斩子》《王春娥教子》《祭塔》等剧目。有心人把当地弹腔与春台班乾隆三十九年的戏目对照，就有《文王访贤》《湘江会》等五十余种相同。延绵二百多年的潜山弹腔，无疑就是京剧的母体艺术。

因《程氏族谱》有“老林坦戏台基”记述，人们以此推测程长庚的父亲程祥溎曾师承父业，在家乡组建过一个弹腔班，名字就叫“四箴堂”。程祥溎于道光三年（1823）携程长庚及族中叔伯兄弟一行北上入京。这个结论不知是否正确，后来程长庚以“四箴堂”为堂号却是不假。戏曲行家们所说程长庚唱徽调、余三胜唱汉调、张二奎唱京腔，这在他们各自的故乡都能找到满意的答案。

这是一块被戏曲深深浸润的大皖之地。这块土地在二百多年前成就了京剧艺术，后来又贡献了另一颗戏曲的璀璨明珠——黄梅戏。

四

“时尚黄腔喊似雷，当年昆弋话无媒。而今特重余三胜，年少争传张二奎。”这是道光二十五年（1845）《都门杂咏》里的竹枝词。历史走到同治三年（1864），《都门纪略》却变成了另外的一首：“二奎今日已沦亡，三胜由来没准常。若向词场推巨擘，个中还让四箴堂。”两首竹枝词的变唱，说明程长庚在京城开始以首席老生主演皮黄戏时，还没有余三胜、张二奎出名。但时隔十九年后，事情显然发生了天翻地覆的变化。

关于京剧，一般认为是以史称“老生三鼎甲”，即程长庚、余三胜和张二奎三位艺术家的出现为其形成标志。他们三人是京剧艺术成长期的三根“台柱子”。

在“老生三鼎甲”中，余三胜年纪最大，成名也最早。

余三胜（1802—1866）名开龙，字启云，湖北罗田人。有人根据京都《潜山义园记》的碑刻，说他也是安徽潜山人。少年时，他在安庆学戏，后入湖北汉戏班，是一位有名的汉调演员，进京后又入徽班，为春台班当家生角。余三胜擅唱“花腔”，曾以“时曲巨擘”之称名重京师。他舞台经验丰富，演戏讲究表情动作，能随时即兴发挥。有一次与程长庚、张二奎合演《战成都》，张二奎饰刘备，余三胜演马超。马超本没有多少戏份，同行担心他不好演，但演到剧中的刘璋问他为什么投降刘备，他却口若悬河。一连吐出十几句念白，直斥刘璋的昏聩，诉说刘备的仁义。念白抑扬顿挫，浑然无错，让人连连叫好。还有一次，他演《四郎探母》里的杨延辉，因演铁镜公主的搭档没来，他硬把一个四句唱词唱成七十四句，直到那位搭档来了才停口，赢得满堂的喝彩声。

也因为喜欢临时发挥加词，有些演员不习惯他。有一次唱堂会，俞毛包演的大轴戏是《金钱豹》，他唱《珠帘寨》。俞毛包知道他有这么一出，叮嘱他“到台上省点力气，早唱完早回家睡觉”。他非但不听，反而唱得更起劲。气得俞毛包在后台骂街，他在前台撒欢，直唱到东方露白。

而张二奎（1814—1864）却是以票友的身份成为一代名角的。张二奎原名张士元，原籍河北衡水。幼年随父辈经商到京，因喜好戏曲，二十几岁任职清廷就下海唱戏。经常就以票友身份被约请在徽班和春班演唱，取艺名张二奎。但当时清廷规定，凡在朝任职者不得唱戏，因触犯了清规，他被革去功名。无奈之下，索性搭上和春班演戏。初演即成名，自立“双奎班”，后入四喜班，成为四喜班的头牌老生与一代班头。

张二奎身材魁梧，面相雍容，气度不凡，一登场便有帝王之风。行家说他“嗓音洪亮，行腔不喜曲折，而字字坚实，颠扑不破”，被称为“干腔”。因生长在北京，人们就称他的声腔为京腔。他有不俗的武功身段、雍容端庄的扮相，一时名盖京华。有人曾编打油诗戏谑道：“四喜来个张二奎，三庆长庚皱皱眉。和春段二不上座，急得三胜唱两回。”

但辞了清廷官职，他的母亲想不开，郁郁寡欢，含恨而逝。张二奎负疚不已，拿出积蓄为母亲办了一个很排场的葬礼。却又因此被告发“以优伶潜用官宦排场举动”，被判发配，愤然死于北京通州。一代戏曲状元像一颗流星归于杳渺，令人扼腕。

余三胜、张二奎相继谢世，“老生三鼎甲”只剩程长庚一人。如前所述，程长庚在北京出道，曾奇怪地“失踪”过三年——说他首演《文昭关》唱砸了后，一连三年，发愤研习音律。终于在某一富贵人家的堂会上演《文昭关》里的伍子胥，以慷慨激昂的唱腔，声震屋宇，于悲壮中透出一股奇侠之气，“冠剑雄豪”，以“叫天”名轰动全座。从此，他独步梨园，以“皮黄”熔徽调、昆腔为一炉，推动徽戏向京剧的嬗变。王梦生在《梨园佳话》里说，“在京师戏界，言长庚，犹如文家有韩（愈）欧（阳修），诗家有李（白）杜（甫），人人视为标准……”对于以书香门第自居的程长庚来说，这个信息极其丰富的文化符号，包含着人们对他艺术成就的心服口服。

程长庚会唱的戏很多。

据说，他能表演的剧目有三百多种。如《文昭关》《群英会》《战樊城》《鱼藏剑》《举鼎观画》《让成都》《镇潭州》《捉放曹》《击鼓骂曹》，他能反串花脸，还为何桂山表演的《白良关》配演过“小黑”尉迟宝林（尉迟恭）……在道光末年经咸丰至同治年间，他在戏曲舞台上耀眼夺目，被推崇为艺术圭臬。咸丰文宗皇帝奕詝、慈安、慈禧太后都很喜爱皮黄，也很喜欢他。慈禧说：“优伶名角，要推长庚。”后来他以三庆班身份兼管四喜、春台两个戏班，荣任精忠庙庙首，执伶界之牛耳，被称“程大老板”……

再后来，《中国近世戏曲史》干脆就发出一阵惊呼：徽班“忽出一伟大艺人，即安徽人程长庚是也”。

五

清代有一幅十分经典的戏曲演员写生肖像画——《同光十三绝》。画像依次排开，有在《群英会》里饰演鲁肃的程长庚、《战北原》里饰演诸葛亮的卢胜奎、《四郎探母》里饰演杨延辉的杨月楼、《恶虎村》里饰演黄天霸的谭鑫培、《一捧雪》里饰演莫成的张胜奎、《群英会》里饰演周瑜的徐小香、《雁门关》里饰演萧太后的梅巧玲、《琴挑》里饰演陈妙常的朱莲芬、《桑园会》里饰演罗敷的时小福、《彩楼配》里饰演王宝钏的余紫云、《行路训子》里饰演康氏的郝兰田、《思志诚》里饰演闵天亮的杨鸣玉、《探亲家》里饰演乡下妈妈的刘赶三。众星捧月，余音绕梁。这也是中国戏曲史上一次豪华的“群英会”吧？

“一轮明月照窗前”是程长庚在《文昭关》里的唱词。在徽班进京、群星闪烁的戏曲年代，程长庚这位皮黄巨擘就如天上的那轮皎皎明月，不仅照在窗前，更照亮了十九世纪中国戏曲舞台，照亮了京都无数的不眠之夜。

但程长庚从不以剧坛大佬自居，作为三庆班班主、钦封的“五品顶戴”，他节衣缩食，却视同行如兄如弟，演员家庭有困难，他慷慨解囊，毫不犹豫。拿现在的话就是“德艺双馨”了。遇“遏密八音”的国丧，停止一切娱乐活动，演员生活无着，他总会倾其所有。例如，同治甲戌年(1874)冬，清同治穆宗皇帝载淳病死，北京各个戏园停演了两年零三个月。程长庚仗义疏财，施粥赈饥，接济同侪。后来演员们感谢他的救命之恩，为他立了一个“长生禄位牌”，上书“优人大成至圣先师”，视他如“孔圣”。

有一年冬天，雪拥京城，广和楼剧场只有一位观众。手下主张回戏，程长庚特意绕到台前与那位观众寒暄道：“今日如此风寒雪冷，他人均足不出户，你却独来，可见是个知音。”他要求戏班照常演出，并自演《文昭关》。次日，京都一片哗然，“程老板”为一人演唱拿手好戏成了梨园佳话。后广和楼每有演出，座无虚席。

程长庚执老生首席，但为声望不高的演员配戏，从不推却。有人怕影响他的盛名，加以劝阻。他说：“……众人为我，我又怎能不把众人视为手足同胞呢？……”而对在演戏前，旦角演员站在台上供人观赏，或陪官僚富豪们玩乐的陋习，他却坚决反对。演出时，面对观众的狂叫喝彩声，他说：“吾曲豪，无待喝彩，狂叫奚为？声繁，则音节无能入，四座寂，吾乃独叫天矣。”甚至对当朝的皇帝，他也一视同仁，说“上呼则奴止，勿罪也”，弄得皇帝也只好大笑许之。

国难当头，都察院要他演堂会，强行绑了他，他不唱。当知道他们点的戏是《击鼓骂曹》，便破例应允，饰演祢衡。他袒身击鼓，气概激昂，指着堂下就一通怒骂：

> 方今外患未平，内忧隐伏，你们一班奸党，尚在此饮酒作乐，好不愧也！有忠良，你们不能保护；有汉奸，你们不能弹劾。你们一班奸党，尚在此饮酒作乐，好不愧也！

坐在台下的官僚显贵们如坐针毡，悔恨交加。

吴焘在《梨园旧话》里以唐代诗人评点“老生三鼎甲”的声腔，说余三胜就像韦应物、孟浩然，声如闲云野鹤，“空山鼓瑟，沉思独往”；张二奎如沈佺期、宋之问，声能“应制各体，堂皇冠冕，风度端凝……一洗筝琶凡响矣”；而程长庚嗓音高亢激昂，具有沉雄之致，让人就有“天风海涛，金钟大镛”之感。程长庚的嗓音是脑后音，行家说他造鼻音法（鼻腔共鸣），是由丹田而出来的真声，又叫“膛音”。《异伶传》说他“语至尾声，虽平调必千回百折，愈吐愈高，响彻云霄而后已”“声调绝高……登台一奏，响彻云霄”“如长江大河，可以一泻千里，一啸能振屋瓦，一咽能感毛发”，声音有着极强的穿透力，开口便能气冲霄汉。

他扮演的关羽戏，当朝名叫周祖培的一位尚书竟听得“肃然起立”，莫名万状。

还有一个有名的故事也发生在堂会上。礼邸堂会邀他演《水淹七军》，正当满堂宾客觥筹交错之际，他扮演关羽上场，只见他“剔起卧蚕眉，神威赫赫”，忽而在台上一抖青龙刀，本就生有异志的礼邸吓得寒热大作，生了一场暴病。“自此以后，终身不敢看关公戏。”据看过程长庚戏的人回忆，他不仅演《水淹七军》里的关公，就是演《战长沙》《华容道》里的关公，也是“状貌极其威武，而又双目炯炯，尤令人不可逼视”“升帐之际，双眉一竖，长髯微扬，圣武威状逼视红氍毹之上”。

这些都不是传说——只可惜那时没有录音，遂使广陵散绝。

对声音天生异常敏感的程长庚，因为声音，还影响了他对三庆班班主的选拔。晚年，谭鑫培、孙菊仙和汪桂芬三人被称为“后三鼎甲”，名噪京华。其中谭鑫培是他的最重，但他却担忧谭鑫培的“云遮月”之音。说谭鑫培“惟子声太甘，近于柔靡”，对此，他充满着无可奈何。以致缠绵病榻，还对谭鑫培语重心长地说：“我死后，你必独步，然吾中国从此无雄风也！奈何奈何！”最终把三庆班班主的位子交给了杨月楼。而他所说谭鑫培的“亡国之音。三十年后，吾言验矣”，随着清王朝的覆灭便做了印证。

生命最后的几年，程长庚坚持登台表演。有人不以为然，劝慰他：“君衣食丰足，何尚乐此不疲？”他叹道：“……某一日辍演，全班必散，殊却可惜……三庆一散，此辈谋食艰难，某之未能决然舍去者，职此故耳。”他义无反顾——直至生命永远定格在红氍毹上。

一百多年后，这位戏曲伟人的塑像回到了故乡。

故乡隆重地接纳了他。伴随着熟悉的紧锣密鼓、急管繁弦……再次走进程家井，我发现我竟也用了三十二年光阴。其时，新建的程长庚纪念馆前，一抹晚霞正在西边静静地燃烧，霞光映照着程长庚轻舒折扇的铮铮铜像。我感到一种无边的安静。

突然，一声京调响遏行云，穿云裂石般破空而来。我觉得有一缕乡音滑落在暮色四合的大地之上，上升、上升……

在云端。

（选自《中国作家·文学版》2021 年第 8 期）

山乡春节杂忆

陈平原

要说过大年，还是乡下有味道。那种热闹、红火与喜庆，是城里人难以体会的。正因平日艰辛，乡下人特别看重春节的仪式感与烟火气。从1969年10月下乡插队，到1978年3月2日到广州上大学，我在粤东山乡总共过了九个春节。直到今天，一声“过年啦”，马上能召回许多温馨的场景。

说起来，我插队的山乡很不富裕，十个工分（壮劳力工作一天）也才两毛七（妻子在吉林插队，说那边是一块八）。可过年前后那半个月，不仅衣食足，而且文化生活丰富。春节临近，锣鼓紧催，不愉快事暂时抛到九霄云外，那可是插队生活里难得的幸福时光。那种红火与欢快的场面，比今天全家围坐看春节联欢晚会好多了。关键在于“不隔”，乡民们大都参与，而不仅仅是看客。

作为村里为数不多的“知青”，我每年协助宣委（大队宣传委员，记得是专职，不用下地干活）组织春节联欢，非常享受那种“与民同乐”的氛围。最常做的，就是大榕树下搭台子猜灯谜。前两年在台下猜，努力拿奖品；奖品贵贱无所谓，能在谜台前过五关斩六将，那是很风光的事。后几年则是坐在谜台上，帮助临场编谜，还有就是对答案、发奖品。谜台高筑，红红绿绿的谜语挂满大椿树，猜谜人报一下号码和答案，答对了。击打鼓心，咚咚声响，犹如喜报；答错了，敲敲鼓沿，也没什么不好意思的。

因兼及知识传播与文化娱乐，猜谜在粤东地区很流行。十多年前，我在巴黎的法兰西学院汉学研究所阅读，图书馆里藏有一册潮州人杨小绿（杨睿聪，1905—1961）编的《潮州俗谜》。这册1930年刊行的小书，分自然、人事、身体、器物、食物、植物、动物七部分，辑录了广泛流传于潮汕民间的谜语二百多则，后附有“潮州歇后语”。在异国猛然撞见“老乡”，自是感慨万般，日后我在《俗文学研究视野里的“潮州”》（2010年4月11日《南方都市报》）中专门提及。此书1949年香港潮书公司曾刊行增订本，不过我在乡下时根本无缘得见。能作为压箱底宝贝的，是每年县文化馆编发的谜语手册，还有就是若干事先制作的带本地风光的土谜语。

村子背靠大山，面朝水塘，左右村口好几棵老榕树，犹如把守要塞的大将军。山乡怀抱一足球场大小的水泥地广场，名为“清埕”；那是全村公共活动场所，白天晒谷晒麻，傍晚打球纳凉，节庆时看戏放电影，可谓一专多能。

那年头，民众被充分组织起来，需要安排各种文化体育活动。山乡因场地及器材所限，比较适合开展的，也就是大球和小球。乒乓球适合在室内打，有一年为吸引观众，在广场上举行比赛，于是风向决定了胜负。相对来说，篮球更有参与度与观赏性，春节前后，赛事此起彼伏。参与者都是计工分的，玩耍兼赚钱，何乐而不为？我个子不高，虽有满腔热情，只是在准赢或准输的状态下，才被允许上场过把瘾。印象中，我们村的球队实力不济，从没进入公社前三，也就无缘县里的决赛了。

最惬意的，还是协助放电影。公社电影队轮流到各村放映新片，最理想的，莫过于档期刚好在正月。即便是平常日子，电影队进村，总得有人陪伴，帮助挂幕布、架机器、圈地盘以及维持秩序等，当然，还陪同吃饭。那是最美的差事了，我只轮到有限的几次。来了尊贵的客人，允许动用村口池塘的鱼，现捕现烹，味道好极了。那时好看的电影不多，记忆特别深刻的，不外朝鲜电影《卖花姑娘》（长春电影制片厂，1972）、南斯拉夫电影《瓦尔特保卫萨拉热窝》（北京电影制片厂，1973），还有国产片《闪闪的红星》（八一电影制片厂，1974）、《海霞》（北京电影制片厂，1975）等。放过电影后的好些天，大家不断谈论及追忆，那才真叫余音绕梁。可惜外国人名地名太绕口，实在记不住，村民于是将那部好看的南斯拉夫电影简称为“三个字保卫四个字”。多年后，我跟远隔千山万水、同样有插队经历的朋友聊天，一说“三个字保卫四个字”，他马上明白是指《瓦尔特保卫萨拉热窝》。可见，天南海北，民众的智慧是相通的。

当然，我最记挂且怀念的乡村文化生活，还是学戏与讲古。一是记的工分比较多（学戏二十天，讲古半个月），二是这两件雅事与我日后从事的工作，竟有某种隐秘的关系。

先说学戏，那可是惊心动魄的故事。1970年初，宣委通知我近期不用下地干活，改为参加春节演出节目的排练。临时搭建的剧组，包含乐队、演员及后勤，大约二三十人。农闲季节，给二十天时间排戏，不但赚工分，且经常吃夜宵，自然很开心。排戏的老师来自县文化馆，在好些村子轮流执教，让我们先熟悉剧本并背台词。记得大戏是《张思德》，还有一个作为搭配的小戏，名字忘记了。借助网络检索，方才知道中国青年艺术剧院 1967 年 10 月曾创作并首演六场话剧《张思德》，而后贵州省花灯剧团 1968 年演出过大型花灯剧《张思德》。同名潮剧估计是移植的，但眼下找不到剧本，不敢说死。

拿到剧本，首先分派角色，各派势力争持不下，最后宣委拍板，让我这没有任何背景的外来知青演主角。好些嗓子及扮相都好的“老演员”，因文化水平太低，教他们读剧本很费时间，这大概也是宣委选我演主角的原因。我半天就能记住的台词，很多人背了五六天，才勉强过关。后来我发现，不全然是记忆力问题，反正记工分，慢慢来，没必要逞能，这也是一种农民式的狡黠与智慧。那年我十六岁，看那些俊男靓女打情骂俏，实在长见识。一周后，台词基本背熟了，老师开始教唱。一天下来，我坚决要求换角，因嗓音不行，无论如何唱不上去。宣委让我继续留在剧组，转岗为后勤服务，平时帮助阅读剧本，演出时负责提词。其实，只要踩对锣鼓点，唱得上去，且扮相俊俏，台词对错没关系的。都是业余演员，用的是新剧本，又只演一次，没必要记那么牢。现场有我提示，不怕下不了台。

接下来的训练，白天学唱新戏，晚上来几段大家都会的老戏。潮剧是中国十大剧种之一，几年前我为吴国钦、林淳钧著《潮剧史》（花城出版社，2015）写序，提及此书的以下论述让我大为振奋：“第一，潮剧迄今已有 580 年历史，比影响巨大的京剧、越剧、黄梅戏、粤剧要长得多；第二，明本潮州戏文七种的出现，为明代潮州地区的社会生活、民情风俗、语言运用等提供了宝贵资料；第三，‘时年八节’的民俗活动成为潮剧勃兴的推手，也决定了潮剧的美学品格；第四，潮剧不仅是粤东平原最具代表性的艺术品种与文化符号，还流行于福建南部、港澳及东南亚一带，是维系海内外两千万潮籍同胞乡梓情谊的重要文化纽带。”民间广泛流传，老少都能哼几句的，多属于《陈三五娘》《苏六娘》《井边会》《扫窗会》等经典剧目。“文革”中，这些表现帝王将相才子佳人的老戏不让演了，但民间随便唱唱还是可以的。

初一晚上的正式演出，效果很不错。反正都是乡里乡亲，粉墨登台也能认得出来。台上唱什么不太要紧，台下观众指指点点，品评优劣乃至互相争吵，反正很热闹，这样就行了。大概太紧张了，主角经常忘词，我在后台提示的任务很重，一个晚上下来，嗓子都喊哑了，感觉比前台表演还累。

二十天的“演艺生涯”，多年后仍让我津津乐道。去年中央电视台戏曲频道来潮州拍摄专题片“品戏·读城”，坚邀我专程回家乡当临时向导。说起我曾吃过半个多月的“潮剧饭”，导演很兴奋，计划就从我失败的学戏故事说起，还专门回我插队的山乡，拍摄了老祠堂（现在是村里的文化活动中心）里村民清唱潮剧的场面。那场面我太熟悉了，触景生情。哇啦哇啦又说了一大通。可惜后期剪辑时，发现跑题了，“读城”变成了“读乡”，只好忍痛割爱，只保留了若干村民清唱潮剧的镜头。

与学戏的铩羽而归相反，我的讲古非常成功。记得是1973年春节，大队宣委希望开拓新的文化品种，分派我大年初一讲古。在空旷的清埕上，与猜谜、球赛争夺观众，可不是一件容易的事。当初问我题目，我脱口而出“水浒”。除了这部小说我很熟悉，更因故事情节跌宕起伏，打打杀杀，更适合民众趣味。给我两周温书的时间，非常从容，那时年轻，基本上过目不忘，多看两遍总可以记牢的。只是讲一整天古，大不了六七小时，如何剪裁是个难题。最后竟无师自通，选择了以武松故事为中心，类似扬州评话大家王少堂的“武十回”（我读到江苏文艺出版社1959年版《武松》，已经是多年后的事了）。大年初一，乒乓球台上放一张书桌，一把椅子，一个开水瓶和一个茶杯，还有就是高音喇叭，连醒木和纸扇都免了。

此次清埕讲古，效果极好，直到春节过后，走在路上，总有老人小孩指指点点，说这人了不起。考虑到我的讲古价廉物美，指定我第二年春节就说《红楼梦》。说是半个月若太紧张，可以再增加温书时间。没想三天过后，我落荒而逃，宁肯下地干活，也不要这雅差事了。因为思前想后，实在没把握能用宝黛爱情故事吸引众多山乡民众。

多年后，我撰写博士论文《中国小说叙事模式的转变》（上海人民出版社，1988），竟然福至心灵，分析同属章回小说，《水浒传》之所以迥异《红楼梦》，很大程度在于作家创作心态由拟想中的“说—听”转为现实中的“写—读”。前者容易回到说书场，后者则很难。尽管保留“欲知后事如何，且听下回分解”的说书人口吻，但《儒林外史》《红楼梦》等其实已经是纯粹的书斋读物了。

四十多年过去，插队生活早已烟消云散，唯独山乡春节的热闹与红火，至今仍萦绕脑海。考虑到山乡的文化生活与县文化馆的指导有关，今年我撰写了《文化馆忆旧》（2020年8月2日《南方都市报》），又在潮州市主办的文化沙龙上，做了《文化馆的使命与情怀》的主旨发言，大意是：五十年代以后的群众艺术馆或文化馆的建制，一直在完善中。九十年代以后，因商业化大潮兴起，舞台演出及电影生产等的市场化取得巨大成功，但也留下不小的遗憾，最大问题是各地民众自发的文化活动，除了有信仰支撑的，基本上都垮了。年轻人从小看电视、逛网络，熟悉远在天边的各种文化形式（对蕴藏在其背后的政治或商业因素习焉不察），而忽略近在眼前的本地风光。表面看也很热闹，但与当地日常生活脱节，民众没有参与感，只是买票当看客，实在可惜。这促使我重新思考那些兼及“在地、实感与参与”的市县一级文化馆，在满足人民群众日渐增长的文化需求方面，到底该如何发挥更大作用。

前年及去年，我在台北、潮州及深圳分别举办了三次书法展，好多观众对其中一幅作品感兴趣，那就是《乐声》：“弦诗雅韵又重温，落雁寒鸦久不闻；犹记巷头集长幼，乐声如水漫山村。”附记是：“近日重听潮州音乐《平沙落雁》《寒鸦戏水》等，忆及当年山村插队，每晚均有村民自娱自乐的演奏，不胜感慨。”不是因为字或诗写得特别好，而是那种乡村生活及文化氛围，让很多人感动。

近期我重回当年插队的粤东山乡，被告知生活方式变了，很多原先的文化活动升级换代，唯独村民自娱自乐演奏潮州弦诗依旧，夏秋夜里，照样是“乐声如水漫山村”，这让我很欣慰。

（选自《美文》2021 年第 2 期）

人物影像

在狱中，她写下托孤遗书

丁小炜

故事从一封遗书讲起。

这是一封十分特别的遗书。一张淡黄色的毛边纸，纵 14.5 厘米，横 13 厘米，只有一个巴掌大小，信上的字迹娟秀，却挤挤挨挨、涂涂画画，随着时间流逝，字体已经有些模糊了。

“假若不幸的话，云儿就送你了，盼教以踏着父母之足迹，以建设新中国为志，为共产主义革命事业奋斗到底。”信写得字字戳心、句句催泪，而字里行间又袒露着极高的境界和无限的信心。何等豪气干云的人，才能写出这样光明无私的托孤遗书！

如今，这件一级革命文物保存在重庆——中国三峡博物馆。

2020 年 8 月 12 日，我来到这里。隔着玻璃罩，我静静地站在这封遗书前，逐行逐字细细读着。我读了很久，一遍又一遍。

这封遗书贮存着这座城市——甚至这个国家——过去与未来的红色密码，像一条绵绵不绝的河流，一直在流淌。我不远千里、翻山越岭而来，只为打捞那些血泪纠缠、硝烟弥漫的往事，并向人们一一讲述。

遗书写于农历己丑年八月二十七日，即 1949 年 10 月 18 日，写信人署名为竹姐。此时中华人民共和国已经成立，但山城重庆还没解放，竹姐被关押在重庆歌乐山渣滓洞监狱一间昏暗潮湿的女囚室里。

竹姐就是小说《红岩》中知名度最高的烈士“江姐”，真名江竹筠。1947 年 11 月，江竹筠与遗书中“孩子的爸爸”彭咏梧（原名彭庆邦）一起去下川东组织武装起义。1948 年 1 月，彭咏梧在起义中牺牲。不久，继续坚持战斗的江竹筠因叛徒出卖被捕。狱中，江竹筠受尽酷刑折磨，但始终坚贞不屈、视死如归，严守党的机密。

我人民解放军胜利进军的消息不断传来，狱中的江竹筠隐约感到敌人会在失败前丧心病狂地进行大屠杀。骨肉亲情，母子连心，此时她心中最割舍不下的是年仅 3 岁的儿子彭云，即遗书中的“云儿”。

有个叫曾紫霞的女孩和江竹筠关在一起。因为叛徒冉益智的出卖，时任重庆市委沙磁区特支书记刘国志和未婚妻曾紫霞一起被捕。冉益智把注意力集中在刘国志身上，没有向敌人招供曾紫霞是共产党员。刘国志的家人一直在大力营救他们，特务头子徐远举虽然不同意释放刘国志，却同意释放他的未婚妻。这个消息被江竹筠她们策反的看守黄茂才提前透露给了曾紫霞。曾紫霞知道江竹筠牵挂自己的孩子，就对她说：“江姐，你写封信我带出去吧，等我打听到了云儿的情况，再通过黄茂才传进来。”

农历八月二十六日夜里，趁看守不注意，江竹筠将吃饭时偷偷藏起的筷子一头磨尖为笔，又从棉被里扯出一些棉花，沾在油灯里烧成灰，再调上一点清水，制成了墨水。她在一张毛边纸上开始给谭竹安写信，她清楚，这可能是她的绝笔。简陋的笔、纸、墨，书写起来很不流畅，她有满腔的话要说，但情长纸短，只能字斟句酌，信写得很慢很慢。

“友人告知我你的近况，我感到非常难受……孩子给你的负担的确是太重了，尤其是现在的物价情况下，以你仅有的收入，不知把你拖成什么个样子。除了伤心而外，就只有恨了……”竹筠的恨，是对国民党当局的恨，恨丈夫被杀害，恨自己身陷囹圄，恨不能照顾亲生骨肉……然而，虽然有对反动当局满腔的恨，她却对自己的行为欣然无憾。

“我有必胜和必活的信心，自入狱日起我就下了两年坐牢的决心，现在时局变化的情况，年底有出牢的可能。”她当然满怀着出狱的希望，盼望着胜利的日子，但对敌人有可能“孤注一掷”，她也做了充分的思想准备。

“孩子们决不要娇养，粗服淡饭足矣。”苦寒砺真才，这样殷殷的嘱托，是朴素的共产党人在长期的革命斗争中悟出来的，饱含着一个母亲对孩子深深的慈爱。

断断续续写到第二天，才把这封信写完，江竹筠又犹豫了，到底让不让紫霞带出这封信呢？她对紫霞说：“我看还是算了吧，特务是要检查的，万一搜到了唧个办？你能出去已是万幸，要是不让你出牢了就不值得了。”紫霞却早有主意，她把一只棉衣袖子撕开，将这封信用棉花裹好塞进去，再用针线细细缝好，果然一点也看不出来。

曾紫霞出狱了，信被完好无损地带了出去。

时光回溯，1941 年的一个秋日，重庆朝天门码头，一身粗布衣衫的地下党云阳县委书记彭庆邦从轮船上走下来，26 岁的他从此改名为彭咏梧。

川东特委此次调彭咏梧从云阳来重庆，是让他担任正在重建的重庆市委第一委员，全面负责市委工作。

当天，王致中把彭咏梧介绍给了在国民党中央信托局任人事处副处长的中共地下党员何文奎："老彭现在是重庆市委第一委员，特委决定由你任第二委员，协助老彭工作，请你负责给他安置一个合适的社会职业。"

几个月后彭咏梧考入中信局，成了有头有脸的中级职员。然而，因为他还是单身，住在中信局的集体宿舍，很不利于隐蔽。

亟须给彭咏梧安排一个可以自由活动的住处和一位可靠的助手，这个助手最好是位稳重的年轻女同志，与他组成一个"家"。市委研究后，选中了江竹筠。江竹筠是新市区区委委员，温文尔雅、稳重干练，把高校的地下党工作领导得很有成效。

彭咏梧搬到了新家，当天他就把"太太"江竹筠接来了。两个人像电视剧《潜伏》里的余则成和翠萍那样，为谁睡卧室、谁睡客厅争执了很久。这个"新婚"之夜，两个人干脆不睡，谈论起时局以及如何共同生活工作。刚开始与彭咏梧一起生活时，竹筠很不习惯，邻居称呼她"彭太太"，她总以为不是叫她，但很快她就大方地和人们呼应起来。到了晚上，两人各自忙完工作学习，分床而居。

1944 年春节前，江竹筠与同是地下党员的女同学何理立约在一起，去新华日报社营业部买刚到的苏联小说《虹》。从营业部出来，她们突然发现有特务跟踪，江竹筠低声对何理立说："自然点，装作没事，往人多的商店里钻。"两人好不容易甩掉了这个"尾巴"。小心翼翼回到家，江竹筠将此事报告了彭咏梧。彭咏梧大吃一惊，认为她们有很大的暴露危险，断然决定让她们立即撤往成都隐蔽。

江竹筠到成都后，组织上想办法给她弄了一个名叫"江志炜"的高中文凭，她经过认真复习备考，顺利考上了四川大学农学院植物病虫害专业，这是很好的隐蔽方式。川东地下党组织出于安全考虑，决定不转江竹筠的组织关系，指示她可以用普通学生的身份，做一些群众性的学生工作。在这种情况下，江竹筠参加了川大的中国青年民主救亡协会，在川大学运中扮演一个隐蔽的幕后策划者和推动者。这时，她突然得到一个秘密通知，组织上批准她与彭咏梧正式结婚。组织上这样决定，是因为江竹筠与彭咏梧那段假夫妻扮得太真，现在难以向周围的人道明真相，重庆的地下工作需要彭咏梧继续战斗下去，他们就必须把"夫妻"关系继续巩固下去，最好的办法当然是正式结婚。暑假回到重庆，竹筠见到了分别一年多的彭咏梧。

抗战胜利了，竹筠在重庆亲历了人民庆祝胜利的狂欢盛况。她带着胜利的喜悦和新婚的甜蜜，回到了四川大学。正当她以饱满的热忱投入学运时，却发现自己怀孕了。

2020 年 8 月 19 日，我到四川大学采访，正是江竹筠烈士百年诞辰的前一天。川大在原女生院建起了一座江姐纪念馆。江竹筠在川大两年，一直在这个女生院度过。院子里有一棵亭亭如盖的皂荚树，树龄有 110 年了。树旁的宿舍墙上，是一组浮雕壁画，壁画展现的是江竹筠和同学们用捡来的皂荚洗衣、洗头以及在树下染布的情景，是那个年代最朴实、最有人间烟火味的校园生活画面。

在四川大学江姐纪念馆，我看到了一张泛黄的、编号为 36986 的《住院病人记录》单。

这是一张 75 年前华西医科大学协和医院的住院单。其中，中文记录的内容为：彭江志炜，女，24 岁，已婚，诞生地点重庆，现住址为望江楼川大女生院。英文记录的内容为：入院日期 1946 年 4 月 18 日，出院日期 1946 年 5 月 10 日；诊断 contracted pelvis（骨盆狭窄），手术 classical cesarean section & ligation of tube（古典式剖宫产和输卵管结扎）。记录者的习惯和娴熟的英文书写，透出浓重的教会医院文化背景。

这份住院单传达的信息，让我们穿越岁月和历史的尘埃，触碰到了一份感动和崇敬。我们仿佛看见黑白光影中，江竹筠在医院生产的那些日子，我们甚至听得到医院外川味浓郁的叫卖和成都老街区的嘈杂，1946 年春天那明晃晃的阳光，仿佛正洒在我们脸上……

1946 年春天，江竹筠要生孩子了，同班的女同学黄芬、黄芳和董绛云找了一辆黄包车，把她送到华西医科大学协和医院。由于骨盆狭窄，江竹筠难产了，医生诊断须做剖宫产手术。

谁也没想到，临做手术时，竹筠却恳求医生："大夫，请一并给我做了绝育手术吧！"医生大吃一惊："这怎么成！你这是头胎，哪有生头胎就做绝育的？"陪护的黄芬她们也纳闷："都说生得越多越好，越有福气，你怎么生一个就不想要了？"竹筠笑了笑："生一个就够了，免得生多了拖累。"

医生只好在剖宫产的同时给江竹筠做了绝育手术。孩子平安降生，是一个胖胖的男孩。江竹筠幸福地笑了。

在当时，作为一个母亲，谁不想多要几个孩子？但面对斗争越来越残酷的现实，地下革命工作者随时都面临着牺牲的危险，竹筠是有准备的。她深知，儿女一多，就是更多的拖累。在那样的年代，人们思想还不开放，江竹筠内心的纠结和挣扎可想而知，但她能有那样的抉择，甘为革命做出舍弃，又怎能不让人心怀敬佩？

谭竹安是彭咏梧的亲戚。他从中央工业专科学校毕业后，考进了重庆较场口附近的大公报社，在那里做资料管理工作。1946 年 11 月 7 日晚上，谭竹安竟然与彭咏梧邂逅了。那天，谭竹安去参加庆祝十月革命胜利 29 周年电影晚会。电影快开映时，一个穿西装的身影匆匆走上影院台阶，这不是邦哥吗？他脱口喊了一声：“邦哥！”此人正是彭咏梧，听到有人喊他，他惊诧地回头一看，竟是多年没见的亲戚谭竹安。彭咏梧问他：“你怎么到重庆来了？”

“我来重庆已经 5 年了，一直都在找你呢！”竹安激动地说。

由于地下工作需要，组织上要求彭咏梧断绝与川东的一切联系，更不能与家里通信。

得知竹安已参加了党的外围组织，他也就没太顾忌，向竹安详细介绍了自己这些年的经历，说明了一直不能与家中通信的原因。

考虑到彭咏梧对下川东一带的情况很熟，有丰富的革命斗争经验，1947 年秋天，中共川东临委决定派彭咏梧去下川东地区领导武装斗争，同时派江竹筠一起前往协助工作，担任川东临委与下川东工委的联络员。到下川东去，那是提着脑袋干革命啊，出发前他们必须把孩子彭云托付好，他们想到最为可靠和合适的人，就是谭竹安。江竹筠和彭咏梧带着云儿到大公报社去找谭竹安，把一岁多的小彭云托付给了他。

一天，谭竹安看到国民党的几家报纸同时登载的消息，不禁大惊失色，泪水夺眶而出，他多么希望这是一个假消息啊！

过了些日子，一天夜里，谭竹安听说江竹筠在万县被捕，他们的人里出了叛徒。想到特务肯定要来抓云儿，他赶忙抱起彭云转移。

在黎明前最黑暗最严酷的日子里，为了保护彭云，谭竹安带着他躲过军统的魔爪，使特务抓住彭云逼江竹筠就范的阴谋未能得逞。

一天上午，一个面色苍白的姑娘来到大公报社谭竹安的办公室，问明谭竹安的身份后，她说：“我叫曾紫霞，刚从渣滓洞监狱出来，江姐给你写了一封信……”

在重庆红岩革命历史博物馆的档案室，工作人员为我打开了江竹筠烈士的档案，在这本红色档案里，有一份看守黄茂才的证明材料：

在看守所时，女室的江竹筠、李青林等积极领导女室活动。我记得楼下五室新四军战士死了，他们积极要求办追悼会，并且每个人头上都戴白花纪念死者。又在1948年旧历年时，他们在办快乐会时，就唱共产党解放区歌曲，同时他们与男室在过节时互赠礼物，就是以镰刀斧头和平鸽子这些符号来送礼。

黄茂才（签名）1966. 9. 21

重庆即将解放，敌人的大屠杀开始了。1949年11月14日，国民党反动派在重庆歌乐山电台岚垭将年仅29岁的江竹筠杀害。

谭竹安得知彭咏梧和江竹筠都已牺牲的噩耗时，悲痛欲绝，他默默发誓："邦哥，竹姐，我一定把孩子抚养成才，让你们安心瞑目！"

在艰难的岁月里，谭竹安和亲友们齐心协力，把彭云抚养长大成才了。

1962年11月20日，重庆市博物馆举办烈属座谈会。会上提出搜集整理烈士遗物的意见，参加会议的谭竹安站了起来，他告诉大家，他手上有一封江竹筠牺牲前给他写的亲笔信。会后，谭竹安将这封托孤遗书捐赠给了重庆市博物馆。这封"红色遗书"感动了千千万万人，也成为教育后人的生动教材。

（选自《解放军报》2021年4月5日、《散文海外版》2021年第7期）

带灯的人

草 白

祖母的一生致力于制造炊烟，即使在年老体衰、摇摇晃晃的暮年，还习惯像先人们那样生火做饭。古人用木和金燧火、用石头敲出火，祖母用的是火柴，那种涂着红色易燃物的火柴头，很方便制造出火花，也很容易因受潮而覆灭。当火柴逐渐退隐，打火机取而代之，祖母娴熟地用打火机点燃松针、麦秸秆、铁狼萁，或许还有烟蒂。她习惯在喂柴的时候吸烟，火光和烟雾在她脸上聚拢起来，又慢慢散逸开去。她对木柴、灶台和烟熏火燎的岁月的挚爱，是一个从小使用电炒锅、以吃外卖为主长大的人所无法体会的。她本能地弃绝电饭煲、燃气灶等一切可以使饭菜快速熟透的烹煮工具，并表现出顽固的对抗姿势。那张皱纹密布的苍灰色的脸因长期暴露在烟雾之中，而分辨不清到底属于哪朝哪代。偶然看到那张脸庞的陌生人，大概是要惊吓得狂奔而去；就连熟识之人也不忍细加打量，就像创作者不忍对一个可怜之人过于苛责，那将是双重的打击、加倍的残忍。

说什么都太晚了，祖母已至老境，耄耋之年，不能一口气说太多话，不能一下子走太久的路。我在不算遥远的童年时代所遇见的那个人，比眼下的她可要年轻得多，至少腿脚灵便，说话之声唧唧响，将山核桃和脆锅巴也咬得嘎嘣响，还没有到要人搀扶和庇护的地步。很快，她就到了这一步。不知从什么时候起，或许是当所有的时间都浓缩成一股风吹向她的脸庞和发梢，她便成了那副让人害怕的模样。

一阵轻飘的风或一片摇摇欲坠的树叶，都可能让她摔跤。即使没有风，她也能将自己绊倒在床沿前、井台边，哼哼唧唧，无法动弹。她齿牙脱落、肌腱受损、骨头断裂，最终一劳永逸地将自己送到病床之上。即使到了这一步，她还如此傲慢，不近人情，拒绝暴露自己的身体，拒绝以任何途径让自己获得他人关注，并将此视为奇耻大辱。最终，她只能将自己化作一道温热的火光、一阵轻盈的烟，飞往另一个世界。

整个过程迅疾、酷烈，让人不忍卒视。即使如此，她仍然是那间宅屋里待得最久的人。是上天选择了她，让她成为最后离开的人。在独子和丈夫相继过世后，她房门紧闭，独坐阁楼之上。她避人耳目，将自己藏匿起来。现在回想起来，无论多么长寿之人，人世的日子都是短的。人们要死那么久，却只能活短短几十年，甚至比不上木头里寄居的虫蚁，只要木头不腐，房梁不倒，便生生不息。

如果不是断骨，不是要将身体隐私毫无尊严地暴露在人前，她或许还能活得再久一些，哪怕只是苟延残喘，哪怕胸膛之内只有微弱的气息流淌，她也会活下去。她并不排斥活着的日子，她熟悉那种感觉，并多少拥有一些算不上宝贵的经验。她知道如何将樟脑丸包裹起来，放入衣柜的四个角落里，不让它们直接接触薄软、滑凉的衣物。她还知道最好的引火物是干燥的松针、质地松软的木柴以及所有含松脂的木料。至于如何救活一簇奄奄一息的火苗，如何在炎热难耐的长夏午后只以一柄蒲扇来对抗蚊虫和酷暑，如何在滴水成冰的日子给饭菜和自己的膝盖保暖……所有这些，她都有自己的一套。

只是，现在的冬天越来越仓促，往往是寒冷还没真正开始，便传来衰竭的信号。水缸被冻裂的辰光、屋檐下悬挂冰凌的时日，早已一去不复返。下雪的日子越来越少。即使是越来越稀薄的雪，像一条破毯子似的丝丝缕缕的雪，祖母也独自看了很多年。

从前，檐下有燕子呢喃，后院有哑巴学语。现在，家人、哑巴和燕子都离开了。窗户被垒起的木柴封住，只够漏进一些微光。光线落在陶罐、酒瓮、瓶子和碗钵上，也落在油腻腻的毛状灰尘上，它们板结成团，不轻易挪动位置，衰老的人早已学会与其和平共处。某次织网或诵经的间歇，祖母倚靠窗前休憩，将花白的脑袋无限靠近外面的声响和光，但绝不探出头去。她不想被注视、呼唤和谈论。

每次想起祖母，脑海里浮现的总是那个小小的身体在灰暗屋宅里踽踽独行的场景。一个头发灰白的老太太，在堆积着南瓜和土豆的角落里走来走去。丰收的果实充满她的小屋，时间的蛛网结在椽木与屋梁之上。一年四季，步履蹒跚地从她窗前爬过。青苔趴在石头缝，最终爬上高高的墙头。不远处是日夜奔走的溪流，永远在那里流着，不停地流着。生老病死、婚丧嫁娶，不过是枝上结出果子，又坠落了果子。她的世界破败却完整。那间屋子也是完整的，处于孤独的上升期的屋顶与阁楼，充满梦幻色彩的廊檐、天井、马头墙，还有楼梯和雕花门窗所通向的往昔的旖旎世界，不期而至的风雨、冰霜、闪电和月光也属于这间家宅的馈赠物。不能没有这些。这座有空间根基的宅屋，好像是大地之上长出的植物，是人心中的宇宙中心。无论从梦境还是现实的角度看，它都是完整的，一座房屋该有的它都有。

祖母在老家屋宅里安然入睡，我却在无法忍受的噪音里失眠。一开始是租来的房子，许多人共处一室，别人的脚顶着你的脑袋，说话之声嘈嘈切切，不绝如缕。这世上真有如此逼仄的空间，这空间里全是密密麻麻的人，交换着站立与躺倒的姿势。后来，情况好些了，可以找到离阳光近些、站在窗前能看见绿树的房子，幸运的话，还能看到河水。无疑，离家之人从来没有放弃过对家宅的寻找。很快，他们就找到了那样的地方，比鸽子笼更大一些的地方。那是由不同功能的房间所组合而成的套间，所有物品都可以找到它的摆放位置，沙发、床、书桌椅、台灯，还有书架，都在视线之内一览无余的地方。它类似于蜗牛的壳、虫蚁的洞穴、乌龟身上的硬质铠甲。即使小，也是宇宙的核心，各种力量的汇聚之地。你以为自己真的找到了那种地方——全宇宙最静谧的所在，但你很快发现，你的左边、右边，你的头顶和脚底下全是人，是深夜里的人声、下水声和油锅爆炒声，你们之间以管道相连，以电线相连，以深夜里的呼噜声和梦话相连。

当然，最重要的连接来自那种叫作“电视机”的家用电器。那些年，它们在无人的房间里代替人与观看者讲话、互诉衷肠，制造“高朋满座”的假象。祖母的房间也有电视机，起先是十四英寸，后来变成十七英寸、二十一英寸，由黑白换作彩色，电视节目更是换了一茬茬，老演员生下小演员，这个剧里的小女孩在另一个剧里当了小孩的妈，甚至还有年纪轻轻就死去的女演员，某著名主持人以及专门以逗乐为能事的小品演员也赫然列在死者名单上。当然，电视之外，这个屋宅里的人也在一个个离去，他们在体育解说员的慷慨陈词中、在保健品和汽车广告的轮番轰炸下进入弥留之际。祖母是家里唯一能把众多电视连续剧看到“剧终”的人，谁也没有她看的电视多，连广告也不放过。很多年后，祖母也进入弥留之际，她躺在那个没有电视机的临终的房间里，叫嚷着要把电视机关掉，说里面的人吵到她了；从前是那些从来没有见过面的人陪伴着她，到了最后关头，也是那些从来没有见过面的人打扰了她。

当她在电视里看见高楼、街道、红绿灯、穿梭往来的汽车以及从汽车里走下来的人时，大概也会想起我。我十六岁那年离家之后，便住到一个她从来没有去过，也永远不会去的地方。她知道，我就住在她在电视里经常看到的那种“鸽子笼”里，还会坐那种车身很长、车上设有广播装置的车子去上班，有空的时候去那种有一点点水的公园里划船。说是“船”，不过是改造成动物形状的小铁皮，大多是鸭子造型。岸边还有拍照的人，这样的照片在被塑封后大概不止一次寄回家里去——被祖母耻笑为旱鸭子戏水。电视让她见多识广，让她轻松识破骗子伎俩，也让她失去部分自己的生活。

很显然，那个伸着触须的黑匣子所提供的生活更加绚丽多彩。它可以提供任何地方、任何种类、任何维度的生活，古代的现代的、凄惨的欢乐的、虚假的真实的，应有尽有，但不负责提供具体的感受。当然，祖母老了，也不需要这种无用的东西。足不出户的她在编织渔网的同时，就能将整个世界一览无余，这在过去无论如何都无法办到。

祖母仰面凝望小匣子里的生活，目光在玻璃窗、水泥楼梯、曲曲折折的管道上攀爬，眼神投注在一个个长形或方形的格子上。某个时候，她忽然发出轻蔑的笑声。她环顾自己的家宅，再看看那些被整齐分割的、像抽屉一样的格子——它们还没有她家里的谷仓大，还不如她后院的兔子房大，反正它们看上去都好小。她全然沉浸在自己的世界里，认为屋宅之外的空间混乱不堪、一无是处。那个世界的老人好像不是自己的同类，居然住在那么高的地方——比她房前的楝树还要高，就像是住在高高的树杈上。总有一天，他们会像熟透的果子那样落下来，像树梢上的絮状物被风吹到深深浅浅的沟渠里。

从祖母的视角看世界，世界在一刻不停地滚动着、旋转着，风风火火，摧枯拉朽，却一无是处。那是别人的世界。她的世界在尘埃弥漫、蛛网遍布的角落里。她甘愿缩作一团，她的脸和身体也渐渐成皱缩状态，就像很多年前她曾饲养过的蚕茧。可她毫不在乎。

祖母睥睨众生的表情至今还清晰地印在我记忆的板壁上，不知是谁给了她那样一副骄矜自满、不可一世的神气，难道是来自电视的无上馈赠？一个蜷缩在犄角旮旯里的老人面对鲜乐缤纷、花香馥郁的世界应该感到羞愧才是，而浮现在祖母脸上的表情除了骄傲还是骄傲，这实在毫无道理可讲。

我曾萌发过带祖母到我生活的地方去见识一番的念头，坐白色的快车或绿色的慢车都可以。我还有时间给她讲讲未来人类可能经历的生活，那是我和她都没有办法抵达的生活。但是我终究没有这么做。每次从外面回到古老的屋宅里，满脸羞愧地站在她面前——我等着回答她的问询，哪怕是领受她的训斥，我为自己居然过上了与过去完全不同的生活而庆幸而自得而羞愧。如果这时候祖母提出什么要求，哪怕是让我难堪的要求，我也不会拒绝。很多老人千里迢迢跑到某个地方，只为了拍照，他们占有这个世界的方式就是不停地拍照，把世界缩影在一张白纸上，便于随身携带。这是一种很好的安慰心灵的方式，我以为祖母也需要这样的方式。

可她在观看了足够时长的电视节目之后，连对此也产生了厌倦。在此之前，她可不是这样的。她总是得意扬扬地说，这是东方明珠，这是天安门广场，这是万里长城！可它们看上去并不怎么样啊——后来，当她这么说的时候，我即刻打消了带她去远方“遨游”的念头，她只在自己的屋宅里“遨游”就够了。另有一些时候，相似的念头又会顽固地生起，她真的应该去外面看看，哪怕仅此一次，哪怕她实际感受到的只有喧嚣的噪音和肮脏的尾气。

毫无疑问，我不会真的鼓起勇气提出这样的建议，除非提出这个建议的人是她自己。但她永远不会这么做。祖母有一根竹制的“痒痒挠”，她对它的喜爱甚至超过任何一个儿孙。儿孙不可能时时刻刻在侧帮她解决难忍之痒，“痒痒挠”却可以。激动欢喜之余，她肉麻地称之为“我的宝贝”“我的如意”。她总是说，我从不求人的！言下之意，如果真的要求，她求的也只是“痒痒挠”！不用说，这个长柄、一端有弯形梳齿的小物件帮助祖母解决了几乎所有难题。那些隐秘角落里的岁月，亲人离散的日子里，她唯一能倚靠的也只有它了。

既然有了这件“不求人”的器物，有了它可暗通款曲、互诉衷肠，既无限信赖于它，也将隐私向它无尽敞开，祖母怎么会与他人（哪怕是亲人）提及不切实际的要求呢？所以，她能铁骨铮铮地说，我从不求人！她只求己，求“痒痒挠”，求时间的馈赠与流逝，求手上的梭子穿越墨绿色的渔线时最好不要发出任何声响，她不要听见大海的咆哮声、风暴中船只的触礁声，也没有深夜里双眼紧闭时所产生的声音幻觉。

祖母的一生依赖双手和嘴来劳作，她先是以双手编织渔网，后来则是不间断地诵经。她织网，编织着一个又一个充满漏洞的世界——这是她的祖母、祖母的祖母都可能涉足的营生。它不再是营生，而成了先人之间的对话方式。她们通过无数的网结、孔隙以及作为标志物的红绿布头，通过自相矛盾、无法被拆除的方式，彼此联结在一起。祖母不分昼夜，打下一个个、无数个结，那些纵横的结合、经纬的交点，既是现实世界存在的印证，也是对自身所属角落的心灵定位。

与先辈们不同的是，祖母生活的时代是所有时代的总和，也是它们的终结。她的编织生涯戛然而止，它被打断了，准确地说是被无情地取代了。渔网不再是古老的渔猎工具，它成了速成品，是流水线上的一环。相应地，它所对应的猎捕事业也成为杀戮和牟利的工具、商业时代的资本增值魔方，再也听不到来自深暗世界里的呐喊。

不多久，祖母以念经取代织网。她整日端坐阁楼之上，双眼微闭，好似在用另一种方式聆听。窗外，蜿蜒的青色山脉似回忆中的往昔，亲人故交慢慢进入那草木葳蕤的世界。头脑中的经文源源不断奔流而来，无须任何思索，便自动呈现。那些声音使楼阁上的空间变大，一切都在增大，好像她不是坐在宅屋的阁楼之上，而是在不断生长的树木与树木之间。她占据了中心地位。这么多年，她始终以为自己占据的是这个世界的中心。

祖母所在的屋宅属于海边山地一隅，在它四周常年演奏着风与大海的乐章，无穷尽的山林环绕着它，并从高处俯瞰着它。对这一切，祖母一无所知。她去过的最远的地方如今成了谜。有人说她去过上海，也有人认为她脚步所及最远之地不过是镇上混乱的街市。她织好的渔网就是送往那里。某一天黄昏，她从那里回来之后，再也没有在距离家宅五十米开外的地方活动。

那些年里，祖母好似成了远古时代的人物。当母亲告诉我她开始诵经并且以此为生时，我毫无障碍地接受了这个新形象，好像这就是祖母该走的路，她总有一天会走到这条道路上。颓败屋宅里的人从渔网的编织术中挣脱出来，开始致力于给远去之人送去最后的安慰。那些被反复念诵的经文，与当初打下的结一一对应，有多少网结便需要多少重复出现的诵经声，它们在祖母干枯的胸膛里涌动着，如汩汩不息的暗流。

一开始，那些找她购买经文的人，还会狐疑地望着她。怎么回事，难道这些堆积如山的东西，它们都是真……真的？真的有用吗？真的有神圣的经文附着其上？

他们对金黄色的、来自干燥大地的麦秸秆的质疑，惹怒了祖母。她不知道世道的衰微是从人们开始怀疑一颗土豆、一枚松果、一粒麦子的真实性开始的。他们从祖母手里接过东西便惊慌失措地逃走了。他们被她的怒气吓着了，暂时忘却了内心的质疑。

离家渐久，我逐渐忘记祖母的脸，甚至无法回想她怒气冲天的模样。但祖母阁楼之上诵经的形象却在不断放大，它逐渐脱离阁楼和她所置身的天地，成为我熟悉的书本里的形象。我常常将过去时间里的人与熟悉的书本里的人物进行比较，并将两者混为一谈。自十二岁离开祖母的屋宅，我在回忆中不断修订她的形象。它们不断增多、放大、逸出，一种不断变化的关于祖母的形象已经在我的脑海里扎下深根，死亡只能让这个形象进入更加迷离、惝恍的状态，而不是彻底消失。

祖母的一生几乎没有离开过自己的屋宅，只有在那里，她才可以随心所欲，可以骄傲蛮横，可以怒气冲冲。那里才是她的宇宙中心，生命能量的聚居之地。我应该用构建一个空间的方式来想象祖母形象的多变性与统一性。重要的是后者。时至今日，脑海里的祖母仍坐在一个封闭的空间里，或织网或念经，或编织竹篮或纺织棕榈线。她做着这些古老的营生，它们不仅是营生，还涵纳着她对这个变化莫测世界的所有想象。

有时候，我甚至认为她随时可以抛下它们，去做别的事，去过另外的人生。她可以轻松地把自己放入另一个世界，如元宵之夜，人们把河灯放在黑暗的河床之上，让它顺水流走。

祖母停灵的日子，他们要我回屋宅里去取一盏灯。在那个屋子里，祖母给自己留了一盏灯，现在，她要走了，必须带着那盏灯上路。我不知道那是一盏什么模样的灯，除了祖母本人，谁也没有亲眼见过它，但所有人都异口同声地肯定它的存在，特别是母亲。当我忐忑不安地打开祖母生前的宅屋，发现那里早已成了堆积如山的旧物陈列馆，十几二十年前使用过的物品层层叠叠堆放在一起，散发出一股古怪的、属于另一个世界的气味。最多的是经文，以红纸覆裹的经文、各种形状的经文，在幽深、静谧的角落里给人一种火光跳跃的悸动感。没有灯。我脑海里浮现的是纸灯笼，元宵夜的纸灯笼，烛光在青石板上跳跃和闪烁。

母亲知道那盏灯，说祖母一定准备好了，她可以忘记别的，唯独不可能忘掉灯。不知从哪个夜晚起，母亲也开始和她那个年纪的老人们围坐在一起通宵达旦地念经。她这么做，据说也是为了得到那盏灯，为了在离开尘世之时将它带在身边，照亮黑暗的路。这是我没有想到的。连母亲也在做这样的事，她是怎么忽然想起做这样的事？

关于那盏灯，母亲并没有告诉我更多。她只是说在某些夜里，她要丢下家务和放弃一整夜的睡眠，去某个地方——大概是去一个信仰虔诚的村民家里，她和她们在那里度过了一个个不眠之夜。说起这些，母亲的神情是坦然的。她已经是这个家里年纪最大的人了，那盏灯也应该属于她。她总有一天会用得着它，这是迟早的事。

最终，我找到了祖母的灯。它就挂在板壁上。它不是纸灯笼，而是一盏小小的、可以收起来的布做的灯笼；它看上去甚至不像是灯笼，而像两块可以折叠的、看不出明确颜色的布。其实，它一直在那里，在整个屋宅最干燥、最孤独的角落里，从祖母获得它并安放它的那一刻起，再也没有挪动过位置。

在我的家乡，所有六十岁以上的人都要有一盏属于自己的灯——这里所说的是女性，好像男人并不需要那种东西。我从来没有听说过谁家的祖父或外祖父带着这种东西上路。他们总是骂骂咧咧或唉声叹气，脚脖子一伸，眼睛一闭，便去了那个世界。只有祖母和外祖母们才带灯。对她们来说，余生没有比准备一盏灯更重要的事。

童年里，停电的时刻，祖母的屋宅里点着油灯。棉线做的灯芯浸在煤油里，豆大的火苗获得了灯油的滋润，但并不发展壮大，它的光影在墙壁上和屋梁上颤抖、闪动、跳跃，试图照亮更多的角落。

油灯之前是蜡烛，那是更为微弱的火焰，随着时间流逝随时可能终止的火焰。它们放射出的微光只在事物表面打转，这给人一种恍惚感，好像这个屋宅里的时间永不会终结，它是循环的——因为黑夜也是循环的。

祖母很少打开那盏十五瓦的卡口灯泡，她宁愿在黑暗里进食、织网，或者念经，做所有这些事都不需要太过明亮的光线。她讨厌浪费，不需要弥布整个空间的光。她喜欢的可能是火苗，垂直向上的火苗由古老的油灯、蜡烛释放而出，灶膛里也有它的踪影——伴随着木质纤维的断裂发出噼啪响声。

晚年的祖母，越来越少发出声响。她直挺挺地摔倒在水缸边，不呼喊求救，不大声嚷嚷，甚至不让自己发出难听的哼哼声。隔壁宅屋里就住着一对夫妻，两家可以听见彼此油锅的爆炒声、胸膛里的咳嗽声。祖母完全可以大声求救于他们，想必对方绝不会袖手旁观。但祖母一声不吭。她惯于把自己伪装成一个没有困难的人，这样做的后果是，当真的困难来临，她便只能沉默以对了。

离家之后，我搬过无数次家，短暂的寄居之地终将成为遗忘的对象，唯有老家昏暗的宅屋及祖母弓腰驼背的形象时常在脑海里闪现。直到有一天，我发现自己的人生居然与祖母之间存在某种程度的耦合，惊诧不已。我从未想过去学习祖母的生活，尽管我也会织网，对《心经》早已耳熟能详。我以为自己过的是另一种生活。毕竟，我早已离开祖先的宅屋，不断学习外面世界的生存技能，住在电视机里的人们所居的屋舍里，过着大多数人都在过的现代生活。但我明白，事实并非如表面那样一目了然。

祖母对火光的执念，让她熬过了最艰难的岁月，也让她受尽苦头。尤其是暮年，哪怕仅仅是将最简单的食物煮熟，也绝非易事。被无限放大的自尊和对单调事物的沉迷，让她的人生撑到最后，并终结于此。而我呢，这些年过着近乎避世的生活，并越来越安于这样的现状。

祖母跌断的是左侧股骨，人体最大、最重要的骨头，在她这个年纪，这根起支柱作用的骨头不可能在没有任何外力作用的情况下自己长好。当她果断拒绝来自他人的帮助时，便也自行掐灭了生之焰火。

祖母去世后，我在一本书里无意读到以下文字：

> 多年以前，有人问美国人类学家玛格丽特·米德：“在您的研究中，您认为人类文明最初的标志是什么？”
>
> 询问者心里想着，玛格丽特的回答或许会是类似鱼钩和陶罐等器具或是类似衣服的东西。然而，玛格丽特给出一个令人始料未及的答案：“一段愈合的股骨。”
>
> 玛格丽特解释说，在古老的年代，如果有人断了股骨，就无法生存，会被四处游荡的野兽吃掉。除非他们得到别人的帮助，否则就不能打猎、捕鱼或逃避野兽的伤害。

那天，担架来到祖母床前。母亲和我都站在那里。我们早就知道祖母的选择，但救护车和抬担架的人还是来了。随行医生说，断掉的股骨不会自己长好，除非借助手术或医疗器械。祖母充耳不闻，无论他们说什么，都与她无关，甚至奉劝那两个从救护车下来的年轻人赶紧回去，别在这里浪费时间。

——我不去医院。

——我这辈子从没有去过医院。

她神情镇定，没有坐以待毙者的哀怨和沮丧。她仍然是大嗓门、睥睨的眼神，表情执拗而不屑。她放弃医院和他人救助，她放弃了生，选择死。

她在床上又挣扎了二十一天。退烧药、止痛片、白酒在她体内轮番上阵。她昼夜疼痛，白天喘不过气，夜里睁不开眼，渐渐油尽灯枯，于腊八节晴朗的冬日黄昏辞世。彼时，窗外溪水淙淙，山林沐浴在夕光里。彼时，我在城市屋宅所在的小区里散步。眼前没有河面，却有水汽弥漫，白腻透亮，如在梦中。黄昏回到家中，静坐片刻之后，手机铃声响起，告知祖母已逝。家人发现时，她双目微闭，唇口微张，好似刚刚喘出最后一口气。而脸颊、下巴上仍留有温热的气息。她刚刚离开，去了另一座山坡、另一片梦境。

那天午后，我和母亲从山上下来。冬日的阳光罕见地温煦，风吹在额头上并不冷，还有树木的清香从空气里渗透出来。我们在一条山溪前停下奔走的脚步。那一刻，母亲脸上流露出如释重负的表情，说祖母真会挑日子，多年诵经，终于功德圆满了。

一个断掉股骨的人只活了二十一天。从断骨的第一天起，生命便开始了它的倒计时。祖母被搬离旧宅，安置在新房二楼的卧室里。朝北的房间，可以望见远山，但没有阳光。阳光只停留在房子的另一面，不越雷池半步。他们会在固定时间给她送来水和食物，并更换尿不湿。后者引起她强烈的羞耻感，比断骨本身更让她痛心疾首。这让母亲感到不可思议，一个人行将就木，怎么还在乎这些。

断骨事件发生后，我回到家里，像个客人那样站在祖母的床前。我努力说出安慰的话，但没有成功。她让我赶紧去休息，不要管她。任何到她床前探望的人，都遭到她的驱赶，好像她什么事情也没有，根本不需要别人的探望和照顾。

二十一天，五百零四个小时，三万零两百四十分钟。一个人在断骨之后，在不接受任何医治的情况下，可以活二十一天、五百零四个小时、三万零两百四十分钟。这是我们之前所不知道的。祖母终究没有等到下雪的日子，她在最寒冷的时日到来之前悄然离开。

她带走了灯笼，还有经文——那是她给自己准备的“盘缠”，也是带给那个世界家人们的礼物。在白雪覆盖大地之前，她步履轻快地赶往那里，好像是去履行某项重要使命。

那年冬天，祖母屋宅所在的地方，寒冷依旧，却没有一片雪花落下。这之后很多年里，冬天都没有雪。很多时候，你会沮丧地发现，雪或许正在寻找适合它的世界，它将我们遗弃，去了一个更加明亮、温暖的世界。

（选自《人民文学》2021 年第 3 期）

遥望丝绸之路

马　晶

在去甘肃的路上，心里多少有点新奇，也有一点向往。不为别的，只为丝绸之路。

飞机飞越祁连山，穿过了一片又一片的白。那白色莽莽苍苍，仿佛大海里一群黑鲸成群结队向前行进，又恍如上古遗存下来的一大片化石群，裸露在荒原上，黑白分明，格外刺眼。蓦然间，我想到了那条河，湘江。它穿行在故乡，穿过岁月长河，与眼前的祁连山一样，江水墨绿，近乎发黑。冬天结冰的时候，它也像眼前的祁连山一样板着面孔，一片死寂，毫无表情。

我莫名想起了毛泽东描写湘江的《沁园春·长沙》：看万山红遍，层林尽染；漫江碧透，百舸争流。鹰击长空，鱼翔浅底，万类霜天竞自由。

我不明白，此时此刻为什么想起了故人，想起了湘江。

我想是祁连山的冰天雪地让我产生了移情，是隔空相望的丝绸之路让我产生了联想。于是，在铺天盖地的雪地里想到了万山红遍的岳麓山，在无比寂寥的祁连山顶想到了具有动感的湘江。

一

丝绸之路在机翼下蜿蜒、爬升、飞逝，既有变幻莫测，更有气象万千。我不知道，张骞当年出使西域的时候，除了有一路高扬的黄沙，急促的马蹄声，满目摇曳的沙棘草，暗自飘香的格桑花，以及边关驿站上那轮高挂的冷月，昼夜赶路的张骞是否也有儿女情长，是否也在孤独无望的时候想起过故乡。

张骞出使西域，打通了东方通往西方的道路，完成了气势如虹的“凿空之旅”，开辟了一片崭新的天地。江山社稷一派祥和，国际交流不舍昼夜。司马迁《史记·大宛列传》记载："然张骞凿空，其后使往者皆称博望侯，以为质于外国，外国由此信之。"司马迁称张骞出使西域为"凿空"。空，同"孔"，凿空，即凿孔。

公元前123年，汉武帝刘彻取"博广瞻望"之意，封张骞为博望侯。张骞，西汉成固，今陕西省城固县人，体魄健壮，性格开朗，是中国历史上第一位有影响的对外友好使者，打通前往西域的南北两条通路，立下汗马功劳。那一年，26岁的张骞揭榜应募，汉武帝慧眼识才，对张骞委以重任。用现在的话说，汉武帝是一个非常了不起的官员。他尊崇儒家思想，采用董仲舒"罢黜百家，独尊儒术"的建议。在干部任用方面，不拘一格降人才。卫青、霍去病出身卑微，本是奴仆和奴产子，却能得到汉武帝的重用。卫青率骑兵生擒匈奴王子，凯旋后，汉武帝封卫青大将军，成为全军统帅。继卫青之后，18岁的霍去病脱颖而出，率800骑兵长驱直入匈奴营地，大获全胜。汉武帝奖励他一座漂亮的房子，霍去病却说："匈奴未灭，无以家为！"东汉史学家班固感叹道："汉之得人，于此为盛！"班固9岁赋诗作文，16岁入太学，博览群书，著书立说，儒家经典及历史无不精通，与胞弟班超共同完成传世之作《汉书》，具有绝对非凡的眼力，如此评价汉武帝，可以说代表了一个阶层的高度。

汉武帝时代，长城内外"马牛放纵，蓄积布野"，开创了人们心目中的理想家园。但在莺歌燕舞的背后，汉武帝也有一个心头之患。北方匈奴，虎视眈眈。胡人不灭，国之悲催。一个偶然的机会，汉武帝从一匈奴俘虏口中了解到，西域有个大月氏国，其王被匈奴单于杀死，还把他的头颅做成酒器。这是一个真实的故事。《汉书·张骞传》也有记载："匈奴破月氏王，以其头为饮器。"月氏人忍受不了匈奴的奴役，几经征战，没有结果。正如唐诗描写的那样："月黑雁飞高，单于夜遁逃。欲将轻骑逐，大雪满弓刀。"无奈之下，月氏人只好退避三舍，迁徙到天山北麓的伊犁河流域。月氏王一直想报杀父之仇，但苦于无人相助。

公元前139年，张骞第一次出使西域。受汉武帝之派遣，张骞以特命全权大使的身份，由匈奴人甘父做向导，率领一百多人浩浩荡荡从陇西出发，朝行暮宿，风餐露宿，踏上了寻找大月氏的西行之路，不料中途被匈奴所俘，从河西走廊押解到匈奴王庭。为软化张骞，逼其顺降，匈奴人几经努力没有奏效。匈奴王单于想出了一个妙招，将一名匈奴女子许配给了张骞，以和亲的方式达到扣留目的。这名匈奴女子不仅有情有义，而且家族地位比较高，还有一个诗意的名字：佳桑。当时，张骞尚未婚娶，只好表面上接受单于的美意，安下心来，娶妻生子。

这一扣，就是十年。

西北望长安，可怜无数山。只有在漫漫长夜，张骞轻抚着随身带去的汉节，想到尚未完成的西行大业，夜不能寐，无限伤感。千般苦，万般愁，才下眉头，却上心头。

一个月黑风高的夜晚，张骞逃离匈奴，一路西行，取道车师国，穿过塔克拉玛干沙漠，翻过帕米尔高原，最后到达大月氏。但是，大月氏的国情已经发生很大变化。曾经的同心同德抗击匈奴，随着征服了邻国大夏，大家无心恋战，决定安居乐业，不再跟匈奴打仗。无奈，张骞只好在大夏国住了下来，以考察为名停留了一年。

在漂泊了 13 年后，张骞终于带着他的匈奴妻子佳桑和孩子一起，踏上了回国的道路。

感时花溅泪，恨别鸟惊心。当衣衫褴褛的张骞手捧几乎脱光了毛的汉节，俯身向汉武帝复命时，汉武帝带领满朝文武官员迎出宫外，听着听着，无语泪先流，一时潸然泪下，很快老泪纵横……

汉武帝的目光停留在了汉节上。

史料记载：“节所以为信也，以竹为之，柄长八尺，以牦牛尾为其眊三重。”汉代一尺相当于现代的 23.1 厘米，也就是说，汉节是用近 2 米长的竹竿制作，其状如旗帜，用竹竿做柄，顶部缀牦牛尾。汉代张骞包括苏武出使西域和匈奴时，作为一种皇权象征，同时也是外交信物，他们手持的就是这种“使节”。我们今天使用的“使节”一词，即源自于此。只是，今天的外交官不再持有“使节”了，而是以国家元首签署的“国书”为凭。

宋人黄庭坚在《寄上叔父夷仲三首》中，对汉节也是心有千千结，这般无奈地写道：“少年有功翰墨林，中岁作吏几陆沉。庖丁解牛妙世故，监市履豨知民心。万里书来儿女瘦，十月山行冰雪深。梦魂和月绕秦陇，汉节落毛何处寻。”黄庭坚这最后一句“汉节落毛何处寻”，与张骞的身世何其相似，颇有点“桃李春风一杯酒，江湖夜雨十年灯”的味道。

公元前 119 年，张骞第二次出使西域。张骞在乌孙国受到了乌孙王的热情接待，觥筹交错，奉为上宾。乌孙王惧于匈奴的势力，不敢与汉朝结盟去攻打匈奴，但又不忍让张骞两手空空，无功而返会让汉武帝很没面子。于是想出了一个万全之策，派出使者随张骞回到长安去，答谢汉武帝友好结盟之情。过了一年，乌孙国与汉朝正式建立外交关系，乌孙王还娶了汉朝的公主做夫人。又过了一年，张骞因病去世。

西汉时期，西域有三十六国，千里流沙，万里石海，很多人望而生畏，加之匈奴人重兵把守河西走廊，进入西域困难重重。张骞第二次出使西域，虽然他本人只到达乌孙，但张骞派出的许多副使的足迹却踏遍了大宛、康居、大月氏、大夏、安息、条支、奄蔡、身毒、于阗、扜弥等中亚各国大地。张骞第一次出使西域时，了解到中亚当地没有油漆和丝绸，于是在第二次出使时多了一个心眼，除了带上三百随员，还用六百好马驮运了数万匹丝绸。这也是丝绸之路上有史可稽的第一批传往西方的中国丝绸。1842 年，东欧克里米亚半岛克赤遗址发现了一批中国文物，其中有一种平纹暗花丝织物，即是汉代所说的“绮”，魏晋以后改称“绫”。而张骞从西域带回的汗血宝马、葡萄、苜蓿、无花果、胡麻、大蒜、石榴、胡桃、鸵鸟等，不仅丰富了大汉的物种，更是为老百姓的生产生活带来了极大方便。汗血宝马原产土库曼斯坦，头细颈高，四肢修长，皮薄毛细，步伐轻盈，力量大、速度快、耐力强，是土库曼斯坦的国宝，其形象被绘制在国徽和货币上。

张骞两次出使西域，开启了亚洲内陆交通要道，开拓了从中国甘肃、新疆到今阿富汗、伊朗等地的丝绸之路，西汉与西欧各国的友好往来日渐频繁。

二

玄奘西行，鉴真东渡。一来一去，开启了海上丝绸之路新通途。

玄奘出生于隋朝末年。他终生的愿望就是到佛教诞生地印度去求法。29 岁那年，玄奘独自一人离开长安前往天竺游学求法。“所闻所履，百有三十八国”。西行路上“上无飞鸟，下无走兽，四顾茫茫，人马俱绝”，但是，玄奘信念坚定，“不求得大法，誓不东归一步”。

白马驮经，玄奘西行。在印度学佛 5 年有余，获得佛教“三藏法师”地位。17 年后，玄奘历经五十余国，西行五万里，回到了日思夜想的长安。玄奘带回佛舍利 150 粒、佛像 7 尊、经论 657 部。《大唐西域记》十二卷记录了玄奘西游 138 个国家的经历，书中记载的山川、地邑、物产和习俗，被奉为当时西域和印度的大百科全书。明代小说家吴承恩根据玄奘西游写成了《西游记》，唐僧的原型就是玄奘。而有一种说法是，猪八戒、沙和尚的原型是印度僧人迦叶摩腾和竺法兰。印度歌舞、天文、历算、文学、建筑、制糖技术等传入中国，中国造纸、蚕丝、瓷器、茶叶、音乐等传入印度。细软的丝绸，像一根无形的飘带，缔结了中国和印度两个文明古国的友好交往。

印度古吉拉特邦，既是玄奘西行取经途经的地方，也是现今印度总理莫迪的家乡。2015 年 5 月 14 日，印度总理莫迪访问中国时，专门前往西安大雁塔参访大慈恩寺，这里曾是中国高僧玄奘藏经和译经之地。5 月 18 日，新华社记者对莫迪访华做了详细报道。莫迪在大慈恩寺发表了即兴讲话，字里行间对玄奘充满敬意。“高僧玄奘通过佛陀的方式将和平、友爱和奉献精神传播给世界的大部分地区。每一个印度人都认为高僧玄奘是一位伟大的修行者。”这段话是莫迪在大慈恩寺的留言。

玄奘在印度古吉拉特邦研习佛经，回国后在大慈恩寺翻译佛经。在玄奘三藏院的般若堂，莫迪欣然在签名簿上留言，用古吉拉特语写了满满三页纸。大慈恩寺方丈增勤法师说，莫迪到底写的是什么，当时没有人知道。因为莫迪是临时手写，到底表达了什么意思，一直是个谜。后经西北大学佛教研究所所长李利安等中印学者接力翻译，译出了莫迪的留言：“印度的本质特性在于其精神文化。高僧玄奘通过佛陀的方式将和平、友爱和奉献精神传播给世界的大部分地区。每一个印度人都认为高僧玄奘是一位伟大的修行者。我非常荣幸，玄奘提到的阿难陁补罗，也就是今天的瓦德那嘎，是我出生的地方。根据玄奘的记载，那个地方在当时已经是佛教僧人的研修中心，今天我们已经在那里发现了一些佛教遗址。在玄奘的理解中，古吉拉特是狮子的土地，我认为这真正代表了印度的形象……”

三

鉴真 14 岁的时候，见到佛像就会有莫名的感动。父亲大为惊异。后来，鉴真恳求出家，父亲寻思再三，最终点头同意。

那一年，扬州城里来了两个日本僧人，历经千辛万苦找到大明寺，他们的任务只有一个，就是迎请鉴真东渡弘法，匡正佛门清规。不因祸福而避趋，只为弘扬佛法，护佑一方平安，鉴真欣然应允。大陆华夏与水上东瀛，天各一方，山长水阔。渤海、黄海、东海、日本海，潮起潮落，风高浪急，鉴真六次东渡，险些折戟沉沙，总是无功而返。

这一条海上的路，鉴真走得太辛苦。那一天，风小了很多，在船头上眺望的弟子们，纷纷欢呼雀跃起来，他们争先恐后跑到鉴真跟前，告诉师父："到了，终于到了。"

"隔海望，乃我故乡。辉煌处，乃我大唐。"鉴真的到来，开创了日本的律宗，向日本传授了天台宗，为日本密宗的兴起奠定了基础。

那一年，是公元753年，十年过去了。鉴真历经千辛万苦，终于踏上了日本国土。当时，鉴真已是66岁的老人，而且早已双目失明。是心里的那盏灯，照亮前方的路，指引着他一直前行。

四

明清时期，海上丝绸之路横空出世。中国人凭借优秀的航海技术，郑和七次下西洋。开创海上丝绸之路，中国人第一次实现了睁眼看世界。这不是一次简单的远航，这是中国人面向世界的一次宣言，它在大声地告诉全世界：中国人，来了。

在明朝初期，中国商人很少越过马六甲海峡与印度、阿拉伯商人做生意。而西欧商人大搞海上扩张，商业活动常常伴随着战争硝烟和武装抢劫。明永乐年间，郑和航海将中国历史上的朝贡贸易推到了巅峰时刻。在明朝，朝贡贸易是唯一合法的海外贸易，郑和航海作为合法海外贸易得到国家大力支持，浩大的船队凭借高超的航海技术，足迹踏遍西亚、北非，海上贸易遍及西亚、非洲，前来进贡通好的国家和地区多达数十个，朝贡贸易达到空前规模。中国的瓷器、丝绸、漆器……随着郑和的船队远渡重洋，而东南亚各国的玉石、香料……也在中国找到了市场。

郑和七下西洋，在很多国家留下了遗迹。满剌加，现在的马来西亚马六甲州，古称马六甲王朝，那里曾是郑和船队开拓的重要据点。在那里，郑和给当地人用草药治病，传授种田插秧的技术。当地至今还留存着三宝城、三宝井遗址，一个又一个关于郑和下西洋的故事，在南洋的土地上口口相传，经久不衰。

五

星星之火，可以燎原。
大道致远，海纳百川。

2013年9月7日，中国国家主席习近平访问哈萨克斯坦。这里是古丝绸之路上的重镇，这里曾留下了大汉使节张骞西行的足迹，也留下了中国音乐家冼星海一段不为人知的往事。

在哈萨克斯坦著名的纳扎尔巴耶夫大学，习近平主席发表了深情演讲："我的家乡陕西，就位于古丝绸之路的起点。站在这里，回首历史，我仿佛听到了山间回荡的声声驼铃，看到了大漠飘飞的袅袅孤烟。这一切，让我感到十分亲切。"

在演讲中，习近平主席首次提出了共同构建"丝绸之路经济带"的宏伟倡议。

一个时代有一个时代的主题，一代人有一代人的使命。

两千一百多年前，我们的先辈怀着友好交往的朴素愿望，开辟了古丝绸之路，开启了人类文明史上的大交流时代。今天，我们传承古丝绸之路精神，是历史潮流的延续，也是面向未来的抉择。

黑格尔说：一个民族要有仰望星空的人，这个民族才有希望。

（选自《湖南文学》2021 年第 5 期、《散文海外版》2021 年第 6 期）

在这里找不到悲伤

姚育明

1977 年我从上海戏剧学院毕业，进入上海美术电影制片厂工作。初次见吴应炬是在厂传达室，那天好像是国庆节，吴应炬代一生病的同事值班。他身着蓝灰色的中式棉袄，端坐在传达室里。文学组同事姚忠礼正和他说着什么，他微笑着倾听，脸上挂着几近羞涩的笑。姚忠礼是《葫芦兄弟》的编剧，有才气，又热情，立即为我们作了介绍。我心里一阵激动。知道并喜欢吴应炬不是因为他一大串名衔，而是小时候对动画片《草原英雄小姐妹》的记忆，小学里我们唱他编的歌曲，去黑龙江插队依然在列车里大唱《草原赞歌》，它给我们带来多少慰藉和憧憬！

初见吴应炬的印象十分深刻。他当即站起来，高高的个子轻微一晃，右手顺势撑上椅背，定成一个略微倾斜的拘谨姿态。他还没开口，脸膛先红起来，普通话夹着广东腔，呜哩呜哩。他说得吃力，我也听得吃力。这真出乎意料，一个话也讲不清的内向之人怎么会创作出那样畅快的歌曲？

那段时间厂里作业务总结，大礼堂回放不少老片，我欢快极了。厂里的职工大多熟视无睹，坐在观众席上响亮地嗑着瓜子，甚至有人对银幕作枪击状，戏谑声不时响起。只有我被银幕的视听效果深深吸引，全身肌肉跟着跳，甚至笑出泪来。其实煞风景的不止我一个，后排也有人发出短促、痴情的笑声。我忍不住回头，只见吴应炬笑得像个憨厚的孩子。我好像遇到了同党，感到自己的笑声不那么突兀了，当然也感到一些意外，职场新人少阅历易失态，一个老作曲家怎么还保持着新鲜感？和他熟悉之后，我才知道他是沉浸在耳目并用的音乐世界中了。早在他二十多岁时，他就有与众不同的表现，影院播放的美国音乐片《幻想曲》，贝多芬的《田园交响曲》、柴可夫斯基的《胡桃夹子》、杜卡的《小巫师》等令他心醉神迷，尤其舒伯特的《圣母颂》，他竟闭着眼睛连听了五场，他是电影院唯一闭着眼睛看电影的观众。

在补看了大量美术片后，我对他的爱戴更深了。尤其是《大闹天宫》上下集，使我整个人沉浸在壮阔嘹亮的乐声中，唢呐、笛子、扬琴、琵琶、板胡、高胡、小三弦、圆号、大管、木琴、广东大鼓、大镲，好家伙！几乎所有的民族乐器全上场了。当时我不但眼识与耳根通用，连意识也发挥了作用，好像看到音符们忽隐忽现，以光和色彩的变化组成了看得见的节奏。这种京剧配乐的浓烈民族特色和戏曲风格，令我兴奋得几乎手舞足蹈。我发现《大闹天宫》的音乐和美术一样，竟然也具装饰性，像独具中国特色的年画，真正的国粹了。是的，我在这种充满色彩的音声中进一步认识了吴应炬。

后来发现，吴应炬善用民乐，却不陈旧，比如《牧笛》的浓烈江南风格，还借用了西洋音乐的某些表现技巧；比如自然音响，那摹拟的瀑布，时沉时浅、千变万化，初始虚云缥缈、轻纱笼罩，继而阳光明媚、万物苏醒。笛声变化，旋律和谐。全片没有一句台词，全部依赖配乐，梦境世界在心灵的牵引下生发出动听的音乐，不仅仅表现了人与动物之间的眷念之情，也让人在淡泊而又深远的意境中感受到一些哲思。难怪美国音乐评论家斯通女士称《牧笛》是她在中国听到的最美妙的音乐。连喜爱音乐的西哈努克亲王听后也流泪，说这完全是天上的曲子。艺术无国界，《牧笛》在世界童话大王安徒生的故乡荣获国际童话电影节金质奖，这是迄今为止中国动画片获得的最高奖项，老吴给《牧笛》装上了音乐的翅膀，飞向了灿烂的高空。

其实获奖的不仅仅是《牧笛》，《大闹天宫》《小蝌蚪找妈妈》《草原英雄小姐妹》《天书奇谭》《一幅僮锦》《火童》《猴子捞月》《葫芦兄弟》等十九部由他作曲的美术片也先后荣获各类国际、国内奖项。

吴应炬不但在美术片的配乐上卓有成效，还创作了《大李、小李和老李》《断肢再植》《大有作为》这些我们耳熟能详的故事片、纪录片、科教片的配乐。同时，他还创作了声乐套曲《侨声曲》，由冰夫、姚忠礼作词，朱逢博演唱并录制了磁带，出版了歌集；另有《祖国恋歌》《云岭行》《心灵在呼唤》《红河散曲》声乐套曲以及《夏天在青岛》《小熊组曲》等管弦曲。在他退休前六七年，也就是1979年开始，老吴致力于美术片配乐的电子音乐化。可我不知道，也不懂。有一年去他家，看到多了台电子琴，他女儿小燕正在那里乱拨弄，说这是她爸爸新买的。原先那台铺着绣花布的钢琴此刻靠着墙壁，看上去有些闷闷不乐，好像提前退休了，没想到接班的竟然是简单得像玩具一样的电子琴。我有些诧异，我娘家一位总在追求时尚的邻居也在玩这个东西，只是看上去更简陋一些，怎么老吴和这类老阿姨的爱好一样了？过了好长时间我才知道，这种新乐器的标准称呼是电子合成器。那个时期，上海著名的音乐家屠巴海等人受欧美音乐家来中国演出合成器的影响，开始了对合成器的钻研。吴应炬创作的《人参果》以相同的旋律不同的音乐演奏展现了合成器的魅力。屠巴海先生的合成器演奏也受到广泛的赞扬。这位同为中国一级作曲家、中国轻音乐泰斗的屠巴海发自内心地赞叹同行吴应炬，说他是个真正的艺术家，具有超级丰富的想象力和脚踏实地的精神。他没有虚夸，创作期间，吴应炬的眼白经常是红的，一个音色，往往试验了一百种声音才最后选出来。吴应炬就这样成为中国电音的先驱。

我和吴应炬很快混熟了，没接触几次，就直呼他老吴了。他看上去一点也不像毕业于中央音乐学院作曲系，总是含着谦下的笑。他的音乐大多来自中国民间，很容易让人潜意识地视他为民间艺人。有人说他木讷，有人说他懦弱，有人说他老实，反正是不强壮不强劲不强悍的。只有他的楼下邻居周老师称老吴为“谦谦君子”。其实老吴生前与她过往甚少，她只是凭着感受到的点滴得出了这个结论。我觉得这个结论比较接近事实，但我自己另有一番感受，也只是一种直感，觉得他的性情像他的人，站立时是弯曲的，几个极小的弯，弯得令人感动甚至心痛，那站姿不是什么骨病引起的僵涩，而是一种本能为人着想的随顺反应，如同一种柔韧的材料，以一种弹性的方式融入千奇百怪的世态之中。其实老吴是矫健的，灵活的，一起在四楼平台上跑步，我跑不过他，持久力同样不如他，他可是父辈的岁数啊。

我在美影厂工作了八年，几乎每天都能看到老吴。我们文学组在三楼，四楼是音乐组。姚忠礼和音乐组很熟，受他影响，一有空我就往四楼跑。不知道那个四楼是不是后来搭出来的，只记得三楼到四楼的楼梯是从室外走的，一架简陋的铁皮楼梯，台阶没有侧立面，是透亮悬空的，那感觉就像登云梯。最初上去我本能地紧张，右手紧握着铁扶手，脚落地很轻，生怕用力会把楼梯踩塌，可不知为什么，再轻的脚步都会发出“咚咚咚”的声响，时间长了，不害怕了，有时故意重重地往上跑，自我欣赏着“咚咚咚”的声音，这种新鲜感有增无减，这一生好像就没走过如此令人爽快的楼梯，因为老吴在上面。

音乐组有四个办公室，每个办公室一架钢琴。办公室在四楼占了三分之一的地盘，还有三分之二是个大大的露台，露台的三分之一又给了鸽子棚，剩下的三分之一空地成了音乐组放风的场所，他们在这个露台上跑步或者做操。我们和老吴也常靠在围墙上聊天。那时候不但年轻人喜欢和他交往，一些老编辑也不例外，比如诗人冰夫也是他的座上客。他给我们放滋滋啦啦质量欠佳的唱片，教我们十个指头弹琴，还从瓶瓶罐罐里掏出些酸酸甜甜的东西给我们解馋，于是我们更加长不大。我还记得姚忠礼班门弄斧地对老吴大谈和弦、音阶，老吴几近谦恭地微笑着，如同学生聆听师训。而我为他试唱小狗小猫的歌曲，也不断地得到他的赞扬，我由此信心大增，还真以为自己是一副金嗓子。

老吴对我进行了音乐启蒙教育，在这之前，我对于外国歌曲所知甚少，除了小时候学过的几首儿歌外，所熟悉的就只有样板戏了。老吴让我听到了那么多奇妙的歌曲，令我耳根洞开。他弹给我听那些歌曲，并耐心地一句句教我。八年里，我从他那里不知学了多少外国歌，如《我的太阳》《桑塔·露琪亚》《多年以前》《啊，不，约翰》《鸽子》《重归苏莲托》《老黑奴》《魔王》《苏丽珂》等。我跑四楼其实没有规律，想起来就往上走，一进他的办公室我就无心无肺地说："老吴，今天教我什么歌啊？"他从来没有不耐烦的时候，连犹豫的神态也没有。他会马上停下手头的活，坐到钢琴前，略想一想，然后弹出几句，问喜欢吗？没有我不喜欢的，那些歌都充满了魅力，深深地刻进了我的记忆。姚忠礼也曾经说过，说老吴对他很溺爱，像宠一个儿子一样，我完全相信这一点，他对小辈太好，好到有求必应，无论事大事小，常让诸如我这样的小辈忘乎所以。记得有一次，我正兴味盎然地唱着，作曲组另一成员探进头来，戏谑地说："老吴，又收了一个徒弟啊？"作为作曲组组长的老吴只是嘿嘿一笑，没有应答。我生怕老吴受人议论不再教我，结果老吴依然没有放弃这种随意的教学方式。

不知什么时候开始，作曲组的其他成员也像老吴一样，在创作了新歌后，为了听取效果叫我上去试唱，他们说我的歌喉具有童声的音质。我受宠若惊，也更加感谢老吴，每次都卖力地放声大唱。那时候，根本不懂什么发声，老吴对我也没这方面的要求。不像上海作协为了春节联欢会上的节目，特地请来音乐学院的专业老师教我们唱歌，如果时光倒退，我用学到的那一丁点发声技巧去唱动画片的歌，恐怕都找不到什么感觉了，那时候我凭的只是真切的感情。

老吴不但教我唱外国经典名曲，也教唱了不少中外儿童歌曲，其中三首我特别喜欢，它们是《难忘的童年》《我乘上小马车》《太阳照耀着金色的沙滩》，歌词朴素天真，曲调抒情，带有西洋情调，唱的时候我会忘乎所以，心情既辽阔又微醺。只是那首《我乘上小马车》我总是找不准感觉，那句欢快的“在这里找不到悲伤”的歌词，我总是唱出了相反的味道，尤其是“悲伤”两字，完完全全地体现着它们本有的情绪，怎么改也改不过来。现在想来，这关乎作曲的专业技巧问题，也许老吴的潜意识也起了作用？他出身在富商家庭，童年生活并不快乐，如同他后来家庭生活的波折，有精神障碍的病妻给他带来深深的痛苦和压力。那种挥之不去的经历所造成的心灵阴影，即便是一个再善良再内敛的人，也会无意中泄露的。

我一直以为这几首儿歌和《牧童》《母亲教我的歌》《摇篮曲》一样都是外国歌曲，直到2020年6月的一天，我在网上观看了1958年出品的木偶片《金发和银发》，才知道这部取材于西方国家荒谬故事的作曲正是老吴。我在心里惊呼一声：天哪！我怎么这样糊涂！难怪这些歌曲那样别致深情，那时候老吴为什么不告诉我这是他的作品呢？也许他觉得我喜欢就够了，没必要强调自己的成绩？

老吴对人之好是公认的。病妻钟阿姨在世时，脾性暴烈古怪，老吴是真正的逆来顺受，从不对她凶声恶气，实在憋得要崩溃了，就工作很晚才回家，或者干脆睡在厂里，厂里值夜班的人都知道，音乐组晚上的灯总是一夜一夜地亮着，他睡不着，就用来作曲。画家金柏松那时候在三楼工作，有一天做了一个梦，梦见老吴妻子年轻时的一张照片，照片有些发黄，短发的她穿着旗袍。第二天他上楼去对老吴讲，老吴笑笑，拉开抽屉，金柏松惊讶地发现最底层果然藏着一张发黄的照片，正是金柏松梦见的穿着旗袍的吴太太。对于做梦者来说，只是觉得太神奇了。至于老吴的心理状态外人只有猜测了，谁都看得出来，他已经无法与太太过下去了，连女儿小燕都对我说爸爸可怜，可他却在办公室珍藏着太太年轻时的照片，可见他是个多么珍惜过往的温良者。大家只看到他把单位当家，没看到这背后的无奈和痛苦，他夜以继日的工作态度受到一致的赞叹，先后被评为厂先进工作者、上海电影局先进工作者、上海市文教先进工作者、全国先进儿童工作者、全国侨务先进工作者等等。最初我有不恭的想法，认为这是钟阿姨无意间的促成，逼迫也会变为动力。我忽略了根本的一点，其实这是他的天性使然，他从来对己认真、对人宽容。他对孩子也好，从来不强迫他们学钢琴或外语，他只是为了帮瘦弱的女儿从三班倒调到常日班，才笨拙地去厂里说情，结果也是无用。那时我看到的只是他的放任和溺爱，却没看到他获得了儿女发自内心的爱戴和亲热。一直记得小燕曾经对我说过的生活细节，坐饭桌上他要求每个人都要吃饭，不能挑食，吃得好他会奖励他们故事，到了晚上他一定兑现，但那是鬼故事，而且老吴会把灯关了，让他们体验黑暗中的恐惧。现在小燕头发花白了，对我说起她父亲，依然是小孩子的亲昵口吻。他对我同样好，为了帮助我结束与丈夫分居两地的局面，他主动带我跑上海电影局甚至厂长特伟家，虽然最后没起作用，但他的心意让我非常感动。他对一切人好，认识的，不认识的，他都施予自己的关怀，从不索取回报。他同样善待自己，累了乏了，他会犒劳自己小点心，橄榄、糖果、饼干等，每次品尝，他都频频点头，发自内心地说，好吃，真好吃。一旦他觉得尝到了妙好的滋味，就会和家人朋友分享，我不知吃了他多少美味小点，几乎有了看见他口中就会生津的条件反射。他对这个世间如同一个天真的孩子，喜欢自制玩具送人，也能感恩地接受礼物，摔跤了爬起来再投入游戏。

终于我明白了这一点：一个真正的艺术家，不管他（她）的性格举止是怎么样的，心地一定是柔软的。无嗔恨无怨言无抱屈，如此的柔软，才是我爱戴老吴的真正原因。

庆幸老吴在晚年的时候遇到了罗允丰女士，这是人们通常的称呼，我很不习惯“女士”两字，实际上她比我岁数还小，但一见之下毫无陌生感，好像遇到了旧故知，我们相谈甚欢，每次见面都有说不完的话。她家先祖是朝廷三品武官，正宗的八旗子弟。祖孙三代有八个教书匠，她自己也有过一年的教书经历，她开玩笑地说，我家也算是“书香门第”了。我们都跟着老吴叫，称呼她毛毛。我喜欢毛毛，她五官分明、耐看，和老吴一样，也喜欢民乐、喜欢摄影。毛毛一开始跟着老吴学琴，渐渐地由师徒关系变成了恋爱关系，直至成为一家人。

我是 1985 年调到《上海文学》杂志社的。那时女儿尚小，只有三岁。丈夫还未调回上海，闲暇时间甚少。虽然我一直没时间回美影厂玩，但已得知合成器在美术片中广为妙用，直到现在人们还是对这种既传统又时尚的电子音乐赞不绝口。不久老吴也退休了，但还是回聘继续为美术片作贡献。我一直怀念那段美好的时光，隔一段时间就会去老吴家看他，我的记性不太好，但复兴西路 34 号却一直没有忘记。我明显感到，自从来了毛毛，这个家就变得干净有条理了，她把地板擦得油光发亮，使得照进来的阳光也受了影响，屋里呈现出一派橙红透亮感，不像钟阿姨在世时那样，屋里黯淡杂乱，床上地上堆满了东西，令人无处下脚，也不像钟阿姨走后，房间充满了寂寥——虽然老吴有猫陪伴。我后来才知道，老吴先后养过两只猫，可那时候我对猫没深入的接触，根本看不出它们的区别，一直以为是同一只猫。只听小燕讲过两次事故，一次猫溜出去，老吴怕它回来找不到家，竟然一夜敞开家门。终于瘦得皮包骨头的猫蹲在了十一楼某户人家门口，方向是和他们家一样的，猫误记了楼层。还有一次小燕说门外老有母猫来勾引这只公猫，它为了恋爱自由跳楼自杀了。我敢肯定，是猫扑拿小虫或睡觉翻身不小心从阳台上掉下去了。如果是现在，我肯定会竭力动员老吴把阳台封了。那时候我不懂老吴，也不懂猫，还觉得老吴对猫好过头了。他的猫是上桌吃饭上床睡觉的，他的墙上贴满了猫的照片，他给猫梳毛，和猫讲话，用手指逗猫，亲昵地叫着它的名字。从他那里我知道了猫笑的方式是眼睛一眨一眨，身体蹭人或尾巴扫人都是一种亲热。老吴手上老是有伤，小燕说是被猫抓伤咬伤的，他却为猫辩解："那是它和我玩嘛。"我走的时候，他一厢情愿地送我猫照，一叠。这是他亲手拍摄亲手冲洗亲手上色的猫照，每张照片都凝聚着他的热情和心血，就像有一年我和他一起去内蒙古采风，他认真地用彩笔给我的黑白照片涂色一样。

现在他们屋里没有猫了，房间里显出了日常的秩序和家庭气氛。我问毛毛对老吴的印象，她一口气地说道，是一个不断进取、接受新鲜事物、有创新意识、敢为人先、古道侠肠的大男孩。老吴也告诉我，他们俩是无话不谈，政、经、文、体，各抒己见，毫无禁忌。其实他们不说我们也看得出，这是一对情投意合、相处和谐的情人。但在20世纪80年代，人们对相差几十岁的婚恋现象不理解也很正常。正因为如此，毛毛一直处于隐身状态，就是怕被人误读误解。也许是为了避开世俗偏见吧，我都不记得他们是什么时候领证的了，他们太低调了，婚前婚后没有什么大的变化，连房间里的摆设都似乎没有动过。

但最初老吴的心情还是有些沉重的，他对我说，我已经到这个年纪了，随便人家怎么想，但我不想伤害到她。他交给我几张纸，说那是他的简介，他说你留着，什么时候搞创作可以参考。

我感觉老吴虽然抱了不在乎别人想法的态度，其实心里还是有些忐忑，他或许想通过我的文字为他们的感情作些辩解？但我想来想去都觉得为难，我不善处理这类题材，也怕因文字搞出什么纠纷。这一放就是多年，之后我没向老吴作任何解释，老吴也不提往事。时间具有调控力，他们顺利地越过了这个坎，在思想上完全解缚，他们很相爱、很自在，子女也理解接受并支持了，一切都没问题，已用不着任何形式来为自己作证明了。

老吴的最后几年，因为陈旧性的“腔梗”，说话能力有所减退。有一天他给我打电话，说得很慢，停顿，迟疑，很抱歉的口气：“我不知道和你讲什么好，我怕自己讲不好。”我说老吴没事，你慢慢讲。老吴说没有什么重要的事，就是毛毛鼓励我和你打电话，让我多和你聊天。毛毛的用意令我感动，于是我就和他闲扯起来，我告诉他，在我对美影厂的美好回忆里，大多数是乐音和声响，包括有一次我们在平台上时，正好鸽子从大铁笼里放出来，它们带着呼啸声从我们头顶飞过，我问他记得吗？老吴嘿嘿地笑着，笑声也有些拖沓迟缓，但说得很有意思，他说鸽子飞的声音听上去很自由。他在上海大半辈子，始终没学会上海话，他的普通话里总是掺着含混的广东腔，可是他说的意思我们全懂。我说老吴，你唱粤语歌曲很有味道哦，你不是在火车上教过我吗，可惜我忘光了，你好好休养，下回去听你唱。听到毛毛在边上插话，他自己还录了音带呢。快结束时我对老吴说，我好久没唱歌了，现在想唱一首你教我的歌，看看是不是有错。老吴很开心地说好，我听着。我毫不犹豫地唱起了《我乘上小马车》——

昨夜我进入梦乡
一辆小马车飞驰到我身旁
我乘上马车
撒开了缰
飞呀　飞呀　马车上了天堂
在这里有无限的快乐
在这里找不到悲伤
把缰绳一勒
我下了马车
跳呀　跳呀　心情多么欢畅

没想到自己记得全部的歌词，一句也没唱错。我听到老吴也在轻声地断断续续地唱着，他唱得并不完整，声音也有些嘶哑，但他很郑重其事，仿佛在尽力守护我那段快乐的时光。有意思的是我一直不知道这首歌在20世纪的中后期，一直都是上海市少年宫合唱队的保留曲目。这也是毛毛告诉我的。

老吴有先天性心脏病，年幼时他随父亲在海防生活，当地的法兰西医生下过定论，说他活不过四十岁！结果老吴在八十二岁才因心衰离世。毛毛说他以自己的生命破了那个名医的预言。

老吴带病长寿绝对是好人好报。1991 年底，他因病住进徐汇区中心医院，他在病房里和病友们一起聊病，聊得兴起，便主笔了一首歌，名为《糖尿病吟》，歌词是："一加，二加，三四加，千变万化，阴性，阳性，捉摸不定，阴盛阳衰，我的妈呀。听医生的话，掌握变化，阴阳协调，祝君健康，安度年华。啦啦啦啦，哈哈哈哈。"他偷偷溜回家，用电子琴演奏了这首歌，并用录音机录下来。然后他又提着录音机回到病房，结果一房间的病号在电子琴的伴奏下有模有样地进行了大合唱，引得其他病房的病人拥来观看，医护人员连连摇头，说没见过这样的病人。

后来老吴手抄了这首歌送我。我发现，在这张纸的背面有另一首歌《梦——为什么》，作曲还是老吴，但作词却是朱姓，这首歌与前一首的嘻嘻哈哈相反，有些忧伤。我不知道这首歌出自什么心境，没准只是受人所托帮着作曲也不一定。我能知晓的是音乐对他的不可缺，就是生病住院也不能将他阻止。

毛毛是离老吴最近的人，她看得很清楚，最后几年，老吴是活在自己的音乐世界里了。即使语言功能衰退，脸上表情也失了生动，但凡提到他的曲子，他张口就哼，一句也不会遗忘。我也亲眼见过，当老吴躺在病床上时，毛毛俯身哼唱几句，然后考他这是什么歌什么曲，前面还表情呆滞的老吴眼神马上灵活起来，脸上还露出一丝微笑。他创作过百余部曲子，从来不会混淆记错，对这个现象只能用艺术根植于灵魂来解释了。

开追悼会那天，来的人很多，老吴平静地卧在鲜花丛中。大厅里回荡着《草原赞歌》，听着"天上闪烁的星星多呀星星多……"我的内心也激荡起来。最初对老吴的爱戴就是从这一首歌开始的。全中国有多少孩子用清澈的嗓音唱过这首歌呀！现在送别老吴，还是这首歌，让我觉得有些悲伤，同时感到结识老吴是件非常圆满的事情。

老吴不在了，怕毛毛太伤心，我请她来松江散心，我大妹开车，我和妈妈陪着她在松江城兜着玩，晚上我们睡在各自的小床上，像过去一样闲聊着，我们甚至没怎么多谈老吴，好像他还在家里一样。我越发感到老吴找到毛毛是一种幸福，她没有大起大落的激烈情绪，不是我们想象中的悲痛欲绝，她放下了给老吴织到一半的毛线衣，沉着地整理老吴的遗稿，生活节奏与老吴在世时一样。但她的话却透着深深的感情，她说老吴走了，我失去了最珍贵的陪伴，没有任何事可以弥补我余生的这个空缺。

时间过得真快，转眼老吴走了十二年了。毛毛给我发了一个电子链接，题目是“来一场穿越时空的打卡”，副标题是“寻找记忆中的乐趣童年”。原来这是老吴家乡的文化馆在“侨乡博物馆”办的吴应炬动画音乐主题展。

我多么想去参观这个音乐展啊，可惜杂事缠身无法走开。我想捐一张老吴作曲、我作词、朱逢博演唱的唱片过去，却一时找不到了。但我由此记起当年，老吴带我去徐家汇衡山路上海唱片厂，在底楼我见识了那个灌制唱片的录音棚，我想象着当年聂耳、冼星海、梅兰芳等名家如何在这里录制唱片，心里充满了对老吴的感激，他让我开了眼。可是老吴没有察觉我心里的变化，他和这个人打招呼，和那个人讲话，身姿依然那样谦恭地曲几个小弯，还时不时地脸红，好像自己不是作曲家，而是一个普通的工作人员见了名家……

现在，这个旧址成为徐家汇绿地公园里的一家法式餐厅，据说每天只接待十个客人，而且需要预约。于我而言，它就是一幢陌生的和我没有任何关系的老洋房了。当我重新走进这块绿地公园，在几百米的观景天桥上，我踩出了“咚咚咚”的脚步声，像来自作曲组的那架铁皮楼梯，仿佛穿越时光隧道，我又听见了过去的乐音。那是我平生最轻快的八年，几乎每天都在歌唱，我只要一想起便进入这个闪着星星之光的时间段。在这里找不到悲伤。

（选自《上海文学》2021 年第 6 期）

自撰平生

张执浩

有人大器晚成，有人年少有为，终归都是一生，终将都会被兑换成命运。但是，倘若从文学成就的角度去理解，我们便可以瞬间忘怀命运的公正与否，因为对于每一个写作者而言，生命不到最后一刻就无法评估其价值和意义，贫顿也罢，荣贵也好，无论是颠沛流离，还是顺风顺水，都是生活，而生命则是所有这些生活的总和。在整个唐代的文人中，我们似乎很难找出比杜牧更幸运的人了，无论是从出身来讲，还是从个人才华来看，他都算得上是一个被命运格外宠爱的人。首先，他有一个很特别的祖父：杜佑，在政局动荡的晚唐，历任德宗、顺宗、宪宗三朝宰职，这可不是件容易的事情；而且杜佑还不是一般意义上的文臣，他在任上花三十多年时间编纂出了中国历史上第一部记述历代典章制度的典志体史书《通典》，这部内容恢宏的典籍共分为食货、选举、职官、礼、乐、兵、刑法、州郡、边防九典，爬梳了从远古黄帝时期至唐朝天宝末年的制度沿革，可谓蔚为大观。“第中无一物，万卷书满堂。家集二百篇，上下驰皇王。”这不是诳语，这是杜牧在《冬至日寄小侄阿宜诗》中的真实描述，其自豪自得之情溢于笔端。在这样的家境里成长起来的杜牧，无疑深受儒家思想文化的熏陶浸染，自幼就养成了学以致用、经世济国的胸襟，这使得他从一开始就将个人的才华与社会民生紧密相连，视报国立业为人生的终极价值取向，即便是置身于宫廷党争的旋涡之中，这一志念都根深蒂固，未曾动摇。《阿房宫赋》是今存杜牧最早的作品，写作此赋时他才年届二十三岁，此赋以史为镜，纵横捭阖，讽谏劝诫，融思想性与艺术性为一体，由此可以看出，关注现实、有所作为乃是杜牧最基本乃至最基础的文学态度，而这一态度后来虽然因朝局紊乱而有过短暂的游移，但最终还是贯彻了诗人的一生。

公元 803 年，杜牧出生在长安城南一座阔绰丰饶的庄园里，这座名为

“朱坡”的园子是当朝丞相杜佑闲暇时的养生怡乐之地，也是当时长安一带最好的田产。这块平川位于少陵原与神禾原之间，村舍相接，阡陌纵横，绿树成行，汉高祖刘邦曾将这条川道封为武将樊哙的食邑，“樊川”由此得名。“杜曲花光浓似酒，灞陵春色老于人。”诗人杜甫早年曾在这里生活过十年。而另一位诗人崔护也曾在此留下过千古名诗：“去年今日此门中，人面桃花相映红。人面不知何处去，桃花依旧笑春风。”童年生活的闲适美景对杜牧后来的人生影响极大，每当仕途受挫时他就会不由自主地忆起早年的朱坡生活：“下杜乡园古，泉声绕舍啼。静思长惨切，薄宦与乖暌。”这是杜牧五言排律《朱坡》里的诗句，我们从中不难读出诗人对故园的眷念之情，犹如李长吉笔下的昌谷一般，故园总能给沉浮宦海的游子以慰藉疗伤之用。杜牧在外放羁旅途中，每当看到身边熟悉的景物，就会从内心深处生发出对故园朱坡的追忆之情：“烟深苔巷唱樵儿，花落寒轻倦客归。藤岸竹洲相掩映，满池春雨鸊鹈飞。”（《朱坡绝句之二》）但凡有过完整而美满的童年生活经验的诗人，似乎都有着难以割舍的田园农耕的文学情怀，无论是王维、孟浩然，抑或是李贺，都有相似的隐逸冲动，杜牧也不例外，他自号“樊川”，而这一地理方位也是他的精神方位。杜牧十二岁那年，祖父杜佑去世，不久父亲杜从郁也病卒，杜家由此进入了困顿衰败期。“某幼孤贫……长兄以一驴游丐于旧亲，某与弟顗食野蒿藿，寒无夜烛，默念所记者凡三周岁。”这是后来杜牧在《上宰相求湖州第二启》中所述，虽说有些言辞夸张的成分，但说明他至少有过几年的生活困苦期。而事实上，杜牧当时还是从祖上继承了三十多间房屋，但因为家中没有其他的经济来源，只有靠变卖家产维持生计，日陷窘境，这倒是真的。由于杜牧的父亲官阶不够，“门荫”特权也无法传给后人，因此，杜牧唯有苦读，通过科考进入仕途。825年，杜牧写出了脍炙人口、广为流布的《阿房宫赋》，从而一举成名。三年后的春天，他如愿以偿进士及第，随后又顺利地通过了由唐文宗亲自主持的制举殿试，被授予弘文馆校书郎、试左武卫兵曹参军之职，由此开始了他体面的仕途生涯。“东都放榜未花开，三十三人走马回。秦地少年多酿酒，已将春色入关来。”（《及第后寄长安故人》）春风得意的欢快之情让年方二十六岁的杜牧不免对前途充满了信心。

据现有的史料记载，杜牧早期的从政经历与时为江西观察使的沈传师有关，沈传师是杜家的故交，兴许是出于呵护故人之后的目的，在杜牧进入职场后不久，就将他召于自己幕下，以便让年轻的杜牧有所历练，又不至于被狷狂的心性带偏。杜牧曾著有《上知己文章启》，即是干谒沈传师的，表达了他对沈传师的感激。不久，杜牧随沈传师转至宣州幕府，其时沈传师之弟沈述师（李贺临终托稿之人）也来到了这里，并纳幕中歌妓张好好为妾，几年以后张好好为沈述师所弃，流落至洛阳，以贾酒为生，杜牧在洛阳重新遇见她后，于感喟之余写下了著名的诗篇《张好好诗》，以“君为豫章姝，十三才有余”开篇，到“洒尽满襟泪，短歌聊一书”收笔，极尽伤怀之情。后人对此诗多有攻讦之论，甚至据此认定，杜牧乃轻薄恶少，热衷于猥亵淫艳之词，譬如：“龙沙看秋浪，明月游东湖。自此每相见，三日已为疏。玉质随月满，艳态逐春舒。绛唇渐轻巧，云步转虚徐……”，云云。其实，杜牧作此诗的缘起在于伤悼感念沈传师的知遇之恩。为风尘女子作诗古来有之，最有名的当属白居易的《琵琶行》，尽管杜牧曾在《唐故平卢军节度巡官陇西李府君墓志铭》中，借李戡之口这样评元、白之诗：“诗者可以歌，可以流于竹，鼓于丝，妇人小儿，皆欲讽诵，国俗薄厚，扇之于诗，如风之疾速。尝痛自元和已来有元、白诗者，纤艳不逞，非庄士雅人，多为其所破坏。流于民间，疏于屏壁，子父女母，交口教授，淫言媟语，冬寒夏热，入人肌骨，不可除去。吾无位，不得用法以治之。”认为元白之诗丧失了诗文应有的庄重、典雅和严肃性，但从根本上来看，杜牧的文学观念与白居易的“文章合为时而著，歌诗合为事而作”的主张多有相契之处。杜牧早年写过《窦列女传》，后来还作过长赋《杜秋娘诗》，都是借史、借事讽谏时弊，意在匡扶人伦世相，并非猎艳之举，倒是多见诗人的恻隐之心。“本求高绝，不务奇丽，不涉习俗，不今不古。”这是他给自己订立的为文之道，所以说，那些只看皮相的攻讦之言是站不住脚的。

公元833年，杜牧由宣州转至淮南节度使幕府任掌书记，此时的淮南节度使正是处于朝廷党争风暴眼中的牛僧孺，不久前他因处事不力遭到弹劾，辞去宰相职务来到扬州任上。此后，杜牧便与扬州结下了不解之缘。扬州地处大运河要冲，南来北往的货品都要经此周转，不仅地理位置十分独特，而且风光秀丽，秦楼楚馆、歌妓宴乐，其繁华程度在唐代仅逊于长安。杜牧生于豪门，喜好风华自是无疑的，其冶游放浪的性情在来到扬州后被彻底激活了：“娉娉袅袅十三余，豆蔻梢头二月初。春风十里扬州路，卷上珠帘总不如。”“多情却似总无情，唯觉樽前笑不成。蜡烛有心还惜别，替人垂泪到天明。”……我们不得不相信，诗人与他笔下的风物之间存在着某种神秘的相互召唤、相互成全的关系，具体到杜牧这里，“扬州”

仅仅是一个地名吗？或许还有更为宽泛的精神指向的意味。杜牧之于扬州，或扬州之于杜牧，“名”与“物”之间所构成的紧张又密实的联系，最终达到了相互照见的效果。扬州似乎成了杜牧个人文学生涯的转折点，让他迅速从一般意义上的文人群体中凸显出来，变成了特立独行、自带光芒的耀眼诗人。而事实上，杜牧此次在扬州任上滞留的时间并不长，不到两年光景就被朝廷召回了长安，担任监察御史，但就是这短暂的时光开启了一个全新的诗人世界。

杜牧结束了八年的幕吏生涯回到长安，正值著名的“甘露之变”前夕，宦官专权，权臣倾轧，唐文宗为保全皇位任用昏官李训、郑注等人，杜牧的好友李甘因反对郑注为相而遭贬，致死。为了避开乌烟瘴气的朝堂，杜牧索性称病离开了长安，来到洛阳任监察御史分司。836年，心情郁闷的诗人独登洛阳敬爱寺，写道：“暮景千山雪，春寒百尺楼。独登还独下，谁会我悠悠。”一股孤寂悲怆之气直逼陈子昂的《登幽州台歌》。杜牧在扬州牛僧孺幕中时，他的弟弟杜顗在镇江李德裕幕下任职，而此时杜顗已患有严重的眼疾。为了给弟弟治病，杜牧只好从洛阳又一次来到了扬州，找名医石生为其弟治病，巧合的是，此时来扬州接任牛僧孺的正是李德裕，杜牧被认为与牛僧孺关系密切，自然与李德裕心生嫌隙。但无论如何，扬州依然如前所述是杜牧的心仪之地，他在这里才情毕现，写出了许多名动天下的金句：“谁家唱水调，明月满扬州”“扬州尘土试回首，不惜千金借与君”“落魄江南载酒行，楚腰纤细掌中轻。十年一觉扬州梦，赢得青楼薄幸名”等等。这些飘逸美妙的诗篇，奠定了诗人在世人眼中风流倜傥、纵逸轻狂的形象，给人以追求享乐的纨绔印象，而这一形象又有违于他早年立定的人生志愿，于是乎，我们看到这一时期的杜牧在诗中不时呈现出来的复杂况味：“今日鬓丝禅榻畔，茶烟轻飏落花风。”国事家事纠缠，愁绪万端，无可排解。《唐才子传》里记录了这样一桩轶事：“牧美容姿，好歌舞，风情颇张，不能自遏。时淮南称繁盛，不减京华，且多名妓绝色，牧恣心赏，牛相收街吏报杜书记平安帖子至盈箧。”说的是牛僧孺曾担心杜牧沉湎于歌肆酒馆，误了前程，于是派人暗中盯梢他的举止，以便予以保护之事。而此番再来扬州，杜牧的心境已与前次大不相同，杜顗的眼疾不仅没有治好，而且有失明的可能。由于在扬州盘桓逾百日，杜牧按例辞去了在洛阳的职位，生计没有了着落，他也不可能在李德裕幕中谋求职位。这年秋天，应宣歙观察使崔郸的邀请，杜牧带着弟弟又来到了宣州，担任团练判官、殿中侍御史内供奉。这是杜牧第二次来宣州，距离上次来这里已有十年之久。杜牧对宣州的风物已经颇为熟悉，东吴深处，烟雨江南，历史沿革，文化习俗，大量地呈现在诗人的笔端："阅景无旦夕，凭阑有今古。留我酒一樽，前山看春雨。"（《题宣州开元寺》）就像他在诗中所描述的那样，宣州的自然和人文景观与诗人的灵性实现了奇妙的融合，雄俊与幽暗，沉重与轻逸，疏朗与密实，在这一时期的作品中得以饱满而自然地呈现："鸟去鸟来山色里，人歌人哭水声中""可惜和风夜来雨，醉中虚度打窗声"……尤其是在这首《宣州送裴坦判官往舒州时牧欲赴官归京》诗中，诗人对语言的运用和节奏的把控达到了炉火纯青的地步："君意如鸿高的的，我心悬旆正摇摇。同来不得同归去，故国逢春一寂寥。"而在另一首给裴坦的诗中，诗人则写出了更为复杂也更加不堪的人间颠沛之情："我初到此未三十，头脑钐离筋骨轻……重游鬓白事皆改，唯见东流春水平……江湖酒伴如相问，终老烟波不计程。"杜牧曾两次长住宣城，当早年的志向与现实不断发生龃龉时，一种郁郁不得志的情绪始终笼罩着他，所以我们看到的也始终是"长空碧杳杳，万古一飞鸟"（《独酌》）的诗人形象，表面上的潇洒宦游，实则心怀苦闷，"潇洒江湖十过秋，酒杯无日不迟留"，一方面是对江南风光山水诗酒留恋不已，另一方面又感叹时不我待，急欲有所作为，就是在这样一种颇为矛盾的心境之下，公元 839 年春，杜牧决定绕道将其弟杜顗托付给江州的堂兄，又一次奉诏回到长安，担任左拾遗之职。

这次回京，杜牧的仕途似乎有了回归正道的迹象。840 年出任膳部员外郎。842 年任比部员外郎，兼史馆修撰。时年四十岁，正是古时官员仕途上的成熟期。然而，就在这年春天，李德裕从扬州任上回京担任宰相，几乎与此同时，杜牧被外调任黄州刺史。虽说表面上看来，这次调任对于杜牧是官阶上的一次升迁，但黄州在当时乃偏僻州郡，"户不满二万，税钱才三万贯"，看惯了京畿和江南一带繁华的杜牧，自然对此番调任心生不满，既感觉在这里无法施展他的抱负与才华，又觉得是李德裕及同党在有意挤对他，于是，怨怼抑郁的情绪又一次如影随形。两年之后，杜牧被迁为池州刺史。又过了两年，再一次改任为睦州刺史。任职黄州、池州、睦州的七年是杜牧精神压抑的一段时期，越放越远，不见归期，让杜牧"嗜酒好睡，其癖已痼"（《上李中丞书》）。这种情绪在《上吏部高尚书状》中有过清晰的表露："……三守僻左，七换星霜，拘挛莫伸，抑郁谁诉……当道每叹，末路难循，进退维艰，愤悱无告……流落多戚，今古同尘。"诗人旷达不羁的性情与落拓消沉的现实处境在此阶段不断角力，锤击其心，其结果是让杜牧的诗风逐渐从高蹈飘逸走向了沉郁和俊朗，诗艺也日渐精湛圆熟，应该说，这一时期是诗人风格的真正成熟期。“平生五色线，愿补舜衣裳”的宏图志念，依然是诗人不肯放弃的；但在不断受挫之后，诗人也开始有了自省：“遇事知裁剪，操心识卷舒。”作为一向刚烈直言、不肯阿附权贵的诗人，这一变化其实有助于他静观内心：他究竟是应该求功名，还是应该求享乐？

杜牧在此期间写下的诗常常以历史人物自况，钩沉索古，怀古论今，最有名也最具代表性的当属《赤壁》：“折戟沉沙铁未销，自将磨洗认前朝。东风不与周郎便，铜雀春深锁二乔。”这首诗从某个侧面体现出了杜牧诗歌的特色，除了简朴之外，他尤其擅长反推事实，即，论家所说的“翻案法”，用反推历史的方式来假设历史人物的命运走向。我们知道，议论一直是杜牧的诗文强项，毕竟他是作赋的高手，他的许多诗篇都具有非常强烈而明晰的思想指向，而非像许多诗人那样倚重感觉营造诗意。“楚国大夫憔悴日，应寻此路去潇湘。”（《兰溪》）“至竟息亡缘底事？可怜金谷坠楼人。”（《题桃花夫人庙》）“三千宾客总珠履，欲使何人杀李园？”（《春申君》）……事实上，这种几近于“死中求活”的反推手法早在《阿房宫赋》里就有运用：“灭六国者六国也，非秦也。族秦者秦也，非天下也。”只不过此时此际，诗人在经历了丰富的人生遭际之后，对命运也有了更深邃的理解，运用起来也更加得心应手罢了。

《山行》也是杜牧写于这一时期的脍炙人口的名作：“远上寒山石径斜，白云生处有人家。停车坐爱枫林晚，霜叶红于二月花。”《唐人绝句精华》中称：“读此可见诗人高怀逸致。”杜牧素以“绝句”闻名于世，这种体式源起于汉魏六朝的乐府短章，多以五言或七言绝句流传世间。南朝陈时徐陵编《玉台新咏》即有“古绝”之说，主要为五言四句，只是当时形式比较自由，不受声律平仄的约束。随着声律学的成熟，到了唐代，绝句基本上就严格遵循平仄和对仗关系了，以五言四句或七言四句居多，也有七言八句的，但比较少见。所谓“绝”，强求的是一种诗境或诗意的极端性与独特性；而“句”，则是指意义上的完整性。唐代的诸多诗人都曾写下过许多优美隽永的绝句，而杜牧的“七言绝句，婉转多情，韵亦不乏，自刘梦得以后一人”（《唐诗选脉会通评林》）；“深情高调，晚唐中绝作，可以媲美盛唐名家”（《唐人万首绝句选评》）。除《山行》外，杜牧在此期间还留下了诸如《泊秦淮》《江南春绝句》《寄扬州韩绰判官》《郑瓘协律》，以及《朱坡绝句（三首）》等大量绝句，其中“商女不知亡国恨，隔江犹唱后庭花”“南朝四百八十寺，多少楼台烟雨中”“二十四桥明月夜，玉人何处教吹箫”“自说江湖不归事，阻风中酒过年年”“贾生辞赋恨流落，只向长沙住岁余”“游人闲起前朝念，折柳孤吟断杀肠”“睫在眼前长不见，道非身外更何求”……这些被后世广为传诵的神品，都是杜牧在人生低谷时期酝酿出来的汉语佳酿，越长久，越醇厚芬芳。

848 年（大中二年）夏，杜牧终于盼来了回京的机会，这次调职估计与当时的丞相周墀的帮助有关，他曾将自己所著的《孙子注》献与周墀，以博取对方对他的赏识。在一般人眼中，杜牧善诗文，但并无其他方面的显才。实际上，杜牧自幼就承继了家学，对治世经略颇为上心，“治乱兴亡之迹，财赋兵甲之事，地形之险易远近，古人之长短得失”，杜牧平日里对这些社会民生问题也多有思考和研判，《孙子注》并非纸上谈兵，空泛议论，既有历史经验的总结，又有对当时政治军事形势的考察，具有很高的价值和意义。周墀显然是看中了杜牧的才学，这才极力推荐他担任司勋员外郎和史馆修撰之职。“解印书千轴，重阳酒百缸。凉风满红树，晓月下秋江。岩壑会归去，尘埃终不降。悬缨未敢濯，严濑碧淙淙。”（《秋晚早发新定》）在经历了七年三地的州刺史生涯之后，而且是在一次次向当政者自荐之后，杜牧终于获得了回京的消息，其喜不自禁、壮志欲酬之情尽现于此诗中了。

849 年初，杜牧回到了阔别已久的长安城内，此时，他已经是名满江湖的当红诗人了。杜牧的归来很快就吸引了包括李商隐、温庭筠等在内的一干诗人。李商隐曾作诗《杜司勋》相赠：“高楼风雨感斯文，短翼差池不及群。刻意伤春复伤人，人间惟有杜司勋。”刚刚回京的那段时光杜牧还是蛮愉悦的，也想积极参政，有所作为，也写下了许多以长安生活为题材的诗文。但是，很快朝廷就接连收到了杜牧请求外任的自荐信。他先是请求出任杭州刺史，未得获批。接着，杜牧连续三次上书请求担任湖州刺史，其理由是，外任薪俸较高，他得接济尚在病中的弟弟杜顗，也想与弟早日团聚。在《上宰相求湖州第二启》中，杜牧将自己身家情状描述得令人心生恻隐：“……某早衰多病，今春耳聋积四十日，四月复落一牙。耳聋牙落，兼年如七八十人，将谢之候也。今未五十，而有七八十人将谢之候，盖人生受气，坚强脆弱，品第各异也……愿未死前，一见病弟异人术士，求其所未求，以甘其心，厚其衣食之地。某若先死，使病弟无所不足，然死而有知，不恨死早。湖州三岁，可遂此心……”渴望照顾弟弟杜顗肯定是真的，他们兄弟俩的感情一直很深，但反复请调的原因可能还与杜牧嫌自己在朝中地位低下，又再难获得提拔的机会有关，而此时朝廷奢靡风气日重也让他更感生活压力之大。《樊川外集》中有一首《叹花》诗（又作《怅诗》）：“自恨寻芳到已迟，往年曾见未开时。如今风摆花狼藉，绿叶成阴子满枝。”据《太平广记》载，这是杜牧回望早年春色时的唐突率性之作。坊间传言，当年杜牧曾在湖州冶游，遇见一位惊为“国色”的小女子，年十余岁，“且不即纳，当为后期”。诗人许以十年为期，以重金为盟，允诺“吾不十年，必守此郡”云云。这一轶事似乎可以从旁佐证杜牧为什么非要践行湖州刺史一职不可，但终究是江湖传闻，只当是丰富了诗人的性情罢了，不足为信。总之，850 年秋，朝廷应允了他前往湖州任刺史的请求，而此时，诗人已是四十八岁，老态毕现，早已不是当年那位“不惜千金借与君”的纨绔青年。

“清时有味是无能，闲爱孤云静爱僧。欲把一麾江海去，乐游原上望昭陵。”（《将赴吴兴登乐游原一绝》）这是杜牧在被获准出任湖州刺史后，前往长安近郊的乐游原后写的诗，表面上看，这首诗风轻云淡，和煦温婉，但细读之下就不难觉察出有一股怨气在字里行间暗涌，甚至盖过了起始的暮气与闲适。若是将这首诗与诗人随后写下的另外一首《登乐游原》对照起来读：“长空澹澹孤鸟没，万古销沉向此中。看取汉家何事业？五陵无树起秋风。”我们更容易读出诗人心中的抑郁不平，这不平既有对时政的不满，也有对自我颠沛人生的感喟。杜牧晚期的作品逐渐变得沉郁悲怆起来，尽管他在湖州期间也写过一些采茶、折菊的诗，但整体上来看他的心志已远不似当年那般雄健了，他所乐道的是“一杯宽幕席，五字弄珠玑”的生活，是“行乐及时时已晚，对酒当歌歌不成”的无奈，是“斯人清唱何人和，草径苔芜不可寻”的寂寥和落寞，是“无情红艳年年盛，不恨凋零却恨开”的惆怅……一生的宦海沉浮，沉重的肉身挣扎在得意与失意之间，却得非所愿，失非所愿，处于两难之中的诗人就这样与早年的宏愿渐行渐远了。“数树新开翠影齐，倚风情态被春迷。依依故国樊川恨，半掩村桥半拂溪。”（《柳绝句》）在昏花的老眼尚能看见故园的垂柳之际，杜牧又一次奉诏回到了长安，此时其弟杜顗已殁，他也算完成了作为长兄应尽的人伦之情。杜牧最后的心愿是重建樊川别墅，用他在湖州任上的俸禄完成这件他一直想做却没有闲暇做成的事情。“终南山下抛泉洞，阳羡溪中买钓船。欲与明公操履杖，愿闻休去是何年。”这是他去湖州之前与好友李褒约定的事情，现在正是时候。

852 年，杜牧迁中书舍人。就在这年冬天，年满五十的诗人突然病倒了，他自感不久于人世，便为自己写下了一篇墓志铭，题为《自撰墓志铭》。杜牧一生曾给多人撰写过墓志铭，又有为好友李戡所作的充满文学性和济世理想的《唐故平卢军节度巡官陇西李府君墓志铭》，有写给友人邢群的情深义重的《唐故歙州刺史邢君墓志铭并序》……临了，他为自己写的这篇却看上去平淡无奇，既没有跌宕传奇的人生记述，也缺乏诗人素有的文采，刻板而和缓，全然不似一位有过多舛命运的诗人。唯一有价值的是，它为后人提供了研究诗人生平的第一手资料，从生到卒，翔实又丰富，让我们有机会看见一位在外人眼中风华绝代的天才诗人，其实也有肉身的颠沛和内心的不堪。《新唐书》记载，杜牧在写完墓志铭之后，就闭门谢客，躲在家里搜罗他一生创作的诗文，一边焚烧，一边整理，只留下了十之二三，交由他的外甥裴延翰保管。杜牧死后这些诗文被整理成《樊川文集》二十卷，传之后世。

（选自《雨花》2021 年第 4 期）

漫长的告别，亦是相聚

明前茶

一

“与父母告别的功课，是人到中年最不愿深想，却又不得不面对的功课。”于辉说这话的时候，是两年前的中秋节，她的老父亲刚刚被诊断为肺癌晚期。她心里很乱，主治医生跟家属交代各种注意事项时，她只见医生的嘴在翕动，却完全没听明白医生在说什么。她内心只有一个念头在轰响：我的父亲，多才多艺永远是顶梁柱的父亲，居然要倒下了，这是多么荒诞的事情啊，命运为什么要开这种玩笑？

于家老父亲，是南通一所大专院校中文系的副教授，退休后回到乡间生活，把老宅周围的隙地全部种上花。他花了十多年时光，将老宅改造成花园中的房子。在于辉姐弟眼中，什么活计都难不倒父亲，他会好几种乐器，从锯琴到二胡，从尤克里里到吉他，从口琴到竖笛，无所不通；父亲的书法亦好，一到过年，全村的春联都归他书写；他还有一手好厨艺，于辉记得自己读博士的时候正怀着孕，端午节，父亲突然带着一个大背篓，出现在博士生宿舍，给于辉和室友们带来色香味俱全的硬菜：红烧鳝段、红烧蹄髈、十三香龙虾，还有一大包咸蛋黄肉粽。母亲说，全是父亲一手操办的，连咸鸭蛋，也是他自己腌的。

任何事父亲一学就会，从未失败过，也是神奇。退休后，他还迷上了视频拍摄和剪辑，他将自己的乡居生活，所见所闻，花开花落，都拍摄成小视频，配上音乐、配上字幕，传给远方的儿女们看。他一直是个无所不能的中年人的样子，所以，于辉虽然已经结婚生子、年届不惑，只要回到娘家，就感觉自己还是一个倍受宠爱的少女。父亲会用二八大杠自行车带着她去赶集，给她买山药蛋做的糖葫芦吃；父亲会偷偷观察卖风筝的艺人是怎样做软翅风筝的，不用纸笔，他就能把那些复杂的工序都记在心里，回家后，立刻去家中的竹园，砍竹削篾，替女儿也做一个。他的理由是，于辉读到博士，光上大学就上了十年，看书看得颈椎都出了问题，抽空放放风筝，昂首向天，对疗愈颈椎病大有好处。所以，只要回到娘家，于辉就能休养生息，从中年返回少年。父亲的健硕与能干，让她误以为这种生活是永恒的。

而今，命运突然在暗处发出裂帛之声，这让人一时难以接受。

二

依照医生的嘱咐，于辉姐弟没有把病情的严重程度向父亲和盘托出，但父亲是何等聪明之人，于辉不相信能瞒过他。化疗输液，输液袋子上都明明白白写着药品的名称，父亲难道自己不会查吗？他虽然七十多岁了，但玩起淘宝、拼多多、快手来，比年轻人还溜。表面上，父亲是豁达的，一出院，儿孙频繁探望，父亲却依旧平静地带着小拖车，与母亲出门买菜；他会写“秃头老于又回来了”“落拓轻奢风，说的就是我这睡裤打扮”之类的行草，裱起来、张挂起来，来调侃自己的变化，得意于病魔收拢爪尖的时候，自己一如既往的从容洒脱。但知父莫若女，于辉敏锐地捕捉到父亲的一点慌张。

他的自费药快吃完了，新买的药刚用加急快递发货，他为此焦虑了一天；他记不起上海华山医院肿瘤科专家的名字了，满脸是迷路小孩的惶恐；包饺子，他忘了放盐了，尽管所有人都安慰他，这样的饺子蘸醋更鲜美，他也会自责半天。他忽来的软弱与慌张，让人揪心，是的，若不是深受病情的打击，像父亲这样坚强的人，何至于看到紫薇花的颜色由浓转淡，就落下泪来？他也不至于看到女儿在朋友圈晒出往返老家的一百多张高铁票，就忐忑不安地问：“闺女，都是我拖累了你，将来，回想起这段生活，除了劳苦，你会觉得一无所得吗？”

最后这句话提醒了于辉，她意识到，要令父亲感到安心，两代人都必须像扬去稻谷中的稗子一样，用力晃动自己的所思所想，扬去那些临近告别时分的惊慌、软弱与忧郁。她必须为每周回家探望父亲的漫漫长途，寻找新的意义。

她记起自己看过的电影《遗愿清单》，一位亿万富翁老头儿与一位黑人汽车修理工同样步入了生命的倒计时，他们是怎样完成生命中的未了心愿的？这个充满感伤与吸引力的命题，如今也来到了她的生活中。

为了父亲的病，于辉的先生推掉了去北京进修的机会，弟弟关掉了他的麻辣烫店，一家人整整齐齐地围绕在父亲身边。如果仅仅是为了陪伴父亲度过最后的时光，仅仅是面对病魔的无奈与感伤，那么，家人的探望越是频密，家人的爱越是深厚与有求必应，父亲心上累积的负疚恐怕越是沉重，这令父亲难以心安，她必须想办法，让父亲感受到自我的价值，从而平静安然地接受这些为了告别的相聚。

三

于辉想出的办法，是与父亲一同重读《唐诗三百首》。她的理由是，作为理工科的博士，她如今专门与发电厂的管道材料打交道，文学方面的记忆已经磨灭得差不多了，她想补补课。补课却不花补习费，这补习老师除了父亲还能有谁？

父亲听闻自己还有这等余热可以发挥，欣然应允。他特意请人在庭院中搭了一座竹木小亭子，收了农家晒干的稻草来铺盖亭顶，在亭子里安设软凳三两只，茶几一个。天气好的时候，就与女儿在外面喝茶、品诗，讲述诗人的创作心态与遣词造句的别致之处。

父亲通晓音律，有时，他还将唐诗《春江花月夜》配上曲调，吟唱出来；从“春江潮水连海平，海上明月共潮生”的开阔，到“江天一色无纤尘，皎皎空中孤月轮”的喜悦；从“不知江月待何人，但见长江送流水”的怅惘，到“此时相望不相闻，愿逐月华流照君”的深情；从“斜月沉沉藏海雾，碣石潇湘无限路”的浩渺，到“不知乘月几人归，落月摇情满江树”的浪漫。他吟唱时，于辉在一旁悠然弹拨着她的古琴，很是和谐。一曲已毕，两人久久不言，沉浸在幽美邈远、惝恍迷离的春江月夜场景中，完全忘了尘世的种种无奈与苦痛。于辉想，这，就是文学的力量，它是心灵之补药，也是情操与志趣的源泉。父亲与自己，差点在病魔的打击下忘却了它的存在，如今，简单的诵读与畅谈，就让父女间的相处变得舒活又动人。

从一年前的初秋开始，于辉每个周末，都会回家上一堂这样的“诗词课”。这让她想起美国著名作家米奇·阿尔博姆的《相约星期二》，罹患渐冻症的大学教授莫利，将自己的生命当作活教材，与他的学生相约在每周的星期二，讲述为期十四堂的“生死课”。于辉私下里期待，父女俩的课，可以上得长一点，更长一点。上完唐诗，还有宋词；上完宋词，还有元曲。

父女俩偶尔也会有争论。于辉特别喜欢李白的肆意潇洒，敢怒敢言，觉得唯有李白的奇丽想象与纵横捭阖的笔力，才能勾勒出盛唐时期的强健精神。父亲却更偏爱沉郁顿挫、悲凉慷慨的杜甫。父亲说：喜欢李白，是因为你还年轻；等你到我这个年纪，读杜甫会更有感触。“人生不相见，动如参与商。今夕复何夕，共此灯烛光。”“十觞亦不醉，感子故意长。明日隔山岳，世事两茫茫。”人生的奇遇与告别、五味杂陈的感慨，都在其中了，写得如此深情又入木三分，真是写得好，好得让人无言以对。“昔有佳人公孙氏，一舞剑器动四方。观者如山色沮丧，天地为之久低昂。”竟然有人能用“天地为之久低昂”来形容一场剑舞在空阔天地中的回响，真是让人心折不已……对了，一谈起杜诗来，父亲忽然恢复了当年在讲台上的精神头，他踱步来去，敲打案儿，为于辉领悟的确切而激动，或者为她感受的浅近而焦急。他忘了自己还有多少时间，忘了一针自费药的价钱，忘了化疗时那翻江倒海的难受劲儿。他豁达地说，女儿，我竟然有机会重讲杜诗，我要感谢你，不知道为什么，讲起诗歌来，好像生老病死都不再那么可怕。老爸虽然没有老杜的才气，没有给你留下一首好诗，可将来，你会记起这个月夜，记得多少年前老爸是怎么跟你说到杜甫的诗，那一天你会忽然记起我来，我们就好像重逢了。

父亲终于不再为他的病如此拖累儿孙而满心歉疚了，他接受了于辉的说法：现在的人忙于生计，都聚少离多。但是老爸，你这一病，却让我们明白，人间最珍贵的是什么。既然短的是相聚，长的是分离，成年子女与父母之间，可以交心的相聚就更难得，应该对这种相聚心怀感恩。

又一个秋天到了，桂花香了，剃了光头的父亲还活着。这让于辉对命运的有情充满感念。在父亲的“吟诗亭”里，父女二人围绕一首七言古诗的漫谈还在继续。于辉意识到，亲情正是像桂花一样的物事，近嗅香味浅淡，而若你在月夜下远远行来，它却像风中的蜜糖一样丝丝流淌，它如此浓烈，给你安慰，让你意识到，生之幸福，爱之幸福，是告别也泯灭不了的。

（选自《雨花》2021 年第 6 期）

老劳模父亲纪事

安　谅

父亲的工匠心

父亲在上海，最早给人当学徒，学修鞋。他勤快、用心，很快学会了手艺，开始自己设摊接活。修鞋摊设在老南市的四牌楼，人来人往，市口不赖。父亲手艺愈来愈精到，待人又诚恳，说好何时修好，就何时修好，有时当场给人家救个急，手到病除，顾客笑颜顿开。他要价低廉，又颇重信用，名声也就传开了，小皮鞋匠的雅号也传扬开了。以至于有的老顾客多年后还在牵挂父亲，说当年脱了鞋底，其他修鞋铺不光顾，就是满大街找小皮匠，说他技术好，人也实诚，后来听说他已不干这行了，还为此感到惋惜。

父亲摆摊的对街，有一家店铺，老板夫妇观察了好多年，对这位小伙子颇有好感，最后还给他介绍了对象。这是一段不可磨灭的荫及子孙的姻缘。此处暂且不表。

父亲不再以修鞋谋生，是因为被招进了上海港。那是 20 世纪 50 年代中期，百业待兴。他干的是扛袋子的活，几百斤的袋子，干多少拿多少，一天干下来，浑身酸痛不说，连什么事都不想干了。父亲是拼命三郎，干得很辛苦，但听我母亲说，他从不叫苦，而且有机会，他还跟在别人后边学技术，读了几年夜小学，文化水平虽低，但各种技术都肯学，装卸机械、车辆，几年下来，他都玩得很转了。技不压身，要做就要把它做好。这是他告诫过我的一句话。还有一句话，也是常对我们姐弟说的，就是，不要想空头心思。其意要我们做人、做事实实在在的，不要去想着不着边际的事。这些话，是我小时候的座右铭，我想，也一定是父亲此生的警策语，他一生都在心无旁骛地实践着。

机械化，是推进上海港发展的一个重要环节。从几百、上千到万吨货轮，机械的作用不可替代。父亲在车间当抓斗组组长，一直干了好多年。他的兢兢业业，一直感召影响着我。那时家庭电话还未普及，深更半夜，我们的楼下常会有人叫唤：闵师傅，闵师傅，抓斗坏了，请帮忙抢修。不是父亲坐夜班，现场师傅也一定是没招了，不得不求助于父亲。他们也知道，父亲从来不会回绝他们。果然，他二话没说，就一骨碌起床了，为避免吵醒家人，只和母亲轻声关照一句，就出门了。不管春夏秋冬，无论雨雪风霜，即便第二天一早，他还得很早上班。因为这一点，他深得众人的赞誉。

为父亲赢得口碑的，还有一件事，就是他想国家、集体所想，精打细算，在抓斗生产和修理中，动足脑筋，小改小革，节约了大量钢材。一块钢板，当年要花费多少人民币呀，他量体取材，绞尽脑汁，常常趴在铁板上好半天，比画细量，还发明了不少裁剪方法。他是当年苦干加巧干的典范。我有时想，父亲如此一丝不苟，其形象，不也像一位艺术家，殚精竭虑，在精心创造自己最好的艺术品吗？

父亲当年是作为上海的劳模代表，出席在北京召开的“全国工业学大庆”会议的，回来时受到了敲锣打鼓的欢迎，还做了几场报告。报告通过港区的广播，连续播放了好几天。父亲的同事，几位叔叔、阿姨都说，你爸爸没什么文化，但讲得真好，讲得实在。因为讲的都是自己的话，心里的话。

媒体上也刊载了父亲的事迹，“抓斗大王”“铁裁缝”的赞誉也由此传开了。全国著名劳模，有抓斗大王之称的包起帆算是父亲的后辈了，也对父亲极为尊重，称他为师傅。多年之后，父亲仙逝。他与我聊起父亲，言及父亲的精神，他也表示十分敬佩。他说父亲在世时，我们家的鞋子修补任务都是由父亲承担的。冬天的棉鞋，也是母亲纳底，父亲成品的。夜晚，我们早早上床了，父亲还在灯下，一针一线地修补鞋子，他要让我们第二天起床，就能穿上舒适、温暖、牢固的鞋子，这样，路，才走得坚实！

爱管闲事的老劳模

父亲的爱管闲事，曾让母亲和家人一度伤透脑筋。他是那种路见不平，必然挺身而出的人，似乎从来不知道什么是风险和后怕。有时好像也管得出格了点。那时，我们几个孩子嘴上不说，心里头也在嘀咕。

那天，小区里的几位初中男孩，有的还是姐姐的同学，站在单元门洞前的过道上东拉西扯地闲聊。说起来，他们算不上小混混，但也是不求上进的小毛孩。他们谈起了抽烟，其中的一位，身材瘦弱，身坯还没长成，他从兜里掏出了一包劳动牌香烟，递给其他几位，自己放了一支在嘴上，准备点火。父亲这时正好走过，和颜悦色地对他们说：“小孩子抽烟，不好。”他视他们如同自己的孩子。那位掏烟的就不服气了，顶撞道：“抽烟关你什么事，我就要抽！”父亲板起脸了：“你这个孩子要懂点事，你这么小的年纪就抽烟，是害你自己！”那人仍然顶牛着，嘴里还咬着烟卷。父亲提高了嗓门，毫不客气地斥责了那人几句。虽然那人被他的同伴劝开了，但骂骂咧咧的，对父亲十分气恼。

类似这样的事例，并非少见。直至塘桥街上发生了群殴事件。父亲爱管闲事的名声更是众人皆知，我们一家也感到担惊受怕。

那时，浦西中学生摆渡到浦东上课。上下课高峰，通往轮渡口的老塘桥路上，人流如织。浦东当时被有的人称作“下只角”，有的浦西学生常将此挂在嘴上，浦东的学生也就心态不平了，直呼浦西学生上海“缺西”，即“傻瓜”的意思。于是各种摩擦走火之事常有发生。更有甚者，发展为寻衅滋事，群体斗殴。

这天，小区门口两拨人发生剧烈冲突，从口水战到大动干戈，围观者可谓人山人海。其中一位男生，家境贫穷，就住在我们小区路旁的一处民宅，家里兄弟好几位，他们中最小的一位，还是我小学一个年级的同学，长得又粗又黑，是个典型的小混混。当年还曾怂恿我们几位同学，从家里偷出肥皂卖掉，说赚点零花钱可以吃喝玩乐。我见此人邪气十足，便不再与他一起玩耍了。

与人大打出手的，是他的二哥，他已打得失去理智，转身奔进家里，举着一把亮晃晃的菜刀，眼睛血红，气急败坏地冲向了人群。眼看更大的血腥事件就要发生，只见一位身穿工服，身材敦实而灵活的中年男子迎了上去，一番争抢之后，夺下了他手中的菜刀。那边，有人拿着木棒，刚高高举起，这位中年男子又迅速用身子去阻挡。他就像中流砥柱，遏制着混乱不堪、冲动激荡的河水。这位中年男子就是我的父亲。

公安干警到场后，带走了好多人，当然也包括如同疯狂的公牛一样的那位同学的二哥。

这个事件过去后不久，那个粗黑的小混混就在路上拦住我，用威吓的口吻说："就是你爸爸抢了我哥哥的菜刀。要不然，他可以宰了好几个上海'缺西'。"我没理他，继续往前走，他咬牙切齿地在我身后扔下话，说他会报复的。

我没有多少胆怯，但还是心存一丝忧虑，是为了父亲。当然，后来我也愈发觉得这位同学无比愚昧、愚蠢。他不知道，正因为父亲奋勇地夺下了他哥哥的菜刀，才避免了他哥哥犯下大罪，滑向更深的深渊。他哥哥后来因这次群殴，被判了六年。从这点上说，如果他手里有人命的话，那至少得把牢底坐穿了！我父亲是冒险挽救了他。你想想，一批年幼无知又完全丧失理智的人如此群殴，父亲只身阻止，是把个人安危完全置之于度外的！他们应该感激涕零才是！或许，这些扭曲的心灵，在多年之后，才会有所悔悟、有所感喟吧！

父亲的爱管闲事，导致家人一时不得安宁。

小混混对我的恐吓，还在其次。我深埋于心，也未将此事向父亲和家人吐露。谅这个小混混也不敢对我本人造次，我是担心父亲。他们会怎么报复父亲？我该怎么来保护父亲？年幼的我，有心却乏力，一切都没想好。半夜，家人都进入梦乡，家里的玻璃窗却被人砸碎了，声音爆响，家人都被惊醒了。父亲迅速起床，就往外追去。过了一会儿，他有点沮丧地回来了。母亲责怪父亲管闲事，惹麻烦，父亲脸色镇定，说，不用怕，你们睡吧，他们不敢再怎么样。这是难熬的一夜，我幼小的心灵，在黑夜中仿佛也受到了一次重创。这个世界，不是干什么好事都会收获赞誉的。

后来，又发生过几次玻璃被石子砸破的事件，虽一直没现场抓住肇事者，但我心里明白，这一定是那两个人干的。不过是小混混的招数，是见不得人的，所以只能在黑夜里偷偷而为。

父亲爱管闲事的脾气，也并未因为这些而收敛。

有一次"爱管闲事"，是得到母亲和家人赞赏的。父亲的形象，在我心里更加高大起来。

那算是大家族的一件不小的事，七十多岁的姑婆婆去世了，父母亲带我们几个孩子去悼念。中午，姑婆婆的儿子、儿媳烧了一桌菜。席间，平素与他们就隔阂深重的几个表兄弟，竟然争吵到掀翻了桌子，差点动起手来。父亲高喝一声，目光严厉，站在中间呵斥，令双方都怯退了一步，渐渐冷静了下来。事后，大家都说，幸亏父亲那天挺身而出，要不，后果不堪设想。母亲虽为父亲捏着一把汗，但也为父亲化解了这场冲突而感到欣慰。

父亲离世快二十年了，我与母亲聊起父亲当年的爱管闲事，她又和我讲了一则往事。那时我还年幼，某一天，楼上一片打闹声。父亲和母亲都迅速上楼，看到一对夫妻正死缠烂打。父亲用力把他们两人扯开，铁塔似的往中间一站，面对他们都想把对方撕了的脸相，说，你们要再打，就打我吧！他这么一说，两人都无法动手了。两口子和好之后，对父亲也甚为感激。父亲就是这样常常奋不顾身地，去管各种闲事。

我长大后，也爱管这类闲事。20 世纪 80 年代末，在北京地铁上，我还紧盯过动刀砍人的一位男子，仅一米之距，直至在站台上，警察在我面前把他带走。当时一位同行的人就说，你难道不要命了，他身上有刀呀！我没有一丝恐惧，我想这一定是父亲的举动深刻地影响了我。

（选自《雨花》2021 年第 4 期）

生命情思

大河上下碎碎念

邵　丽

一

与许多年后看黄河、写黄河成为我职业生涯的一部分相比，第一次看见黄河简直觉得非常寒碜。那时候还不知道体面这个词儿，其实即使知道了也不晓得该怎么用——圣人说，体面是吃饱喝足之后才能得到的经验。总体上说，20 世纪 70 年代初仍是一个饥馑的年景，黄河两岸的人民大多衣衫暗淡，面容黧黑，神情惶恐。那样的姿态是挂不住体面的。

我们居住的那个小城距黄河有一百多公里。那一年我只有四五岁的年纪吧，不知道什么原因，父亲到豫北某地出差要带着我，或许那年月出一趟远差太激动了，特别是要过黄河，他希望能有人和他分享。这期望对我来说显然过于宏大，我父亲后来说，我细小而且轻省，可以坐在他的腿上，也不占地儿。我们坐的是那种老式吉普，后来父亲所说的一车熟悉的人我自然是完全记不得了。车过黄河的时候很有可能我睡着了，反正没有任何记忆。那时候我和父亲关系甚好，他中年得女，视我为掌上明珠。有父母溺爱，让我的童年生活宽绰了许多。因此在很多事情上我是大意的、松懈的，也许可以奢侈地说是颓废的，比如看一条河，哪怕是黄河。一条河流对一个幼童来说，比一枝花骨朵，一尾养在空罐头瓶子里的小鱼小蟹重要不到哪去。

我恍惚记得起，那时候路上的汽车并不是很多。但是在归途中再过黄河桥的时候却被堵在河北岸，滞留了将近三个小时。我又冷又饿，有附近村庄的妇女叫卖烧饼和茶叶蛋。我吃了两个鸡蛋和半拉烧饼。开始父亲还逗我，安慰我，后来他自己也等得有点不耐烦了，点了一支烟夹在手上，木着脸看着车窗外。所以车子重新颠簸着走上黄河桥的时候，我已经蜷在父亲的怀里对外部世界失去了兴致。在半睡半醒之间，父亲摇着我说：“快看快看，我们过黄河大桥了！”我揉揉眼，扭过头去看窗外，在昏暗的天空下，瞧见那大平原一样安静的河道中，几支瘦弱得像快要断气了的水流。偶尔有大片的水鸟掠过，也不能在水里投下影子，那河水细弱得盛不住庞大的鸟儿。现在想来，橙黄的夕阳下，水面波光粼粼。那景致该是极美，可我的记忆里全是萧索。对于一个幼童，狭长的桥梁坚硬而无趣。大桥之上尚没交通管制，车辆可以靠边停下来看风景。风很大，父亲紧紧地拉住我的手，稍有疏忽，我就有可能飞出去。其实那时候我已经跟着父亲和哥哥们认识了很多很多字，因为要看黄河，父亲提前几天教我了几句顺口溜儿：“黄河绿水三三转，碧海青山六六湾。黄河浊水三三曲，青草流沙六六湾。千山红叶千山树，万里黄河万里沙。”很多年里我只以为是父亲编的词逗我玩儿，有一天发现这顺溜溜的言语，竟有着内政外交的很多故事。我估计也有杜撰的因素，而后人如何狗尾续貂，父亲又是从哪里得来又传给我，已不可考。反正不管如何，这个样子的黄河突然迎面而来，让我猝不及防，而且与我背的这些东西又有什么关联呢？真让我有一种说不出来的失望，抑或是完全不感兴趣。甚至，它远远没有我姥姥家门口的那条河看起来更像一条河。儿时记忆里的每一条河都是水草丰沛，河水清澈见底，大鱼小虾自由自在地穿梭其间。所以，等我回去见到满脸向往的两个哥哥，只赌气似的说了一句：“黄河不好看！”反正我就是觉得，河得有河的样子，何况是被父亲大肆渲染的黄河呢！

关于黄河的记忆与父亲，是我在写这篇文章时才突然想到的。因为第二次看黄河仍然是和父亲一起去的。那年我要去郑州读大学，报到的时候父亲母亲一起跟车送我。我第一次离开家到省城念书，还是让父亲有点郑重其事。办完入学手续，父亲说，郑州新黄河桥建好了，咱们一起去看看吧！我读书的那个学校，离新黄河桥倒也不甚远，只半个小时的车程。我急于摆脱他们，而且，想起幼年的记忆，我并不想跟着他们去。母亲不由分说把我拉上了车，对于她来说，省会的一切都是新鲜的。除了幼年逃荒，她是个没到过县城以外的女人，尽管说起来她亦是很早就投身革命。也许因为心情，也许因为天气，那次站在崭新的、刚刚通车的黄河桥上，我痛痛快快地看了一次黄河。真是出乎意料，眼前的黄河虽然河水并未如期望的那么多，但她那阔大的身躯、奔涌的气势和一望无际的辽阔，还真是让我感到了震撼。我母亲动情地说：“黄河黄河，水是真黄啊！”父亲也莫名其妙地说了一句：“打破砂锅问到底，跳下黄河洗不清。”我有点替他害羞，哪和哪啊？多年之后查阅，竟然又是一副名人撰下的对联，我着实应该替自己的无知害羞。

不过父母亲之所以要说点什么，我觉得肯定跟看见黄河的满心激动有关。其实，当我再次面对黄河的时候，难道没有心潮澎湃吗？我觉得眼前的黄河，才是她至少应该具有的模样和阵仗啊！

时光荏苒，在两次看黄河中间，我度过了十几年青少年时期。很多年之后，我觉得我最应该书写的就是我的童年和少年时期。后来我也的确写了一些关于儿时记忆的文章，但每当我再读它们的时候，却感到异常地陌生。我不知道写的是谁，怎么看都不像我。我孤独而忧郁，清高而固执。我对自己历史的认知更多的是形而上的偏执，就像后来我与父亲的关系一样，几十年里都没打破那种内在的紧张，冰冷而坚硬。其实也未必真的如此，但没办法，在叛逆的内心里，我与世界横亘着一条大河。但那还不是最重要的，重要的是我的那段历史，还没开始述说就已经见底儿了。它怎么会那么短呢？无论如何它不该那么短啊！

可是，当我在讲述黄河、用百度搜索黄河时，看到这条有着一百多万年历史的母亲河的介绍，只有不足区区两万字时，才突然觉得自己的历史已经太长了！

二

有那么些年，我在豫南城市漯河生活。沙颍河的最大支流沙河自漯河穿城而过，与澧河交汇，故在此称为沙澧河。再往下走，至周口段，又与颍河交汇，改称沙颍河。有一年为了给这个城市写一部传记，我曾经沿着沙河溯流而上，在朋友们的帮助下找到了它的源头。它藏在尧山的半山腰一个凹陷的洞穴里，是个看起来只有拳头粗细的泉眼。如果不是跟前立着一块一人高的牌子，我丝毫也不会觉得这条六百多公里长的大河的源头竟出自这样一个不但谈不上体面，甚至还有点龌龊的地方。

直到很多年后我参加走黄河采风团，一路走过了黄淮平原、关中平原、跨越了壶口和河套平原、银川平原、河湟谷地……走过了九曲十八道弯，在巴颜喀拉山上看到黄河的源头也不过只有碗口般粗细，心里方才有点释然。秦丞相李斯在《谏逐客书》里说："泰山不让土壤，故能成其大；河海不择细流，故能就其深。"由此想来，古人之怀抱胸襟，竟是沿着微尘细流而装得下高山大河的。

在中国的历史和文学史上，“颍水”是一个亲昵的名字，相传许由洗耳，便是发生在颍水之滨。不过，与沙颍河比起来，黄河的历史要长得多。在史前时期，一百多万年前就诞生成长。开始的时候，她的名字只有一个字，河。这是一个婴儿的名字，也是一个母亲的名字，要有怎样的温情和热爱才能这样轻轻地喊出来？她之所以被称为中华民族的母亲河，那可是自传说中的三皇五帝到夏商周三代王朝，都是紧紧地抱着这条母亲河，把根基全部稳稳地扎进黄土里的，甚至一直到宋，中国的历史大部分是沿着黄河筚路蓝缕一路走来的。

世界上几乎所有的文明都发源于大河，也几乎所有的民族都诞生在诗歌的摇篮里。在中国第一部诗歌总集《诗经》里，有人说秦风的《蒹葭》就是写的黄河。“蒹葭苍苍，白露为霜。所谓伊人，在水一方。溯洄从之，道阻且长。溯游从之，宛在水中央。”此说颇有争议，反对者认为，这首诗只写到水，并没有写“河”。在先秦文学中，一般的河不称河，只有黄河才称河。也有一说此诗写的是甘肃天水。那么由此看来，《诗经》开篇第一首《关雎》肯定就是写的黄河：“关关雎鸠，在河之洲。窈窕淑女，君子好逑。”因为这里的河，在当时只能指黄河。

而当我读到《卫风·河广》时，真真有一种五味杂陈的感觉。也许我不能与诗人强烈的思乡盼望之情共情，但“谁谓河广？一苇杭之……谁谓河广？曾不容刀”，突然让我有一种与历史久别重逢的悲欣交集，我想起第一次跟随父亲跨越黄河，当时我眼里的黄河，岂不就是那么孱弱细小，间不容刀吗？

把黄河作为中华文明的图腾，怎么说都不为过。岂止如此呢？作为农耕文明的代表，我们先祖的历史就是一部治水史，而因为治水形成的集体主义观念，于今犹盛。黄河的清浊几乎就是国运和统治者德行的象征，人民“俟河之清，人寿几何”的绝望，到庾信《哀江南赋》时，已经变成见惯不惊的平淡：“阿胶不能止黄河之浊。”而到了唐代罗隐的诗中，则成为一个死结：“才出昆仑便不清……三千年后知谁在？何必劳君报太平！”作为一代才子，罗隐一直怀才不遇，至京师十几年应进士试，十多次不第，最终还是铩羽而归，史称“十上不第”。他把自己的满腹牢骚和悲愤灌入黄河，也是当时知识分子的惯常作为。黄河皆默默吞下，忍辱负重，以待“圣人出，黄河清”。

盛唐时期，黄河并未变清，可唐人的胸怀因为国门洞开，接受八面来风一变而阔大，因此，黄河也成为文人骚客寄托怀抱最好的载体。前有李白"黄河落天走东海，万里写入胸怀间"的豪迈，后有刘禹锡"九曲黄河万里沙"的浪漫。那种"九天阊阖开宫殿，万国衣冠拜冕旒"大唐气象，着实让后之来者始终充满了文化自信：

九曲黄河万里沙，
浪淘风簸自天涯。
如今直上银河去，
同到牵牛织女家。

三

从小我就听大人念叨，黄河是面善心恶，长江是面恶心善。对长江我无从了解，虽然去过几次，也曾经自武汉乘船沿江去过重庆，但毕竟匆匆而过，不甚了了。因为工作后迁移至郑州，饮了这许多年的黄河水，对黄河就理解得相对深了些，所谓一方水土养一方人，不仅是物质的，同时也是文化的。

后来长大了我才明白，为什么周围的老人们说起黄河来，熟悉得好像是自己的玩伴似的。黄河虽然离父亲的家乡还有一段距离，但他们与她的关系太紧密了。我父亲的老家在周口西华县，这个县的整个西部就是黄泛区。其实，黄河迫近我们家族的历史，还是晚近几十年的事，也就是从有黄泛区的时候开始，他们才真正知道黄河的善恶吧！关于那一段历史，父亲因为亲历过，常常会给我们讲起。作为一个参加革命的老同志，他的讲解只是让我们更好地理解了教科书里所写的，蒋介石消极抗日，为了逃跑方便，阻止日军的进攻，炸开了花园口，造成了近百万老百姓的死亡和一千多万人的流离失所。

2015 年，近百岁高龄的国民党高级将领郝柏村受邀到北京人民大会堂出席中国人民抗日战争暨世界反法西斯战争胜利七十周年纪念大会后，到大陆各地探访抗战遗迹。在郑州，当他谈到花园口决堤时，不假思索地面对镜头侃侃而谈："如果不是黄河决口，以水代兵，徐州到西安一路都是平原，日军的重机部队，可一路长驱南下，另一路可直打到西安！"

对这段历史，郝伯村先生是有备而来还是念兹在兹，我们不得而知。他也不是亲历者，花园口被炸时他还远在湖南零陵炮兵学校读书。不过，后来他有在郑州驻防三年多的经历，对此事也许会有所用心吧。历史未必真的能够任人打扮，但真实的历史虽未走远，甚至即使见证人还在，只是因为解读的角度不一样，还是让我们觉得有云泥之别。我们的母亲河虽然承受了如此之大的磨难和屈辱，但到最后她仍然需要担承到底是恶还是善的褒贬。说恶，她养育了中华五千年黄色文明；说善，因黄河泛滥而造成的灾祸不绝于书，据说有模有样的灾祸将近两千次。

1938 年，抗日局势紧迫，当时国民政府下令炸开郑州东北花园口黄河大堤。决堤前后，花园口已经遭受持续的暴雨浸淫，所以决堤的洪水前后袭击了四十四个县区。由于上游洪水的不断侵袭，再加之战争的蹂躏，花园口决堤处再也难以堵上，对下游造成的伤害长达十年之久。黄水肆虐，污坑遍地，蚊子多，死尸多。难民们又经常露宿在外，遂致瘟疫流行，尤其是随后发生的霍乱，致使死亡者众多。造成约 1250 万人受灾，390 万人外逃，89 万人死亡，经济损失折合银圆超过十亿元。后来我想，身处重灾区的我父亲和我叔叔，以及他们的祖辈早年投身革命，肯定跟这次黄河决口有很大的关系。

20 世纪 70 年代末，河南小说家李准先生创作《黄河东流去》就是以花园口事件为背景的。李准先生是一个高产作家，也是一个极为认真的作家。为了这部巨著的创作，他用了一年多的时间沿着黄河采访，又花了一年多时间搜集花园口决堤时河南逃荒难民的情况。本子写好，刚好赶上粉碎“四人帮”，20 世纪 80 年代初，根据这部作品改编的电影《大河奔流》在全国上映后曾经引起不小的轰动。

与电影不同，在这部作品里，李准想表达的东西更多，也更深刻，而不仅仅是花园口决堤给人民带来的苦难。据他自己坦言，他想通过这场灾难，表达中国文化以及中国人在灾难面前的态度，往更深处说，他思考的是如何从苦难里挖掘出中华民族百折不挠的文化根脉，在生死攸关的历史事件中寻找民族的精神内核，以此寻找激活中国人民蓬勃旺盛生命力的动力之源，并为当下提供精神图腾和栖息之地。从这个意义上说，这部作品又具有不可替代的时代意义和文化价值。

李准对黄河以及黄河历史文化的思考也是非常深刻的，黄河也是他写作的内在驱动力，他认为那是他的文化血脉。1997 年在北京举办的《河南新文学大系》座谈会上，李准以“揭开河南作家群产生的秘密”为题做即席发言。他曾经动情地说道：“河南过去那么穷，那么落后，但是作家却一群一群产生，为什么？我看，这同黄河大有关系。黄河，对河南害处很大，但我还要歌颂它。黄河带来了无数苦难，但给了河南人乐观与大气……是黄河给了我们热烈的性格。谢天谢地！这是第一条。热烈的情感，是创作的基本条件。”

然后他振臂一挥，激动地说：“河南还要出大作家！”

20年后，另一个出生在黄河故道的河南作家刘震云写出了《温故1942》。第一次读这部作品我就被震撼了，后来我在创作一部小说时，引用了其中的一些细节。那些细节就像深埋在地下的这段历史一样，被“自将磨洗认前朝”后，突然发出了闪闪的寒光。那光芒阴郁而持久，像一把达摩克利斯之剑，始终高悬在苦难的中华民族头上。我不得不沮丧地说，那是某种文化基因，并没有因为时间而改变。

其实发生在1942年，也就是老百姓口中民国31年的那场灾难，也与黄河有关，更与花园口被炸有关。花园口被炸后造成黄河改道，形成了一片长达400多公里的黄泛区，致使河南东部平原的万顷良田变成了沙滩河汊。泛区内河淤沟塞，水系紊乱，芦苇丛生，无法耕种，成为水旱蝗等各种灾害的发源地。其中危害最大的除了水灾就是蝗灾。1942年开始的大旱，使得黄泛区土地经过大旱炙晒后，蝗虫大量滋生，吞噬大片大片的庄稼。

当时的一个记者曾经这样痛心地写道：“那些蝗虫看着是在吃庄稼，其实，是在吃人！”

四

那一次走黄河，一口气走了二十三天，最长的一天坐了十五个小时的汽车。我们自郑州出发，行走了安阳、开封、洛阳、西安、太原、银川、兰州、西宁……在历史上的“八大古都”中，由黄河哺育的古都有西安、洛阳、郑州、开封、安阳五座。除西安外，其余四座都在河南。以黄河中下游地区为中心出现的“文景之治”“贞观之治”和“开元盛世”等，曾经长久地烛照着中国古代史，让灿烂的中华文明更加丰腴饱满。从幼年形成的执念里，有个偏见一直延续到现在，那是一种文化霸道：黄河是我们的，黄河的儿女指的就是我们。可是，我后来竟发现还有那么多诗人在说，黄河是我们的呀！是啊，这条全长五千四百多公里、流域总面积达八十万平方公里的浩荡大河，涉及九个省，六十六个地市，三百四十个县，总人口接近两个亿。

河南诗人马新朝在他著名的《幻河》中写道：

我在河源上站成黑漆漆的村庄
黑漆漆的屋顶鸡鸣狗叫　沐浴着你的圣光
鹰翅　走兽　紫色的太阳　骨镞　西风
浇铸着我的姓氏　原始的背景　峨岩的信条
黑白相间的细节
在流水的深处马蹄声碎　使一个人沉默　战栗
像交错的根须
万里的血结在时间的树杈上
结在生殖上　水面上开出神秘的灯影　颂歌不绝
暗花撩人　地平线撤退到
时间与意识的外围　护身的香草的外围
高原扭动的符号　众灵在走
十二座雪峰守口如瓶
万种音响在裸原的深处悄无声息
……

我写下这些的此刻，英年早逝的马新朝先生已经离开我们五个年头了。那样一个平凡却又不凡的、温和而又自负的、朴素而又高傲的人，现在肯定在他时间的幻河里载浮载沉。我与他同事多年，我们谈及过家乡，谈及过贫瘠岁月村庄里的一棵桃树，谈及过他百吃不厌的白面馒头可以不就菜就津津有味，为什么从不曾与他谈谈黄河呢？新朝先生是南阳人，吃丹江水成长，受的应是楚文化滋润。而他对黄河炽热的情结，是来自何处？我未来得及问起这些，他终是实现了“十二座雪峰守口如瓶”的诺言。

2004 年随作家采风团去鄂尔多斯采风，十几个人在郊外的草原上喝地产宴酒，欢声笑语间大家都微醉了。远离了灯光的天空迷人心窍，天很蓝很蓝，稠密的星星好像要坠落下来，低到伸手可及。子夜时分，有人借着酒意吵嚷着要去夜看黄河，响应者云集。越野车上了公路，却不知方向。散文家刘亮程下了车，很诡异地用鼻子嗅了嗅，指了一个方向。将信将疑地朝他手指的方向驶去，大约行了二十分钟，司机打开车窗听了听，说是到了，他听到了河的声音。哪里有河的声音？空旷寂寥的黑暗中，偶尔有一两声虫鸣。因此愕然，莫非那一晚我们都变成了神？大家打开车门纷纷跳下车去，在黑暗中向河的声音处摸去，就那样一个接一个上了河岸。黄河长什么样自然是看不清了，岸上水里一片漆黑。那时是春天，河非常安静，水流像一个默默赶路的人那样，几乎没有一点声响。风吹过河滩，发出折纸般的沙沙响，因为是春天，并不显得凄凉。几位男士扎在一堆抽烟，女士则说些零星的闲话。我一个人顺着河岸向东走去，万籁俱寂，我的脑袋仿佛被微凉的空气彻底清空，思维里只剩下苍穹和大地。举目尽是荒凉，可那荒凉来得多么好，来得正是时候。我变成了一个完全自我的人，这天地都是我的，我与世界的种种关联清晰而冷冽。一时间我坚定而沉着，不再惧怕旷野和黑暗，若就这么一直走下去，我会走到一个叫郑州的中原都市，那里有我的家。一股暖流涌上心头，突然而至的眼泪纷纷跌落，就像那滚滚东去的大河之水，我对着深夜里大象无形的黄河啊啊啊地哭出声来，那是我几十载最彻底的一次宣泄，我的爱、我的恨、我的欢乐、我的悲切……那一瞬间，我与生命里的世事全部和解了。不管过去经历了多少，欢乐和悲苦，光荣和耻辱，在这个夜晚，在阔大的黄河之滨，一切都显得如此可笑和微不足道，尽管它可能成为我越热闹越孤独的灵魂的识别标记，但是，我不在乎了，真的不在乎了！

2004年春天的那个夜晚，就在黄河岸边的那个夜晚，我突然开了天眼，即使我做不了我自己，我也已经看到了我该做怎样的自己。我宽容一切，包括苦难和恶毒。总之是，时间不是一切，但是时间决定一切。到了最后，在上帝的流水账上，时间终会把痛苦兑换成快乐。其实，幸福也好，痛苦也罢，都是我们这个庞大的人生布局的一部分，我们并不是被命运算计了，所有我们经历的一切，都是我们的人生配额，我们必须毫无理由地接受并完成它，就像这条宠辱不惊、忍辱负重的大河一样。不管过去生活曾经怎样逼仄和残酷，当你挣脱它之后，再回首用遥远的语气讨论它时，即使你痛心疾首，其实都不像是在谴责，而更像是赞美。

在远离家乡的地方，在他乡的黄河岸上，在几千年无休无止、一脉相承的水流里，我仿佛得到遥远的启示。

1997年6月1日，距香港回归前一个月，台湾特技演员柯受良成功驾车飞越壶口瀑布，一时间整个中国都沸腾了，可谓举世瞩目。而早在五年前，柯受良已成功飞越了金山岭长城烽火台，飞越黄河是他生命的又一个宏大目标。许多知道内情的人都明白，壶口亦是虎口，面对汹涌险恶的水流和犬牙交错的岩石，稍有闪失便是粉身碎骨。柯受良从容淡定地面对数十亿关注者，他微笑着，执意将生命泼洒出去。心意已决，不飞黄河心不死，这是他人生的再一次跨越，更是对自己生命的一次超越。超越自己，是人类最原始的愿望，我们大多数人成就不了传奇，但我们可以成就自身。我家先生喜好摄影，常常挎个偌大的相机周游列国，拍到一张自己满意的照片禁不住欣喜若狂。我有时讥讽他，网上随意一点，美景美图数不胜数，何劳你这般辛苦？他也回讽道，世上的好文章浩若烟海，读半辈子书，名著都未曾读完，你又何苦劳心劳力爬格子写作？我顿时无言，的确是这个道理，似乎再怎么写也写不过诸多前辈，更写不出一部世界名著。但我又为什么不自此放弃呢？我的努力或许真的微不足道，可我来过，我做过，我感受过，这才是真正的人生啊！

当年我站在陕西宜川壶口瀑布前思绪万千。黄河至此才一展雄姿，那闪跃腾挪的姿态令人百感交集。石壁鬼斧神工，瀑布惊心动魄，其奔腾雀跃的气势让人热泪盈眶，中华民族不屈不挠的民族精神的根脉在这里得到最好最畅快的诠释。

2016年中国作家重走长征路，我们从四川成都出发，前往甘肃会宁。行至四川北部阿坝州若尔盖县唐克乡与甘肃省甘南州交界之处。初见黄河九曲十八弯，大家都被那巨月般的弯绕惊呆了。浩渺的水面并无浪花翻涌，平坦而宽阔的河水静静地流动。此时此地，她还是一个青春明媚的母亲，张着丰盈的怀抱拥抱世界和万物。她的广阔和华美的气派，她的温柔安静，使你无法大声呼吸，你只想扑进她温软的怀抱，与她无尽地亲热和缠绵。这是谁的黄河？是我的黄河吗？你又怎会想到，黄河从这里的第一弯开始，怎么突然就有了磅礴的气势？怎么形成了惊天动地的壶口瀑布？怎么就变得黄沙翻涌浊浪滔天？

我们无从了解黄河的性情，即使她不会瞬息万变，但也是率性而为。她一路奔走，一路歌吟，一万个故事，一万种想象，一万种可能。

前日观看河南剧作家陈涌泉先生的新剧《义薄云天》，该剧选取了关羽一生中的重大典型事件，紧扣“义”字，突出“情”字，热情讴歌了关羽“玉可碎不改其白，竹可焚不毁其节”的高贵品质。关羽大意失了荆州，在麦城弹尽粮绝被孙权俘获。孙权劝其归顺，关羽断然回绝：“要让我降，除非黄河倒流！”虽然故事并未发生在黄河岸边，但关公心里装的依然是黄河。他生于山西运城，葬于河南洛阳关林，生死不离黄河南北岸。生命中浸润着黄河文化的滋养，他的气节自然犹如黄河一样不屈不挠。

五

黄河不仅仅是黄河，更是一条怀抱历史的大河，也是一条孕育文明和文学的大河。

记得莫言曾经说过，文学使他胆大。他说初学写作时，为了寻找灵感，曾经多次深夜出门，沿着河堤，迎着月光，一直往前走。河水银光闪闪，万籁俱寂，让他突然感到占了很大的便宜。那时候他才知道一个文学家应该是一个不同寻常的人，许多文学家都曾经干过常人不敢干或者不愿意干的事。那么，他感到占了便宜，是因为一条大河吗？

我想是的，当你懂得了一条大河，你就懂得了世事和人生。河是哲学，也是宗教。

即使我们没有见过黄河，没有吟唱过黄河，但几乎每一个人都能够从灵魂上感觉到她。是的，不管如何，黄河就存在那儿，不管是平静或者喧嚣，她都是一个巨大到超越河流本身的存在。不管发生什么事情，即使天倾西北，地陷东南，都不能改变这个巨大的存在。在有文字记载的历史里，黄河大的改道就有 26 次，但数千年来她依然奔腾不息。她所经见的历史，不管曾经如何辉煌，于她而言，只是一朵小小的浪花而已。浪花淘尽英雄。而我们个人，在历史的黄河中不过是漂流的沙粒。但即便如此，如果我们想通过平常人不敢于或者不愿意干的事而成为一个不同寻常的人，岂是顺流而下所能为？

1988 年，中央电视台的春晚推出《龙的传人》。之所以人们都喜欢这个歌曲，还是歌曲中“遥远的东方有一条河/它的名字就叫黄河/古老的东方有一条龙/它的名字就叫中国/古老的东方有一群人/他们全都是龙的传人”拨动了我们心中隐秘的那根弦——龙代表黄色文明，龙形象的源头就是黄河，我们都是龙的传人，也是黄河的传人。

黄河是中国历史永不谢幕的舞台，其流域有着数不清的折戟沉沙。从炎黄时代开始这里就硝烟弥漫，二十四史在此轮番上演，英雄圣贤层出不穷。自先秦至北宋，共有 41 个朝代建都于黄河流域。有人说，黄河构成北方人的血统。其实此说甚谬，所谓的南方人，绝大部分不都是北方人南迁？所以林语堂认为，中国的历史不过是北方人的征服史：“所有伟大王朝的创业者都来自一个相当狭窄的地区，即陇海铁路周围，包括河南东部、河北南部、山东西部，以及安徽北部。如果我们以陇海铁路的某一个点为中心画一个方圆若干里的圆圈，并不是没有可能，圈内就是那些帝王的出生地。”

英雄创造历史的时代已经沉沉远去，“渐行渐远渐无书，水阔鱼沉何处问”。而黄河两岸人民的生活还在继续，与那些英雄圣贤比起来，他们的生活虽然说不上波澜壮阔，但也依然活色生香。这，也算是我写黄河故事的缘起吧！

（选自《十月》2021 年第 3 期）

田野上的石兽

陈应松

应该是1980年的秋天，我们的船进入大运河。我们运送的是一船三角蚌，是丹阳人在我家乡——湖北荆州湖区购买的，用来养育珍珠。夜泊丹阳，远处的田野上，一轮明月挂在黛青色的天空，大运河像一条晶亮的巨蟒在月光下悄然游动。完全没有想到，在这片月光下，静静地踞蹲着无数庞大的石兽，它们从南朝的齐梁时代一直蹲在那儿，已有一千五百年。蹲得面目风化，瘸腿折羽，但依然以充沛的激情挟风携雷，阔步欲行，视时间如无物。满天的星月，永远是它们身影的衬景……

天气渐寒，重返大运河，这条人工河流依然在江南的大地上蜿蜒流淌。两岸的初冬，黛瓦白墙，芳树绿草，清云逶迤，宁静如玉。在丹阳萧梁河边，当地朋友告诉我们，当年的石兽原料，就是通过秦淮河，再通过大运河（破岗渎）进入萧梁河，然后抵达陵口。陵口，就在这里葬下了齐梁两朝的十一位皇帝，也遗下了巨大的镇墓兽和高大的石柱、石碑。

这些石头，是一种坚硬如铁的青石，从江宁的青龙山开采，数十吨的整石，经古运河运至陵前后，由南朝的工匠们现场制作。皇帝的棺木，同样是从皇都建康，由古运河乘船，由萧梁河至皇陵。有记载当时棺木进入萧梁河时，新开的河床上不放水，上面铺满瓦，瓦上铺起厚厚的黄豆以减少摩擦力，由工人将棺木牵引至陵墓。但棺椁与巨石比，一定没有什么运输难题。

在田野上，在陵墓前，在风霜雨雪中雕凿神兽的工匠们，真正是在餐风露宿。这样的雕凿，放在今天，也依然是大师之作。工匠们粗糙的手，只属于那个伟大的齐梁时代。这双手不会轻易去雕刻一匹麒麟或者天禄或者辟邪，他们代表着那个时代《昭明文选》《文心雕龙》和《诗品》的高度与深度，代表着与盛唐和北宋比肩的文学艺术成就。一只搁弃在荒野上的石兽，就是一部石刻的《文心雕龙》或《诗品》。齐梁朝，这江南大地上诞生的政权，真是一场艺术的盛事。这些神兽，因一些人的隆重死去而在田野上盛装出现。但是主人已经驾鹤西去，化为微尘，却把他们带来的神兽留在了这儿，让它们在这片田野上怒吼千年，腾跃万载。

江苏丹阳是一个神奇之地，名人众多，历史遗迹繁茂，王陵随处可见。号称“北有十三陵，南有十二陵”，地下的文物尚在沉睡，但陵前的石兽却十分张扬地威武了一千多年。以庞大的体积和令人震撼的雕工，上承东晋，下启隋朝，将南北朝石雕艺术的旷世杰作，毫无保留地奉献在这块土地上。

对于那些走近它们的人来讲，这些石兽以先声夺人的气势首先让你屏息，尔后，你再来探究为何它有如此高超的技艺，为何有如此庞大的体量，为何要用想象中的、独特的神兽来镇墓护灵。这样大的神兽，它远离我们世俗卑微的生活，在如今想象力萎缩的时代，人们对神灵麻木不敬。这些仿佛从土里钻出的远古神兽，曾是我们民族遭遇到的另一种精神生活，一种因敬畏而创造的奇迹和想象。

南朝的陵墓雕塑在中国的艺术史乃至世界艺术史上，都是黄钟大吕，撼人心魄，它以中原北方的雄浑为魂，却全力饰以江南文人的匠心，俊逸、潇洒、细腻、华丽、灵动，堪称世界雕塑史上的传奇。

即使它们在荒凉的旷野上，即使它们是石头，即使它们张着巨口，尖齿峥嵘，神色凝重，但也并不狰狞恐怖，却显出一股志得意满、俏丽轻灵的亲切，触动了我们心底对神灵亲近的某根琴弦。它们腹侧上的双翼，与其说是要飞翔，不如说是它身体上的一件配饰，或如天使背上的翅翼，纯粹是可爱俏皮的象征。

石兽的配置和安放也是有等级的，如帝陵前的石兽，头顶有独角或双角，长须垂胸，四肢前后交错，如巨兽踏行，足音轰响，大地震动，王者之气，直冲霄汉。兽体雕饰繁缛、精细，体态健硕，线条酣畅，英姿飒爽。王侯墓前的石兽则头顶无角，鬃毛下披，长舌多外垂胸际，微卷舌尖，造型同样威猛。

这些神兽无法收敛它们神秘的冲动和激情，在时间粗暴的蹂躏和鞭打下，它们铁骨铮铮，化为历史的质地。它们以不可征服的意志和力量，睥睨这世上的一切。知道在它们的周围，会一次次成为荒野，一岁岁杂草蔓生，一场场狂风暴雨、坚冰酷雪，但你就是不能够摧毁它。

在陵口，有齐梁四陵——齐明帝萧鸾的兴安陵，梁开国皇帝梁武帝萧衍之父萧顺之的建陵，萧衍的修陵，梁简文帝萧纲的庄陵。这片齐梁皇家的家族墓地，如今菜畦青碧、芦苇摇曳，满头飞白的芦花，是又一年结束的标志，每当它们出现，时间的纪年又往前行进了一格。

我们来到梁文帝萧顺之的建陵，它位于齐明帝萧鸾兴安陵与梁武帝萧衍的修陵之间。这位所谓文帝，并没有做过皇帝，不过是齐开国皇帝齐高帝萧道成的族弟，梁武帝萧衍之父。子贵父荣，被皇儿追尊为文皇帝，庙号太祖，陵则名建陵。一边是杂树林，一边是芦苇丛。河里水草荡漾，游鱼怡然。我们在冬日的阳光下远远看到了一尊巨兽，它叫麒麟，正豪迈扬腿，大步往前跨奔。这个傲视群雄的神兽，春风得意，双翅上挑，紧贴身侧，批毛卷曲如花瓣。烟蹄爽劲，嘶风啸月，仿佛陵墓的主人重又拽住了它的缰绳，骑上这巨硕的神兽，驰骋天地，巡游九天……这匹石雕的神兽，就是墓主放牧在时间长河岸边的灵兽，它俯瞰湍流飞漩，任由朝代更迭，兴亡轮回，锐长的吼声从未改变，踢踏的巨响没入云涛，炽热的血脉被工匠最后的一凿注满，它永不会死去。它拥有齐梁统治者对自己文化、艺术、生命的诠释权，是那个时代用征战，用笔，用杀戮，用千万工匠的凿刀挣扎出来的沉重身影，是枭雄般的灵与肉、动与静、死与生……虽然这尊麒麟的独角已经失去，上颚已经残缺，四肢也不知所踪，就算没有修复，只有一张嘴，一条腿，你也能感受到强劲的齐梁王朝，山一样向你冲撞而来。石头的野莽，如铁血灼人，铜骨敲心……

我渴望抚摸它，感受久远之前留下的温热。冰凉、粗糙，在风化中一些部位变得凹凸不平。可是，一千五百年的风霜，它却被冲洗得干干净净，雕琢的花纹、线条依旧那么清晰、尖锐，就像是刚刚凿完，似乎还有未清扫的粉尘，依稀能闻到自工匠额头滴下的汗滴的味道。对于这种巨大的神兽，它的身体根本不屑于无聊的包浆，它完全能承受和抗衡时间的凌迟与风化，剥光所有的粉饰，一身骨头，坚硬，冷峻，执拗，狂野。蹄削日月，奔风千里，傲首扬鬃，一骑绝尘的石兽，虽是画翅，却如飞翼，哪有一丝守墓者的浊邪、困蹇与哀伤？

齐与梁，几十年如此短暂的朝代也是朝代，同样刀光剑影，英雄际会，诗酒风流，壮怀激烈。站在这里，在丹阳的旷野上，手抚石兽，你会觉得离那个有四百八十寺的南朝这么近。它的千里莺啼，姹紫嫣红，它的临水村庄，依山城郭，它在江南丽日里处处掀起酒旗的熏风，它的亭台楼阁、寺庙佛坛，在朦胧的烟雨中时隐时现……

作为齐梁众帝的家乡，他们最后的归宿自然是这块土地，这就叫故土难离，叶落归根。“鸟飞反故乡兮，狐死必首丘。”固然南朝的齐梁皇帝，死时大都很惨，被砍头的，夭折的，饿毙的，闷死的，溺亡的……这些生前才华过人、卓尔不群的帝王，死后大多归葬家乡。国都建康（南京）对他们来说并非是永久眷念与安息之地，纵然丹阳没有虎踞龙盘的气象，但齐梁的皇帝终归都是大文人，心中有乡愁，死后入故土。

其实这种被当地人称为石马的麒麟，并非如今我们常见的形象，但在南朝，它就是这个样子，是传说中的一种神兽，祥瑞之物，镇墓守宅。而天禄又称“天鹿”，也称“挑拨”“符拨”，它能祓除不祥，永绥百禄，故为天禄。有专家说，辟邪与天禄是同一种，也叫貔貅、百解。龙头、马身、麟脚、狮形。南京的市徽上就有它的身影。在进入南京的路口，我每次见到它雄壮灵巧的身影，都会有一种激动，它像一只突然蹿进城市的豹子，有莽撞之态，令人喜欢。司机对我说，它们都叫貔貅。对于这些被称为天禄、麒麟、辟邪的巨神，一般人还无法一下子将之分辨区别，这些神兽的造型，陡然的相遇，会摧毁并征服我们的心灵，唤起我们心中蛰伏的英武之气，啸傲之慨。它们气吞山河的形象，无论是在闲花野草中，还是在荒冢夕阳里，都是巨石之神，它们徜徉逡巡，豪气干云。它们的铁齿，它们的呼吸，依然来自劲风横吹的南朝，青面铁蹄，咆哮生威。如今只是暂时收敛起了它们的狂暴，在荒凉的夜晚如困兽沉睡，或者在大荒之中，星月之下固执地寻找和呼唤着它们的主人……

那个伟大的放牧者，他因何事遗落了这一匹匹走散的巨兽？他又去了何方？……

我们从梁文帝萧顺之建陵向左，沿着乡间的小路，穿过小河，即是齐明帝萧鸾兴安陵。他的陵前是一只保存相对完好的麒麟，这只更加壮美和傲骄的神兽，让我情不自禁地扑向它，有一种接近神灵的渴望和冲动。粗壮的尾巴，飘拂的长须，仙翼由四只小翼组成，与飞扬的胸毛浑然一体，它的头颅更加高昂，身材更加修长，体态更加壮实，不可一世，就是一只追风胁月、萧萧独行的异兽，有一种隐隐的阴森和神秘之气。

虽然我拒绝将神兽与所守陵墓的主人联系起来，但这尊石兽却不禁让我想起有被害妄想症的齐明帝萧鸾。这位皇帝年幼失怙，全仗高帝萧道成抚养。因萧道成长子文惠太子早夭，武帝死后，文惠太子之子萧昭业继承皇位，此萧鸾竟然连杀萧道成二少子，自立为帝。尔后害怕报复，将太祖、世祖、世宗的诸子诛杀干净，典型的恩将仇报，以屠戮亲人为快，到了恶魔之境。莫非工匠们心中有隐隐的悲愤和不平，要将这尊石兽化作萧鸾之影，钉在历史的耻辱柱上？这也许是我的臆想吧，石兽就是石兽。但历史是有记忆的，也是有痕迹的，它深深刻在某处，让我们品咂。

好在，这只石兽只是在河边的岸上，面对着一些菜地和杂树，身上有些许的树影，阳光明媚。它的残暴的牙齿被人敲掉了，空空的大嘴像是被堵住，再无力嘶叫，历史将它定格在伟大而凶险的南朝，阻止它迈向新世纪。它石化在自己的记忆里，遥远的、庞大的、沉重的、激烈的和变态的身躯，以及往事，都在这里归零，成为一尊雕塑。

我们回返，沿着苗圃中的一条小道，去往梁武帝萧衍的修陵。萧衍为萧顺之之子，这位出类拔萃、节俭勤政的皇帝，八十六岁时竟饿死在寺庙中。他陵前的这只麒麟威武、粗壮、修长，尾巴粗大有力，它没有傲视阔步之感，却似乎是在驻足观望。它没有欲飞云天之意，仿佛只是人间的一只孤兽，被临时放养在这片田野之上。它的双翼，也只是一种装饰图案。它的造型在我看来，颇显沧桑，张嘴如老夫呢喃，内心仿佛怀有忧患。这只异样的石兽，没有神灵之气，完全是写实的、简朴的，但有着巨兽的威仪。从后面看，它像一只浑圆的豹子，有能力向前一扑，咬住猎物。

梁简文帝萧纲的庄陵在萧衍修陵旁二百米处，萧纲是被降将侯景派人用土袋闷死的。他的陵前只剩半只石兽，一个头，一张嘴，仿佛在地底下钻出头来喘息呼喊。这是一个悲惨的故事——残兽和它的主人。这半只兽，已经被不明的魔手给掐断了，时间是残暴的。萧纲是梁武帝萧衍的第二个儿子，长兄萧统即是著名的《文选》编者昭明太子。自古有“文选烂，秀才半”之说，这本《文选》中的文字，将比这些石兽更加不朽。萧纲和其兄一样，也是文学大家，是著名的“宫体诗”代表人物，在文学史上占有重要地位。他们父子一个个才高八斗，不输“三曹”。

除了丹阳田野上的这些石兽，还有许多分散在江南各地的石兽，如在南京栖霞萧秀墓前的，在萧景墓前的，在梁始兴忠武帝萧谵墓前的，在梁临川靖惠王萧宏墓前的众多辟邪与麒麟，还有在江宁、句容等地的齐梁众多石兽。齐开国皇帝萧道成泰安陵前的石兽，本已残缺不全，后又被炸毁，令人扼腕叹息。在丹阳博物馆里，还保存有疑似泰安陵的石刻残件，等于是灰飞烟灭、魂魄失散了。为什么要炸毁这些石兽？石头也有无缘无故成为齑粉的一天。

听当地专家说，丹阳的石兽中，齐武帝萧赜景安陵的麒麟最为独特，我在画册中见过此兽，虽然残缺，但残存的麒麟，体型修长优美，如神兽中之窈窕俊秀者，昂着夸张的长颈，像是听到什么响动，在张望聆听，这只神兽真是能够飞腾的神鸟，它的神翼只要张开，定能嗥叫云天，心临万仞。另一只完整的天禄，也是身材修长，腰肢呈流线型，一眼望去，身体充满了弹性与韧性，正处于青春勃发之时。它周身的装饰繁复华贵，其雕刻技法也丰富炫目，圆雕、浮雕和线雕交替出现，是南朝石兽雕刻的巅峰之作。

世界上现存规模最大的丹阳古石雕群，堪称宏伟的艺术。它们大多残缺在时间的刀斧里，在时间惯有的反噬中难逃一劫。当石头赋予它神性时，魔性也同时并存，由敬畏而生的恐惧和疯狂，可能是其被腰斩和破碎的原因，加上大地坍陷，陵谷沧桑，万物的命运只能是消隐和失踪。

我在云南陆良看过大爨碑，其碑沿残缺不全，如狗啃过一般。一问，才知当年弃在野外时，因传敲下一块碑片煮水喝能治病，故被人慢慢敲碎。丹阳神兽，我也在那里听到一些传说。说靠近陵墓石刻的四个小村，长期以来人丁不旺，有人抱怨是这些墓前石兽成精害人所致。说它们的样子昂首阔步，欲飞不飞，踯躅可怖，心怀鬼胎。到了晚上，等百姓关门，它们就蹿进村庄害人，许多女子被它们所惑所害，面黄肌瘦，不能生育。于是人丁少的人家，迁怒于石兽，用铁锤敲砸它们，有的石兽被敲得面目全非，村民们认为，以此吓唬住妖怪石兽，家中女人才能怀胎……有多少代的铁锤抡向了这些无辜的石兽？再坚硬的石头也经不住千年的敲打砸击。直到中华人民共和国成立后，查出这里的人多患有血吸虫病，得病者肚腹鼓胀早逝，当然人丁不会兴旺。明白了科学道理，损毁的石兽也不可能“破镜重圆”，哪怕成了国宝。所幸，它们至今大多还完好如初地屹立在丹阳的田野上，像神话一样坚实地存在着，成为伟大的艺术群落，带着南朝的热血，昂首嘶鸣，威风凛凛。

（选自《雨花》2021 年第 2 期）

秋光里，河岸上

——文学与道的随想

何士光

秋天的阳光，宽阔、明亮，又淡淡地忧伤，这句话是高尔基用来说契诃夫的。秋天又来临了，记得早些年，我从这南明河边走过的时候，在无边的秋光里，曾经看见一个上了年纪的男人，带着一把雨伞，独自地坐在河边的长椅上。我不知道他在看着些什么、想着些什么，那情景却有些牵动了我。那时候我想，往后我也会有这样的午后吧，自己也就可以有一个休歇处，在这空椅上坐一会儿。如今这秋天的阳光也依旧宽阔而明亮，并且有着如水的忧伤，让人一坐下来，就想起契诃夫他们来了。

这里的“如水的忧伤”，是我后来私自改动的。秋光不像春光那样如烟似雾，也不像夏天那样如火如荼，它固然也宽阔而明亮，却又澄清而安详，其中那一点点悄然的、如风似水的凉意，就仿佛是一种忧伤了。契诃夫对这人间的映照和叙述，也就像这眼前的秋光一样。而高尔基在他早年的那些短篇里，似乎就要更冷峻一些了。

已经有许多年没有去读他们了，不知道我想起来的会不会有错落，这时候也无心和不用去追究了。我们其实是不会忘记什么，也不会记得什么的，它们不生不灭，像鱼儿一样留在心海里，或许久久地没有消息，却倏然地又浮上心头来了。于是我想起来，那些年我得到的一本契诃夫，没有封面，也没有封底，还是用一叠废旧的练习本从一位卖食盐的大婶手里换来的。那时候人们在焚烧书籍，能够得到一本残缺的契诃夫，你都可以把它看作是一种天意。而那时候我住在一处偏远的乡村里，冬夜里大雪满山，夏夜里虫声如雨，如果不是和这些灵魂在一起，这人的心就难免是要沉落下去的。

不知道为什么，我想起契诃夫的时候，不是他的《海鸥》《樱桃园》《三姐妹》和《万尼亚舅舅》，虽然我一直感到，剧作里的契诃夫，会比小说里的契诃夫更契诃夫，但我想起来的却是他的《罪犯》。这时候我又仿佛看见那个一头乱发的庄稼汉，光着脚，穿着一件麻布衬衫，站在检察官的绿呢子的桌子面前。为了几颗从铁轨上拧下来的螺丝帽，检察官正在审问他。

检察官是用检察官的语气问话，大致是说，某月某日，庄稼汉在某里程碑处拧下了一颗铁轨上的螺丝帽，当场被某巡道员人赃并获了，问他是不是这样。庄稼汉听不懂检察官的话，眏着眼睛说：啥？检察官简化地把事情又说了一遍，庄稼汉才回答说：对的，是这样的。这就好，检察官便继续问：你干吗要拧它呢？庄稼汉又不明白了，还是说：啥？检察官不准庄稼汉再说“啥”，要他回答问话，干吗要拧螺丝帽。庄稼汉这才回答说：俺们有用嘛，要是没有用，俺们就不会把它拧下来。检察官问他：“俺们”是谁？庄稼汉说：俺们是谁？俺们克里莫渥的庄稼汉呗。仿佛是说，你连这也不知道？检察官接着问：那你们拧螺丝帽来干什么？庄稼汉说：是用来做坠子。检察官觉得庄稼汉是在撒谎，便呵斥他：听着，不要撒谎，要说正经的，不要说什么坠子。检察官这样说庄稼汉就不认可了，他反驳说：俺们一辈子也没有撒过谎，这事撒啥谎？钓鱼不用坠子，那行吗，老爷？他讥笑检察官：钓鱼没有坠子，鱼饵浮在水面上，还有什么鸟用？鲫鱼啦、柳叶鱼啦，都不会来吃。或许只有梭鱼才会来吃，但俺们的河里没有梭鱼，那种鱼喜欢大河。检察官嘲弄他说：你再给我说说鲇鱼吧。然后问他：你干吗给我说这些？庄稼汉“咦”了一声：是你问我的嘛。在俺们那儿，就连贵人们，也要有坠子才去钓鱼。当然了，笨蛋也是有的，他们没有坠子也去钓鱼，对笨蛋就没有什么话好说了。检察官有些恼火了：你可以去找一块铅块，或者钉子什么的来做坠子，为啥要拧螺丝帽？庄稼汉又讥笑检察官了：老爷，在路上是捡不到铅块的，那得花钱买；钉子呢，那不中用。比螺丝帽更好的东西，是再也找不着了，它又沉，又有一个窟窿眼儿。检察官说：好，我懂了。庄稼汉也赞同地说：对嘛，这就是你们这些人要受教育的原因嘛，就为懂事嘛。老爷你什么都懂，可是那看守人，跟俺们一样是乡巴佬，啥也不懂。他还打了我两个嘴巴，老爷，这事也要记下来。检察官喝道：难道你不明白，拧掉了螺丝帽，铁轨是要松动的？庄稼汉有把握地说：这个，俺们明白，俺们拧螺丝帽也有些年月了。俺们心里有数，又不会把螺丝帽都拧掉。俺们做事又不是不动脑筋，总要留下几个呗。检察官不由得骂起人来：你这蠢材，现在我明白，去年那列火车是怎样出事的了，你害死人了。庄稼汉听检察官这样说，连忙在胸前画十字：上帝可不容许出这样的事，老爷。俺们为啥要害死人？难道俺们是坏人？难道俺们不是基督徒？俺们活了一辈子，连这样的心思也没有动过。你在说啥呀，老爷。案件审到这里，就没有什么要审的了，庄稼汉便问检察官，他是不是可以走了。但他当然走不了，检察官援引刑法某条某款，当场就要把庄稼汉扣押起来。这就让庄稼汉觉得太荒唐了，为啥呀？他叫起来，俺们又没有做啥坏事。就为一颗螺丝帽，呸。俺没有这工夫，俺还得去赶集，去找伊果尔要那三卢布油钱。但他还是被法警押走了，边走边大声喊，说这一定是村主任在诬陷他，要检察官别听村主任的话，村主任不是基督徒。如果是因为欠债，那也是他兄弟欠了债，他家有三兄弟，但兄弟不一定要为兄弟还债……

不用说，在庄稼汉和检察官后面所含藏着的消息，就是纵有千言万语也难以穷尽的，是倘一言说便注定是挂一漏万的。但契诃夫只用了一个场景，就把它们写完了。就像《海鸥》里的那个剧作家特里果林，只用了一句话“半个破碎的玻璃瓶子在地堤坝上闪亮”，就把月光写完了。记得第一次读完《罪犯》的时候，这人的心里是一片茫然，仿佛一时间被清空了，和光共尘了。我们说秋光宽阔，是说它无所不能映照；我们说秋光明亮，是说它能够明察秋毫之末；我们说如水的忧伤，则是说契诃夫留在句子后面的希望，他希望日子不是眼前的模样，而有另外的模样。如同《带阁楼的房子》的结尾：“米修司，你在哪儿啊？”如同《草原》的结尾：“明天会怎样呢？”如果我们稍微牵连一点，便会看见布宁的《乡村》也是这样，屠格涅夫的《猎人笔记》也是这样。但契诃夫对“米修司”和“明天”的呼唤，就只是一种永远的呼唤。这人间的日子固然一直在改变，但这种改变就一直是物质世界的改变，而人的本身却没有什么改变。好比说，我们把冷兵器变成了热兵器，又把热兵器变成了核子兵器和电子兵器，战争也还是战争。我们的爱恨情仇，我们的“意必固我”，也没有改变。正像高尔基在《人》里所说的，我们的身后是燃烧过后的灰烬，我们的前面也还是未知的黑暗。

如果说契诃夫的《罪犯》让人有无言的茫然，高尔基的《切尔卡什》则让人有失语的震撼。我想起高尔基的时候，会想起他的《绿猫》《二十六个和一个》《因为烦闷与无聊》，而一定会想起来的，便是《切尔卡什》。那一天，强盗切尔卡什在大海边游荡。他看好了一艘货轮，准备夜里去偷盗船上的货物。他得找一个帮手，便在集市上遇见了长得圆滚滚的小伙子。年轻的庄稼汉是农闲里出来打工的，想挣些钱回去修整自家的场院，好讨得丈母娘和媳妇的欢心，能够对他好一点。他还说，顺便也在外面过上几天自由的日子。切尔卡什笑了：你娃娃也晓得什么叫自由？但或许是看上了他的结实和老实，也就雇用了他。夜里他们划了一只小船，来到了大海上。夜很黑，大海涌着波浪，还有巡逻船的探照灯在照射，小伙子害怕了，不知道小船要去干什么，央求切尔卡什退回去算了。彪悍的切尔卡什不理会他，最后把小船停在了货轮旁边，要小伙子等着，自己爬上货轮去了。他们成功地偷到了一大包布匹，天亮以后换到了一大把钞票。一看到那些花花绿绿的票子，小伙子眼睛都亮了。切尔卡什从中抽了一张给小伙子，照说故事也就结束了。但是不，其实才开始。切尔卡什打发了小伙子，就自在地顺着海滩往前走，他甩着膀子，好像还在哼唱着什么。但突然间，他的头上受到了重重的一击，便倒下来了，鲜血跟着就把海滩染红了。这是小伙子干的，这时候他蹲下身来，从切尔卡什怀里掏出了那一沓花花绿绿的票子，一边掏还一边委屈地唠叨着，对切尔卡什解释他为什么要这样做。大哥，你挣钱太容易了。但你一个人，拿这么多钱来做什么呢？可是我就不同了，这些钱我用得着啊，我挣钱太不容易了。小伙子拿了钱跑开了，留下切尔卡什躺在海滩上。故事到这里又该结束了吧，但是也还没有。切尔卡什就那样躺着，没想到过了一会儿，本该跑远了的小伙子，又慌慌张张地跑回来了。他是回来救切尔卡什的吗？要是这样，人们就还有希望。但小伙子回来，是担心自己的灵魂因此而升不了天堂。他回来是要切尔卡什原谅他，好让他的灵魂也能够安稳。他唠叨着、呼唤着：大哥你原谅我。切尔卡什没有说话，他就当作切尔卡什是答应了他，然后才又带着那些票子慌慌张张地跑开了。过了好久，切尔卡什才爬起来，用手捂着头，仍旧往前走了。海在笑，高尔基的另一个短篇《马尔华》的开头，是这样写大海的。海浪卷过来，跟着也就洗刷了海滩上的血迹。除了震撼之外，我们还能说什么呢？

或许高尔基是知道自己和契诃夫的不同之处的，所以才说契诃夫是秋天的阳光。但不管是怎样的不同，他们同样都把这人和人的日子体察得很深切，并且用文学的文本呈现给了我们。但是我们也应该说，事情的要害还不在这里。我们但凡活着，沉浮在这个娑婆世界里，对这之中的甘苦便多多少少也能够会意。车尔尼雪夫斯基不是写过一本《怎么办？》吗？我们在看到这一切以后，不得不面对的一件事情，就是自己要怎样活下去。所以高尔基才会把目光回转过来，回到人的本身，回到人自己的身上。一切的改变，最终都有待于一个人自身的改变。高尔基在《人》里所呼唤的，就是“大写的人”。但高尔基的这个大写的人，也只是由高尔基的见解来描绘的。一个病人不会因为见解和主张而好起来，但凡见解和主张，都是可以任意选择和更改的，乃至是可以口是心非和言而无信的，最终也还是依然故我而已；所以我们又还是需要对生命本身有更深入的发现，从而找到更切实的、凡此不二的依据。

在这渺远的秋光里，在这飘散着落叶的河岸上，让人牵连地想起来的，自然不是只有这些曾经在这人世间寻找过、然后又远去了的作家们，但这里我要说的只是作家们。从这种心路上说，老托尔斯泰就还为我们提供了一种另外的样本。托尔斯泰年轻时候过的是一种放纵的生活，这种生活也是这人间的一种长久而普遍的生活。如今我们就把这样及时行乐的生活，认作是珍爱生命、热爱生活和享受生活。但托尔斯泰后来变了，原因是他经受了一次对这生命本身的凝视。那是有一次，他是下乡去收租或者是别的什么事情，到了夜晚，独自一个人留在了乡间的一处客店里。那时候，平日里裹挟着我们的滚滚红尘一时间隐退了，伴随着人的只是无边无际的寂静和黑暗，在茫茫的时间和空间之中，这生命的存在就清晰而尖锐地显露出来，让人清醒地看见了它，感受到了它。托尔斯泰深深地震动了，从此便不能不从根本上去思考它的真相和含义，这生命是什么、要做些什么和为了什么呢？如果也稍微牵连一点，像这样的体验，卢梭也有过，只不过不是在夜里，而是他从一家赌场里出来，在明媚的阳光之中，独自一个人穿过一片绿草茵茵的草地的时候。这样他们就都变了，卢梭有了《社会契约论》，托尔斯泰也有了道德自我完成，有了《复活》。我们或许是熟视无睹了，其实在一切神奇的事物之中，还有什么会比我们的生命更神奇的呢？我们是宇宙化生出来的一种灵智的存在，所以在我们的生命里就含藏着世界的隐秘。我们固然可以用科学实验的方法去解剖世界，但除此之外还有一条路径，即是经由体验的方法去认识世界和自己的生命。如今我们的人工智能，不就是取法乎生命的智能？托尔斯泰后来就走进了宗教里，《战争与和平》的第四部，就几乎全是宗教的论述，乃至都不再是文学作品了。

托尔斯泰最后是从家里出走，在他八十多岁的时候，在一处车站上去世的。记得那一年，在托尔斯泰的庄园里，女解说员指着一处楼道旁的空地，确定地告诉我们说，当年托尔斯泰的遗体送回来的时候，就停放在这里。这就让人不禁要去寻思，他都已经到了最后的时刻了，为什么还要那样出走呢？有一种解说是因为夫人的缘故，他们之间一直不能和睦相处。

但这不会是根本的原因，都已经历经沧桑了，以托尔斯泰那样强大的内心，难道也走不出这样的困境？由此便让人想到，托尔斯泰虽然思考了一生，也有过夜店里那样的体验，但最终也还是没有见到自己的心灵的本来面目。如果见到了，就不会那样仓皇地出走了。这是一种觉悟，我们的前人对此有一种特定的说法，则是叫开悟、叫明心见性。这是我们的心灵呈现出来的一种实际的状态，见到了就见到了，没有见到就没有见到，就不是可以用思考和推导去代替的了。

那么来到这里，这人的心思自然就回到我们的《红楼梦》和《西游记》上来了，它们就为我们提供了明心见性的样本。《红楼梦》写的是什么呢？一言以蔽之，《红楼梦》写的就是贾宝玉开悟的历史。大观园里的日子，其实也一如《罪犯》和《切尔卡什》里的日子。贾宝玉是什么时候开悟的呢？是在他揭开假林黛玉、真薛宝钗的盖头的时候。曹雪芹一路推进着大观园里的故事，最终便来到了这个最高处。宝黛爱情所经历的，是一种大纠缠；听说要娶林妹妹，是一种大快乐；盖头后面的是薛宝钗，是一种大震动；随之而来的，是大悲哀。心理的现象也是物理现象，在那一瞬间，在巨大的百感交集的冲击之下，贾宝玉的自我意识便被拧断了。好比说，我们的心灵本来就像清明的天空一样，是可以融合一切的，这便是我们的智慧的本性，是我们心灵的本来面目，是我们的生命里抱载着的一种原初的能量；而我们的心，即是我们通常所说的自我，则像饰满天空的云絮一样，是我们的心灵接受和贮存起来的信息，并由这些信息所构成的各自不同的意识，是这心灵的一种异化。在原来，贾宝玉的自性的慧光，是经过自我的云絮的折射之后，才投影在大观园的人事之上的，所以贾宝玉就和大观园里的日子格格不入。而在揭开假林黛玉、真薛宝钗的盖头的那一瞬间，贾宝玉愣住了，心思便被拧断了，他和日子之间的那一层自我的隔膜散开了，自性的天空就现出来了。这就是开悟，就是明心见性。不是思考和见解，而是真实地发生的情形。从此以后，贾宝玉就彻底地变了一个人，不论虎兔相逢也好，还是兰桂齐发也好，就都于格格不入之中而无所不入了。从元理上说，这也就是一种解放思想、实事求是。

如果说《红楼梦》写的是一个人开悟的历史，那么《西游记》则告诉我们说，这样的觉悟就是这生命的应有之义，是所有人都应该和可以去求取的。我们通常都把《西游记》看作是一部神话，其实毋宁说《西游记》是一部寓言，一部大寓意。吴承恩对我们的生命做了一种深入的揭示，即唐僧我性也，沙僧我命也，悟空我心也，白龙马我意也，八戒我欲也。唐僧是我们的本性，像天空一样是本自清净、本自具足、本不动摇的；沙僧则是我们的躯体，时时地守着唐僧，承载着我们的心灵；悟空则是我们总体的自我意识；白龙马则是活跃着的单个的意识，心猿意马即此之谓也；八戒是我们的欲念，所以才叫猪八戒。如果说贾宝玉是经过大纠缠、大喜悦、大震动、大悲哀之后而开悟的，那么唐僧师徒五人则是在经过九九八十一磨难之后，才取经得道的。贾宝玉和师徒五人走过的道路，其实是一样的、共同的。我们的前人用一句话来概括了这条道路，叫作“历事炼心”。唐僧师徒虽然是五个人，其实只是一个人，剖析开来才成为五个方面。而在历事炼心的过程之中，通过性命双修、心性合一，就还原为一个人。这时候不妨借用高尔基的说法，这个人才是大写的人，即归一的人。

哎，秋光里，河岸上，这人的心思推移着，像屠格涅夫的句子那样，“渐渐地牵引我们回到远方”，我们从克里莫渥的庄稼汉那儿出发，现在回到唐僧师徒的身旁来了。我们是沿着人和人的日子这条线索，必然地向着人们对生命和世界的发现而推移的。那么来到唐僧师徒这儿，我们是不是还可以往前走呢？没有了，就文学作品能够提供给我们的文本来说，没有了。《红楼梦》和《西游记》都是文以载道的，它们的写作的依据也在“道”这里。其实我自己也意识到了，不管我们从什么地方出发，我们最终都是会回到这大道上来的。就像唐僧师徒，五个人的来处虽然各不相同，总之也还是会走到同一条道路上来，我们在这秋光里一路走过来，也好比是在历事炼心而已。此即是一的一切和一切的一，在多元化后面也总有一元存在。这时候我们抬起头来，看见的就是我们的《道德经》了。

长久以来，许多的时候，我们往往都把《道德经》看作是思想或哲学，看作是观念形态的产品。其实不完全是这样，乃至完全不是这样。早在《周易·系辞上》里，前人就把思想、哲学和道，为我们做了明确的区分，是这样说的：“一阴一阳之谓道。继之者善也，成之者性也。仁者见之谓之仁，智者见之谓之智，百姓日用而不知，故君子之道殆矣。”这就是说，道说的是一阴一阳，一阴一阳就是道。如果我们能够讲道的话，这是很好的；但如果我们要明白道的话，则是要从自己的心性上去体证到它。正因为如此，仁者才会把道曲解为思想主张，智者才会把道曲解为哲学见解，所以道的真义往往就被替换和忽略了。简单地说，见仁见智都不是见道，要见性才是见道。《道德经》固然能够衍生出思想和见解，但《道德经》所揭示和回答我们的，就是我们一直想知道的世界和生命的真相及其所包含着的规律。如果不得不借用科学的语义的话，《道德经》的核心就是自然科学的和生命科学的。这时候我们就不能不跟随着《道德经》，照直地去靠近道了。

我们或许很难相信，其实早在两千多年以前，我们的前人老子在《道德经》里，只用了一句话，就把世界和生命说完了，并且在后来的科学发现之中得到了证明。老子的表述与科学的表述，其实只有语义系统的不同，正是因为这种不同，才妨碍了我们去看待老子的发现。这句话就是："道生一，一生二，二生三，三生万物，万物负阴而抱阳，冲气以为和。"道是什么？老子在《道德经》里告诉我们说，道是一种"可以为天地母"的，即是可以把世界化生出来的"有物"，有了道就有了一。科学后来就把这种"有物"，称为高密度的物质。二是什么呢？科学后来说，这种高密度的物质在经过大爆炸或者不是大爆炸之后，就生成了能量和物质两种基本的存在形态。物质是从能量之中产生出来的，物质之中也含藏着能量。这也就是老子说的二，当年老子就把无形无象的能量称为"无"或"阳"，而把有形有象的物质称为"有"或"阴"，是"有生于无"，所以阴中有阳，阳中有阴。老子与科学之间，就只有语汇的不同。三是什么呢？三就是包括我们的生命在内的一切生命，是由物质和能量合成的第三种存在形态，这就是老子说的"万物负阴而抱阳，冲气以为和"，是老子为生命所下的定义。科学至今也没有为生命下一个定义，所以这是我们唯一能够见到的对生命的定义。如同我们通常所说的灵与肉，我们有一个物质的躯体，又抱载着原初的能量，这就是"负阴而抱阳"。这种能量在我们的生命里，就成了我们的三位一体的精气神体系，成了我们的生命力。我们的前人所发现和把握的这个精气神体系，就是科学的解剖刀至今也还捕捉不到的。这一二三，若是换作图形来表示，就是我们的太极图。一切复杂都源于简单，老子在两千多年以前，就为我们建立起来了世界和生命的模型。

事情还不仅如此。老子不仅为我们建立了世界和生命的模型，还为我们建立了把握这个模型的方法论。既然世界和生命是一二三，那么反过来，我们去把握世界和生命的方法就是三二一。我们是三，就可以在三中去认识二，认识了二也就认识了一。所以老子在《道德经》里告诉我们说："故常无，欲以观其妙；常有，欲以观其窍。"这"常无"的方法，就是像《红楼梦》里的贾宝玉那样，是通过心灵的体验的方法去把握世界和生命；这"常有"的方法，就是如今我们所熟知的科学的方法，是经由物质的实验去把握世界和生命。只是到了后来，我们才偏重了科学实验的方法，而失落了生命体验的方法，乃至把两者对立起来。所以老子继续告诉我们说：“此二者同出而异名，同谓之玄，玄之又玄，众妙之门。”这两种方法其实是一体的，它们都是由道产生出来的“无”和“有”两种形态，因此也同样都是我们可以用来把握世界的方法，要玄之又玄，把这两种方法结合起来，才是完整的方法论。并且老子还更仔细地告诉我们说：“为学日增，为道日损，损之又损，以至于无为，无为则无不为。”这“常有”的方法就是“为学”，科学实验和科学知识自然是要不断增加的。而“常无”的方法则是“为道”，却是要不断地消除我们心里的障碍，消除我们积存起来的自我的私心，解开我们的一把又一把的心锁。这我执我见是很难消除的，要“损之又损”，像贾宝玉那样，像唐僧师徒那样，不断地历事炼心。消除到最后才是“无为”，无为的状态就是见道，就是消除了异化的小我而见到了自性的大我。我们曾经长久地误会了这个“无为”，批评它是无所作为。其实无为就是心底无私天地宽，然后有更多的作为，即是“无为则无不为”。贾宝玉开悟过后能做的事情就更多了，唐僧成道以后又才能够完成译经的使命。在《道德经》里，老子就以圣人为榜样告诉我们说：“圣人无心，以百姓之心为心。”这样的教诲我们就应该更明白、更熟悉了，就是如今我们一直在说的，一个人只有无私无我了，才能够全心全意地为人民服务。

你以为怎样呢？我们不是一直在说，我们中华民族的传统文化是源远流长和博大精深的？那么这时候，我们就感受到中华文化的源远流长和博大精深了。如果我们要用一个字来表述它的话，这个字也无疑就是“道”了。我们固然还有儒家，但儒家鲜有不言道者。我们固然还有佛家，但也正是因为东土有道，佛家才能够迁徙到这里。我们讲的是道理，走的是道路，修的是道德，担的是道义，还有什么不是道呢？所以道是世界和生命的本源及其包含着的规律，也是我们中华文化的根本表述。而这一切，都是由汉字来表述的，作为华夏子孙，就让人感到无比的欣慰，并且心中充满感激。

阳光把这河岸映照得一片明亮，身旁的小草也闪耀着金黄的颜色。我想这些小草也是可以生长在别的地方的，或者是高山之巅，或者是原野之上，天涯何处无芳草呢？但它们来到了南明河畔，这是它们的因缘所致，它们也就欣然地在这里生根、开花、结下自己的籽粒，这也就是无为而无不为吧。能量是守恒的，物质是不灭的，如同诗人所说“花落自有花开时，蓄芳待来年”，小草们在这个秋天里结下来的籽粒，也就像我们临了留在心里的果实一样，便是来年的最早的内因和最初的依据了。

（选自《人民文学》2021 年第 4 期）

那些非同凡响的灵魂

江　子

1

一走进湴塘，就看到它在路边蹲着。我们一到它面前，它就站起，摇着尾巴。

它是只土狗，学名中华田园犬。它长得一点也不帅，个头不大，毛色不算光滑，也不算纯——灰中有点黑。

它表情高古，眼神幽深，一看就带着老魂灵。

我们开始没有注意到它。我们只是到访者。我们跟它以前没有交情。我们这次到湴塘，纯粹是一次意外。

我们四个人：央视科教频道纪录片导演司庆辉，撰稿、散文作家郑骁锋，郑骁锋的好朋友、开中药馆的王剑锋和我。司庆辉是北京人，郑骁锋、王剑锋是浙江永康人。三个外省人到江西，我领着他们到我老家江西吉安转转。最后半天，我计划是带着他们去欧阳修的故乡永丰看看，可司导说不去。自己祖上与欧阳家是冤家呢——他说的是欧阳修与司马光的事儿。那就只有去杨万里的故乡吉水湴塘了。

我们按自己的线路走。这是我二十多年前就经常去的村庄，我熟得很。我带着他们去看杨氏宗祠，告诉他们说这可是孕育过杨令公的杨姓南迁的重要中转站，包括南宋杨邦乂、明朝杨士奇等杨氏名人都是它的血脉。然后去看了摆在祠堂里的杨万里诗文集木刻版。然后，我们离开祠堂，拜访了杨万里当年辞官还家经常休息的廊桥。

然后我们发现它一直跟着我们。不是的，是它一直在领着我们。它似乎知道了我们要走的线路和顺序。它先到了祠堂，然后去了祠堂里堆着杨万里木刻诗文集的小屋，然后出门领着我们向着廊桥走去。

它不太合群。一路上，它不跟其他的狗打招呼。它无声，就像是一个幽灵。但它与我们保持着默契：我们停下来说话，它就蹲下来等在那里。我们迈开了脚，它就在前面走着。

离开廊桥，下一站我们就去杨万里的墓地。墓地离村庄有两三里的样子，在山后面。从廊桥上下来，要经过几道田埂，然后转到一条机耕道，再走上一段路，才能到达。路上有不少岔道的，一不注意就会走错。

它对我们的计划宛然在握。它在前面引着路，向着杨万里墓地方向走去。

路是土路，不好走。天刚下了雨，地上很泥泞。我们只有不断挑选干爽坚硬一些的地方下脚。我们因此走得很慢。它不急，配合着我们。它一直与我们保持着七八米的距离。我们停下，它就等着，转过脖子向我们望。我们迈步，它就向前走，然后在岔道口蹲下来，扮演着路标的角色。

它到了杨万里的墓地，然后蹲在了墓碑前。我们饶有兴致地参观墓地，读着神道碑上的文字，看着墓地四周的风水。等我们想起它来，环视四周，却不见它——它哪儿去了呢？它是真实的存在，还是仅仅是我们臆想出来的一个幻象？

它是谁？它怎么就这么先知先觉？它是不是早就知道了我们不去欧阳修故里转而到湴塘的计划？它与南宋绍兴二年辞官不做回到湴塘的杨万里有什么关系？它的灵魂里，会不会收藏了一个叫南宋的朝代？

2

去年 10 月 19 日，秋分前夕，朋友少青的微信里晒出了一只鸟。它已经死了。

它闭着双眼。头、翅膀和尾巴成了一条直线。颈部的羽毛完全松散了开来。脚悬了起来，快要贴到尾巴，像飞机收回了起落架。脚趾蜷成了“O”形。

它黑灰色，胸前有一团白色的绒毛。它的学名叫鹰鹃。

江西遂川县是个山区县。那里有个营盘圩地形特殊，连绵群山形成了一个东西贯通的凹形通道，通道出口，正好有一个十公里宽的隘口通向南方，每年秋分前后，这条通道内会出现一股从西北吹向东南的强大气流，气流沿着山势上升。来自西伯利亚和我国北方数以十万计的候鸟，就会从这里南下进入南方过冬。

这条道因此被称为“千年鸟道”。

每到秋分前后，就会有无数的人们赶去营盘圩看鸟的迁徙。当然也会有不少利欲熏心的人与候鸟保护站的人捉迷藏，在鸟道上悄悄张开鸟网抓鸟。少青就是去营盘圩看鸟的人。而那只鹰鹃呢，就是被鸟网网住翅膀受了伤的鸟。

候鸟保护站的人从捕鸟者手上夺下了这只鹰鹃，准备对它进行救治。可它不干。它自杀了。准确地说，是活活气死了。

候鸟保护站的人说，这种鸟气性大，受伤被抓后一直生气，然后就气死了。

这只鸟来自哪里？它有怎样的性格，怎样的经历？从几千里之外南迁，它一路上受了怎样的苦？它名鹰鹃，肯定有着鹰的属性。它是不是有一个很大的志向？如果有，那一定和天空、远方、风速和节气这些伟大的事物有关。或者和歌唱有关。据说，它是鸟中的歌唱家，它的鸣声清脆响亮，为三音节，其声似贵贵一阳，贵贵一阳。繁殖期间几乎整天都能听见它的叫声。有没有可能，它的南迁，是去赶一场音乐会？

有没有可能，正是这个志向的鼓舞，让它不避几千里的遥远奋力地飞？

可是到了营盘圩，它遭遇了不测。折戟沉沙，壮志未酬。它恨呀。随着它的受伤，这个志向已经不可企及。它当然不愿带着残缺的身体苟且活着，从此与鸡雀为伍，与猪犬做伴。它可能认为，一只名字中带了鹰的鸟，一只享受过远行的与气流搏击过的鸟，一旦不能飞上天空，结束生命是一件理所应当的事。然后它自杀了。

已经过了快一年，我依然惦记着朋友少青微信里自杀了的鹰鹃——一只有气节的鸟，一名鸟中的烈士。

如果鸟也是有灵魂的，现在这只鸟的灵魂，飞到了哪里？

3

那匹狼蹲在那里。它的背后我们称之为山，但其实是隆起的光秃秃的红色的丘陵。只有一两棵树，以及有一搭没一搭长的草。正是冬天，天气极冷，一场冬雨过后，草都衰黄，树就仿佛葬礼上忍住哭声的未亡人。

真正的青山在丘陵的后面，隔着七八里路的样子。那里山连着山，树连着树，叶子牵着叶子。野兽是尽可以出没的。

可是现在，这匹狼是孤单的。它没有同伴。后面几近裸露的丘陵，把它充分暴露在我们的眼里。

它的前面是大片的田野。我们赖以生存的田野。现在，它也是裸露的。一个个枯死的稻茬仿佛箭镞，让这冬天的田野仿佛远古时代干戈寥落后等待打扫的战场。

田野的前面是我们，在晒场上多少有些惊魂未定的我们。大人和我们在一起。很多孩子紧紧牵着大人的手。我们害怕一松手，狼就会飞跃而来，把我们叼走。

我们的后面是村庄，让我们感到安全的村庄。

那匹狼是被我们村的一个大人发现的。它从山上下来，走在进村的路上。大人以为是一条狗，并没有太注意。可是想想，它来的方向不对，最后看到它的绿眼睛。大人顿时吓坏了，在空荡荡的村口大声叫嚷。结果，更多的大人和孩子纷纷从家里跑出来，聚集在村口的晒场上。

它为什么要来村子里？是饿了吗？看着它皮毛软塌，脏兮兮的样子，可以想见它过得很不好。这个冬天，它能够捕到的食物并不多。说不定，它已经好多天没吃到像样的东西了。它决定冒险进村看看。说不定它能捕到好东西，比如鸡鸭，比如牛猪，甚至没有大人关照的小孩子……

它把自己伪装成狗的样子，选择在黄昏决到来的时候进村。它以为这么冷的天，又是黄昏，村里走动的人肯定很少，它装成狗，即使被人看见，人们也发现不了。

可狼就是狼。它身上的野性，它目光里的杀气，它举止间的迟疑与躲藏，怎么可以让人把它与狗混淆呢？

它失败了。人们越来越多。他们在晒场上大声叫喊。没有人敢拿出硬家伙来驱逐它，人们只是想借助群体的叫喊来吓退它。人们的叫喊，在这冬天空荡荡的田野里回荡，因恐惧而显得无比凌厉。

它只好往回走。它的步子实在是太慢了，慢得与人们激越凌厉的喊叫声远不相称，慢得毫不掩饰它对此行失败的不甘与对人们的蔑视。它的慢让人感觉，它不是被驱赶，而是君王在巡视自己的领地。

然后它并没有一直向前走，而是在离我们大约百米的地方停了下来，向着我们的方向坐下。我们的叫喊声越大，仿佛裂帛，而它无动于衷。我们想从它的嗥叫声中分析它的态度，而它沉默。

它蹲在那里，好像一个看戏的人。而色厉内荏的我们，就成了为它表演的戏班子。

一边是一，一边是一百。它一点都不感到自己势单力薄。它就这么和我们对峙着。时间很久了，而它没有让步的意思。它一动不动，仿佛一块凝固了的石头。

它太过分了。它怎么可以如此傲慢，如此嚣张，如此有恃无恐？

天渐渐黑了。黑让我们害怕。在黑面前，我们肯定不是狼的对手。趁着最后的一丝光亮，我们赶紧回到家中。在路上我们忍不住回过头，但见它渐渐融入黑暗之中。最后，天地间只剩下茫茫的黑色。

4

它的爪子牢牢地抓在猎人的手臂上。不对，是猎人戴的长过肘部的皮手套上。为了招徕生意，猎人不断地摇动着手臂，它随着猎人的摇动扑腾着翅膀。为了保持必要的平衡，它不得不伸展开整个翅膀。

真长呀，它的翅膀充分展开应该有一米多宽。

它的羽毛是黑褐色的，这使得它看起来很威严。它的嘴是黑色的，质地一看就知道坚硬得很，仿佛金属。而它的嘴边是黄色的。它的脚也是黄色的，但与嘴角的鲜嫩的黄不同的是，脚上的黄色彩就暗淡一些，应该是多年的风餐露宿的结果。它的翅膀铺开，可以看到两个翅下有对称的两排白色的毛，仿佛刺客暗藏在胸前的一组暗器。

猎人手臂不动的时候，它就锁着翅膀，仿佛某个山顶上一块硬邦邦的石头。

那是在新疆阿勒泰地区南部的草原上。它的后面是连绵的群山。一个庞大的羊群在吃草，仿佛是一个个软球在滚动。

按理，此刻草原的质地该是轻柔的、慈悲的。这么多毛茸茸的羊。可是，因为它的存在，我们并没有感到草原的慈悲柔软，反而有一种宝剑出鞘的凶狠感。

猎人看到人不少了，奋力举起了手臂。如此，它就高高在上了。我们抬头，看见它高过猎人，高过群峰，它顺着猎人的手势铺展开的翅膀，与天相接。

它是一只鹰。名义上是猎人用来招徕旅客的一个道具。猎人戴着皮帽子，脸色是红色的。他是维吾尔族、蒙古族、俄罗斯族，还是哈萨克族？他用不标准的普通话告诉人们，人们可以跟它合影，也可以对它拍摄，但是要交钱。抓在手上合影五块钱，直接对着它拍两块钱。

可能是猎人说话的时候手抖了下，为了平衡，它又一次伸展开了翅膀。这可是一个绝好的拍摄机会。出于本能，我们同行的一个摄影家立即对它进行抢拍。

可是猎人不干了。他觉得摄影家违反了契约。他把鹰交给了身边的人，向着摄影家冲过来，抓住了摄影家的前胸，立即将拳头砸了下去。摄影家躲闪着，挣脱了猎人，飞快地向远方跑去。

猎人追着摄影家。比起年轻力壮的摄影家，他毕竟上了些年纪，眼看就追不上了。他选择往回走，嘴上骂骂咧咧。我们一句话也听不懂。他重新站在原处，向人们展示他的鹰。

——怎么就感觉，猎人并不是鹰的主人，反而是鹰的奴仆？怎么就感觉，猎人的凶狠，出自鹰的熏陶，乃至训练？怎么就感觉，猎人对摄影家的暴力行为，乃是出于鹰的命令？

我一直望着鹰。我渴望它哪怕对我有一点点的眼神交流，一点点的对我的尊重。可是我失望了。它君临万物，目中无人。

要经过怎样的飞翔，怎样的追捕厮杀，怎样的与风雷闪电的对抗与和解，怎样的饥饿、寒冷的煎熬与生死的考验，翅膀要掠过多少江河，才能有如此不可一世的眼神？

5

是在高速路上。它站在靠外的那一条车道上。旁边是一摊黑色的疑似被粉碎了的鸟的身体。

它是一只八哥。很明显，它的亲人出车祸了。一辆车把它的亲人碾成了一摊黑泥。

它一动不动。既没有脑袋一伸一缩地走动，也没有展开翅膀围着这一摊烂泥飞上一圈。很明显它有点蒙。打击突如其来，它还没有从这巨大的变故中回过神来。

在灾难到来之前，它与它的亲人在干什么？在高速路上觅食，散步？

天气那么好，阳光铺满大地。又是上午，还没有到一天中最热的时候，太适合出门了。太适合谈情说爱了——说不定，它们是爱人，热恋中的爱人。或者，是相伴多时的夫妻。

可是灾祸来了。仅仅是一瞬间，它从一个甜蜜爱人变成了一个未亡人。它的黑色羽毛，太适合表达它内心的悲伤了。

远远地看到它，可以感到它胸腔内逐渐生长的悲伤。

我还感到了它的无边的愤怒。事情已经发生，它也找不到冤头债主，没有人给它赔偿。没有法庭为它们所受的灾祸进行判决。

它没有哀嚎，没有鸣叫。它也不飞，也不像那些遇上了突然变故手足无措的人一样走来走去。它一动不动。它用这个姿势来陪着它的爱人。

或者说，它用这个凝固的姿势，来表达它对造成灾祸的力量的最大蔑视。

它站在那里。车辆一辆辆驶过。很可能，接下来，会有一辆车要碾过它，像前面碾过它的爱人一样。

可是有什么关系呢。爱让小小的它有了野蛮的力量，这力量足以蔑视死亡，蔑视那些比它大千万倍、快上百倍的铁家伙。

我的车小心避让着它。车经过它的时候，隔着玻璃，我向它行以注目礼。这个时代是如此的委顿虚弱精于算计，向一切非同凡响的事物，报以足够的尊敬，就成了我的日常重要的功课。

6

在深山里，遇上猎户李秋——李秋年纪不大，三十来岁的样子，穿一身迷彩服，皮肤有点黑，眼里都是忧郁。

或许那不是忧郁，是长年与深山相伴的人，面对人类特有的沉默寡言和恍惚。

打猎在当今已经是一件十分式微的手艺。而生活在深山里的李秋的手艺得之于家传。他家祖祖辈辈都打猎，政府给他们留了铳。

我们见着李秋的时候，立秋正在田野中间的一座孤零零的简易房子前给一只死去的野猪煺毛。房子是他的临时“工作室”。田野里，一群狗或卧或立，各安其所。它们一共七条，皆是雄性，体型健美，目光深邃，神思邈远。李秋说，这是他的猎狗军团，品种是柴犬，都有赫赫战功。

田野中间卧着一条黑狗。黑狗体型比其他猎狗大得多，而且看起来也更老迈。它的毛发很长，毛发的根部上卷，这使得它看起来显得雍容威严，既像戴着法官帽的法官，又像披着大氅的元帅。

我们以为这七条狗就是李秋的猎狗军团的全部。可李秋说不是。他说他还有一条雄性杜高犬。他看不见它，但他知道，它就在他们的周围，可能视线从来就没有离开过他。

杜高犬？在非洲草原上一条可以制服野猪、四条可以战胜狮子的杜高犬？

李秋给我们讲了他的杜高犬的故事。

李秋是两年前在另一个猎户家里发现它的。第一眼，李秋就喜欢上了它：

它全身洁白，鼻黑，耳短，口部呈钳状，身材高大健壮，四肢结实有力，比例均衡完美。走起路来步伐有力可几乎不发出声音，目光里充满了一种平静、淡然、无所畏惧的神色，突然跑动起来的身体蕴含了饱满的惊人的力量。

李秋花了三千多元从猎户手中买下它带回了家中。他的老狗已经很老了。这条杜高犬无疑是理想的接力者。

李秋花了好几个月时间对它进行训练，给它喂最好的食物，带它单独出猎。

李秋简直对它太满意了：在山林中，它出将入相，得心应手。它像豹子一样勇猛，又像猫一样无声。每次出猎，它都不会让它的主人空手而归，野鸡、麂子、野兔，不一而足。仿佛一无所获，就是它的耻辱。

李秋开始安排它与柴犬军团的会见。猎狗军团的规矩是靠着打架决定它们的位置的。先跟位置最高的狗打，如果输了就一路打下去。赢了谁，位置就排谁前面。

李秋如此盘算：如果杜高打赢了老狗当然最好不过。可是如果没有赢，杜高至少可以成为第二。这样一来，它就等于是王储，等老狗真正老了这一天，它可以顺理成章地登基。

它们终于相逢了。六条柴犬自动闪开，把场地让给了它与老狗。不一会儿，它们立即厮杀在了一起。

它们一个是有着南欧贵族血统的骄傲的斗士，一个是本地势力强大的老英雄；一个是誓把皇帝拉下马的义军首领，一个是不肯让位的老皇帝；一个是锐不可当的青皮少年，一个是心思缜密经验丰富的战神。它们谁都不肯让谁，它们都抱着必胜之心。

多次的进攻都扑了空。可是它越战越勇。它明显处于上风。老狗似乎显得有些体力不支，身上已经有了不少伤口，流着血。而它身上也有血迹，那是它的，还是老狗的？

战斗进行正酣。老狗突然转过身来，装着逃离的样子往一边闪开。那尾巴似降未降。它不知是计，撒腿追赶。老狗猛地回过头来，头直接探进它的腿间攻它的下路，牙齿顿时叼住它的前腿。

它毕竟年轻，没有老狗狡猾，进攻中没有注意防备，让老狗得了手。它嗥叫，奋力挣扎，终于甩开了老狗的牙齿。可是这一意外让它的斗志全无。它拼命往外奔跑，拐着腿。

李秋目送它彻底消失在视线内。他想，没关系的，过一两天它平缓了情绪就会回到家中，接受战败的结果，与整个团队和平相处。那些跟随着老狗的柴犬，不都是这样子吗？

可是他错了。它不是柴犬，它是杜高，不可一世的杜高。一周过去了，一个月过去了，一年过去了，两年过去了，它并没有回来，可以想象它怀着怎样的决绝之心。

然而它并没有走远。它一直就在村子的附近。村里不少人见到过它。它的伤早就好了。它看起来过得并不算太糟糕。见过它的人都说它并不像一条脏兮兮的流浪狗。

它拒绝回家。它不能原谅自己有如此的失败，不能原谅自己辜负了主人。它长期游荡于这片山林之中，等于是给自己判了刑，把自己永久囚禁在村子附近的这片山林里。它还让自己与它的主人之间垒起了一堵无形的墙，让它的主人与它永不相见。它有灵敏的嗅觉，这一点对它来说易如反掌。

它却让它的主人无比尴尬。它的无情任性让李秋失望至极。李秋不仅损失了三千块钱，他对猎犬军团犬事安排的计划也泡了汤。看着老狗越来越老，李秋就会愤愤不平，他说如果有一天让他看见了它，他非杀了它熬汤喝不可。

听完李秋讲的杜高的故事，环视四面青山，我似乎看到有一双自判有罪、无比苍凉的眼睛，在不远处的山林里，将我们深深地打量。

（选自《北京文学·精彩阅读》2021 年第 5 期）

想象一种女性主义母职

黄微子

在当下的舆论场中，有关母职和女性主义的讨论常常是极度撕裂的。一方面是舞蹈家杨丽萍由于不曾生育而被斥为“一个女人最大的失败”；另一方面是网络红人 papi 酱在母亲节当天晒出怀抱婴儿面带倦容的照片而被质疑孩子“随父姓”，乃至被谩骂为所谓“婚驴”。母职和女性主义仿佛是二元对立的话语，贤妻良母和独立女性仿佛是势不两立的主体。这种认知，不仅存在于一般的网络言论中，有时也体现在一些知识女性的文章里。我是一名知识女性，学习和讲授文化研究，同时也是两个孩子的母亲。这样的身份令我自怀孕之日起就在批判地反思母职，也反思女性主义内部关于母职的对话。

生育对于我的冲击比我以往生命中任何一个事件都大。在第一次分娩以前，我很难想象自己会是一个全情投入母职的人。我出生在一个被外界认为是非常传统的南方小城潮州。小时候，我妈一面亲力亲为地照料我们姐弟四人的生活，一面和我爸一起打理小生意。总的来说，我们家亲子关系融洽，子女学业有成，但是，我们并不以妈妈为楷模，因为她看上去过于劳碌，又缺乏属于自己的事业。受到自由主义女性观的影响，我一向视受社会认可的个人成就为更高的人生价值。甚至连我妈也没打算将我们几个女儿再生产为“贤妻良母”。作为家中的长女，我一路由着自己的兴趣念到了博士。我并不太喜欢小孩，甚至在怀胎十月的时候，我先生问我说：孩子生出来后你不会母爱爆棚吧？我还言之凿凿地回答：不会。

但是，当大女儿离开我的子宫、来到我眼前的那一刻，事情起了变化。我真真切切地成为一个母爱满溢而出的妈妈。我如此爱那个搁在我肚皮上湿漉漉暖乎乎的婴孩，以至于愿意为她承受一切。甚至由于她的存在，我觉得有必要“重估一切价值”。我一直尝试理解自己的这种变化。这是我近年来关切母职研究的直接动机。我固然不相信这是出于所谓女人的天性（生物决定论），也不能满意于波伏娃的存在主义女性观对于母职的指认——完全是社会文化建构的结果。我开始反思这种身体与精神、生物与文化、情感与理性二分的解释框架。我当然不认为女性由于拥有子宫便自然拥有相同的身体经验，却不能认同那种完全否认生理差异的性别理论。我们的文化会引领我们对身体的感知、命名和叙述，我们的身体经验也会令我们服膺或反抗身处的文化，它们是互相生成的。所以，我注定无法将我何以顿时成为一个醉心于母职的妈妈归因于任何单一变量——激素，或爱欲，或责任。

英国小说家卡斯克（Rachel Cusk）说："我做母亲时，觉得之前从未有人写过如何做母亲。"但从她的非虚构作品《成为母亲》旁征博引了许多描述怀孕和生育的文学作品来看，事实上并非没有人写过，而是这些描述很难引起没有母职经验的读者的注意。有关母职经验的讲述和书写，从来没有真正进入公共讨论之中。一个饱读诗书的年轻女性，在成为母亲之前，也对有关母亲的描述视而不见、不屑一顾。卡斯克非常有受众局限性的自觉，她说："一本讨论母性（原文是 motherhood）的书只能吸引其他母亲；即使是母亲，也只能吸引像我这样的，她们觉得做母亲的经历非常重要，以致阅读相关读物能给人某种奇怪的慰藉。""因为几乎无法对外界解释做母亲的体验。""孩子的出生不仅将女人和男人区分开来，也将女人和女人区分开来。"

如何看待母职，向来是女性主义的难题。波伏娃视母性为将女人变成奴隶的手段，正是今日中国"不婚不育保平安"主义者的精神来源。而一部分女性主义者，如吕频，提出"取消母职——取消这个作为父权制之基的女性义务角色，停止无酬劳动和被固定住的情感模式"的主张（《代孕即将合法化了吗？令人焦虑的母职交易》），则是将这种思想从个人选择上升到社会制度安排的层面。

而一个自认追求性别平权的女性生儿育女之后，在母性等于保守、母职只是压迫的"女权"论述中，无法安置自身的经验。美国 20 世纪六七十年代的一些女性主义者意识到，她们反对母职，等于把对家庭、婚姻和生儿育女的话语权拱手让给了宗教右翼。而今天，国内的"极端女权主义者"仇视已婚已育女性的态度，其实是全盘接收了父权社会对母职的论述，等于把对家庭、婚姻和生儿育女的话语权拱手让给了"女德班"。

为生孩子而牺牲健康、事业，甚至献出生命的女性没有得到自由主义女性观的同情。因为她们不符合工具理性原则，通不过世俗利益的成本收益核算。一个典型的例子是2016年就职中科院的科研工作者杨冰在孕中期因高血压合并子痫前期住院治疗期间猝死。最初由于家属疑似“医闹”而成为热点新闻，但迅速地，舆论的焦点转而指摘杨冰死得不值，是父权体制的受害者。肖慧在评论这个新闻时，在揭露所谓“母性神话”后，做出这样的总结：“讨论女性甘冒生命风险选择生育是否出于自主意愿就没有太大意义，因为我们以为自己所拥有的个人意志和选择自由其实是已经被意识形态规范化了的意志和自由。”（《女性是否应该不惜一切代价完成母职?》）

女性在生育中究竟有没有能动性？母职在女性的个人生命中有没有积极意义？母职有没有社会价值（并非以父权社会的坐标来衡量），或者我们敢不敢想象一种超越个人自由的社会价值？这些是我成为母亲之后一直盘旋在脑际的问题。

女性究竟可不可能有生育的自主意愿？如果我们看一些超出异性恋婚姻家庭模式的例子，也许比较容易找到答案。在男性缺席的情境下，借精产子的单身妈妈或性少数妈妈的自主生育意愿大概不难得到确认。就算是回到普通女性的日常生活中，我们也常常可以看见那种坚毅、有主见的妈妈。梁小岛的书（《有时是爱，有时是忍耐——全职妈妈的故事》）里采访到一位名叫Lily的女性，二胎怀的是一对双胞胎女儿，不幸的是，B超检查发现，左边的胎儿已经夭折，受夭折的胎儿影响，右边的胎儿有可能智力和发育不健全。在丈夫、公婆甚至自己的妈妈都主张放弃的情况下，Lily仍然决定生下孩子。

简单否认女性的自主生育意愿是非常草率的。借用雷蒙德·威廉斯的话，这种完全被母性神话洗脑的母亲并不存在，“她们是被二流的社会分析编造出来的”（“they are the bad fiction of our second-rate social analysis”, Williams, *The Long Revolution*）。这一类视生育为地狱、视生育意愿为被操纵的观点，进一步割裂了女性。嘲笑为生育付出大代价的“失败”母亲，主张“女性在任何情况下都要靠自己”的道德进步主义，跟那种歧视“大龄剩女”、谴责不育女性的道德保守主义，至此殊途同归，造成不同女性群体之间的敌意和倾轧。

这种境况，实际上是现代资本主义公私领域分离的后果。现代资本主义的发展使得生产移出家庭，生产的空间成为公共世界，居住的空间被定义为私人世界，由此形成了公共生活与家庭生活的二元对立，以及“男主外、女主内”的性别秩序。女性在家庭内部的育儿和家务劳动被贬低为非生产性的劳动，公共价值凌驾于家庭价值之上。

不少女性主义者实际上接受了这种价值设定。她们的解决方案是女性要和男性一样，去争夺公共世界的角色、成就和奖赏。妨碍女性从事公共生产，或者使得女性留在了家庭生活的生理特征，比如子宫和生育的能力，则被视为麻烦。杨冰猝死之所以成为热点新闻，其中一个原因是单位公函透露出来的身份——“中科院理化所青年科技骨干”。而认为她死得不值的舆论，也正是基于这样的身份，“大好前途的科研人才却死在生孩子上”。

我们从小接受教育形成的职业理想，并不包括母亲一职。我们知道很多职业的风险，而因为这些职业风险付出的代价，在公共世界中可以享受高尚的讴歌。但我们不知道成为母亲要做些什么，也不知道成为母亲有怎样的风险。居里夫人因为研究放射性物质而死于血液病，我们感念于她的牺牲。杨冰女士因为怀孕而死于并发症，舆论则讥讽她的愚昧。殊不知，即使在今天，孕产妇死亡仍然是一个非常日常和真实的威胁。如果我们把“母子平安”当作常模（norms），则会对那些生产不顺的“偏差”母亲造成极大的压力甚至是污名。

制造不同女性群体之间的分化和对立是父权资本主义屡试不爽的策略。而哪一个女性群体可以在父权资本主义社会获得更大的话语优势呢？“贤妻良母”太传统，“妇女能顶半边天”的社会主义女权太老土，相较之下更富经济资本（消费力）和数据资本（流量）的年轻、漂亮、肯花钱，会打扮、性解放的女性更能抢占“女权主义”的高地。她们是新自由主义的主体。为人母者想获得这种“女权主义”的接纳，只能是通过时尚消费和身材管理，以掩盖生过孩子的身体呈现，乞求一个“辣妈”的头衔。

一个好的系统是一个价值多元的系统。它应当容许不同的母职实践。女性整体当然不是无差别的，相反，是由许多处于不同的经济、文化和社会环境中的女性群体共同构成的。就个体层面而言，不婚不育当然是一种正当的可选项，但不能反过来认为它是一种更进步、更优的选择。不能把为生育付出大代价的母亲想象成提线木偶，或者让有健康风险的女性失去做母亲的权利。社会应当提供情感、物质、知识和技术支援，以令生育更加安全和少痛。

有的女性主义者寄望于生殖科技来解放女性。为此，吕频设想了一种十分科幻的方案——人造子宫。她认为《美丽新世界》和《黑客帝国》对人造子宫的恶心描绘是父权制的一种虚伪陈述。在我看来，寄望于人造子宫的设想，姑且不论其现实可能，是一种天真的技术乐观主义——依赖技术作为一种创造平等、协作的社会秩序的解决方案。问题是：第一，人造子宫是否还需要人类女性的卵子？如果需要，取卵的过程需要女性付出不少时间、精力和生理的代价，与男性取精的过程绝不平等。第二，人造子宫的运作是否还需要人类劳动的参与？婴儿从人造子宫分娩出来之后是否还需要人类劳动的参与？如果需要，什么人比较可能被分派到这样的岗位？

就当下已经发展出来的生殖科技而言，首先，它是一件昂贵的商品，不能令所有社会阶层的女性受益。生殖科技不能替代女性生育，在目前的技术条件下，它只能让别的女性来替代基因或法律意义上的母亲怀孕和分娩。这和奶妈、育儿嫂一类代理母职是类似的，通常由居于经济文化优势的女性转移到居于劣势的女性身上，并没有促成女性整体的解放。这其实反映了母职的社会评价不高，由人力资源回报低的女性替代在公领域中从事“更有价值的工作”的女性，或让中上阶层的女性可以享受闲暇。

这进一步导致了全职妈妈的被贬低。我们的表征系统出了问题。一方面是对所谓母性的讴歌，一方面是对家庭妇女的嫌弃，这种嫌弃渗入无意识之中。全职妈妈并非什么都不做。很多人除了独力照顾小孩（可能不止一个）和打理家务，还会做一些兼职、在家工作乃至创业。她们缺少的不是个人价值，而是社会认可。这种社会认可的缺失，导致了少女时代的我对我妈的不认同和对母职的拒绝。潮汕女子据说都是“贤妻良母”。以前，每当有人听说我先生娶了一个潮州人而羡慕他“有福气”时，我其实特别不服气，对这种刻板成见深恶痛绝。因为在整个妇运史中，“贤妻良母”是被污名化的，民国时期的“新贤妻良母主义”也常被斥为“复古逆流”。

然而，成为母亲之后，我发现自己置身于一个两难境地。你要么保持独立姿态而不做“贤妻良母”，但多半对丈夫和孩子（重点是孩子）怀有亏欠之情；要么为了符合主流社会对“贤妻良母”的传统期待而牺牲自我。我重读有关“贤妻良母”的文献，特别注意到周恩来在 1942 年写的《论“贤妻良母”与母职》。他认为“贤妻良母”作为一个固定搭配，其所指已经连结上特定的意识形态内涵，甚至在前面冠以“新”字也不能解除这种连结。不过，“我们非空口反对‘贤妻良母’，而是主张以尊重母职，提倡母职为中心的新观念，来代替‘贤妻良母’的旧观念的”。“妇女于尽母职的时候，少做一点其他的事业，不仅是许可的，而且是分工的必须。但我们反对借口妇女应尽母职，因而取消其社会职业，使其陷于更大的困难，转致妨碍母职。我们更反对以同样借口不承认妇女的社会地位和政治地位。这种想法的人，不过是男权社会的拥护者罢了。”那个年代，周恩来就提出要给家庭妇女以平等的社会地位和政治地位；而贬低家庭妇女，则是“男权社会的拥护者”无疑了。

霸权不只是纯粹的意识形态，它当然也有物质的面向。但我们反对那种经济决定论，以为女性有了独立经济来源，便可以解决一切性别平等问题；或者以为达至性别平等的前提，是女性要有受薪的职业。那些放弃了职位乃至高薪的妈妈，她们确实需要让渡一部分权利，但并不是悲苦无助的。相反，她们有更多的空间来反思消费主义和资本主义的工作伦理。“一个人的收入就可养全家，另外一个人就可以做一些与钱无关的、有意义的事情。”（梁小岛书中全职妈妈 Fiona 的话）

我想象的女性主义母职，首先是通过一种葛兰西式的路径，重新定义母职。葛兰西认为，旧的文化霸权虽然强大，但并非坚不可摧，我们需要在“常识”层面为争夺新的“同意”而战，这是一种阵地战（war of position）。具体到反对男权意识形态的斗争，没有一种整体方案能够切实而彻底地推翻所谓“母性神话”的霸权。我们要做的，是在社会文化中建立一种新常识：母职是与一切公领域的工作一样有意义、有价值的。它不是一种次等的劳动。但这不是要强制所有女性从事同等强度的母职劳动。女性可以在她自身所处的情境中，决定履行母职的方式和介入程度。我们当然可以是独立的贤妻良母，可以是有主见的贤妻良母，可以是参与家庭决策的贤妻良母，可以是参与公共事务的贤妻良母。当我不再为道德进步主义一叶障目的时候，我终于可以承认，我妈在生儿育女的过程中，在家庭经济的管理上，充满了能动性。她不是刻板印象中那种旧时代的家庭妇女，她是新时期的贤妻良母。她获得了她想要的人生。

其次，女性主义母职不是完全由母亲个体来承担的。公共机构、女性团体和家庭内部的支持网络同样非常重要。父亲履行父职是女性主义母职得以实现的重要基础。认为父亲不认真履行父职是由于所谓“母职守门”（母亲通过设立严格的家事标准来限制父亲对家事的参与），或认为父职是一种比母职更理性、科学因此更高级的亲职实践，都是有问题的（这个值得另文讨论）。父职和母职并不应该有基于性别刻板印象的固定分工，而应由父亲和母亲个体基于自身情境灵活分配。

女性主义者不论是争取对母职的正面表征，还是在日常生活中践行母职，都是一种长期的、有机的介入，不能一蹴而就，也不会一劳永逸。

（选自《读书》2021 年第 2 期）

藏北三章

吉米平阶（藏族）

塔青和他的世界

找到塔青不容易，我随西藏作协在申扎开笔会，找了他三天。

塔青是申扎县的野保员，就是专业保护野生动物的工作人员，正式称谓叫野生动物协议管护员。申扎县有 42 个野保员，塔青是他们的头儿。

申扎县是那曲市中部的一个县，县城海拔 4700 米。

在离开申扎的头天晚上，塔青来了。想象中的野保员应该浑身披挂，威风凛凛，但塔青给人的印象完全不一样。他很普通，普通到随便扔到哪个人群里都很难找出来。

塔青来的时候，我们正准备吃晚饭，在旁边的茶楼里，我和《西藏文艺》的主编旦巴亚尔杰先生一起环绕他坐下，旦巴亚尔杰先生要采访他做一篇野生动物保护的文章，我也有这个想法，但想得更多一点，何况他是用藏文写，两下不相干。

塔青不是想象中的藏北汉子，个子不高，穿一件浅蓝色的冲锋服，甚至还有一些腼腆，但说到野生动物，慢慢话就多了起来。塔青小的时候就喜欢动物，说不出原因，就是亲近，放牧的时候，看见鹤呀黄羊呀野驴呀，就高兴。那时候还没有全面禁猎，野生动物看见人就跑，塔青就想将来有机会，一定要做保护野生动物的事情。

塔青，在藏语里就是“大经幡”的意思，父母辈起下的名字，似乎注定了他就是要行善积德，平时放牧时，没事他就骑马巡护，2008 年，听说林业局在招收野保员，他就主动找上门去要求报名。塔青高中毕业，人又机灵，按县里的要求，报名选拔野保员的，必须是 40 岁以下，小学毕业以上，家庭困难的会适当照顾，并且参加县、地区、自治区三级培训以后才能取得上岗资格。那时候没这么严格，但每月只有200元的补贴，想一想，我们今天随便买一顿三两个人的饭菜，这点钱也有点紧张吧，县里招收辅警，每月好几千块钱，但塔青没有动心，为什么？喜欢动物！

跟塔青这样聊着，渐渐觉出了他身上与众不同的气质。他眼睛很大，盈满笑意，但笑意背后又有一种让人无法说明白的东西，说有些忧郁吧，矫情了，他明明是对现在的生活很满意的。塔青是本县雄梅镇人，现在是林业局的公益性岗位，还兼职局里的驾驶员，管理着全局42个野保员，他爱人在县医院工作，有两个孩子，小的在县里上幼儿园。现在，他每天开着车去各地巡视，了解野保员们在他们超过50平方公里的领地里的工作情况，没什么不满意的。不过我还是觉得他的眼睛里有一种别样的东西。塔青给我看他手机里丰富的野生动物照片，那些照片生动而又难得，不是长期做野生动物保护工作的人是无法得到的，我告诉他，这些东西可不能随便给人，是有版权的，他朝我笑笑，说已经给过好多人了。他边给我看手机边给我讲“仲仲”的故事，仲仲是黑颈鹤的别称，他说仲仲是极重感情的鸟，一对鸟终生厮守，如果一只死了，另一只也不独活。有一次，塔青在路边发现一对黑颈鹤夫妇，母的在迁徙中受了伤，他们想去救护，但雄鹤坚决不让靠近，雌鹤死后，雄鹤寸步不离地守在雌鹤身边，发出呜咽的哀鸣。塔青他们把尸体带回去作无害化处理，三天后回到那里，那只雄鹤也已经死在路旁。塔青告诉我们，一对黑颈鹤顶多孵两只蛋，而且一直带在身边直到迁徙。“黑颈鹤对爱情忠贞，但又对家乡没有感情。”塔青告诉我们，“藏北人说，藏南的谷地养育了仲仲，它们在那里有吃有喝，健康成长，但长大了却又跑到这里来生儿育女，对故乡一点感恩也没有。”我们都笑了：“那些飞禽走兽，哪有这么丰富的内心世界。”塔青却认真地说：“你看它们的眼睛，就是无情之辈。”仲仲的眼睛圆咕隆咚，看不出个所以然，不过塔青这段话，倒让我有所悟——藏族人对眼睛和眼神，都有很独特的理解，我觉得塔青的眼神背后，有一种对众生的怜悯和保护神般的威严。

申扎县现在野生动物（包括湿地）保护实行四级管理，就是牧户、管理员、野保员和县管理局，近几年建了四个野保站、五个野保点，塔青每周要转两次，检查野保员的工作，他们观察野生动物，要记录时间、地点、名称、数量、公母、距离等等，十二月交配和六月产仔期，去的时间更多。除了管野生动物，还要管理牧羊犬，登记上户，打疫苗，预防包囊虫病。我没有想到在如此广阔天地，家犬也要管理。这也从另一个方面说明，现在基层的社会管理能力也在不断加强。

随着野生动物数量的增多，人和野生动物争夺生存空间的矛盾也越来越突出。塔青告诉我们，牧民向他们投诉最多的就是狗熊。狗熊（棕熊）这种大型动物，活动半径大，食量大，过去入冬前常吃的食物是鼠兔储存的人参果（蕨麻），现在牧民把人参果挖了换钱，狗熊没得吃了，也不冬眠，经常到出去放牧的牧民家里祸害，把屋子里的东西吃了，临走还要往糌粑里撒尿，把清油洒一地，更有甚者，把房子都给掀了，野保员也没有办法，赶走了事，记录下牧民的损失上报。

塔青手掌上有一处明显的伤痕，是被一只雪豹咬的。塔青回忆说，那是三年前，有牧民报告说家里羊圈来了一大两小三只雪豹，咬死了几十只羊，他们赶去的时候，三只雪豹吃饱了懒洋洋地躺着，后来跑了一只，抓到了母雪豹和一只小雪豹，用糌粑和动物内脏养了一周，放归自然的时候，那只小雪豹咬了他一口，就那么一下，就咬个洞穿。

现在经常发生雪豹袭击牧民羊群的事情，这种过去神秘而美丽的生灵，如今种群日渐壮大，牧民们温驯的羊群，成了它们最佳的猎物。据说雪豹咬死猎物后不吃肉，只喝血，血喝多了就会醉，平时敏捷灵动的雪豹喝猎物的血喝醉了，很容易被牧民们抓住，不过牧民都知道这是保护动物，就会报告野保员和当地的林业部门，协商雪豹放归自然和料理赔偿的事宜。

野保员另一件繁重的工作，就是救护那些被网围栏套住的各种野生动物，特别是藏羚羊，每年救护的不下几十只。色林错自然保护区的主体在申扎，申扎的主要任务是保护湿地，但现在看来，湿地是大自然蛮荒之力的杰作，人类在它的面前，要做的更多是顺应，而人与野生动物如何相处，倒是要直接面对的课题。

遥远的石头

前不久看过一篇报道，说的是中国科学院南京地质古生物研究所“现代陆地生态系统起源与早期演化”研究团队，首次公布了他们的一项研究成果，根据他们对西藏产的琥珀化石的研究，表明 4000 万年前的西藏中部就如同今天的西双版纳，温暖潮湿，处处是高大的龙脑香科植物。

西藏中部，就是我们现在所处的申扎以及周边的广大地区。请想象一下，在 4000 万年以前，我们所在的这个地方是一片热带雨林，海拔不会超过1300米，那时候，冈底斯山已经高高地耸立在了南边，而喜马拉雅山脉至少还有一部分被海水覆盖，直到2400万至1500万年前才成为世界屋脊。喜马拉雅山脉的隆升阻挡了南亚季风气团向北移动，高原内部逐渐干旱，但它的导流作用将季风送往东南部，造就了那里一片鱼米之乡。

高原隆升后，披毛犀、北极狐这样一些哺乳动物的祖先在这里出现，在第四纪大冰期来临时，已预先适应了寒冷环境的它们“走出西藏”向北迁徙，北极狐在北极圈附近留存至今，而大型猫科动物的祖先——最早的雪豹也同期出现在高原，美洲豹、金钱豹、非洲狮等都是它的后裔。此外，隆升前的藏北存在大片热带、亚热带森林。结合欧洲和北美的化石同类来看，青藏地区在新生代早期曾是植物扩散和交流的“枢纽站”。植物界的“拓荒者”们经由这里去往欧洲、北美，其后裔仍是今天热带和亚热带的常见物种。

这就是几千万年前的藏北，在我们现在站立的地方，曾经绿意葱茏、生机盎然，是许多种动植物生存和繁衍的乐园，更是它们由此出发，走向世界走向未来的出发点。

在申扎，县文化局的同志带我到了雄梅镇的一处旧石器发现点。离公路不远的一处缓坡上，有方圆几百米的面积，到处散落着经过加工的石块。以我有限的考古知识，这些石器以龟背形刮削器为主，可以用来剥兽皮、刮兽肉和加工皮革。文化局的同志告诉我，据考古专业人士说，这一处旧石器遗址应该是在距今3万年左右的旧石器时代晚期，那时候，随着生活环境的变迁和生产经验的积累，过去拣拾的方法有时不能满足生产和生活上的需要，在有条件的时候，古人便从适宜制造石器的原生岩层开采石料，制造石器。因此，就会有人从周围地区不断来到这些能够提供丰富原料的山地，从岩层开采石料，乃至就地制造石器，因而出现了一些石器制造场。

石器原料开采和比较固定的石器制造场的出现，是社会生产力发展的标志。的确如此，在发现的石器周围，我们没有看到相同的岩石层，显然加工石器的原材料是从别的地方开采的，同时也没有在原地发现动物的骨骼之类，说明这里是一个石器的加工点。也许那个时候，这里的气候还不像今天这样严酷，周边有许多狩猎部落，他们中的一些人成了专业的手艺人，用制作好的石器换取食物，因为这种工具与狩猎和吃兽肉有密切关系。在这处旧石器发现点，我们看见了制作石器的原材料石坯，看见了加工的半成品和废品，更多的是刮削器，它们劈裂面平坦，背面隆起如龟背，遍布加工痕迹。文化局的同志告诉我，他们已经申请相关部门要将这条路过的公路改道，避开这一处发掘点，将它保护起来。我倒觉得，作为旧石器的发现点，保护起来是必要的，但那些散布的旧石器的成品和半成品，还是应该收集到专业部门保护起来，以供研究和展示用。

手里拿着这些冰凉的石器，想象着就在此地，曾经有一双 3 万年前的手摩挲过它，拥有过它，感到有点不可思议。那个时候，作为西亚、中原和东亚的走廊，藏北的古人，也许也跟各方古人进行过某些交际。

在申扎开笔会的一天，会议组织我们前往色林错，头天晚上下了小雪，出了县城，我们就行驶在茫茫的雪野中，这个时候视线极好，远处的风景，不远处的藏羚羊、黄羊（也叫藏原羚，屁股上圆圆的一个白色的心形图案，跑起来一蹦一跳，格外显眼）、藏野驴，近处的牦牛和羊群，构成一幅和谐的画面。雪后初晴，白云在天边镶嵌出一道亮丽的边际，映衬得天空由蔚蓝变成了蓝黑色，这时，从白云深处，出现了一条长长的黑线，还没有等我们辨识出到底是什么，这条黑线已越来越近，原来，是成千上万由北向南与我们相向而来的南飞的大雁！在蓝天白雪的衬托下，时而飞出人字时而飞成一排的雁阵，让我们所有的人都目瞪口呆，傻在那里，等有人反应过来想拿出手机相机拍照时，刚刚还热闹非凡的天空已归于寂静，大雁们已经掠过我们的头顶，给我们留下了远去的背影……从两辆中巴下来，所有的人都激动不已，刚刚天上的喧闹此时又移植到了地上，一群人叽叽喳喳，纷纷表达着自己的激动。是啊，雁南飞，本来是一种生命的本能，但在这样高寒的地方，在这样蓝天白雪的环境下，看见雁南飞，还是给人一种震撼，一种发自内心的对生命的礼赞。

感叹完毕，继续乘车北行，这时，一抹湛蓝出现在眼前，继而扩大，充盈整个视野——色林错，这就是色林错，它静卧在那里，波澜不惊，直接天地，是大海的感觉。没来由地，我耳边响起来苏联歌曲《深深的海洋》：深深的海洋，你为何不平静，不平静就像我爱人，那一颗动荡的心……

大家在湖边手舞足蹈，各种感叹，各种照相。我看见月牙形的湖岸上，一层一层的水渍，像是大地的笔记，记录的是岁月流逝，记录的是历史久远。

神奇的藏北，荒凉之下竟掩盖着这么多神奇的过去，令人对这片土地，有了一种别样的认识。

双湖，前世和今生

在色林错，看见许多地方都有整齐的围栏围着，不解其意，了解以后才知道，本来是准备把色林错周边开发成一处高端旅游点，但围上之后有碍动物的自由迁徙，现在已经开始拆除了。

如果把西藏自治区的地图看成一个不规则的木块，那么申扎就是可以支撑和平衡这个木块的中心点，这个中心点的南边，翻过冈底斯山和念青唐古拉山，是富饶的藏南谷底，而这个中心点往北，则是著名的羌塘国家级自然保护区，也就是羌塘无人区。

相关资料是这样介绍的：羌塘国家级自然保护区位于西藏自治区北部，昆仑山、可可西里山以南，冈底斯山和念青唐古拉山以北。主要保护对象为保存完整的、独特的高寒生态系统及多种大型有蹄类动物。羌塘自然保护区是高原荒漠生态系统的代表地区，这里不仅有星罗棋布的湖泊，空旷无边的草场以及皑皑的雪山和冰川，而且有众多的濒危野生动植物。

羌塘自然保护区于1993年经西藏自治区人民政府批准成立，2000年4月4日经国务院批准设立，分布在西藏那曲、阿里两个市，是目前中国海拔最高、面积最大的自然保护区，是仅次于格陵兰国家公园的世界第二大陆地自然保护区，也是平均海拔最高的自然保护区。面积达29.8万平方公里，平均海拔5000米以上。保护区珍稀野生动物种类十分丰富，共分布有国家一级保护野生动物10种、国家二级保护野生动物21种，被誉为“野生动物的乐园”。羌塘国家级自然保护区是青藏高原的核心和主体，是野生动物最集中的地区，是最具高原生态特征的生态地理单元，也是世界上海拔最高、气候条件最恶劣的高原。这里有成千上万的高原独有野生动植物。同时，这里还是藏族最古老的象雄文化的发源地，是长江、湄公河、萨尔温江、黄河等亚洲主要河流的发源地。

“羌塘”藏语的意思是“北方旷野”，在地理上没有严格的界限，泛指藏北高原内流水系的连片地域。我最早对羌塘的知晓，来自西藏的两个办事处，双湖和文部，这两个地名在西藏声名显赫，是因为它们代表着西藏最神秘的一部分，在那里，有广大的无人区，很难用言语来表达那里的景色，你只能用心灵感知它的庄严、静穆和深邃，领略大自然赋予它的瞬息万变和亿万年的寂静，那里人迹罕至，统治那里的是各类野生动物和亘古不变的风……

双湖应该是世界上海拔最高的县城了，大部分地区海拔超过5000米，在这里，我这个老西藏都有些吃不消，血氧含量在72%左右，晚上更低，这是一个十分不理想的指标，夜里睡眠质量大打折扣，但这些一点也没有给我能够到双湖的兴奋和庆幸打折扣。

现在想起来，对双湖的神往，应该是在20世纪八九十年代，来自记不清是在哪一本西藏的刊物上看到的一幅照片，那幅照片画面正下方是一个完整的羊头骨，而画面上方整个是阳光斜照着的荒野，似乎有零星野草在冷风中摇曳，给人一种遥远苍凉的印象，那幅照片的题目就叫《双湖很遥远》。遥远的双湖吸引着我，从那以后就暗下决心，一定要去双湖走一遭。

双湖2012年11月建县，我在双湖入住的宾馆里看见一个双湖建县的纪念，是两个巨大的藏式铜壶造型，取的是“双壶”的谐音，其实双湖县名称的来由，是因为曾经的政府办公地附近分别有康木如湖和惹角湖两个湖。这是西藏第一个以汉语命名的县，也是我国最年轻的县。

双湖历史上因人迹罕至，曾被称为无人区。为了开发无人区，1976年设立了双湖办事处，归当时那曲地区直管。双湖平均海拔5000米，高寒缺氧，气候寒冷，真算得上世界第三极之极地，被称为“人类生命极限试验场”。

如今双湖县和尼玛县的辖区，曾经大部分属申扎县。申扎县那时候地域广大，总面积达30多万平方公里，几乎涵盖了整个羌塘高原。过去，申扎县人口聚居在南部40%的土地上，北部20多万平方公里为无人区。

无人区在历史上也并非完全无人居住。有靠打猎为生的猎人，有专事抢劫的土匪，更多的属于不堪南部牧主剥削和繁重税收而跑过去的普通百姓。据说，和平解放前，西藏地方政府打算向北扩展，曾派一名官员前往无人区考察，此人到了现在尼玛县荣玛乡江爱山一带，因环境恶劣天气寒冷，再也不愿往前走了，于是返回报告说，他已经走到了天地的尽头。西藏地方政府于是决定把荣玛乡境内木嘎尔山以北、扎加藏布河以西划作无人区。到了无人区就是自由民，所以过去藏北有个民谚说：过了嘎尔、玛尔、扎玛松，人无贵贱之分。

当年考察、开发无人区，与一个传奇式人物密切相关，他就是时任申扎县县长的洛桑丹珍。为了求证开发无人区的可行性，他曾三进无人区实地考察。

1965年，27岁的洛桑丹珍出任申扎县委副书记、县长，面对县里畜多草少的矛盾，他想到开发广袤的北方无人区。“文革”中，洛桑丹珍被打倒并发配到吉瓦区吉瓦乡接受批斗。当时吉瓦乡缺草严重，牧民打算翻越木嘎尔山去无人区的伊布盐湖附近放牧，洛桑丹珍得知这个消息，跟随牧民前往无人区考察。1971 年初夏，洛桑丹珍一行三人首次进入无人区，一直走到玛伊山一带，发现那里水草丰美，遍地野生动物。这次考察历时一个多月，跋涉上千公里。回来不久，洛桑丹珍恢复职务，1973 年夏，洛桑丹珍再次带领四个人二进无人区，在荣玛乡绒马大温泉附近开荒试种青稞。1974 年明，申扎县加林工作组、安多县工作组、班戈县工作组分别从所在县进入无人区，按商定路线分头进行考察。洛桑丹珍带领藏族、汉族干部一行十八人（被称为“十八勇士”）第三次进入无人区，9 月初返回工作组驻地。这次考察历时三个多月。同年 10 月，洛桑丹珍还派人第四次进入无人区考察冬季水草和气候情况。

洛桑丹珍三进无人区考察，为开发无人区掌握了大量第一手资料，此后，他更以那曲地区行署专员的身份兼任新成立的双湖办事处主任，成为无人区开发的翘楚。今天想来，除了开发未知领域草场资源的雄心壮志，无人区里大片草场和广袤的未知土地，让备受压抑的洛桑丹珍身心感到了极大自由，因此一再带队深入，进军传说中阴森恐怖的“鬼地”，也不无道理。

1975 年底，自治区同意开发无人区，并决定组建双湖办事处。1976 年 2 月，双湖办事处在无人区的康如宣告成立，同年底，成立申扎县西五区办事处（后更名为文部办事处），很快，一次具有历史意义的大搬迁开始了：5000 名牧民赶着 52 万牛羊进入亘古荒原，使沉睡的“生命禁区”重新有了人烟生气。1983 年 10 月，国务院批准成立尼玛县。

虽然无人区地域辽阔，现有开发程度仅占总面积的三分之一左右，但由于气候寒冷和过度放牧，开发区内的草原以每年 5% 的面积迅速退化。许多牧民希望继续北进，去开发新的草场。为了保护野生动物的最后家园，当时的双湖特别区政府决定，不再向北拓展新的牧区。同时，着力解决牧民的经营方法，阻止现有草原继续荒漠化。

2018 年 6 月，新华社和央视网都报道了尼玛县荣玛乡拆除网围栏的事情，报道说：平均海拔在 5000 米以上的荣玛乡，地处羌塘高原大湖盆地带，属于羌塘国家级自然保护区缓冲区，是藏羚羊等野生动物迁徙活动的重要区域，不少牧户的家距离藏羚羊产仔和迁徙的地方非常近，不利于野生动物的保护。同时，这里的牧民就业、看病、上学等都存在很大困难。因此，西藏自治区在这里启动了首个高海拔生态搬迁项目。

报道说：人往南迁，羊往北走，这也是西藏推动生态文明建设的重要举措。这次荣玛乡高海拔生态搬迁将腾出国土面积 467.19 万公顷实施退牧还草，给藏羚羊等野生动物腾出迁徙路线和更多的活动空间，还自然以宁静、和谐、美丽。

荣玛乡，意思是红色的峡谷。它的前身是当时的双湖区办事处荣玛区，也是洛桑丹珍三次无人区考察的最初落脚地。荣玛，从无人区的开发到高海拔生态搬迁，一进一退，都是在这里开启，这似乎也演示着双湖这个坐拥“海拔最高、面积最大、人口最少、野生动物最多”四个“世界之最”县的前世今生。

在双湖的两天，没有来得及深入到它的内部，但它给我的独特感受，却是在任何一个别的地方都无法获得的。双湖，这座位于藏北核心区的城市，这座在“高高原”上由一代人的青春热情驱使建立起来的城市，这座让许多人闻而生畏的城市，这个积淀着三万年前古人活动遗迹、记载着三千年以来古象雄文明兴衰的地方，如今，面临着如何化茧成蝶的问题。

在双湖，入住在双湖宾馆，也就是双湖县委招待所，如现在那曲所有的县（包括乡镇政府）一样，双湖宾馆也建在一处太阳能阳光棚，当地称之为生态园的建筑之中，这种阳光棚有大有小，像县一级的，至少也有上千平方米吧。白天，阳光照耀，各种绿色植物争相吐翠，除了上下楼梯还有一些气喘外，完全感觉不到自己是置身海拔 5000 米以上的高原。但室外完全是另一番景象。吃过早饭来到街上，看见的完全是另外一个世界。县城的街道，白雪覆盖，到处静悄悄的，藏族地区特有的身躯巨大的流浪狗在街道上游荡，一家已经开门的超市门脸上，有双湖至拉萨班车售票的招幌，我上去询问，说现在隔日有从双湖和拉萨双向发车的班车，一天就能到达。这让人有一点不可思议的感觉，因为，在此之前，我觉得到双湖有如登天，但现实告诉我，只要去到长途汽车站，买上一张前往双湖的汽车单程票，你从繁华的拉萨一天就能抵达这里，咫尺天涯。

在双湖县城漫步，不到一个小时，就已经将县城看了一遍，县城之外，是茫茫的雪野，而在县城中穿梭而过的行人，都匆匆忙忙，只留下模糊的背影，感觉像史前世界或者某个黑白电影中的场景。而身体的不适，时刻提醒我这里的海拔高度，让我奇怪的是，在西藏行走这么多年，随时都能够感觉到自己身处高原的地方，只有在双湖，“人类生命极限试验场”，名不虚传。

2017 年 11 月初，在全国上映了一部名为《七十七天》的电影，这部电影描写了一个旅行者孤身骑着单车独闯无人区的故事，影片中羌塘无人区雄浑壮阔的景色令人心驰神往，据说这部电影是以一个叫杨柳松的人77天孤身穿越羌塘无人区的真实事迹为蓝本创作的，在票房上取得了不菲的收益。看来都市人在钢筋水泥的丛林里待久了，都有那么一点冒险的冲动。

电影把中国遥远而苍凉的西部推到了观众的面前，也把非法穿越保护区这样的恶劣行为美化成了一种英雄气概。随即，2017年11月20日，青海可可西里、新疆阿尔金山和西藏羌塘国家级自然保护区联合发布公告，禁止一切单位或个人随意进入保护区开展非法穿越活动。公告说，近年来，部分户外运动探险者在网站论坛公然发帖，擅自组织，随意进入三大保护区核心区、缓冲区进行非法穿越活动，严重破坏了脆弱的高原生态环境和野生动物栖息地，而且存在极大的安全隐患。

公告中称，对违反规定的单位或个人，一经查处，将严格按照《中华人民共和国自然保护区条例》等相关法律法规予以处罚。对因非法穿越活动造成保护区自然资源、生态环境严重破坏的单位或个人，根据有关法律法规交由公安机关处理，直至追究刑事责任。对因非法穿越活动造成的人身伤亡等事故，责任由开展非法穿越活动的单位或个人承担。

然而，据当地的朋友告诉我，近年来入冬后路面冰冻，便于汽车通过，就会出现非法穿越的情况，而且有人数越来越多的趋势。很多时候都是八九辆高级越野车一起穿越，对生态环境的破坏极大。这些被抓住的非法穿越者，对他们的顶格罚款是5000元人民币，用他们自己的话说，是买门票的钱，而且很便宜。这些人都是些精致的有钱人，车上不会有任何违反《中华人民共和国自然保护区条例》的证据，保护区的执法者拿他们无可奈何。

双湖何去何从，我自然没有发言权，但在双湖的几天，看着想着，脑子里不禁浮想联翩，一发不可收拾。

我想到，那些准备围绕色林错而建的围栏，可不可以在色林错以南、在新疆阿尔金山、在可可西里等地方建一个隔离带，隔出三个自然保护区的大片区域，因为那里连接着羌塘草原的苍茫大地，海拔都超过4800米，人类在那里曾经的生存，实在是出于无奈。

我想到，双湖这个已经颇具规模的城市，随着高海拔搬迁的开展，牧民群众都已经撤出，县里的工作人员可以有另外一种身份，保护区管理员。他们把双湖县城作为一个基地，有限度开发高端旅游，就叫作“人类生命极限试验场”。在那里，有现代人想要体验的高海拔、极寒天气、荒无人烟和极地考验，可以体验与野生动物的和谐相处，也有阳光棚生态园、高压氧仓、野地救护这样的生命保障，那些具有挑战精神的人们，不必冒天下之大不韪，拿我们今天视为生命的环保作消费，只要缴纳足够的费用，就可以不用像做贼一样鬼鬼祟祟，而可以光明正大地体验生之极致、死之将至。

我想到，在这片“高高原”上，在这个“生命的禁区”，应该有一个叫双湖的旅行终点，那里是人类挑战自我的极致，是人们认识自我的归宿，也是世界的唯一。

我想到，我们的绿色发展观，除了绿水青山，也包含这里的冰天雪地，这样的冰天雪地，不就是我们的金山银山？

在双湖县城的郊外，我曾看见一片连绵的朱红，它在白茫茫的雪地上，是那样娇嫩，又是那样鲜艳，与蓝天白云和高原雪被交相辉映，形成一幅让人铭心刻骨的画面。我问同行的当地朋友，他告诉我，那是双湖特有的红景天品种，因为这里空气稀薄，气候寒冷而干燥，这种红景天需要在短短几十天就完成发芽、生长、开花、结果的生命过程，然后转入休眠期，所以它的植株呈现红色，特别是在生长的后期，经过霜打以后，会变得火红火红。

听到这里，我呆住了，我想到了我的朋友塔青和那些在这片高原生活工作的人们，他们透支的健康和生命，不正绽放着这种美丽的火红；我想到了双湖和藏北，想到了它们的前世今生以及未来；我想到了生命的短促、历史的绵长，想到了人的努力与大自然的力量，想到了我们到底怎样与大自然和谐相处……

（选自《民族文学》2021 年第 8 期）

旧时月色

文　河

旧时月色

月亮升起的时候，人间就静了。

旧时树多，草茂。树多成林，一片一片的树林，月亮照着，一摊一摊树影汪汪如泼墨，远看有生动变化的轮廓曲线。旧时水也多，池沼、溪流、湖泊，很多地方，都亮闪闪的。月亮照着水面，每个水面都有一个月亮，旧时的月色也就更多了。以前，人们称月亮为月婆、月姊，人和月亮是一种世俗的关系。

在中国的抒情传统中，月色也是中国人心灵的底色，像宣纸一样，无边无际地铺着，铺远了，就看不清了，人的心灵和天地浑然一体。月色是一种调和，也是一种抚慰，那种朦胧，似梦境，又不是梦境。这种底色，也正是老子所说的“光而不耀”，由此产生了渺若烟云又空灵含蓄的水墨艺术。

多年前，受一个出版朋友约稿，打算写一部李清照的传记。写了一个开头，从一个月夜开始的，月色里还有一丛绿竹，微风里竹影婆娑。后来却缺乏足够的热情，遂作罢。李清照，这个名字里，镶嵌着一轮月亮。

明月照积雪，又冷，又亮。明月照大漠，空旷，浑茫。月色也有凛然的时候，不过，这并不是主要的。苏东坡的词句，“我欲乘风归去，又恐琼楼玉宇，高处不胜寒”，这应该是我们一种普遍的文化心理。我们的精神境界，追求的是温润，而非高寒。积雪是很快就会融化的，变成檐前的滴水声，而大漠只是一种情调、一种境界，是人世的边塞，塞外荒寒正是为了映衬关内的繁华。中国传统的美学意象，主要还是“春江花月夜”。月色中有情感的传递和恒久的牵挂，“思君如满月，夜夜减清辉”。日光是爱，月色是思。思，是一种浓而不烈的感情，唯其如此，才更能绵绵无尽，悠悠不断。

中国人追求清凉之境，却又能止于幽寂，与整个世界无间然，千江有水千江月，月色与流水，明亮而不刺眼，宁静而不沉寂。清凉之境，也是佛教中国化之后的心境，禅宗之境。禅宗的静，是静谧，而不是静寂，充满了宁静的生机。杨万里的诗，“小荷才露尖尖角，早有蜻蜓立上头”，禅宗就是那只长着透明翅膀的红蜻蜓，浑身透着静谧，但又随时会轻盈地飞起来。生命和意识若是长久地静在一处，便会失去灵动之气，变呆。

五胡乱华，南北朝对立，史书中杀气冲天，流血千里，一切秩序都被打乱了，天地失色，整个人世都陷入仓皇无措之中，人在残忍中又带着一种动物式的无明和凶蛮，除了自己被无限放纵的原始欲望，人世间没有什么想要去珍惜和笃信的。而在乐府民歌里，小儿女情思婉转涌动，月色仍保持着应有的明亮和安静。这种情思脉脉不断，盈盈似水，一直涌流进张若虚的《春江花月夜》里。

想到细雨，会想到柳色覆盖的金陵。想到月色呢，则会想到秋风吹拂的长安。月落长安，雨湿金陵。那风中折柳送别的人在哪儿呢？那灯下拈针缝衣的人在哪儿呢？那月下执杵捣衣的人在哪儿呢？一代一代的人，在急速流逝的岁月中老去，消失，泯灭无踪，而月色依然。

月色中的桃花源，桃花满枝，一朵朵红着。露水落下来，连花朵中的枯枝都变潮湿了。犬吠，灯火，房屋里隐隐透出人的说话声，还应该有婴儿的啼哭。真正的仙意隐藏在烟火红尘之中，正如真正的佛境即是人境。桃花源里的月色，也是王摩诘辋川山中的月色。也许可以这样说，东篱采菊的陶渊明如果被禅宗的露水浸润，就会变成坐看云起的王摩诘。

唐诗宋词里的月色，《老残游记》里的月色，《红楼梦》里的月色，《聊斋》里的月色，张爱玲小说里的月色。长河悠悠，月华如练。

《水浒传》里可以不必有月色。但如果《西厢记》里没有月色，张生和崔莺莺受禁止的感情，仍会一如既往地向前发展，只是，这种感情的底色，将会失去诗性的明丽纯净，变得晦暗混浊。男女之间的艳情，在朦胧如幻的月色里生发进展，才能浓烈而不失含蓄，旖旎而不显狎邪。《花间词》里的作者，尤其明白这个道理。

月色中的虎啸，有几分神秘感。黑暗中的虎啸，则只有冷冰冰的恐怖了。月黑杀人夜，风高放火天。这是对人世界限的突破和泯灭。月色从中国人心灵中消失的时候，一片晦暗，往往天下就乱了。

路边的槐花开了一阵子，开始落了。淡白隐绿的花朵，簌簌往下掉，地上已是厚厚的一层。国槐花小，堆积多了，就成阵势了。槐叶稠密，密不透风，也不容易透雨。晚上偶尔落下一阵疏雨，并不影响散步。回来的时候，走在树下，密叶间突然一缕蝉鸣，声如裂帛，破空而来，倒让人一惊。抬头一看，云彩早已散去，一轮明月，静静悬在天空。

草色

韦应物有好句："微雨夜来过，不知春草生。"

天地自然中，时刻有美好的事物在发生和出现，虽然我们没有看见，但这一切却依然与我们有关，因为我们始终在着，并没有缺席。这里有一种人与万物的交融和律动。在与不在，知或不知，这种万物交融的感觉却并没有隔绝。古人的生命感觉向来是虚实相生的，辽阔而充实，具体而空茫。如今，我们已经丧失了这种对于天地自然的感觉，所以，人生的幅度也变得狭小了。

清晨，微雨后的空气多么清润，春草之色多么新鲜。川原悠悠无尽，草色绵绵无尽，那离开的人，渐行渐远，慢慢变成一个虚影，一个墨点，然后，消失在天际。而归来的人呢，踏着青青草色，越来越近，身影清晰，由虚相变成了现实。仿佛这世上一切美好的事物，无论你看见或看不见，都是真实的，笃定的，不可怀疑的。

佛经里的诸佛之所，宝相庄严，香花遍满，七宝琉璃铺地，然而，我却更喜欢人间的青青草色，阡陌纵横。我想，我终究是一个世俗之人，有尘俗之想。

读《古诗十九首》，好像在读整个悠远的人世。这些诗里有一个广大深远的空间，也有千年万年的光阴徘徊。风吹嘉树，风吹人世，古国那跌宕的心灵，对忧乐爱恨生死，由于过于执着，还没有想到超脱。即便对自己的人生想开了，也带着一种自我安慰的调子。古国苍苍，川原茫茫，草色绵绵，相思不断。盛夏，几场大雨过后，北方的草色连天，浩浩长风中，绿得荡气回肠。

对我而言，江南是一种文化情结，而不是一个地理概念。在我的文化想象中，古典的江南淡绿浅青，正是春草初生的颜色，哪怕冬天也是如此。这种情结，也是一种文化乡愁，但只适合怀想。它是由众多的史书笔记和古典诗词所塑造培育的。所以，当我说到江南，更多时候，只是一个文字里的江南、诗性的江南、逸笔草草的江南。南朝的江南芳草萋萋，烟雨迷离；唐宋的江南笙歌悠扬，月光如水；明清的江南呢，繁花似锦中，又似乎总是莫名地透出一缕挥之不去的故国之思、遗民之恨。那夕阳芳草波光潋滟的江南，时光陈旧，王孙未归——也永远不会再归了。

我们这儿常见的草有萧、艾、蒿、茅、蓟、断骨草、芨芨草、狗尾巴草、猪耳朵棵等。还有一种草，生命力和繁殖力极强，叫莎草。有一个词牌名就叫“踏莎行”。如果雨后赤足踩在莎草上，凉浸浸的，感觉尤好。乐府诗里有“蒿里”之诗，蒿草味道浓烈，有荒蛮之感。残秋，草叶落尽，蒿草的梗株变红，棵棵铮铮挺立，那红色极艳。

晨读杜诗。杜甫流落秦州之时，生活极其困顿，当地有位友人，送薤三十束，杜甫为之写诗一首，说此薤“束比青刍色，圆齐玉箸头”。玉箸头，是说薤根之白。薤有圆锥状鳞茎，可食。自古衣食艰难，至今依然。一个伟大的诗人，其生活也只是寻常。或者说，寻常生活，即能成就一个诗人的伟大。陶渊明的生活，更是如此。生活的丰富，在于心灵的感受，而不仅仅在于肉体的经历。强烈的印象，可能会对心灵产生刺激，却不一定能被心灵摄取和回味。而薤是菜，不是草。记得读乐府诗《薤露》，“薤上露，何易晞”，很长一段时间，我都以为这是一种北方地区密密丛生的野草。朝阳初升，叶上露珠滚滚，晶莹闪烁，让人想到惠特曼的诗集——《草叶集》。

还是杜甫的诗句，“万国兵前草木风”，乱世的草，好高啊。而中国的乱世，也真多啊。

有一种命运遭遇叫花落溷藩，就是花瓣落到了厕所里，似乎比一朵鲜花插在牛粪上更为不堪，而有一种文学之美则叫落花依草，娟然自媚。有一个男作家叫何大草，有一个女作家叫草白。都是好名字。先秦诸子著作，《庄子》里有盛夏草木的气息。春秋战国，楚国给人一种草木莽莽的感觉。

深秋初冬，郊外漫步，我喜欢看那些荒草，有时也在上面坐一坐，躺一躺，看那蓝得发硬的天空。几场苦霜，天气肃杀，荒草就变枯了。枯黄的草色，干净而清爽，风吹过来，草叶摇曳，这种色彩，也不再显得跳脱。黄昏，天地静悄悄的。残阳浓红，茅草长长的密叶静静伏着，没有风，然而草丛的倾伏状态，仍保存着某场大风的“风姿”和“风势”，仿佛这场风还没有去远，随时就会回来。寂涩的草色，铅华尽洗，最能让人省思。

梅意

吴伟业应清廷之召，无奈出山，风雪途中，写诗寄意："辜负故园梅树好，南枝开放北枝寒。"此句意在言外，是象征，也是写实。此时的梅树，开的就是向南的枝条。即使是一树花，也有不同命运。吴伟业，号梅村，诗称"梅村体"，果然和梅有缘。他比钱谦益更有品节上的愧疚感。宋朝灭亡，先失去半壁江山，衣冠犹存，南宋又延续了一百五十多年。南宋灭亡，虽是由于外族入侵，但还是有一个缓冲的集体心理定式。明朝则是忽喇喇大厦倾，很快就倒了，南明没支撑起来，文人的幻灭感和哀痛感更强烈深沉，江山易主，同体大悲。

这种悲，包含着绝望，整个人生存在的绝望，广袤得九曲回肠的绝望。连颓废都不是，颓废还可以是精美的，是情感多于情绪的，是情感的有余而非不足。颓废只能是感受性的。当颓废超越于生活态度时，其实是可以变成一种细腻的美学的，一种艺术的创造。大悲痛，大绝望，便削发为僧。明亡后那些出家人，陈寅恪指出有其政治意义在。他们不是放下这个世界才出家的，而是走投无路才出家的。像诗人陈子龙，抛不下九十老母，遁为僧。后欲结兵举事，事泄被获，便乘间投水而死。

梅花在南宋被赋予人格和情操上的新意，如绘画里的折枝梅。折枝，是江山的隐喻。在北宋则是审美上的歌咏，一种个人化的自我投射，比如那个梅妻鹤子的隐士林和靖。北宋惆怅，只有敏感而多情的人才会惆怅，比如晏小山、秦少游。惆怅是女性化的。惆怅是对人生的意犹未尽，其中有爱和不舍。而古典式的惆怅不是颓废。现代的颓废则情绪多于情感，是精神的局促不安。这样，自我世界便狭小了，容不下相反的事物。在一个大的格局中，相反的事物，并非矛盾和冲突，而是相互补充，在心灵的空间，同体而相反的两翼更能扶摇直上九千里。

南宋则显得冷瑟，有身世之感，比如姜白石，其咏梅词，《暗香》《疏影》，读起来美则美矣，但总感觉有一种隔，用张爱玲的比喻来说，就是像月光下一只蝴蝶停在白手套上。好的作品应该有肌肤之亲般的实在和确凿。范成大晚年于苏州石湖玉雪坡植梅数百本，且修梅谱，称梅为"天下尤物"，可谓推崇备至。范虽有宰辅之才，但其生命的幅度和北宋欧阳修诸人相比，毕竟小了许多，故而风流不逮。就连辛弃疾这等豪健的雄杰，慷慨悲歌中也处处见其积郁难舒，当然不可能有苏东坡的旷达。苏东坡的旷达是对整个人生的超脱，所以是大的。

当生活的意义和目的是索取而不是给予的时候，现在，我们能给我们生活中的事物赋予什么新意呢？山河大地，我们置身其中，既不能使其增色，又不能静观风景。我们缺乏对事物的理解力。说到底理解力也是一种生命力，它的深刻缘于生命的蓬勃和宽宏。理解力甚至是一种热爱，但真正的热爱不是一种占有，而是真诚的奉献和给予。

而梅树也真是一种神奇的树。梅花开时，便只有花朵。梅花落了，才长出绿叶来。梅花的叶子很厚密，很粗涩。仿佛叶子是怕遮掩了花朵之美，才故意谦慈地退避，让花朵独领风骚。

（选自《散文》2021 年第 6 期）

陌生之旅

朱　强

说起来，我对于城市的印象来自公交车。不知从何时起，公交车便开进了我的日常生活中，让我觉得城市就是由一条条弯曲的公交车线路构成的。在公交车上看城市，它就像一幅徐徐展开的画。没有哪种方式比这更富有仪式感：车缓缓而行，玻璃窗外，是轻轻翻过的一栋栋建筑，一个个商铺，一棵棵树木。它们在人的眸子间轻轻地翻，仿佛清泉石上流。

停靠在车窗旁的眼睛紧盯着这座城市。端在脖子上的大脑像一个收割机，记录眼前的一切。那段时间，乘坐公交车成了我的癖好。我想再小的城市也会有远方，远方可能就在家隔壁，公交车转一大圈，又回来了，但是眼睛收获的猎物却不可胜数。

多年前的一个夏天，一辆2路公交车驶入南昌老火车站站台。它在机械地完成了一次吞吐后，迅速离开，带走了一个陌生人。这个人，开始用他自己的眼光打量起这座城市。

大雨过后，地面尘土的气息被卷向空中，人们呼吸着这种松软而又热烈的气味。阳光有着油画的色彩，展示着诱人的质感，公交车朝着城市的中心驶去。那时候，城门早已拆掉。车由东向西。老福山不是一座山，是一个圆形的街心花园。八一广场高大的革命纪念塔从天空坠入眼帘。展览馆、文联大楼、革命烈士纪念堂、老邮电大楼、江西饭店，垂手站立在长长的街道两旁。

乘公交车去和一座城市相见，要比其他任何的交通工具都更具有抒情性。当然我们也可能因此想到白马或者船。李白应该就是骑着白马去的长安。那一日，拜访对象张丞相正在病中。“哒哒”的马蹄踏着长安的青石路面，马对着长安的天空发出一声深长的嘶鸣。马倦了，诗人李白在马背上也倦了，络绎不绝的马车擦肩而过，他被呛了一鼻子尘土。马已经与现代城市的整体气氛不相匹配。船就显得更滑稽了。公交车名正言顺地成为这个时代马路上最常见的事物，它从一个路口行驶到另一个路口，将一些人和另一些人进行置换，如此循环，每一辆公交车都可能是一座巨大的城市，世界就浓缩在一辆公交车中。可是人们并不在意，公交车一辆接一辆，就像长安街上，马和马车络绎不绝，居住在长安的人们也没有谁在意。于是公交车就在城市中变得透明。

从南昌的公交车上向外看，一切都是陌生的。游学汴京的张择端，那时也还年轻，相貌也是清瘦的，在马车上，他的目光跟着春天的一缕缕阳光投向汴河边的杨柳，投向船上无数贵妇人的脸庞与胸脯，投向城门楼上的一只乳燕……游人如织，市声都被眼前的繁华滤去了，剩下的是一个存在于光色中的世界。《清明上河图》就从那一刻开始起笔，老树，板桥，茅舍，牛车，农人，河道，桥梁，酒旗，店铺，僧侣，官宦。天高地阔的画面慢慢收拢，最终变成了水泄不通的街市。马车上的景色都是颠簸的。从公交车的车窗向外看，雪白的阳光在地面上有些刺眼。我突然感受到大地是一个很美妙也很伟大的东西，一座座房子立在地上，一株株竖立在地上，一个个人立在地上。世界之所以是相通的，就因为地一直是同一块地。我坐在车窗旁看着万物稳稳地立在地上。所有的车都是在地上行驶，这条路和那条路并没有多大区别，它们都属于地的一部分，所有的公交车线路都是一趟车。这仿佛是一个秘密，居然那么容易就被一双外来的眼睛发现了。

但这仅仅是我一瞬间的想法，当我坐上不同线路的公交车，它所通向的地方必定是不同的。每趟车都像是一个志趣相异的人，每一段路都像是一种味道有别的人生。在这个城市中，有些人是你永远也遇不到的，虽然大家使用的是同一个空间，身体一律暴露在阳光下，但你们永远不能相见，交错的空间会让彼此隔离于两个时代。但是对于一个还没来得及被一座城市驯服的人而言，却并不受此限制，他的世界的全部就是他自己。那时候，我还没有固定工作，这里和那里都一样，这种生活状态就像是还并不稳定的地壳。公交车正好让我看到了不同路上的风景。我看到了分布在这座城市中的江河、湖泊，城市周围广袤的原野以及这原野上生长起来的四季，还有各个时代遗留下来的建筑。如此乱窜，我也并不是为了要去哪里，那时候我也没有哪里可去，陌生地，没有亲人和朋友。只是喜欢寻找陌生的感觉，用一场场虚拟的远行来满足一下心中“无穷游”的梦想。对于一个二十多岁的人来说，生命中有太多的正经事要做。这样无聊荒唐的举措无非是白白地浪费光阴，但是我却十分享受光阴被浪费的滋味。那时除了大把的光阴，手上还有什么呢？在我看来，公交车就像是一个风筝，它既可以把我带出去，又可以把我安全地带回来。公交车一直往东，会把我带向大地深处，大地上有华美的词语，有肥沃的文章。心里的天高云淡一旦和自然对应起来，公交车也成了空中的一支羽毛。公交车一直往西，会把人带向幽邃的山林，春山如图画，一声声鸟鸣，摘来王维和孟浩然的诗句。通过公交车，我学会了观看，无论是高深的学问还是长情的生活最初都是从看开始。在公交车上看城市就像看一幅流动的画。你在画外，你是这幅画最初的观众，图像稍纵即逝，下一个路口又捧出新的一幅……

二十多岁的我试图把一切都装进眼睛里。我爬到高高的楼上，目光向下，走进废弃的厂房，目光向外，通过老房子的天窗，目光向上。我的目光是春天的河流，是夏天的繁星，是草原上的骏马，无拘无束。我设法从不同的角度打量面前的这座城市。我想到初入长安的李白，他已经经历了人生的四十二个春天。此前的李白，是属于山水的李白，是桃红的李白，是大雪的李白，是床前明月光的李白。而此时的李白将属于这座城市，他是贵妃头顶的白玉，是宫女腰上的白裙，是酒店门前的一扇白墙。在投奔张丞相无着落的日子里，李白肯定也曾骑着马在长安的街上闲逛……

南昌的街道看起来都是新的，和它深厚的底蕴一点都不相匹配，唯独路名老出了厚厚的包浆。建筑和街道都在一代又一代人的思维中改造成时代需要的样子，马已经匿迹了，马车也已经退场了，古老的建筑都回归成泥土。路名是这个城市唯一的灵魂，民德路、象山路、渊明北路、阳明路。路是没有声音的，它是真正的隐者，大隐隐于市。它可能被修过了一千次，但是它始终都在那里。一辆公交车缓缓地行驶过来，车到站了。公交车说出了路的名字，这是一百年前的路的名字，被一个十分现代的声音说出来，像一个人的乳名在人群中被说出来。公交车把自己坚硬的身体深深地嵌入这座城市，作为一个移动的公共空间，它每天都只是负责把一些人从这里带向那里。老人孩子女人和醉汉，他们在这个公共空间中成为彼此眼中的路人。路人是没有身份的，就像落在地上的树叶和花瓣，并没有谁说出它们各自的名字。公交车也从来不会记住任何一张面孔，它甚至并不清楚要把作为个体的人带向哪里，它只是默默地走着，到一个站台然后就停下来。只有作为个体的人才知道自己要去哪儿。去菜市场，去理发店，去酒店，去和一个陌生人见面……

深夜，我乘夜班车从单位回到住所。夜色中的公交车是饥饿的，车厢里乘客寥落。灯熄灭了，巨大而深沉的困倦把人拉入幽深的海底，鱼和珊瑚已经睡去。年轻时，梦会带着人飞，就像年轻的张择端，汴京是他的天空，《清明上河图》是一只巨鸟，他坐在鸟的翅膀上，从天的这边飞到那边。在夜车上，突然睁开双眼，发现周围是漆黑的。唯有身体那么透亮，发出那么璀璨的光。

那段时间，公交车像一根隐身的绳子，连接起单位与住所。我在两者之间享用昼与夜带来的快乐，享用喧嚣与孤独浸泡的浪漫感觉，享用简单生活中的丰富皱褶。新公园路口和八一桥两个站台，正如世界的两端，两端之间，构成我生活的外部。我不再像往常一样，喜欢瞎转悠，也不再贪念于观看。我迷恋我自己，我自己就是一座富丽堂皇的宫殿。我对于公交车失去以往的热情，不再奢望通过它去绘制所谓的城市长卷。我有了另一项爱好，读和写——在这个更加开阔的空间中，我一边奔跑一边张望，隐匿的原野似乎就合在一卷书中。在无光的内部，有无数条春天的河流撕开田野，撕开隐藏的秘密。公交车在这座城市的道路上一如往日地行驶，人们在固定的轨道上一如既往地生活，一个无关的乘客并不会给这座城市带来任何影响。公交车经过一家家面包店或者咖啡馆门口，从东湖或者南湖经过，从赣江的任意一座桥上经过，从一个放荡不羁或者温文尔雅的人面前经过。公交车经过时吞吐掉一些人，那些人实现了从此处到彼处的愿望。生活也许就是由这样一个个微不足道的愿望构成，人们每天醒来，想到一天中需要完成的事，然后一件一件地通过努力慢慢实现，这是温暖而有序的人生。公交车在里面扮演起重要的角色。

有好几年，我的生活就建立在公交车的基础上。它和我每天喝的水，吃的米饭，睡的床，穿的衣服，还有说的话一样，是生活的基础。在这个数百万人口的城市之中，有大部分人和我一样，生活中离不开公交车。他们在愿望的实现中离不开公交车。然而，我最终还是离开了。

某年秋天，出版社搬到了江对岸，我也从城市的东边迁徙到西边。赣江穿城而过，我常常习惯性地一个人站在岸边，静静看着白茫茫的江水，遥望对岸的老城。这是永远的赣江，我每回在看着江水时，就觉得这古老的江城，它的童年青年壮年都装在我的眼睛里了，江水的记忆远远超出人类的记忆，它记住了这座城市发生的一切。就像公交车记着所有与它有过接触的乘客，时间隔离的东西太多了，比如我永远也没有办法和李白、张择端坐在一起把酒言欢。永远也不能把脚伸到时间之河的另一段去，这是人在时间中的局限。即使同一时空中陌生的个体，他们之间也是相互遮蔽的，个人的经验与记忆都很有限，但是对一辆公交车而言，它接触的可能是这座城市中的任何一个人。

有一回，公交车把我带到了城郊的青云谱，那儿正在举办一场八大山人的真迹展，那是终点站。最后剩余的七八个人走出车厢，大家互看一眼，都是陌生人，然后就朝着青云谱的大门大步走去。这是一个偏僻而又缺少人气的地方，放在古代就更是偏僻了，水塘和稻田连成一片，天光云影，几株形状各异的树站在田埂上。遗民朱耷就在这里经营着他的剩水残山。公交车转眼就消失了，刚才的乘客立马就成了看展的观众，在某一张画前，大家彼此又遇着了。依然是互看一眼，就分散了。等到看画的眼睛都有些倦了，身子也累了，那些大饱了眼福的观众又站在景区外的站台上翘首以盼着。等公交车再一次出现，车门又一次开了。乘客们走进车厢，陌生人互相看一眼，都埋头玩起了手机。也许，这真是一群志同道合的陌生人，对于八大山人，他们都有着自己要说的话。可是，在由陌生人构成的社会中，人们最终被与生俱来的谨慎克制了。公交车作为公共空间，在人们看来，它天然具备了某种危险性，这是现代人的认识。近世以来，人类对于陌生人的态度已经发生了很大的改变，可以想象在遥远的古代，宽阔的地上突然出现了一个人影，绝望而孤独的内心顿时升起了一种比火焰还要热烈的情绪。这是那个时代的人在陌生人面前做出的反应，人们认为，孤独比陌生更可怕。现代人的生存空间已与过去大相径庭，世界上最不缺的是人，出门是人，进门是人，低头是人，抬头是人，人来人往，浮生若梦。而公交车亦是虚无的，是照在松林的月光，它是无中的有，虚中的实。一辆公交车在马路上行驶，事实上并不是公交车在行驶，是人在行驶，人们乘坐公交车去往别处。公交车所到之地，就是人所到之地，一些人看见另一些人，他们彼此都是陌生人。人们每天都活在这庞大的陌生中，天空是陌生的，大地是陌生的，周围的环境都是陌生的。公交车就是一万次地把人带到陌生中去，在无数的陌生中寻找着另一个自己。

单位搬迁到赣江西侧，新的住所与单位咫尺之隔，我觉得这一段路用双腿就已经够了。我喜欢用脚去敲击大地，倾听大地在心里的回声。那声音是几万年前发出的，那么真切。那些密集的，交错的脚步声中必定也有另一个自己。可是，凤箫声动，玉屏光转，在层层叠叠的笑语和暗香中，那个人又在哪儿呢？陌生的浪总是把人拍得远远的，你虽然能够真实地感受到那个熟悉的声音应该就在不远之处，但是你看不见。这是你一直处在寂寞与怅然情绪中的最主要的原因。后来，单位附近新盖起了大片楼房，金属和玻璃的反光无端地射进你的眸子。中饭吃过了，你在楼下漫步，大脑有时候突然一闪，想到长安的众诗人们。他们开怀痛饮，马就拴在旁边的一株株杨树下。我一直怀疑自己活在双重时空中，古代和现代经常会因为大脑发生了切换的故障而让我深陷恍惚，此岸和彼岸一时间变得模糊起来。比如，大雨中缓慢而来的公交车，在形貌上，它多么像王勃来南昌和阎公见面时乘坐的那一条船。

（选自《雨花》2021 年第 3 期）

天津的书店

刘运峰

时光飞逝，转眼之间，来到天津这座城市已经40多年了。几十年间经历的许多事情都渐渐变得模糊，但对于书店的印象却是挥之不去，因为在这里，我得到了心灵的慰藉，找到了精神的家园，留下了难忘的记忆……

缘起中山门书店

小时候在农村，没有见过真正的书店，平时买小人书，都是在本村或外村的小卖部。新华书店在县城，离家有70多里地，小孩子是没有机会去的。

第一次见识真正的书店，还是在1972年我9岁的时候。那一年的暑假，我跟母亲从农村到天津看望父亲。一天下午五点钟的时候，父亲急匆匆地从单位回来，与正在做针线活的母亲商量，能不能买一部《史记》。母亲不知道《史记》是什么书，就问："得多少钱？"父亲回答："10元。"母亲犹豫了一下，说："想买就买吧！"10元钱在当时可不是小数目，而且，在温饱都不能保证的年代，买书并不是最紧要的事情。父亲从母亲手中接过10元钱，对我说："跟我去趟书店吧！"听说去书店，我极为兴奋，跟着父亲一路小跑来到了新华书店的中山门门市部。

书店很宽敞，由于接近下班，除了我们父子两个，几乎没有其他顾客。一位女服务员从柜台下拿出一摞淡绿色封面的书，对父亲说："您收好，千万别对外讲。"父亲一边点头，一边道谢。在计划经济时期，《史记》这样的书只供应单位图书馆，是不卖给个人的。父亲和书店熟了，就请人家匀出了一套。

在服务员为父亲包书的时候，我隔着柜台贪婪地看着货架上的书。在一个儿童眼里，这里的书真是太多了，尤其是连环画，几乎占了一面墙，五颜六色的封面，让我眼馋，真想买上几本，但看到父亲买书已经花了不少钱，就不敢开口，只好恋恋不舍地离开。但是，店里散发出来的油墨的香味、货架上满满的图书，尤其是连环画，给我留下了深刻印象。

1979 年 5 月 27 日，我从老家的高中辍学，来天津接替父亲参加工作。当天下午，我就来到了中山门书店。虽然 7 年过去了，书店的格局依然如故，周边的环境也没有什么变化。我用身上仅有的几块钱，买了几本数理化参考书，寄给了我的几位要好的同学。在农村，参考书很缺，好不容易买到一本，就会当作宝贝。

每天上下班，我都会经过这家书店，书店对我充满了诱惑。单位下班比较早，书店营业到晚上六点，下班后到食堂吃过晚饭，还可以到书店看看。尽管除了吃饭，工资所剩无几，但我还是会买上几本价钱不高的书。

其中有一本《周恩来青年时代诗选》，虽然只有几十页，我却读得很仔细，而且还在空白处写了不少现在看起来极为幼稚可笑的感想。为了表达对周总理的崇敬，我还特意和一位同事参观了南开中学的周恩来纪念室，那对刻有青年周恩来志向的“浮舟沧海”“立马昆仑”镇尺，给了我很大的激励。除此之外，还有《成语典故》《中国古代寓言》《中国古代战争故事》《红旗飘飘》《理想情操精神生活》《燕山夜话》《唐宋词选》等。通过这些书，我增长了不少知识，对人生也逐渐有了一些追求。

有一段时间，我坚持每周日上午去第一工人文化宫听文学讲座，有老师提到美学、心理学对文学创作的影响，我感到非常新鲜，便到中山门书店预订了朱光潜的《西方美学史》和曹日昌主编的《普通心理学》。拿到书之后，我硬着头皮啃了几天，实在不得要领。即使一无所获，但我的举动也很令同事们刮目相看，我自己似乎也变得“有知识”起来。

由于喜欢读书和写作，我被单位选送参加了外贸局中学语文师资培训班的学习。在培训班上，我见到了真正的大学老师，也结识了好学上进的同学，自己的眼界大为开阔。在老师和同学的鼓励下，我一边在工厂教初中语文课，一边参加高考补习班，终于在 1983 年考入了大学，人生命运也由此发生了根本性的转变。

40 多年过去了，回想起来，中山门书店堪称我的知识摇篮。现在，我的藏书已超过两万册，中山门书店也可以说是我买书、藏书的起点。记得 20 多年前，我路过中山门新村，周边环境发生了很大的改变，好不容易找到了书店，却发现大部分店面都用来经营烟酒副食了，只有不到四分之一的地方还在卖书，大多也是中小学教辅书。我很难过，也很失望，勉强选了一本，当作一个纪念。

开明书店暖人心

这里所说的开明书店，并非指1926年章锡琛等人创办于上海的开明书店，而是1992年8月在天津出现的一家书店。

开明书店坐落于南京路小学的旁边，挨着南京路上的两栋高层，很不起眼。虽然与历史上的开明书店没有承接关系，但这家书店的招牌却是由原开明书店编辑、著名书籍装帧设计家，后来成为书法家、篆刻家、画家的钱君匋题写的。据说，老先生听说天津要开一家开明书店，格外高兴，一横一竖写了两幅，而且分文未取。

尽管是一个呈三角形的小店面，在高楼的掩蔽下不容易被人发现，却很快在读书人中传开了。因为那里的书品位很高，在一般书店买不到。经理魏光志，人称“小魏”，眉清目秀，英俊中透着精明，对人非常客气。他很懂书，经常来往于京津之间，及时将全国各家出版社的好书采购进来。那时还没有网络，更没有快捷的物流，人们买书也主要去书店。小魏进货及时，眼光很高，很快就吸引了很多读者。可以说，天津那些嗜书如命的“书虫”们很少没有到过开明书店。

我当时的工作单位离开明书店很近，几乎每天，我都要去开明书店看看。在那里，我买到了《护生画集》《流沙坠简》《雅舍小品全集》《自由秩序原理》《郑逸梅选集》（1~3卷）、《随想录》（合订本）等。

最难忘的是托小魏买了一部《饮冰室合集》。这部书最初360元，我当时买不起，等到手头稍微宽裕了，已经涨到550元了。有一天对小魏提起，他说：“如果找中华书局，可以打八折。”我犹豫了一下，决定买下来。小魏去北京进货的时候，就把这部书带回来了。根据一位书友的经验，买到的新书一定要翻一遍，发现问题可以及时更换。果然，其中的一本出现了几张白页，我拿回书店。小魏说：“先放在这里，我去中华书局换一本。”为了换这本书，小魏还特意跑到中华书局在北京丰台的库房，逐页检查了一遍才带回来，很令人感动。

最难忘也是最让我感激的，是小魏帮助我出版了平生第一部书。

大约是2000年，在一次闲聊中，小魏得知我一直在搜集1981年版《鲁迅全集》之外的鲁迅佚文，在了解了大致的规模后，就向群言出版社总编辑吴志实先生推荐。吴先生很感兴趣，提出和我见面并看书稿。小魏陪我到了群言出版社，很快敲定了选题。这就是在2001年9月出版的《鲁迅佚文全集》，书分上下册，很快推向全国。

在绍兴召开的纪念鲁迅诞辰120周年国际学术研讨会上，看到一些与会代表都买了这部书，有些人还找我签名，我体会到了成功的喜悦。这部书的主要成果，也被2005年版《鲁迅全集》所吸纳。也是因为这部书，我增强了进一步研究鲁迅的信心和勇气。我后来人生境遇的改变，也和这部书的出版有关。现在回想起来，假如没有开明书店，假如没和小魏聊起有关鲁迅的话题，假如这部书得不到群言出版社的认可，我的人生轨迹可能会是另一番样子。我由衷地感谢小魏。

前些日子和小魏通电话，再次对他表示感谢，小魏依然很客气，说本来建议是做成精装本的，但出版社考虑成本，因此留下了遗憾，希望我能原谅。我说，当时能够印出来，就让我感激不尽了，而且，我后来又在这个基础上充实了这部书，更名为《鲁迅全集补遗》，先是在2006年由天津人民出版社出版，2018年又出了增补本，两个版本都是精装本，已经没有遗憾了。

开明书店大概只开了四五年的时间，由于多方面的原因，只好关闭了。这才是真正的遗憾，有时和书友们聊起来，大家仍然很怀恋它。

后台书店有奇缘

这家书店坐落于津塘公路上，距离大直沽后台很近，因此人们都习惯称它为“后书台店”。

它实际上是新华书店河东区分店，主要负责全区基层书店的征订和发货，最初并不接待个人。大约20世纪80年代后期，书店才开始对外营业。书店是一座二层的灰楼，店面很大，非常空旷，平时顾客很少。

但这里有不少市面上见不到的书，比如标着“内部发行”字样的一些政治理论读物和名人传记，就可以在这里买到。我在大学期间读的是政治学，一天中午，我们几个同学从南开大学骑自行车专门去那里买书。服务员说以前买这些书，要凭单位的介绍信，现在不那么严了，才卖给你们大学生。

我和这家书店很有缘。曾经有十来年，每隔一段时间，我都要去父亲原来的单位为父亲报销医药费，后台书店是必经之路。每当办完事，我都要到书店里看看。有一次遇到书店卖特价书，我淘到了一本《雪泥集——

巴金书简》，这是巴金给杨苡（静如）的信。早在 1936 年，还是 17 岁少女的杨苡就给巴金写信，诉说被困在“金丝笼”家庭的苦闷，向作家描述自己的梦想。巴金及时回信给予鼓励，并委托在南开中学教书的哥哥李林关心杨苡的成长。后来，杨苡考入西南联合大学，成为巴金夫人萧珊的同学。萧珊去世后，杨苡对巴金非常关心，一直和巴金保持通信联系。这本书是三联书店出版的，虽是薄薄的小册子，但封面设计非常素雅，后来才知道是出自出版大家、有“三联书店灵魂”之称的范用先生之手。

中华书局版的《清史稿》一共 48 册，因为是陆陆续续出版的，只能分册单独定价，要想搜集全一整套非常不容易。我先是在八里台的旧书摊买到了第 1 册，后来认识了一位在图书馆负责采购的同事，便请他帮我买一部《清史稿》。过了一段时间，他告诉我，有一家书店有书，但少第 1、37、38 册，因为不全，书店可以打七折。我犹豫了一下，便托他买了下来。那时还没有网络，要配全只能靠运气。每到旧书店，我都会从“二十四史”和《清史稿》的残本架上寻找短缺的第 37、38 册，始终都是无功而返。我甚至给中华书局读者服务部写信邮购，但后来印刷的《清史稿》都是整套出售，人家不可能拆开单卖给我其中的两册。就这样，这套《清史稿》一直作为残本放在书架上，总觉得是一种遗憾。

记不清具体时间了，有一次路过后台书店，正赶上书店刚刚改成开架，可以自己取书。我发现添了不少书，很多是以前的库存。我一个架子一个架子地看着，翻着，突然，发现有两本《清史稿》，书脊上的数字恰好就是 37、38，这正是我短缺的两本啊！这和我买的第 1 册是同一个版本，都是一版一印，后面还印着“内部发行”，每册定价不足 1 元。这两本书书脊有些脏了，说明已经在外面放了很长时间，说不定就是基层书店的退货。我生怕被人抢了去，赶忙拿到柜台付款，直到放进包内才放心。买完这两本书，我顾不上再看其他的书，觉得有了这两本，已经是莫大的收获了。虽然这两本和家里的那 46 本在颜色、品相上有些差异，毕竟是把全书配齐了。

2008 年 10 月父亲去世之后，我就没有再去过后台书店。不知道这家书店还在不在，真想找个机会去看一看。

书迷仍恋文林阁

多年之前，书友高为兄曾写过一篇《书迷遥指文林阁》，很受书友们称道，因为此文说出了大家的心里话。

曾经有很多年，我也是文林阁的常客。每到文化街，必到文林阁。有时时间太紧，就是不逛其他地方，也要到文林阁匆匆看上一眼。这是因为，文林阁专门经营古旧书，在这里总会有不期而遇的收获。

文林阁的店面不大，不过30平方米，呈长方形，大门朝东，对门是石头门槛饭庄，旁边是文运堂（专卖新书的古籍书店），地理位置很是优越。

文林阁店面虽小，好书却很多，而且价钱公道，不漫天要价，遇到有人来卖书，也是按质论价，很受读书人信任。我书架上的近百种唐宋元明清笔记史料，大部分都是从文林阁淘来的。这些书分别由中华书局和上海古籍出版社出版，书品很好，编校质量上乘，书的封底上有用红色打号机标的定价，同时还有一个书形的图章，里面印着“文林阁”三个字，让人感到非常亲切。买这些书，每本所费不过一元钱上下，现在看起来，和白捡差不多，如苏轼的《东坡志林》、陆游的《老学庵笔记》、梁章钜的《浪迹丛谈》、周亮工的《书影》等，现在都是很难得的版本了。

除了收购旧书，文林阁还经常到古籍书店、新华书店或是出版社的库房中挑选一些库存，然后打八折出售。那时候，新书打折的很少，遇到教师节或是书市，至多也才能打九折。文林阁能够打到八折，而且大多是老定价的书，对于买书人来讲，就是难得的福音。一天中午，高为兄打来电话，说文林阁新来了一批《剑南诗稿校注》，我立即骑车赶了过去，只见这部书刚刚上架。这是上海古籍出版社的“中国古典文学读本丛书”中的一种，绿色布面精装，书名烫金，典雅而大气，校注者为钱仲联先生，全书一共8册，定价40元，32元就可以买下来。这部书现在依然在我的书架上，算是我的基本藏书。

我和文林阁之间最大的一笔交易是买《中国大百科全书》第一版。

《中国大百科全书》是由姜椿芳建议，经邓小平批准、胡乔木任编委会主任的一项国家工程，自1978年出版《天文学》卷至1993年出版《索引》卷，历时15年，共74册。对于这套大书，无论从财力还是空间上考虑，我都不敢抱有奢望，只是断断续续地买了《中国文学》《外国文学》《政治学》《美术》《新闻出版》等分卷。大约是2000年年底，文林阁组织了一批货源，其中就有三部整套的《中国大百科全书》。本来这部书的价格就不是很高，加之打折，很快就卖出去两部。店里的唐志鸣兄和我很熟，动员我说：“买一部吧，机会难得！”我说，我有不少分卷，再买就重了。

但我实在太喜欢这部书了，豪华气派不说，其中的插图就让人爱不释手，即使很多学科自己并不涉足，但随便翻翻也会有不少收获。恰好，那年国庆节，我搬入了新居，空间大了不少，放是放得下，但那些分卷怎么办呢？于是，我又来到文林阁，和志鸣兄协商。大概是为了尽快回笼资金，也是为了照顾老读者，志鸣兄很爽快地说，尽可把不需要的分卷和其他书挑选出来，由书店上门估价，剩下的补上差价就可以了。

我先是把十几册分卷找出来，又把暂时用不着的《笔记小说大观》等一批书集中在一起，在客厅里堆了一座“小山”。过了两天，志鸣兄和一位同事把《中国大百科全书》运了过来，一共九大包，放在一起，和原来的“小山”几乎对等，堪称双峰对峙。他们二位很仔细地确定价钱，最后说：“您的书按收购价和我们带来的《中国大百科全书》相抵，您再加100块钱就可以了。”我大喜过望，既满足了自己的心愿，又减腾出了空间，真是千载难逢。

我一一打开包装，仔细擦去书上的灰尘，暂时码放在客厅里，准备找一个专门的书柜存放这部大书。

刚上初中的儿子看到家里突然增加了这么多大部头，一下子来了精神，三下五除二就把这部书搭成了一个“掩体”，趴在上面练瞄准射击，而且不准拆除。有一次他的两位老师来家访，看到这个“掩体”，很是不解，问这是用来读的还是做样子的，我笑笑说“兼而有之”！

而今，这部大书已经专门放在了一个旧式书架上，很是气派，无论谁见了，都忍不住要专门看上一眼。

（选自《散文海外版》2021 年第 5 期）

艺苑撷英

昆曲的审美境界

郑培凯

观看昆曲的舞台表演，假如你对这出戏的情节，或者故事背景，以及戏中所要展现的情感不太了解，就会浮光掠影，一闪而过。如果内行的老艺术家从头到尾给你叙述，这个戏是怎么学的，学了以后又是怎么体会的，然后到舞台上实践演出的时候，又是怎么发挥自己作为一个演员独特的艺术特质的，配合这些诀窍，再看他们的演出，你就能够体会，昆曲追求的艺术境界到底有多高。这是很重要的一件事。

经常听到大家说，昆曲是“百戏之母”，或者“百戏之祖”。我觉得不要这样讲，因为这样讲混淆了许多东西。第一与历史不符，第二在逻辑上有问题。最好称昆曲为“百戏之模”，是一个模范、典范。我们讲百戏，从古就有。战国以来，就有很清楚的文献记载与文物，到汉朝有非常多的文献与图像资料。百戏包括所有的表演曲艺，以及各种各样的杂技表演。所以不可以说，明朝发展的昆曲是战国以来的百戏之祖，或百戏的母亲，这是不通的。有的人就说，此百戏非彼百戏，重新定义百戏为现代的地方戏，那么昆曲是它们之母，或者是它们之祖。这样讲也不恰当。其实昆曲的整个脉络是从南戏来的，同时又结合了北曲的传统。我们讲南戏，比如《琵琶记》整个剧本的结构与填曲的范格，作者编写的时候，不是按照昆腔的方式，不是按照水磨调的方式，而是按照南戏的传统下来的。《荆钗记》《白兔记》《拜月亭记》《杀狗记》四大南戏，昆曲都可以演，但别的剧种也可以演。

我今天从三个方面，来讲昆曲的审美境界到底为什么高，为什么高雅，为什么值得我们特别尊崇，而且值得我们参考，给我们很重要的启发。

第一个是昆曲剧本的文辞。昆曲的文辞是非常美的，这里头有中国古典文学里面了不起的贡献。通过昆曲形式，在舞台上展现了特别优雅的文辞。在文学的境界上，昆曲比一般的地方戏，比如清朝出现的乱弹、花部等，优雅得多。它追求一种更高的艺术境界。我们并不是说，艺术展现的好坏、高低，不同的形式就一定是哪个高，哪个低，哪个好，哪个坏。可是，在艺术追求上，在某一种特定艺术形式上，比如舞台表演，总有一种特别的方式，让表演得以淋漓尽致，展现得最为精致优美，那么我们就说，对艺术境界的追求，到了一个巅峰的状态。

第二个是昆曲的音乐。从北杂剧到南戏，戏曲音乐都有发展。这些发展基本上都被昆曲吸收融汇了。昆曲的唱腔特别流丽优美，展示出一种高雅的风味，代表了中国文化精英追求的高雅境界。从这个意义上来讲，在明代中叶的苏州一带，有许多参与音乐创作的音乐家，以魏良辅为首，发展出了昆曲、昆腔，我们一般称之为水磨调。我们现在通行讲的“昆曲”，其实不是在讲古代昆山人唱的曲，而是有其特殊的定义，说的是“昆腔水磨调”。昆腔水磨调这样一种唱腔，这样一种展现，在音乐层次上有非常高的境界。这样一种音乐表现，我们称为“昆曲”。我们经常听到许多人说，昆山人唱曲，可以追溯到元代，至少是明初。其实，你想想，昆山人应该是自古以来就会唱曲的，一定会唱歌的，可是昆山人自古唱曲，和我们今天讲的昆曲或昆腔水磨调，是两个不同的概念。对于昆腔水磨调的出现，魏良辅的贡献很大。现在很多学者在讨论魏良辅到底是谁，我们暂且把他当作一个音乐创作的集合体。有魏良辅这么一个人，或者是魏良辅这么一个音乐集合体，对于昆腔音乐的发展做出了很大的贡献。

第三个是戏剧表演、舞台表演。历代演员、伶工、表演艺术家在舞台上翻滚打磨，从明朝嘉靖、万历年间开始，一直到今天都没有停顿昆曲表演。昆曲发展最辉煌的一段时间，就是从万历年间到清朝的乾隆年间，到道光年间开始慢慢有所衰落。这个衰落，并不表示艺术展现消失了，它的传承还是相当清楚的。到了清朝中叶的时候，花部乱弹兴起，地方戏勃发，特别是在光绪年间，各地的地方戏发展蓬勃。它们的养分，在相当程度上是从昆曲发展的模式中汲取的，然后按地方的唱腔、地方表演特色展现出来。

再谈回戏曲剧本，我们知道演戏人经常讲一句话，虽然是俗语，可有一定的道理，就是“剧本，剧本，一剧之本”。假如剧本很差，演员再怎么演也只是舞台上的一些技术，戏不可能感人很深。而且，假如文辞，特别是曲词、唱词，不够优美也不够深刻，就不会把观众们感动到落泪。如果戏词优美如诗，音乐也悦耳动听，配合戏词所要表达的感情，然后表演到位，唱作俱佳，观众就会被引入戏曲构筑的境界，得到全面的艺术感染。我所说的这三个方面，是要紧密结合的，这是造成昆曲审美境界达到高峰的一个重要原因。

很多人讲昆曲的时候，讲昆曲的特色，有象征性、虚拟性、时代性、纯粹性、多元性、综合性等很多的特性。这样讲比较笼统，好像就是说，昆曲包罗万象，它到底是什么样的，你自己去体会吧。我今天给大家讲的内容结合了昆曲所用的剧本、音乐的发展、舞台表演，具体地跟大家讲一讲为什么昆曲有这么优秀的展现。

我们知道元杂剧已经比较成型了，有了整个表演的模式，可以称为完整的戏剧。在古代百戏阶段，甚至到了唐朝，有所谓唐戏弄，经常是两个人或很少的几个人表演，或者是只着重舞蹈与音乐，没有清楚的起承转合的剧情。到了宋朝的时候，特别是到了南宋的时候，许多地方已经发展出整体的戏剧模式了。元杂剧当年在大都发展得很好，现在仍保留了很多元杂剧的剧本。元杂剧一般来讲，就是四折，或者再加个楔子，这四折当中，一般而言，是一个主要角色表演。假如是生，从头到尾都是生，就是生的戏，旦就是旦的戏，其他角色都是陪衬。早期南戏的结构比较复杂，情节纷繁，角色比较多。南戏的发展，一般是说从温州一带，即浙江南部，散布到浙江北部，再逐渐散布到江西，到福建北部，然后再扩散出去。最主要的一个大变化是，在明朝中叶，南戏逐渐取代了杂剧、北院本。而且唱腔也结合了南方各地的唱腔，出现各种各样的调式、各种各样的唱腔。同样的曲牌，在不同地方唱戏的时候，会有它自己的特色。

我们发现一个重要现象，就是南戏传统无远弗届，剧本情节与唱词相对固定，在不同剧种、不同唱腔的演出中，剧本大体上相同。这也解释了我们今天有这么多地方戏，即便唱腔不同、音乐不同，但剧本情节与结构却类似，可以很容易地转换移植。甚至有些新编戏，把它转成其他的剧种也很容易，因为剧本大体上是按照南戏的架构写的。这种剧本编写传统，算起来也有八九百年历史了。在早期，重要剧本里的文辞是比较朴实、本色的，并不刻意追求优美，不会优美如诗，甚至连篇文学典故，到了一般老百姓听不懂的地步。到了明代以后，由于大量文人雅士的参与，这个状况才逐渐出现。所以，四大南戏《荆钗记》《白兔记》《拜月亭记》《杀狗记》的文辞，都比较本色、朴实，在文人雅士眼里就有点粗鄙，不够高雅，对诗情境界的追求、对于内心情愫的摹写也不够细致。

最典型的例子，比如《琵琶记》，这出戏出现得很早，应该在南宋的时候就已经出现雏形了，也就是赵贞女的故事。故事讲蔡伯喈上京赶考，中了状元，入赘牛宰相府，不顾家里父母妻子的死活。家乡遇了灾荒，没东西吃，赵五娘（赵贞女，蔡伯喈之妻）照顾公婆，剧情中有“吃糠”一段（温州瓯剧还保留了传统的特殊演法）。她把剩下的一点米煮成米汤侍奉公婆，自己吃糠。把好的给公婆，自己吃差的，展现了一个孝顺贞洁的妇女形象。公婆死了，赵五娘交代邻居张大公照料坟茔，自己背着琵琶，上京去找蔡伯喈。蔡伯喈忘恩负义，不认糟糠之妻，当街马踏五娘，把她踩死。宋元时期流传的这出戏，反映了老百姓痛恨背信弃义的读书人，大骂蔡伯喈。陆游有首诗《小舟游近村，舍舟步归》：“夕阳古柳赵家庄，负鼓盲翁正作场。身后是非谁管得，满村听说蔡中郎。”说的就是这个故事。有意思的是，这出戏到了文人手里，因为文辞粗糙，又不合温柔敦厚的教化原则，所以元末明初的高明（字则诚）改写了《琵琶记》，让我们看到一个“全忠全孝蔡伯喈”，这是一个大改变。高明改写的过程，美化了蔡伯喈，却也保留了“吃糠”这一段情节，惨淡经营，文辞写得特别感人泪下。我们下面会具体讨论。

戏曲到了明朝中叶之后，各个地方唱腔兴起。所谓“四大声腔”，是二十世纪后半叶学者写进教科书里的，并不是最恰当的说法。在各地唱腔当中，海盐腔和昆腔走的是雅化的道路，尤其是昆腔。昆腔水磨调出现以后，海盐腔就没落了。顾起元（1565—1628）《客座赘语》就说：“今又有昆山，较海盐又为清柔而婉折，一字之长，延至数息。士大夫禀心房之精，靡然从好。见海盐等腔已白日欲睡，至院本北曲，不啻吹篪击缶，甚且厌而唾之矣。”

从嘉靖到万历年间，整个精英阶层、文人雅士支持的，是一个戏曲雅化的过程，而且这些文士也都参与戏剧活动，创作剧本，使得明传奇文学作品大为发展。《琵琶记》《浣纱记》《牡丹亭》《长生殿》，从晚明一直到清朝中叶，因为审美情趣持续提升，戏剧文学与演艺追求的展现，在舞台演出上是有一定演变的。这个演变就使得昆曲成为中国戏曲剧本、表演、音乐展现的最高境界。

高明改写的《琵琶记》，除了颠倒原来剧情的忘恩负义，说蔡伯喈是“全忠全孝”，在文辞编写上惨淡经营，是很有意思的。现在所谓的元本或古本，实际上就是高明改写的本子。它的文辞比较朴实，写到“吃糠”却连篇累牍，淋漓尽致，描绘赵五娘吃糠的狼狈，象征了自身处境的狼狈不堪。与丈夫的鸿鹄之志相比，贵贱之分就像米与糠，经过播扬，两下区分。戏中两段曲文十分感人：“【孝顺歌】呕得我肝肠痛，珠泪垂，喉咙尚兀自牢嘎住。糠！你遭砻被舂杵，筛你簸扬你，吃尽控持。好似奴家身狼狈，千辛万苦皆经历。苦人吃着苦味，两苦相逢，可知道欲吞不去。”“【前腔】糠和米，本是相依倚，被簸扬作两处飞？一贱与一贵，好似奴家与夫婿，终无见期。丈夫，你便是米么，米在他方没寻处。奴家便是糠么，怎的把糠救得人饥馁？好似儿夫出去，怎的教奴，供给得公婆甘旨？”（高明《元本琵琶记校注》，钱南扬校注）文辞虽然本色，却是文学化、诗情洋溢的唱段，唱出了无尽的痛苦与无奈。在昆曲的演出中，音乐与做工又有了一些特别的提升。大家可以去看看梁谷音老师的表演，看看昆曲艺术家是如何把赵五娘的悲苦境地展现得淋漓尽致的。昆曲传统的展现，演艺的唱作俱佳，配合精彩的文辞，让戏剧进入诗化的境界，是很重要的。

明朝初年，还有很多戏，但是这些戏基本都不受大家重视，只有片段流传在舞台演出。嘉靖年间梁辰鱼的《浣纱记》，配合了魏良辅制作的昆腔水磨调，在音乐雅化上有很大的提升，奠定了昆曲的舞台演出地位，有划时代的意义。梁辰鱼字伯龙，昆山人，是第一个把昆腔水磨调，配合到剧作的文人，这使得《浣纱记》的剧情与文辞得到比较优雅的展现。我们看梁辰鱼的资料可知，他诗文书法俱佳，在词曲方面更显才情，撰有《江东白苎》曲集。《浣纱记》的剧本，在文学性、音乐性与舞台表演的结合上是非常成功的。用现代词讲，就是“三结合”，三结合的效果，就更能够展现剧中人物的内心情感。从此之后，由梁辰鱼的《浣纱记》作为一个先导，就有很多人在戏曲艺术追求上认同苏州这一带发展的昆腔水磨调，以之展现剧中人物的细腻情感，所以用昆腔水磨调来填曲写戏也就成了风尚。比如汤显祖的剧作，他写《牡丹亭》，不完全是昆腔水磨调，填曲的模式基本是海盐腔，是他家乡江西抚州、宜黄这一带发展的改良版海盐腔，可是他在南京生活过很长一段时间，活跃在诗文戏曲圈中，当然知道昆腔水磨调。《牡丹亭》原先演唱，有不叶苏州韵之处，经过几代人的调适打磨，可以完完整整地用昆曲水磨调的方式唱出来，一直演唱到今天，显示了昆曲三结合的重要，成就了戏曲舞台表演的典范。

《浣纱记》为昆腔水磨调在戏曲演出中做了重要的历史定位，有几个折子戏成为舞台演出的保留剧目，如《寄子》。这出戏讲伍子胥打算死谏吴王夫差，先把儿子带到齐国去，托付给朋友寄养。他事先没告诉儿子到齐国的意图是永别，直到最后才透露真情。这一段生离死别的戏，文辞非常优美，再加上演员唱作的配合，十分感人肺腑。

> 【胜如花】（外）清秋路，黄叶飞，为甚登山涉水？只因他义属君臣，反教人分开父子，又未知何日欢会。（合）料团圆今生已稀，要重逢他生怎期？浪打东西，似浮萍无蒂，禁不住数行珠泪。羡双双旅雁南归，羡双双旅雁南归。

浪打浮萍，父子分离，相见无期。看到天边大雁南飞，儿子却再也不能回去了。推荐大家去看计镇华老师表演的《寄子》，演唱十分精彩，令人动容，能勾起观众经历过的生离死别，或者是温馨的亲情，以及最美满与最痛苦的生命经历。通过唱曲，通过表演，通过舞台舞蹈，通过动人心弦的文辞，可以展现得这么美。

昆曲的整体表现，在追求艺术境界上，通过文学、音乐演唱与做工表演的三结合，是很值得我们思考的。跟西方的歌剧比，曲辞的文学性高，戏曲演员的做工表演出色，比西方歌剧多了扣人心弦的因素。西方的歌剧基本上是以音乐演唱为主，在音乐创作上的成就非常高，追求的声乐艺术境界也高。西方的作曲家都是大音乐家，作的曲优美宏壮，可是我们看歌剧的那些歌词，是配合音乐而写，文学性比较弱，并不是那么感人，此外歌剧的肢体身段表演不太细腻，也不要求扎实的做工。大多数歌剧表演，有一点像一百年前京戏的抱肚子青衣，站定在那里演唱。昆曲因为有了不同领域艺术的三结合，有其表演艺术独特的优越性。我刚刚提出的计镇华老师表演的《寄子》这一段，舞台上只有父子二人互动，计镇华除了唱得充满感情，满宫满调，他演伍子胥的身段动作，庄重沉着，栩栩如生。梁谷音演《琵琶记·吃糠》，舞台上只有一个角色，演出吞咽的过程，身段与唱腔配合，丝丝入扣，传递了高明笔下的赵五娘，在隐忍的狼狈与痛苦之中，为传统妇女忠贞节孝的牺牲放声一哭，动人心弦。

汤显祖的《牡丹亭》，以文辞来讲，大概是昆曲舞台上表现得最优美的。在明朝的文学里面，大概也能独占鳌头。《牡丹亭》的文学性，还不只是影响了戏剧。这个剧的演出与文学剧本的流传，有“案头之书”与“宴上之曲”两方面，影响了明清以来所有文化艺术的展现，启发了很多艺术创作的灵感。比如绘画，画杜丽娘，画游园惊梦这样的场景。比如书法，写《牡丹亭》中优美的辞句，“姹紫嫣红开遍”“不到园林，怎知春色如许”“最撩人春色是今年”，有多少文人，濡墨挥毫，写的都是剧本的文辞。对文学传统的影响更是清楚，比如《红楼梦》二十三回，黛玉在大观园里，听到一些学戏的小姑娘们唱《牡丹亭》，她就心动神驰，心灵受到极大震撼，站都站不住了，只能蹲了下去。原因是，这样的歌词最能打动闺阁当中的大家小姐，触动了她们灵魂深处的渴望。

《牡丹亭》的《惊梦》和《寻梦》这两折，毫无疑问，是戏曲中最美的唱段。明末清初的李渔曾经批评，说这两折不适合舞台演出，因为文辞典雅绚丽，美到无可比拟，可是观众都是一般老百姓，听不懂，所以这戏只能当作案头文学来读。李渔的《闲情偶寄》，提倡“贵显浅”，批评汤显祖的文辞“曲之又曲”，是这么说的：“若云作此原有深心，则恐索解人不易得矣。索解人既不易得，又何必奏之歌筵，俾雅人俗子同闻而共见乎？”他举出《惊梦》一折中，有“袅晴丝，吹来闲庭院，摇漾春如线”“良辰美景奈何天，赏心乐事谁家院”“遍青山，啼红了杜鹃”等语，说“字字俱费经营，字字皆欠明爽。此等妙语，止可作文字观，不得作传奇观”。其实这种说法完全没有道理，只把戏曲当成是民众的一时娱乐，没去想戏曲可以成为文化经典，传之千古。

李渔的说法，表面听起来理直气壮，其实是哗众取宠，以大众化商业赚钱为目的，打击优秀的文化传统与艺术追求。现代也有人大言不惭，说什么“艺术不艺术，票房说了算”！这是一种反智的文化态度，完全不尊重艺术追求对文化传统的贡献，只看票房收入，把戏剧的艺术标准降到大众娱乐的最大公约数。美好的经典作品，经常需要读者与观众的文化学习与提高，才能欣赏，才能体会其中的深刻与美妙。所有人类文明最美好的东西，假如观众和读者一点文化知识都没有，就不会欣赏，也没有资格来批评。李渔的说法，为低级趣味张目，很不好。他是懂文化艺术的，明明说了《牡丹亭》文辞非常非常好，又说，无奈一般老百姓听不懂，所以不能在舞台演出。这种态度，等于是说，经典文学艺术都好，可是我懒得学，我懒得知道，看都不想看，这些经典根本就不该在舞台演出。我常说，四百年来的昆曲舞台演出，打了李渔一记响亮的耳光，因为《惊梦》与《寻梦》是演出最为频繁的折子戏，而且通过精彩的唱作演艺传统，老百姓已经熟悉了《牡丹亭》的经典文辞。

昆曲艺术是不是过度高雅，超过了一般人的欣赏程度，使人望而却步呢？这个问题，适用于一切文化艺术经典，也涉及人类文明传衍的意义。《诗经》《论语》的文辞不好懂，老百姓就不必知道吗？屈原的《离骚》更难懂，不要说一般老百姓，就是一般大学生，也读得很吃力。能说屈原太差了，写的这些我都看不懂吗？你读不懂柏拉图、康德、黑格尔、莎士比亚、歌德，能说他们写得不好，让你读不下去，最好大家都不要知道吗？你看不懂商周鼎彝，看不懂苏黄米蔡，看不懂波提切利、伦布朗、梵高，看不懂昆曲、梵剧、能剧，就说这些不好，不值得现代社会保存，让它们自生自灭吗？文明有这样发展的吗？所以我们说境界，是宏观的文化境界，对昆曲的认识也要提到文明传承的高度来体会。我们好好学习，天天向上的目的是什么，是了解文明，追求人类渴望的美好境界。像《牡丹亭》这些美好的辞句，在对联书法方面，也是很受欢迎的。我觉得最有趣的一副对联，是清朝文人集了王羲之与汤显祖的句子。上联是“游目骋怀，此地有崇山峻岭，茂林修竹”，出自《兰亭集序》；下联是“赏心乐事，则为你如花美眷，似水流年”，出自《牡丹亭·惊梦》。对仗得多好！可见经典文辞启发了很多艺术灵感，能持续提高审美境界。

青春版《牡丹亭》是2004年白先勇制作的演出版本，获得空前的成功。随后就出现了各种各样的演出版本，不但有大师版，请资深的表演艺术家出来演唱，甚至有青年演员结合西方实验剧场的版本。为什么《牡丹亭》在二十一世纪能吸引这么多人，出现这么多新的表演版本，是因为这个戏的确在三结合上面，达到了一种艺术的境界。它在思想境界上、文学境界上、审美追求上，都比较优雅，有一种高洁的情操，达到了追求至情的巅峰境界。我有时放不同的录像版本给学生看，年轻人第一次看昆曲的反应很有趣。资深表演艺术家很细腻的演出，他们说，这个演员年纪有点大，演杜丽娘不漂亮。他们只注重演员的颜值，如果是年轻漂亮的演员，他们就说“好靓啊”。接触昆曲久了，浸润其中，逐渐了解了表演艺术，审美体会有所提升了，再回去看资深表演艺术家的表演，就会说，哎呀，表演得炉火纯青。

日本能剧大师世阿弥写过一本《风姿花传》，特别讲到，演员展现表演艺术的花，是有不同的时段的。年轻的时候，是一朵青春之花，我们看到的，是青春美貌；到了中年，比较成熟，姹紫嫣红开遍；到老了，逐渐有点枯萎了，在枯枝当中，还可以枯木逢春，老树开花，这种花是炉火纯青的，是艺术之花。世阿弥讲不同时段的演员之花，说的就是艺术追求的境界，非常准确地描绘了老而弥深的艺术体会。艺术的展现，不是由演员的年纪或颜值去定的。昆曲表演艺术的境界展现，是有文学的基础，又有非常曼妙、优雅的水磨调音乐，还有炉火纯青的表演。如此，艺术传承才能不朽、能够长存、能够让世世代代的表演者用不同的方式来尝试，甚至启发其他的艺术形式。

洪昇的《长生殿》，是非常了不起的戏曲作品，对人世间的悲欢离合有深刻的表现，文辞优美不说，曲牌的安排也精彩。清初统治非常专制严酷，康雍乾三代，还有文字狱，但是文化艺术传承，并没有完全断绝，还能保持晚明审美余绪。历史上的政治动乱与改朝换代，虽然让人感到乾坤变色，天崩地解，可是文化传统与审美意识不像政权易帜，基本上还能够存续一段时间。所以，晚明发展的艺术境界，像昆曲的审美境界，到了清朝初年，还能够继续下去，因为那些写诗的、写剧本的、从事音乐的、从事表演的，他们的师承没有完全断绝，洪昇的《长生殿》与孔尚任的《桃花扇》就是典型的例子。近代昆曲传承的遭遇更惨，经历了抗日战争的蹂躏，打完解放战争，昆曲几乎就要灭绝了。可是还有人在，还有一些文化与演艺的传承人，社会逐渐稳定富裕之后，昆曲还能浴火重生，也是个奇迹。

洪昇《长生殿》写作之时，像晚明那样相对自由开放的创作环境不复存在。可是《长生殿》却能超越思想钳制的氛围，以唐代安史之乱为背景，写盛唐帝国的崩溃，写唐明皇与杨贵妃情深意笃与背誓的忏悔，揭示了明清易代之后文化人的自责与反省。《长生殿》结构完整，密针细缝，文辞优美，音乐动听，角色安排与调度都显示长期以来累积的昆曲表演模式，是非常成熟的演艺典范。《长生殿》有几个经常演出的折子，如《小宴惊变》《迎像哭像》《弹词》，戏剧性特别强，而且哀今叹古，有强烈的沧桑意识。开元、天宝盛世潜藏危机的爆发，暗喻晚明的繁华终将崩解，令人嗟叹，也令人悔恨。《长生殿》这出戏，隐藏着一个重要主题，就是繁华落尽之后的忏悔，很像张岱《自为墓志铭》所说，国破家亡，不堪回首。讨论《长生殿》，大家不太提到忏悔主题，总是分析洪昇如何吸取白居易的《长恨歌》及明皇贵妃故事传统，把注意力放在爱情生死不渝之上。或许这与近代学者进行中西文化比较，过度强调文化对立有关，以为中国没有原罪观念，不可能出现超越性的忏悔意识。这样子讲中西文化对立，说得太过，把程度的不同，硬说是本质的不同，把文化传统的差异，硬说成中西人性的不同，很不恰当。其实《长生殿》的忏悔意识，在全剧最后三分之一，展现得非常精彩，通过唐明皇与杨贵妃的唱段，明确显示了很强的忏悔意识。我在别处有详细的探讨，这里略过。

《迎像哭像》一折，展示唐明皇的忏悔，蔡正仁老师继承了俞振飞唱法，演出十分精彩：

咳！寡人好悔恨也。

【脱布衫】羞杀咱掩面悲伤。救不得月貌花龐。是寡人全无主张，不合呵将他轻放。【小梁州】我当时若肯将身去抵挡，未必他直犯君王。纵然犯了又何妨？泉台上倒博得永成双！【么篇】我如今独自虽无恙，问余生有甚风光？只落得泪万行、愁千状；人间天上，此恨怎能偿？

唐明皇的忏悔意识非常的强，由唱词及舞台做工的表现，总能感人泪下。你听到这一段，一定会想到人生在世，难免生离死别，生离已然，何况死别。没能信守自己对挚爱的誓言，人间天上，“此恨绵绵无绝期”。《长生殿》这段唱词与《弹词》一折，都是历史的叙述，沧海桑田，人事全非，以历史变迁衬出人间忏悔，是从个人跨越到人类的悲叹。

最后我们讲一下“花雅争胜”的问题。乾隆以后地方戏得到发展，可以说花部乱弹与雅部昆曲并驾齐驱。我们在教科书里经常看到一个不太恰当的说法，说“花雅争胜”的结果，是花部取得了绝对优势。乾隆时期之后，地方戏繁荣，昆曲就没落了。张庚《中国戏曲通史》最误导的一点是，皮黄声腔取代昆山腔的主导地位，从而使戏曲艺术更加大众化、更加丰富多彩。表面上说得没错，却暗示昆曲没落是件好事，让大众艺术取代了精英艺术。文明的发展是多元多维的，阳春白雪与下里巴人应该是相辅相成，不该是对立冲突，文明才能持续发展。高雅文化境界的引导性非常重要，艺术因此而有追求，才能开创新的视野、新的天地。《大百科全书·戏剧卷》说，昆曲在乾隆之后就没落了，嘉庆末年北京已无纯昆腔的戏班，这个说法是错的，不符历史事实。现存很多资料，特别是《升平署档案》，清楚地显示了，直到光绪时期，昆腔在北京还占有主导地位，记载的十七个戏班中，八个是纯昆曲的，两个昆弋班，两个秦腔班，两个琴腔班。其实昆曲传承延续了很久，直到民国初年，所有唱京戏的演员都有昆腔的训练。昆曲完全衰落，是在民国时期，一度几乎灭绝，直到 20 世纪 50 年代纳入国家体系，它才活了下来。假如没有纳入国家体系，可能昆曲就消失了，绝迹了。

《十五贯》一出戏救活一个剧种的故事，是 1956 年 5 月 18 日《人民日报》发文，引起全国文化界的重视。45 年后，2001 年 5 月 18 日联合国教科文组织发布，昆曲是世界非物质文化遗产，而且被列在第一项。5 月 18 日，对于昆曲来讲是神奇的日期，而昆曲能够活下来，实在是个奇迹，也是文明的奇迹。这真的是中国文化在表演艺术方面一个很大的奇迹，是传统舞台艺术死里逃生的特例，也是人类非物质文化遗产传承的一个范例。

中华古文明能够延续，文化传统能够历劫重生，还能够再度崛起，这是人类文明史上的独特现象。许多古文明都消失了，中国的文明能够枯木重生，凤凰涅槃，真的是不容易。昆曲艺术给我们很好的启发，让我们看到，前人是怎么努力地投入文学、音乐与演艺的三结合，提高生命审美的境界，也就是文明追求的目标。文明是什么？文明是我们人类一直在追求的美好，美好的生活、美好的心灵，让我们有个美好的愿望，让我们整个人类的生活环境更美好。在戏曲方面，我们发现四百多年前就有人投入昆曲的创作，由文学家、音乐家、表演艺术家、舞台工作者，以及所有参与的观众，进行追求审美境界的三结合，共同构建美好的理想与愿望，给我们留下了绚烂的文化经典。

本文系作者在新华·知本读书会第八十五期所作演讲，刊发时经作者修订

（选自《书城》2021 年第 8 期）

吃鱼的文化学

祝　勇

一

最能代表怀素书法性格的，我以为是《食鱼帖》。

这帖现在是私人收藏，大门不出二门不迈。我看到的，只是印刷品。

几十年前，黄裳先生就从书店里购得了一帧印刷的《食鱼帖》，洋洋自得地记道："这两天天气很好，是江南最好的秋日。出去闲走，在书店里买得文物出版社新刊的唐怀素《食鱼帖》真迹，非常高兴。这帖只不过草书八行，五十六字。字写得好，文字尤为有趣。"

《食鱼帖》是这样写的：

> 老僧在长沙食鱼，及来长安城中，多食肉，又为常流所笑，深为不便，故久病，不能多书，实疏。还报诸君，欲兴善之会，当得扶羸也。
>
> 九日，怀素藏真白。

怀素幼时出家，"老僧"，是指他自己。在长沙的时候，他是吃鱼的，后来到了长安城，没有鱼吃，就只能吃肉了。僧人吃肉，被凡庸之人耻笑，心里实在不爽，时间一久，就生了病。生了病，不能多吃啥美味，所以要告诉诸君，想要开心的饭局，还得等病好之后吧。

这《食鱼帖》里的怀素，多么的贪吃，多么的肉欲，多么的坦诚，多么的可爱，没有一点点伪饰，看上去一点也不"素"。食鱼的小小欢乐，永远停留在纸上。这《食鱼帖》，一直是历代文人喜爱的。黄裳先生说：

怀素是坦率的，他公开承认常常吃肉，白纸黑字，不怕被人抓住小辫子，以触犯佛门清规戒律的罪名揪出来批斗，是很可爱的。在这位老僧看来，和尚戒荤酒这种条条，根本就是骗人的鬼话。殊不值得认真对待。

临《食鱼帖》，写着写着就馋了，好像嗅到了鱼、肉的香味。

二

鱼没吃好，肚子就痛了。怀素的《食鱼帖》，总让我想到张旭的《肚痛帖》。

张旭是李白的朋友，杜甫《饮中八仙歌》（又称《八仙歌》），李白和张旭都被列为“八仙”。安史之乱中，二人还在溧阳相遇，还曾在酒楼上一叙。《饮中八仙歌》这样写张旭：

张旭三杯草圣传，
脱帽露顶王公前，
挥毫落纸如云烟。

说张旭酒饮三杯，即挥毫作书，时人称为草圣。他不拘小节，即使在王公贵族前也脱帽露顶，挥毫落纸，却如云如烟。不只是杜甫这样写，李颀在《赠张旭》中也写：“露顶据胡床，长叫三五声。兴来洒素壁，挥笔如流星。”不仅不戴帽子，露出脑瓜顶，在挥笔作书时，还要长叫个三五声，有一点神经兮兮。有时候发起“神经”来，甚至干脆拿自己的脑袋当毛笔，蘸墨在墙上“奋笔疾书”。无论墙壁、屏风，只要他看见一片空白，都会用自己的字去填补，恍惚间，如见大小龙蛇，乘云而起，风雨云雾，变幻迷离。等他醒了，看到自己的手迹，以为那是神仙留下的字迹，连他自己都觉得不可思议。

张旭的《肚痛帖》没有纸本留下来，宋嘉祐三年（公元1058年）曾摹刻上石，现在西安碑林博物馆收藏的石刻，是明代重刻的。

《肚痛帖》写：

忽肚痛不可堪，不知是冷热所致，欲服大黄汤，冷热俱有益。如何为计，非临床。

从《肚痛帖》的笔迹可以看出，张旭写此帖时，蘸饱了墨汁，一笔写数字，至墨竭时再蘸一笔，以保持字与字之间的气脉贯通，还可以控制笔的粗细轻重变化，使整幅作品气韵生成，有一种“神虬出霄汉，夏云出嵩华”的气势。

《肚痛帖》开头的三个字，写得还比较规正，字与字之间互不连接，从第四字开始，便每行一笔到底，上下映带，缠绵相连，越写越快，越写越狂，越写越奇，意象迭出，癫味十足，区区三十字，在粗与细、轻与重、虚与实、断与连、疏与密、开与合、狂与正之间回环往复，这种大开大合，如天地万物生机勃勃，如风云气象波谲云诡。

三

怀素也是李白的朋友，李白晚年到怀素的老家湖南零陵，写下一首《草书歌行》。诗中描述怀素写字的神态：

飘风骤雨惊飒飒，
落花飞雪何茫茫。
起来向壁不停手，
一行数字大如斗。
怳怳如闻神鬼惊，
时时只见龙蛇走。
左盘右蹙如惊电，
状同楚汉相攻战。

怀素是唐朝继张旭之后的第二位狂草大师，无独有偶，他也很“癫”很“狂”。释适之《金壶记》描述他：“嗜酒以养性，草书以畅志。凡一日九醉，时人谓之‘醉僧书’。”一日九醉，确实有些过分，这一天除了醉酒，什么事都没干，但他们写字，只有醉酒时能写，而且见到什么就在什么上面写。陆羽《怀素别传》说他：“疏放不拘细行，时酒酣兴发：遇寺壁里墙、衣裳、器皿，靡不书之。”

怀素写字，连寺壁、衣裳、器皿都不放过，比张旭还要“变态”。陆羽还说他：“贫无纸可书，尝于故里种芭蕉万余株，以供挥洒。”

颠张醉素，日子都过得贫苦，或者说，他们根本无意于物质生活的丰赡。李颀在《赠张旭》中也写他：“下舍风萧条，寒草满户庭。”陋室寒舍，荒草凄凄，他住的地方，着实不怎么样。但盛唐的人有福了，因为张旭、怀素两大书家，在墙上书，在衣上书，在器上书，甚至在芭蕉的叶子上书，随处扯下一页，就是他们的“真迹”。

只是这些“国宝”，如今都消失在历史的云烟中了，我们今天无缘再见到了。黄庭坚说：“张长史行草帖，多出于赝作。人闻张颠，未尝见其笔墨。”黄庭坚所处的宋代，张旭书法尚且寥落无存，何况今天了。

他们落在纸上，穿过千年风雪留存到今天的纸本墨迹，只有张旭的《古诗四首帖》（辽宁省博物馆藏），怀素的《自叙帖》（台北故宫博物院藏），《苦笋帖》（上海博物馆藏），《论书帖》（辽宁省博物馆藏）、《食鱼帖》（私人收藏），《小草千字文》（私人收藏）等，屈指可数。

《食鱼帖》是有纸本墨迹留下来的，原本是山东潍坊丁氏家族收藏，后来丁家迁至青岛，赶上“文革”抄家，就把这“传家宝”抄到了青岛博物馆，20 世纪 70 年代末，故宫博物院徐邦达先生从青岛博物院“未清理好的”中意外发现了它，无意中捞到了一条大鱼。后来落实政策，《食鱼帖》归还给丁氏家族。

徐邦达先生《古书画过眼要录》说，《食鱼帖》笔画稍嫌滞涩，枯笔中见有徐徐补描之迹，并非怀素真迹，而应是他人半临半摹之本，但勾摹技巧高超，所见只有唐摹《万岁通天帖》（辽宁省博物馆藏）能与之相比，结体笔画也保持着怀素书法的面目，这样的早期摹本与真迹有同等重要的学术价值。

与《自叙帖》（台北故宫博物院藏）的激越飞扬比起来，《食鱼帖》的笔调已经平和稳健了许多，但仍然保留着他随意、洒脱的个性，好似兴之所至的涂抹，而不是什么“创作”。所以苏东坡说他：“其为人倜傥，本不求工，所以能工如此。如没人操舟，无意于济否，是以覆却万变，而举止自若，近于有道者耶？今观此帖，有食鱼、食肉之语，盖倜傥者也。”

肚子痛了，或者吃一条鱼，这样的寻常事，都要写一张“帖”，可见他们的天性的烂漫，信笔随心，浑然天成。

相对于正襟危坐、端庄锦绣的楷书，这样的内容、这样的写法，都有些“出格”。

而书法，本应是这真实性情的表露，就像他不讳言自己食鱼、食肉一样。

四

到唐代，书法已经从大篆、小篆花纹般卷曲的线条里走出来，也从水平伸展、开阔雄健的汉隶里走出来，形成了一种更加均衡、对称、方正的美学形态，如欧阳询所说："四面停匀，八边俱备。短长合度，粗细折中。"楷书（也叫真书、正书），出现了。

楷，是楷模，是样本，是规律，是标准。

书写原本是出于实用，后来才逐渐具有了美的形体，成为一种"美的自觉"。王羲之的书法，最能代表这种"美的自觉"。唐朝人把这种自觉升华，从汉字中发现了美的规律，总结出美的公式。美，也是可以有公式的。它把复杂多变的汉字书写变得简单易行。我们小学生练习写字，都是颜柳欧赵开始，起笔收笔、间架结构，像勾股定理一样，有章法可循。

美是有规律的，也因此可以掌握和复制。

唐代书法的第一个创制者，是欧阳询。

颜、柳、欧、赵，被奉为楷书四大家，如果按生辰排序，欧阳询在前，出生于557年，颜真卿出生于709年，柳公权出生于778年，赵孟頫是元朝人，出生于1254年，我在《故宫的古物之美2》里写到他，这里就省略了。

欧阳询和虞世南都出生于南北朝时代，由隋入唐，欧阳询比虞世南年长一岁。他们在唐朝生活的时间，都只占他们生命的四分之一，但这四分之一，却是他们书法创作的辉煌时期。他们的书法，都是从王羲之书法里脱胎出来的，其中欧阳询渐渐变体，虞世南则一生恪守王羲之，不离不弃。

蒋勋先生说："欧阳询书法森严法度中的规矩，建立在一丝不苟的理性中。严格的中轴线，严格的起笔与收笔，严格的横平与竖直，使人好奇：这样绝对严格的线条结构从何而来？"

还说："欧阳询的墨迹本特别看得出笔势夹紧的张力，而他每一笔到结尾，笔锋都没有丝毫随意，不向外放，却常向内收。看来潇洒的字形，细看时却笔笔都是控制中的线条，没有王羲之的自在随兴、云淡风轻。"

欧阳询的纸本墨迹，故宫博物院有《卜商帖》《张翰帖》。此二帖都是行书，却可见楷书一般的控制力，像衣冠齐整、行为有度、言语得体的正人君子。

他们的楷书，为大唐书法带来了庄严与法度。

除了唐楷，唐代城市规划、佛教造像，乃至格律诗（五言诗与七言诗）中，处处见证着规则的存在。

这些，都是由唐朝的“大一统”性格带来的，秦汉以来，这还是第一个“大一统”的王朝。隋朝太短，只有三十八年，只是一个历史的过渡。

但这只是唐朝的一面，它的另一面，就是它的开放、热烈、昂扬、多变。这一点，我在《纸上的李白》里写了。所有的“紧箍咒”，其实都管束不住上天入地、大闹天宫的孙猴子。一如唐诗，平仄分明，格律谨严，却束缚不住“黄河之水天上来”的浩荡与烂漫。

五

怀素吃鱼食肉，那样的“自由散漫”，不守“纪律”，来自他个性的放达、怪诞、万事不吝，但背后还有一个文化的推手，就是禅宗在唐以后的普及与流行。作为汉传佛教宗派之一，禅宗是在中晚唐之后成为主流的。禅宗的修行，讲究不立文字，见性成佛，摒弃了繁复的程序与形式感，因此更灵活机动，更信手拈来。

唐末至五代后梁时期的僧人契此，到《高僧传》里，成了布袋和尚——他蹙额大腹，出语无定，随处寝卧，形如疯癫，却法力无边，“示人吉凶，必应期无忒”。《补续高僧传》里还记录南宋有一位道济和尚：“饮酒食肉，与市井浮沉。喜打筋斗，不着裤，形媟露，人讪笑之，自视夷然。”

在禅宗那里，饮酒食肉，喜打筋斗，随处寝卧，出语无定，这些行为不仅不犯“忌”，反而成为一种时尚，因为这些天真懵懂、如痴如醉、不守“规矩”的行为，都在表明他们戒绝了尘世的欲望，摒弃了人间的诱惑，而保持着超脱通透、自由自在的处世态度。由此可知，像怀素那样食鱼食肉、不守成规的僧人，在那个年代，可以抓出一大把。

我想起《红楼梦》里，林黛玉说到癞头和尚：“疯疯癫癫，说了这些不经之谈，也没人理他。”我想，怀素差不多就是这样的一副尊容。但对这副尊容，李白并不嫌弃。他在《草书歌行》里写：“古来万事贵天生，何必要公孙大娘浑脱舞。”李白看重的就是这副不加修饰的天性，在他看来，书写者没有必要像张旭那样，一本正经地，从公孙大娘舞剑中寻找创作的灵感。

吃鱼食肉的那种自由散漫，挑战着宗教的清规戒律，这样的“特立独行”，来自禅宗的启迪。这种启迪，不仅影响到他们的行为，也带来了书法的变迁。书法艺术在唐宋之际有一个大的跨越，与禅宗在那个时代的传播、盛行分不开。怀素、苏东坡这些书法家，无不浸淫佛教（尤其是禅宗）的思想中。外来的佛教，通过禅宗，与中国本土的老庄思想达成了深度的契合，形成了一种追求生命自觉和精神境界的文化理想，贯穿于禅宗心性学说、文化思想的本质内容可以总结为：自然——内在——超越。

禅宗主张“顿悟”，即所谓的“一念成佛”，不看重教义、仪式这些外在的力量，在颠张醉素看来，自我控制反而成为创造伟大艺术的阻碍，自然、天真才应该成为书法家的追求。宋代苏东坡延续了这样的传统，认为“法”的彻底内在化，要求学习者忘却了自己的艺术，也忘却了自己对完美的追求的时刻。他们并不否认“法”的价值，他们的艺术创造，也都经历过刻苦的磨炼，他们的根基，都是扎得很深的。像怀素，在木板、芭蕉叶上练字，“如果没有他孤寂于深山古寺，埋首于托盘、木板、蕉林里沉默，就一定没有他走出深山古寺的狂放与喧哗”。苏东坡学习过王羲之，也苦练过颜真卿、杨凝式，米芾就曾在苏东坡的书房里见到过两大袋练字的草纸，但在苏东坡看来，这只是“知”的层面，不是“行”的层面。这样写出的书法是来自别人的，而不是来自书写者自身。所以学习的过程，也是忘却的过程，只有从规则中摆脱出来，将规则忘掉（苏东坡称之为“相忘之至”），才能“出新意于法度中，寄妙理于豪放外”，用佛教语言，是“心语道断，心行处灭”。只有当他发现真正束缚自己的力量乃是他内心的欲望，哪怕欲望的对象是解脱，他才会真正领悟自然的创造力(也可以称天道或佛法)，这最终的领悟，必然是顿悟。在一个夏日黄昏，怀素看到天上的流云，心里像被什么击中了，就像禅宗的“顿悟”，一下子悟出了书法三昧。从此，那波动的云影化作线条在他手帖里流走，忽明忽暗的山光宛如笔墨的干湿浓淡。

《宣和书谱》形容他的字：

> 字字飞动，圆转之妙，宛若有神。

六

草书的随意与散漫，使它更方便使用，也更与生活相贴近。一张便笺、一声问候，都以草书来涂抹、挥洒，成就了中国人特有的手帖美学。它既是艺术的美，也是生活的美，更是性情的美，像王徽之（王羲之第五子）《新月帖》（唐摹本藏辽宁省博物馆，《万岁通天帖》之一）所写："雨湿热，复何似？食不？""食不"，就是"吃了吗"？那么平易，那么随和，那么轻松，却如雪泥，如鸿爪，让我们感动。那才是生活的本色，那才是生命的底色。每个人的存在，都是微小而具体的，像风一样，无始无终，却挟带着一股更加真实和强劲的命运感。与轰轰烈烈的传奇相比，它们更接近我们生存的本质。

我想起帕慕克的话："在我们的一生中，会发生成千上万件被忽略的小事，只有文字才能让我们意识到它们的存在。"现在，这些书法家的文字，让我们看见了它们的存在，看见了我们的生活、日子、好恶、性情。

从那些帖上，我还听见了那些伟大艺术家的窃窃私语，这些文字太平凡，太家常，以至于不同朝代、不同的"手帖"，完全可以建立起对话关系——王徽之问："食不？"王羲之在《寒切帖》（唐代勾填本现藏天津博物馆）里答："吾食至少，劣劣。"张旭接道："忽肚痛。"怀素又说："老僧在长沙食鱼。"

或许，正是因为有了向张旭的求教的机会，才让颜真卿开了悟，使得写出一手庄严楷书的他，在遭遇大悲大痛时（如王羲之《丧乱帖》所说的："痛贯心肝，痛当奈何。"又如《频有哀祸帖》所说："悲摧切割，不能自胜。"），终于浑然忘我，恣意宣泄，写出酣畅淋漓的行草《祭侄文稿》。

除了颜真卿的刻苦与悟性，《祭侄文稿》更来自命运的机缘，来自时代的赐予，来自艺术的神秘性，甚至来自"天意"。亲人骨肉涂炭，那种无法抑制的痛苦与痉挛，于个人而言，是大不幸；于书法家而言，反而成了大"机遇"。

总结一下，在唐代艺术中，存在着两种截然相反的运动：

一种以欧阳询、虞世南、颜真卿的楷书为代表，它是庄重的、谨严的、理性的、庙堂的、有权威的、入世的、正义的、道德主义的、笑不露齿的、适用于纪念碑的；还有一种以张旭、怀素的草书为代表，它是随意的、潇洒的、感性的、出世的、游戏的、发自天性的、才高气逸的、不拘形骸的、泼皮要赖的、睚眦必报的、变化无穷的，甚至是神秘、不可解的。

楷书是标准，是规范，是普遍接受的美，是美的“平均数”，或者说“最大公约数”；草书则是自我的、个性化的、独家的、不可替代的，是美的“最小公倍数”。

楷书可以搞“群众运动”，比如“书法大赛”一类，因为它有“规”有循，有“矩”可蹈；草书则不那么容易立分高下，即使分出，也是更多依赖直觉、主观，而没有太多的“客观标准”可讲，如天宝二年（公元743年）颜真卿向张旭求教时，张旭对颜真卿所说：“笔法玄微，难妄传授，非志士高人，讵可与言要妙也。”很像老子所说的：“道可道，非常道。”

楷书整齐有序，可以刻在碑上，写在“文件”里，而草书不能，甚至于许多草书，由于太个性、太散漫，大多数人都无法直接看“懂”，需要“翻译”，才知道写的是什么。楷书越是强调理性，草书就越是彰显它创作上的神秘性、不可解性，连张旭，都不知道自己的字是从哪里来的，怎么教呢？

因此，楷书的美是可控的、计划内的，或者说，因为这份控制，才成就了它的美；草书则恰恰相反，它的美是计划外的，有不可预期性，它的美，美在“意外”。

要挑战书法的极限，他们就要从癫狂、从迷醉里、从“反者道之动”里、从随机偶然里找到艺术的“突破点”，而这一切，都需要酒来推波助澜。诚如论者所言：“饮酒可以帮助诗人墨客放松意识的自我控制，陷入忘境，让他借意识的黄昏挥洒成文。这意味着饮酒也被用为接近艺术的自然创造力境界的‘方便法门’。在《浊醪有妙理赋》里，苏轼把饮醉描写为‘坐忘’，也就是《庄子·大宗师》里颜回所谓的‘堕肢体，黜聪明，离形去知，同于大通’的状态。这样一种状态代表着精神修炼的最高境界，是物我两忘、自我与外物之间不再存在二元对立的境界。”

七

唐代有颠张，有醉素，是因为唐代还有欧阳询、虞世南，他们是一枚硬币的两面，一个池子里的鱼虾，看上去风马牛不相及，其实是彼此相依，少了一面，另一面也就不存在了。

我在《纸上的李白》里说，唐代文化是一个多元的互动体。有了这些“元”，才有交往、交叉、交流；有了“互”，才能“动”，才有原子与原子的碰撞，分子与分子的“聚变”。少了任何一“元”，没有了“互”，自然就“动”不起来了。

所以，唐代有杜甫，就有李白；有恪守格律的近体诗，就有不羁于格律的古体诗；有现实主义，就有浪漫主义；有欧阳询、虞世南，就有张旭、怀素；有法度建设，就有适意挥洒；有崇高，就有“躲避崇高”。

颜、柳、欧的字是属于庙堂的，代表大唐的庄严与崇高，颜真卿《祭侄文稿》则是那崇高的顶点，代表着无瑕的道德、无私的奉献与牺牲。如同我在《血色文稿》里所写的，这种崇高，在那样一个豺狼当道、虎豹横行的时代里，绝对是需要的，为那个欲望横行、信仰缺失的时代提供精神的养分，树立了一个至高无上的榜样。

但这种崇高，这种道德完美主义，同样可以被豺狼、虎豹、野心家利用。对于颜真卿式的崇高的推崇，让他们懂得了用崇高来给自己贴金。他们披上崇高的外衣，再涂上道德完美主义的口红，就可以行走江湖、妖言惑众了，让人民大众分不清，谁是李逵，谁是李鬼，谁是颜真卿，谁是颜假卿，谁是甄士隐，谁是贾雨村。所以才有了李白的“人生在世不称意，明朝散发弄扁舟”，也有了张旭、怀素的或癫或醉，“飘然不群”。

其实他们反对的不是崇高，是伪崇高。他们不愿意披庙堂外衣，涂道德口红，所以他们装傻充愣，才有了石破天惊的意义，他们从“疯癫”里，从“随便”里，从寻常里，甚至从游戏里，找到了快乐，找到了意义，找到了真实，找到了自我。

肚子痛的张旭、吃不上鱼的怀素或许都没想到，他们性之所至的话语、信手拈来的手帖，都会成为流传千年的经典。

或许正因性之所至、信手拈来，才反而成了经典。

假如说颜真卿是那个时代里最可敬的人，那么张旭、怀素之流，就是那个时代里最可爱、最好玩的人，他们成就了唐朝艺术中最生动活泼、有声有色、烂漫纷飞的那部分。他们是酒鬼、妄想狂、“现代派”，唯独不是“无厘头”。至少在李白眼里，他们都是美的，就像《红楼梦》里的一僧一道（癞头和尚和跛足道人），表面上“那僧则癞头跣脚，那道则跛足蓬头”，实际上，他们一出场就“骨格不凡，丰神迥异”。

唐朝的艺术，从哪个角度看，都很高大上，亦庄亦谐，东成西就，皆成大师。它的基调已经定在那里，想烂也烂不到哪去。它也因此成为后人仰望的纪念碑，成为一座永恒的神殿。

八

关于鱼的文章就写到这里，还是话多了。

其实，鱼就是鱼，食鱼就是食鱼。那么多的宏大意义，“怀老”未必顾得上。

“怀老”最关心的事情只是：等身体一好，就又可以开宴啦。

我的困惑在于：等他老人家饭局重开，他是该吃鱼呢，还是该吃肉呢？

我们可看的，只有这一纸《食鱼帖》，前不着村，后不着店，没有上下文，像一座语言的孤岛。

不知道他后来都吃了些啥。

舌尖上的唐朝，是多么诱人的唐朝。

我猜想，他一定会摸摸胡子，思忖着：鱼我所欲也，熊掌亦我所欲也……

（选自《美文》2021 年第 6 期）

“铁袈裟”与碎片的气象

郑　岩

历史写作的“碎片化”，是近年来史学界争论较大的一个问题。但这里所说的不是比喻意义上的“碎片”，而是取其本义，指的是可触可感的实物，因此与史学界的争论没有直接的关系。

艺术史研究从某种意义上说，便是起于碎片。唐人张彦远《历代名画记》卷三标题“记两京外州寺观画壁”小字注曰：“会昌（841—846）中多毁折，今亦具载，亦有好事收得画壁在人家者。”可知书中所载画壁，多有会昌灭佛时从被毁寺院揭取保存者。又曰：

> 会昌五年，武宗（李瀍，后改名李炎，840—846 年在位）毁天下寺塔，两京各留三两所，故名画在寺壁者，唯存一二。当时有好事或揭取陷于屋壁。已前所记者存之盖寡。先是宰相李德裕镇浙西，创立甘露寺，唯甘露不毁。取管内诸寺画壁，置于寺内……

李德裕是灭佛的积极建言者，但对佛教艺术的态度却较为宽松。他创立的浙西润州甘露寺（遗址在今镇江城东北江滨北团山后峰，以下古地名与今名相同者，不再注明今名），有晋之戴逵、顾恺之，宋之陆探微、谢灵运，梁之张僧繇，隋之展子虔，唐之韩幹、陆曜、唐湊、吴道子、王陁子等人所绘壁画，堪称一处名家真迹的收藏室。

宋人郭若虚《图画见闻志》还提到，会昌法难之后，成都人胡氏“乃募壮夫，操斤力剟于颓坌之际”，得展子虔及唐人薛稷壁画，建宝墨亭以储藏，并请司门外郎郭圆作记，“自是长者之车，益满其门矣”。

类似的做法也见于欧洲。1517 年德国威登堡大学（University of Wittenburg）神学院教授马丁·路德（Martin Luther，1483—1546）发起的宗教改革，杂有激进的“圣像破坏运动”（Iconoclasm），一些民众采取暴力手段攻击教堂（关于圣像崇拜与破坏的研究，见 David Freedberg，*The Power of Images*：*Studies in the History and Theory of Response*，Chicago and London：The University of Chicago Press，1989）。在圣像和圣物的宗教意义被否定的同时，部分新教学者开始将其当作艺术品来收藏，并从审美的角度加以研究。十七世纪，欧洲许多新教教堂开辟出专门的房间，用以存放艺术品，成为博物馆的雏形。

欧洲圣像破坏运动之后的收藏者，面对的是物品的片断。这些片断脱离了原来所属的教堂，回归到“事物本身”；在艺术领域，则转换为“作品”（见李军：《可视的艺术史——从教堂到博物馆》）。在后来的几个世纪，这些作品在“美术”（fine arts）的概念下被重新归类，分属于绘画、雕塑、工艺品等。散存的圣像、圣物逐步被连缀为首尾相继、肢体完整的艺术史著作和博物馆陈列，以展现艺术自身的生命力。

作为世界上第一部绘画通史，《历代名画记》的写作，是在艺术品无数次劫难后的补牢之举。张彦远痛心疾首地写道，汉末董卓之乱，图画为军人取为帷囊，所余七十多车，在西迁途中半数遗弃于大雨中；胡族入洛，魏晋藏蓄大量被焚；南北积累历尽磨难，十不存一；隋炀帝下扬州，中道船覆，随驾名画大半沦弃，其遗珠几经易手，终归唐朝，但运送绘画的船在砥柱忽遭飘没，所存十无一二；安史之乱和武宗之厄，又如雪上加霜……但是，凭着这些艺术品的碎片，张彦远仍建立起体制宏大的绘画史殿堂。

艺术史著作卷帙浩繁，博物馆更是包罗万象，对特定题材、风格、技术、流派的展示，井然有序，眉目清晰。我们几乎忘记了所面对的只是碎片的碎片，更忘记了碎片所经历的种种劫难。当研究者试图结合作品的各种外部因素去理解和解释其美好的形式时，那些被一度否定的宗教价值也借机复活，破碎的作品因此不再破碎。

与上述倾向不同，我试图重新关注碎片特定的形态。碎片本身之所以重要，是因为它瓦解了艺术品的完整性和视觉边界，可以引导出一些不为我们所注意的新问题。

其一，当我们意识到碎片原属于某个完整的有机体时，便会试图重构其所属的物质和历史语境，不再止步于碎片本身。一件完美的瓷器，只可远观，不可近玩；而破碎却使我们看到了器物的内部空间、断裂后露出的胎体，感受到器壁的脆弱、茬口的锋利。新的视野激发出丰富的想象力和无法遏制的修复欲望，反过来使我们对完整的器物产生了更为深刻的认识。艺术史上最著名的案例，当属复原巴黎卢浮宫博物馆所藏“米洛的维纳斯”断臂的种种传奇。新近的例子，是近年来利用数字技术所做的努力，研究者用虚拟手段，将散存于世界各地博物馆和私人手中的佛教造像碎片，回复到原来所属的石窟空间中。他们不再将碎片看作独立的艺术品，而通过对原境（context）的重构，将具有雕塑形态的“局部”归位到建筑乃至历史和文化空间中加以观察和理解。同样，当我们认识到十多件西汉霍去病墓石刻原属于墓上封土的组成部分时，就不再将它们看作具有独立价值的“雕塑”，而重构出一个体制更为巨大和复杂的宗教艺术景观，在这一新的基础上重新探索作品的材质、技术、形式、主题、意义，以及背后的人物与事件。

其二，在特定的历史条件下，碎片也会被看作完整的实体。例如，河南登封嵩山南麓万岁峰下一块高约 10 米、周长 43.1 米的天然巨石，本是山崩而坠的碎片，但早在西汉时就被认作夏启之母的化身。武帝时为此石建庙，东汉延光二年，颍川太守朱宠于庙前建神道、石阙。这些设施和随后的各种祭祀，将巨石转化为一座纪念碑。在空旷的野外，它体量巨大，富有视觉冲击力，具备一种圣物所需的形式特征。它超越了不稳定的物质外形，而成为一个完整的信仰体系的象征和符号〔参见米尔恰·伊利亚德（Mircea Eilade）：《神圣的存在——比较宗教的范型》〕。在这种情况下，我们除了关注碎片的形态本身，还有必要讨论赋予其象征性的文化传统、宗教观念、政治动机和其他人为因素，探讨各种内部元素和外部元素之间连接的渠道。

其三，碎片之间的缝隙也值得关注。缝隙是停顿、缺环、空洞、虚无；然而，就像泉水、瀑布从大地的间隙流出一样，这些狭小的部分也予人极大的想象空间，如众妙之门，玄之又玄。殷商的占卜，便是对钻、凿、灼烤之后甲骨上裂纹的解释。“卜”字本身，象声，也象形，一长一短的两画，即是龟甲裂纹。裂纹是神圣的缝隙，是神祇对商王卜问的回答。据《淮南子》等书记载的传说，万岁峰下的启母石破北方而生启。裂开的缝隙是女阴的隐喻，是生命的神圣通道。到了宋代，哥窑瓷器上“百圾破”的开片，金丝铁线，八方交错，技术的局限又转化为审美的趣味。一件瓷器破碎后补缀的锔钉，续续断断，勾勾连连，也构成一部文化史（参见谢明良：《陶瓷修补术的文化史》）。

其四，碎片是破碎的结果，而破碎是事件。一件瓷器被打破是事件，外力的撞击、四散的肢体、落地时尖厉的声音，皆会带来心灵的快感或阵痛；挽救、担当、辩解、隐瞒、推诿、拼对、修复、丢弃、掩埋、惊愕、窃喜、哀悼、追忆、忘记……也都是事件，这样，我们便有可能通过碎片与破碎，讨论一种涵盖内部、外部多种元素的物的总体史。

这几点碎片式的思考，尚不足以从理论层面概括碎片在艺术史研究中全部的意义。我即将出版的《铁袈裟：艺术史中的毁灭与重生》正编是一块残铁的变形记。所谓的“铁袈裟”，原属于山东长清灵岩寺一尊唐代金刚力士像，是晚唐的灭佛运动造就的碎片。文献中的信息以及李邕碑和碑文，也都是碎片。通过多种碎片的拼合，可以大致完成对金刚力士像的修复性研究。这项工作无疑受益于传统艺术史——如果没有近代“雕塑”概念的传入，我们断不会意识到这些古代造像的文化价值。但是，“铁袈裟”恰恰被抱持着近代“美术”概念的学者们错过，也许是因为它过于残破，人们在排斥附会于其上的旧说时，也忽略了物本身。我十几年前的一篇短文，旨在恢复残铁本来的面目，却也暗含着对于宋代以来各种文本和话语的轻视（参见郑岩：《山东长清灵岩寺“铁袈裟”考》）。对这种疏失的反思，启发我重新探究“铁袈裟”与各个时期历史背景和文化传统的关联。我试图说明，除了“铁袈裟”所属铁像的原意，铁像被破坏的过程、碎片在后世产生的新意义也同样重要。我以黄易的游踪开篇，目的便在于将这块残铁拉回到时间与空间的原境中，拉回到物与人的关系中——当然不只是清代的灵岩寺。

多年前，我与汪悦进教授合作的《庵上坊》一书，已涉及作品在接受史中意义的转变〔参见郑岩、汪悦进：《庵上坊——口述、文字和图像》（修订版）〕。与《庵上坊》不同的是，《铁袈裟》还讨论了对艺术品的毁灭、想象、聚合、再造。我用了大部分篇幅讨论“铁袈裟”，其中一些关键词，在外编进一步展开。外编是四个案例，可以独立存在，分别阅读；它们之所以并列于此，是因为涉及的问题彼此关联，而不是相互重合。关于阿房宫图画的研究是一篇旧作，我略加删减、调整后收入书中，以与其他案例相互比照。当初正是从这篇文章开始，我注意到历史上艺术品破坏的问题。关于阿房宫的想象和虚构，是对攻击与毁灭的抗拒，破坏后的空白正可以填补上最绚烂的图画。那组在秦代并没有建成的宫殿，依赖于人的想象力，在后世构建得眉眼分明。在这里，我附带讨论了图像虚构所使用的语言，借此观察虚无缥缈的概念如何具体地转化为实实在在的形象。

“破碎”一词在景德镇的龙缸中再次显现。灵岩寺高僧仁钦的诗跳跃太大，我们可以凭借督陶官唐英出神入化的散文及其背后的故事，推想“铁袈裟”被神化的具体过程。而那个囚禁着死者灵与肉的乌盆，恰好是龙缸的“反义词”和“对偶句”。《龙缸记》和《乌盆记》这两个文学性的文本说明，将没有生命的器物加以拟人化，是一种普遍的传统。这里的殉道者和受难者不再是一座城市、一件艺术品，而是鲜活的生命。就材料的性质而言，这一节走得较远，超出了艺术史惯常的范围。我所讨论的对象并不可见，那件破损的龙缸已经佚失，但这并不重要，因为只有在《龙缸记》中，它才被转换为一件艺术品。乌盆过于普通，我们完全可以凭借日常经验来画出它的肖像。在我看来，艺术史之所以作为一个独立的学科而存在，固然与其独特的研究对象有关，然而，更重要的还在于它有一整套提出问题和分析问题的角度与方法。所以，我在对文学性文本的研究中，仍特别留意器物的形态和视觉特征。

六舟和尚的锦灰堆作品《百岁图》以特殊的技术将破碎的古物加以诗化，在形式上偏离了艺术主流。通过题跋的解析，我们可以观察这件具有“现代艺术”特征的作品在当时的环境中所引发的反应。这种讨论与对“铁袈裟”接受史的研究相呼应，从中我们还会注意到，一些现代艺术作品，与历史上这类“非主流”的作品有着惊人的相似之处，尽管现代艺术家们未必熟悉那些古代的作品。

从艺术家徐冰描写纽约世贸中心双子塔倒塌的文字，可以遥想武则天所造大像崩坏时的场面……古代艺术与现代艺术的“暗合”，并不意味着二者之间必然存在着一种传承有序的风格谱系，而是因为今天的艺术家仍然面对着那些古老的问题，因此，对于当下的艺术实践而言，艺术史的意义不只是为虔诚的膜拜者提供用以传移摹写的范本，或者为勇敢/轻狂的挑战者树立可供突破/冒犯的靶子，而是提醒今人不断思考那些古老的、永恒的命题，并继续勇敢地寻找新的答案。

老实说，我用徐冰的作品结尾，是给自己出了一个难题。纽约“911”纪念馆中“最后的柱子”很容易使人联想到“铁袈裟”；与这根柱子完全不同，徐冰的作品是对于事件本身的超越，这提醒我们注意过分强调因果关系的历史学阐释所存在的局限性。正如我试图用“铁袈裟”、锦灰堆等例子来反思传统艺术史写作的范式一样，全书对于物的执著，也受到了“无一物”的质问。这一作品提醒我们，在试图走出某一个封闭的房间时，不必再去建立另外一个封闭的房间。因此，在这里，我希望它不只是这本书的结尾，而是新思考的开端。

我在《铁袈裟》中没有涉及过去学者们讨论较多的文人画。实际上，同样的问题也存在于艺术史的这一传统领域。例如，文人画中不乏对于王朝倾覆的强烈反应，项圣谟《朱色自画像》便是在 1644 年听闻大明京师陷落之后所作。画家题诗的开头曰："剩水残山色尚朱，天昏地黑影微躯。"诗中称甲申事变后"天昏地黑"，而原本应以水墨画出的山水却反转为朱色，明喻朱明王朝。残破出现于文字中，图像的山河完整如故；画里人物面貌泰然，诗行字字血泪，文字与图像呈现出十分复杂的关系。另一个例子是石涛晚年所作《梅花诗画册》（1705—1707 年）中的一叶。石涛原名朱若极，有明宗室的血统。清朝建立时，石涛尚在幼年，因此他并不以遗民自居。题诗中所说的"古遗民"，是更具有普遍意义的概念。几欲断裂的树枝和仍在怒放的花朵，象征着士人自身内在的精神力量，这种力量超越了某一个王朝的沉浮，也超越了其个人的得失。这类作品，都值得将图像内部的元素和历史事件结合起来，进行深入挖掘。

我赞成将艺术和历史打通的开放性、综合性研究，除此之外，这本书所强调的，还有作品本身的物质性〔在这一点上，我要感谢巫鸿的两本书对我的启发，即 *The Double Screen*：*Medium and Reprentation in Chinese Peinting*（Chicago：University of Chicago Press，1996，中文版见文丹译、黄小峰校：《重屏——中国绘画中的媒材与再现》）和 *A Story of Ruins*：*Presence and Absence in Chinese Art and Visual Culture*（Princeton：Princeton University Press，2012，中文版见肖铁译、巫鸿校：《废墟的故事——中国美术和视觉文化中的"在场"与"缺席"》）〕。传统历史学研究也常常使用物质性材料，却并不特别注重文献史料的物质性（陆扬新近组织的一次会议，即倡言同时重视史料的文本性与物质性，这是值得重视的新变化）；而艺术史则强调研究对象的"在场"。艺术史家面对的，正是一种物质性和视觉性的历史，对于其形状、材质、技术等内部因素的关心，是艺术史的基本姿态。因此，本书的取材范围不再限于绘画或雕塑某一种具体的艺术形式，而涉及造像、城市、建筑、器物、文学、金石和装置等更广泛的领域，试图由毁灭、破碎、再生、聚合等多元的角度，发掘物质性在艺术史研究中的潜力。

今天，艺术的概念和形式正在发生着巨大的变化——也许历来都是如此。那么，艺术史的研究对象就不必固守在传统博物馆内部的某一个库房或展厅，尽管那种方式的研究仍有不可低估的价值。在我所供职的美术学院，我是那些日新月异的艺术实践的局外人和旁观者，但是，新的风景却不断启发我重新思考古代艺术史的概念、分类和写作形式，这就是为什么我将这本书零零碎碎地一直写到自己并不十分熟悉的现代艺术的原因。尽管如此，我并没有野心穷尽所有的方面，如果上述讨论尚有积极的意义，我更期待其他学者扩展和深化对这些问题的研究。

除去作为物的碎片多样的形式，《铁袈裟》还特别注重对碎片意义变迁的讨论。考古学同样是研究物的学科，但与艺术史存在着微妙的差别，前者更多地将物看作标本（我印象最深的是20世纪80年代我第一次参加田野考古实习时对大量陶片的处理。按照老师的指导，在完成对陶质、陶色等指标的统计后，除选取少量的标本，大量的陶片就地掩埋），而艺术史则强调作为作品的物本身独有的价值。另一个差别在于，一尊被考古学家从地下唤醒的秦俑，乃是“不知有汉，无论魏晋”，所以，人们可以凭借它讨论秦代的历史，而不涉及其他时代的问题；而我在这里所讨论的许多物品在诞生之后，继续存活于各个历史时期；并产生出不同的价值和意义。

艺术作品作为文物（Monument），其意义不仅体现于符合某种客观的审美标准（这种标准是否存在，已被人们深刻地质疑）的所谓“艺术价值”，李格尔（Alios Riegl，1858—1905）还提醒我们注意其另外两种价值，即对于已经过去的、不复存在的人物或事件具有纪念性的“历史价值”，以及与今人对时间的感受和情感相关的“年代价值”〔参见《对文物的现代崇拜：其特点与起源》（*The Modern Cult of Monuments：Its Chatacter and Its Origin*）〕。这些价值之间的关系错综复杂，说明作为文物存在的艺术品，始终处在历史大钟顺时和逆时的彼此作用之中。更为复杂的是，各种偶然与必然的事件、人物不断加入进来，使得大钟的表盘变得凹凸不平。只有将艺术作品的意义与产生这些作品的时代背景结合起来，才有可能清理出一些头绪；也只有把流传、使用过程中的意义一并考虑进来，将“意义”设定为复数形式，时间才变成流动的。

需要再重复一遍：《铁袈裟》不是一部关于艺术品碎片的通史，不是要用碎片重新构织一个完整的故事。我不是一名超市管理员，无意将来源不同的材料，按照年代、类别、材质或者其他什么标准，成行成列地安置到一个预先准备的理论框架中。我只是将这些光怪陆离的碎片堆放在一起，一些部分彼此连接紧密，一些部分互相交错，一些部分若即若离，其间的缝隙又让思绪获得解放，游离出去。读者朋友不妨将这本书看作对六舟锦灰堆笨拙的模仿，在遇到那些令人兴奋的情节时，我偶尔也冒出一些旁逸斜出的句子，即六舟所谓“未免孩儿气象”。

（选自《读书》2021年第3期）

编后记

纳　杨

随笔看似信手拈来、随意一谈，但深藏其中的思想的凝练、情感的沉淀，反映出的是作家长期的文化积累和文学修养。以笔记录当下，以文思考未来，这也是随笔的意义所在。

文化视点版块是针对当下科技、文化、经济方方面面发展状况和趋势的观察与思考。今年是鲁迅先生诞辰 40 周年，陈漱渝的《平常心，是非感，爱憎情》对鲁迅思想、为人等方面作了独到而深刻的剖析，是对鲁迅精神的较好解读。李敬泽的《作为哪吒的文学》则是在对当前文学创作整体状况的观察与把握的基础上，把文学放到中国特色社会主义现代化强国新征程这一更加广阔的时代背景中，提出未来文学的走向。郁喆隽的《对未来科技的哲学审思》是大数据时代背景下审视文化方面的变化。沙爽的《橡皮擦》则是在人类脑部医学研究及记忆功能探索方面的技术进步中，提出记忆与人的思维情感的联系，为冰冷的技术加入一些人性的温度。莫言的《塞万提斯的启示》、姜华的《书之所归》，都是针对当下一些热门话题的思考和看法，有新意，有启发。

光影流年版块皆为古今历史的记述。今年是中国共产党成立 100 周年。百年党史，就是一部中国人民的奋斗史，其间多少仁人志士值得记叙、怀念和学习。李舫的《跫音——百年中共与北大红楼》，以深沉的哲思透视中国共产党的马克思主义信仰的生成。韩东育的《身边的历史》讲述了抗美援朝题材电影《英雄儿女》中高喊“向我开炮”的烈士形象的发掘过程，从英雄原型到荧幕形象，生动诠释了基于生活的真实，艺术再造才能真正打动人心。周吉敏的《衢江南来》中，一段侵华日军对中国老百姓实施细菌战的真实记录让人心惊。胡迁楣的《指尖之舞》写围棋大师聂卫平参加国际比赛中的一些往事，从中可以感受到我国围棋事业的发展过程，从艰难起步到走向辉煌。张辉的《我的读书会》、徐迅的《云端上的乡音》、陈平原的《山乡春节杂忆》都是从个人经历出发，写出了那时那地一群人的生活状态。

人物影像版块皆以记人为主。丁小炜的《在狱中，她写下托孤遗书》把革命烈士江姐的原型人物对自己亲生儿子的眷念不舍、对信仰的忠诚追寻以及对祖国的深沉的爱汇聚在一封短短的遗书中，讲述者用心，令读者动容。草白《带灯的人》写祖母的晚年生活，特别是老人去世前那段生活深入灵魂的书写，让我们读到了一个为了守住尊严而不惜放弃救治的女性，震撼心灵。明前茶的《漫长的告别，亦是相聚》写子女陪伴父亲最后时光，文章情深动人，其中展现的积极乐观的人生追求让人钦羡，也给人勇气。马晶的《遥望丝绸之路》、张执浩的《自撰平生》皆为寻访古代历史人物的性情写作。姚育明的《在这里找不到悲伤》和安谅的《老劳模父亲纪事》中书写的人物皆为平凡中现出不平凡的人，他们在生活和工作中表现出的人生境界追求是值得我们仰望的。

生命情思版块收录的是最为体现作家才情的篇什。这里有饱含文化底蕴的，比如邵丽的《大河上下碎碎念》、陈应松的《田野上的石兽》、何士光的《秋光里，河岸上》、吉米平阶的《藏北三章》、文河的《旧时月色》等。有书写日常生活感悟的，比如江子的《那些非同凡响的灵魂》、朱强的《陌生之旅》、刘运峰《天津的书店》等。还有富有哲思的，比如黄微子的《想象一种女性主义母职》。这些文章既是美文，又因其中包含着作者独特的生命体验，值得细细品味。

艺苑撷英版块中的三篇分别写出了昆曲、绘画、书法等艺术形式中特别的美，是作家跨艺术门类的思考与感悟，打通了不同艺术之间的隔阂，独具人文特色。

小　启

本套《2021 中国年选系列丛书》，收录了本年度众多优秀文学作品。在编选过程中，我们及各选本主编已尽力与大多数作者取得了联系，没有联系上的作者见此小启请尽快与我们联系，我们会及时奉上薄酬与样书。

联系人：陈欣然

电话：027-87679959